FOLIO POLICIER

Sonja Delzongle

L'homme de la plaine du Nord

Denoël

Née en 1967, Sonja Delzongle a exercé le métier de journaliste pendant six ans, tout en commençant à écrire, riche de sa culture franco-slave et de sa passion pour le noir. C'est avec *Dust* (Folio Policier n° 796) qu'elle fait une entrée remarquée dans le monde du thriller. Suivent *Quand la neige danse* et *Récidive*. Son quatrième roman repris en Folio Policier, *Boréal* (Folio Policier n° 881, prix Polar Saint-Maur en poche 2019 et prix des lecteurs du Festival de Villeneuve-Lez-Avignon), a confirmé toute l'étendue de son talent.

Sonja Delzongle vit aujourd'hui à Lyon et se consacre à ses romans.

À Hanah.

« Si vous ne gravissez pas la montagne,
vous ne pourrez pas contempler la plaine. »

La Treizième Chandelle,
Tuesday Lobsang RAMPA

C'était un grand jour pour Ernest. Sans doute le plus grand jour de sa vie. Les affaires reprenaient après une trop longue pause.

La maladie. Les allers-retours à l'hôpital. La perte de cheveux. Qui, au fond, ne changeait pas grand-chose, bien au contraire, c'était mieux, pour la perruque, les soirs de scène.

Mais avant la maladie, il y avait eu la prison. De ces prisons sans barreaux, où le sort peut vous enfermer. Ernest en avait pris pour quinze ans. Une terrible chute avait laissé sa mère paraplégique, et le monde du fils s'était écroulé. Pour pouvoir se consacrer à elle jour et nuit, il avait interrompu toutes ses activités, à commencer par la principale : tueur à gages. Pendant quinze ans, il avait mis sa vie entre parenthèses, jusqu'au dernier souffle de sa bien-aimée. Et comme cela arrive parfois, la maladie avait comblé le vide laissé par sa mère. Il en avait pris pour sept ans.

Quand l'horloge de sa vie s'était déréglée, il avait trente ans. Trente plus vingt-deux, ce qui faisait cinquante-deux.

À cinquante-deux ans, la vie n'est pas finie.

Aujourd'hui, il suffit d'aller sur les sites de rencontres pour s'en rendre compte. Pour Ernest Gare, ce fut l'âge de la renaissance.

Victor Gare était le nom de son père, trouvé, nourrisson, dans le lieu éponyme. Déposé comme un encombrant, de nuit, dans la gare de cette ville du nord de la France où vingt-cinq ans plus tard Ernest était né et avait grandi.

Le miroir. Dedans, un homme au crâne poli comme un galet. Lèvres épaisses, une fossette qui lui transperçait le menton tel un coup de poinçon. Des yeux sans couleur. Entre le gris, le bleu et le vert, changeant en fonction de la lumière et des émotions. Les sourcils et les cils aussi étaient tombés. Ainsi que quelques dents. Et les dents, c'est important. Pour le sourire, pour mâcher. La peau, encore d'un jaune bileux. Le visage, bouffi de cortisone, ce qui lissait les rides et lui donnait un air poupin. Normal, pour quelqu'un qui vient de naître.

Lumière, émotions. La nuit, Ernest s'enveloppait de l'une pour recevoir les autres. Les émotions, toutes les émotions que lui renvoyait son public, qu'il retrouvait, presque au complet, après ses années de maladie.

Et il l'avait retrouvé aussi, *lui*. Celui qui venait chacun des trois soirs où Frida se produisait. Et *lui*, il aimait Frida. Il en était raide. Raide de partout. Frida le voyait et ça lui plaisait. *Lui* ne lui avait jamais parlé, pas même adressé un mot, il se contentait de regards. Toujours seul à sa table, au premier rang. Le monde dans son dos. Il voulait seulement contempler Frida. La boire du regard. Ses jambes interminables se balançant devant lui, perchées sur des talons de vingt centimètres. Solides et souples. Musclées et lisses. Viriles et gracieuses. Laisser son regard remonter le long des mollets en résilles, puis des cuisses, s'attarder sur l'entrejambe soigneusement épilé, ça se voyait dans l'échancrure élégante du justaucorps pailleté. Le pubis, plat. Aussi plat qu'une plaine. À se demander où était passé l'attirail. Parce que sous Frida dormait Ernest. Et Ernest avait une verge, soigneusement rentrée entre les fesses, et des testicules aplatis à l'aide d'un adhésif puissant. Ernest n'avait pas non plus de poitrine, mais Frida en avait une. Des prothèses en silicone. Qui, une fois sur la table de maquillage, tremblaient encore comme des œufs en gelée.

La magie de la scène et du spectacle.

Lui. Il était là. Il la gobait du regard. Chaque fois qu'il tendait la main vers sa coupe de champagne – il ne buvait que ça – brillait l'éclat de l'or à son annulaire. Une alliance. Frida avait tout de suite remarqué sa bague, mais ça ne changeait rien : avec ou sans alliance, c'était quand même *lui*. Bien des choses devaient lui manquer, à la maison, pour avoir besoin d'une Frida, et pourtant, ce n'était pas une pute qu'il cherchait, Frida le savait. Frida n'avait rien d'une pute. Elle était belle, inaccessible. Une reine de la nuit. La déesse des feux de la rampe. Sa déesse. Une étoile absolue dans la ville du Nord. Un diamant extrait de la mine. Pur. Solitaire. Brillant de mille facettes. La lumière dans la grisaille charbonneuse. Une résillante, clamait-elle en coulisses, la main sur la hanche, le fume-cigarette dans l'autre.

La nuit. Son écrin. Là où Frida pouvait éclore et oublier Ernest. Rouler des hanches. Chanter ses tubes et chansons favoris. Dalida, Aznavour, Piaf,

Line Renaud. Imiter les unes, interpréter les autres. Et, toujours, à la fin, ce tonnerre d'applaudissements qui la portait.

Ensuite, le retour à la loge, les mots bien envoyés, les échanges d'où fusaient « ma chérie », « salope toi-même », « t'as vu comme il bandait », « lèche ma chatte » ou encore des « suce sa bite ».

Et *lui*, rendu à son mystère. Jusqu'au prochain spectacle.

Au petit matin, Frida redevenait Ernest. Avec son activité d'Ernest. Tuer sur contrat. Une source de revenus interrompue pendant vingt-deux ans. Heureusement, il en avait à gauche, comme on dit.

Pourquoi tueur à gages alors qu'il existait tant d'autres métiers ? C'était comme ça. Pourquoi un autre métier alors qu'il existait celui-ci, répondrait Ernest Gare dans sa propre logique. Il tuait comme il aurait vendu du pain. Proprement. D'une main sûre et déterminée.

Ses cibles, il ne les connaissait pas. N'établissait aucun lien avec elles. Ignorait les raisons pour lesquelles il y avait un contrat dessus.

Ses commanditaires, même chose. S'ils faisaient mine d'entrer dans des explications, il les arrêtait tout de suite.

Il évitait de mêler toute forme d'humanité à son activité diurne. Parce que tuer n'a rien d'humain. Et à quiconque le définissant comme un tueur en série, il aurait répondu que ça n'avait rien à voir.

Un tueur en série éprouve du plaisir à tuer, il se sent tout-puissant, mû par une pulsion narcissique. Ses victimes sont essentiellement des proies, dont il conserve même des trophées. Ce qui n'est pas le cas du tueur à gages. Quand il exécute un contrat, il n'éprouve rien. Quand il tire, c'est sur une cible et c'est tout. Il pourrait tirer de la même façon sur du bois ou du carton. Il efface. Supprime à la demande. On le paye pour ça.

Le tueur à gages est la balle qui sort du canon de l'arme une fois que le pourvoyeur a appuyé sur la détente. *That's all.* Juste ça. Une balle. Une balle n'éprouve aucune émotion, aucun sentiment de victoire. Tout comme Ernest.

Vingt-deux ans auparavant, Ernest avait été sollicité par un commanditaire pour la dernière fois. Il ne l'avait jamais vu, ne lui avait jamais parlé. Ils communiquaient par petits messages, déposés à la consigne de la gare.

Il y avait deux cibles. La première balle en avait touché une. Mais la deuxième n'avait jamais atteint la sienne. Sa trajectoire avait été déviée par la prison et la maladie. Et la deuxième cible avait disparu. Or Ernest détestait les balles perdues, et il n'aimait pas faire les choses à moitié. C'était comme s'il ne vivait et ne respirait qu'à cinquante pour cent.

Il avait appris la mort du commanditaire. Et que la seconde partie de l'argent l'attendait quelque part, une fois qu'il aurait achevé sa mission.

Vingt-deux ans. Jamais une balle 9 mm n'avait mis autant de temps à atteindre son but. Mais maintenant que Frida était retournée sur scène, Ernest allait achever le travail.

— Tu es d'accord avec moi, mon Berlioz ?

Berlioz le fixait de ses petits yeux sans tendresse. Éprouvait-il un quelconque amour pour celui qui le nourrissait ? Ou bien seul un froid intérêt le liait-il à son hôte ? Berlioz pouvait vaquer en toute liberté dans la maison-container. La vente de l'appartement de maman avait permis à Ernest d'aller vivre hors de la ville, comme il l'avait toujours souhaité. Il s'était établi dans la plaine proche, occupant deux containers superposés et aménagés en duplex, avec vue sur les cheminées d'usines désaffectées. Silhouettes immenses et silencieuses dans le ciel aux teintes acier. Charbon, minerai, la terre en était noire. Comme les visages. Et dans les yeux d'Ernest Gare, du gris. Un gris qui donnait à son regard un mystère et une profondeur insondables. Ceux d'un lac d'Écosse. Avec les mêmes mouvements argentés et les mêmes reflets sombres.

Pour toute réponse, Berlioz avait remué son long museau, découvrant une rangée de dents acérées, prêtes à déchiqueter, ronger, creuser.

Ernest Gare était convaincu que l'intelligence des rats était bien supérieure à celle des chats, des chiens ou des chevaux. Le rat n'est pas un animal domestique, il se laisse apprivoiser, s'il le veut bien et par qui il a choisi. Mais il reste toujours son seul maître. Et Berlioz était un rat très intelligent. Et aussi très observateur. Il enregistrait tout. Le moindre geste d'Ernest, le seul humain qu'il voyait. Personne ne venait dans la maison-container. Ernest ne recevait pas, n'avait pas d'amis. Il ne voulait pas prendre le risque qu'un jour il y ait un contrat sur l'un d'eux et qu'il soit désigné pour le remplir. Parce qu'il le ferait. Ami ou pas.

Avant la longue parenthèse, il avait une excellente réputation dans le milieu, et on faisait souvent appel à lui. Sa réputation était virale, pandémique.

Il ne savait jamais pourquoi il devait neutraliser telle

ou telle cible. Mais il se doutait bien que les motifs pouvaient varier. Mari trompé, volé, bafoué, femme adultère qui voulait partir avec l'argent, patron qui préférait un employé mort à un employé licencié qui le traînerait aux prud'hommes, règlement de comptes, élimination d'un rival politique ou amoureux… Il existait autant de mobiles que d'individus et d'histoires. Et Ernest voulait se tenir à l'écart de ce monde.

Ce qui demeurait inconnu de tous était le lien étroit entre Ernest et Frida. Qu'Ernest devenait Frida et que Frida redevenait Ernest au lever du jour, personne ne le savait. Personne, d'ailleurs, n'aurait pu reconnaître Frida à travers Ernest, et inversement. Ernest Gare avait un peu de ventre, deux petits bourrelets au niveau de la ceinture, l'ombre d'une barbe, se grattait les fesses et se remettait les couilles en place. Frida, avec sa gaine pour aplatir toutes ces protubérances, était la quintessence même de la féminité et de la grâce.

Devant Ernest, un coffret en bois fermé. À l'intérieur, son outil de travail. Un PPK. Polizei Pistole Kriminal. Court et trapu, corps en alliage léger d'aluminium, chien visible, levier de sécurité, picot saillant à l'arrière de la glissière indiquant la présence de la cartouche dans la chambre. Dédié à la défense. Ce qui allait très bien à Ernest.

Les balles. Du 9 mm de faible portée. Habillées de feuille d'or par ses soins. C'était sa signature. On – la police, mais surtout le commanditaire – savait que la cible touchée par une balle à l'habillage en or l'avait été par Ernest.

Le silencieux. L'accessoire qu'il préférait. Le

silencieux ne fait pas un bruit de bouchon de champagne qui saute. Ce n'est pas vrai. Le bruit d'un silencieux n'est pas joyeux. Il n'est pas plein. Le son d'un silencieux est creux. Vide. Sans âme. Et surtout, rapide. Aussi rapide que la mort qui est au bout.

Le holster d'épaule. En cuir épais, solide.

Lorsqu'il se trouvait devant la cible, Ernest l'abordait et lui montrait la photo dont il disposait, remise avec une partie de la rémunération, en lui demandant si c'était bien elle. Dans presque tous les cas, la cible, intriguée par cet homme qui était en possession de sa photo, répondait par l'affirmative.

Sans un mot de plus, aussi vif qu'un éclair de Tesla, Ernest sortait son PPK prolongé du silencieux et *tum*, le son creux, vide et sans âme sortait furtivement, suivi du bruit d'un corps qui s'affaisse.

Éloquent, définitif.

La dernière balle d'Ernest Gare allait donc poursuivre sa trajectoire de vingt-deux ans.

Un détail cependant ennuyait profondément Ernest, pendant qu'il nettoyait son arme à la chamoisine et à la salive. Rien de meilleur que la salive, pour les pièces en métal et pour le cuir. Il y a tout ce qu'il faut dedans pour faire briller.

— Je ne vais pas pouvoir t'emmener, cette fois, mon cher Berlioz. Et crois-moi, ça me contrarie au plus haut point.

Assis sur la table, Berlioz se contentait de le regarder avec ses petits yeux sans tendresse. Deux points rouges dans la blancheur de son pelage. Berlioz était albinos, il devait éviter le soleil sous peine de brûlures graves et de cécité.

— Ils ne t'accepteraient pas dans l'avion.

L'homme de la plaine, qui n'avait jamais quitté son Nord, quelque part près de la frontière franco-belge, allait prendre l'avion pour l'étranger. Le plus long voyage qu'il ait jamais fait.

— Huit heures d'avion, tu te rends compte un peu, Berlioz ? Et toi, maman ?

Sa mère sur les photos. Partout. Tellement, que si Ernest avait eu une femme ou une petite amie elle en aurait été jalouse.

Frida. Ancienne danseuse de cabaret. Elle avait transmis le virus à son fils en même temps que ses tenues et son nom de scène.

— Frida, tu vas me manquer ! Toi aussi, Berlioz, bien sûr.

Clac. Clac. La valise qu'on ferme. Un bruit sec qui sentait le départ.

Le départ était pour dans deux jours, mais Ernest aimait prévoir. Et être prêt. Il se rendait à New York, l'une des plus grandes villes du monde. Lui qui n'était jamais sorti longtemps de son horizon aux noires cheminées, lui qui était né dans l'une des dernières mines de charbon, lui, Ernest Gare, l'homme de la plaine du Nord, il allait à New York. La ville de la cible numéro 2. Son nom : Hanah Baxter.

Les choix d'Hanah

Depuis son retour d'Angleterre, où elle était partie enquêter sur son passé, Hanah était restée toute une semaine seule, sans autres contacts que son bouddha et son totem, l'ours, avec lequel elle communiquait lors de profondes méditations et de séances de décorporation.

Elle n'avait appelé Karen, qui avait la garde de Bis, son chat, qu'au bout de ces sept jours passés chez elle à reprendre ses marques. À se délester du sentiment d'étrangeté qui la saisissait à chaque retour, lorsqu'elle retrouvait son loft dans sa tour de Jay Street à Brooklyn et ses habitudes perdues.

La violence de ses missions et des enquêtes dans lesquelles elle était impliquée était telle que rentrer chez elle était comme arriver dans un lieu inconnu. En réalité, c'était elle, l'étrangère. Déjà, à elle-même.

Des rêves l'avaient habitée dans son sommeil, mais aussi des rêves éveillés. Plusieurs fois lui était apparu un aigle au plumage noir et blanc ; elle savait qu'il incarnait Anton Vifkin, l'homme qui lui avait appris son métier, l'homme avec qui elle s'était associée à Bruxelles avant que le destin ne l'oblige à voler de ses propres ailes, l'homme qu'on avait retrouvé mort au fond d'un parc, une balle dans la tête. Un meurtre propre et net. Mystérieux. Jamais élucidé. Du moins, pas à sa connaissance. Le commissaire Peeters, chargé de l'enquête en Belgique, lui avait dit qu'il la tiendrait informée s'il avait un jour des éléments nouveaux. Elle n'avait jamais eu de signe de lui.

Anton Vifkin ne lui avait pas seulement appris son métier de criminologue – « profileuse », comme on dit en Amérique. Il lui avait appris la vie. L'avait entraînée comme une athlète, comme une boxeuse sur le point de mener une grande carrière sur le ring. Et elle l'avait accepté. Sans savoir à quel point ce combat serait violent.

Mais ce grand spécialiste belge des tueurs en série avait connu quelques turbulences, qui l'avaient longtemps poursuivi. D'anciens démons se réveillaient parfois. Hanah ne pouvait le dissocier de souvenirs pénibles : sa lente plongée dans la coke, c'était lui. Son entorse à une nette préférence pour les femmes, c'était encore lui. Sans compter les nuits de débauche collective. Elle avait fini par le détester autant qu'elle l'avait admiré.

De méditation en relaxation, de postures en respirations, le processus de deuil s'était déroulé. Le deuil de son enfance, le vrai deuil de sa mère, de ses parents ensemble, puis de son père seul, et enfin le deuil d'elle-même.

Une question subsistait. Quand son père était tombé, une balle dans la tête, qui avait tiré ? Ils n'étaient que deux à être présents. Et, après une sorte de trou noir sous la tempête, elle s'était retrouvée devant le corps inerte de Kardec, le pistolet dans sa main à elle. Elle avait pourtant bien vu son père le porter à sa tempe. Puis il y avait eu cette distorsion du temps, cette absence. Que s'était-il vraiment passé ?

— N'y pense plus, ça va te ronger et te dessécher à l'intérieur, lui avait conseillé Karen que, daignant enfin sortir de sa retraite, elle avait invitée dans leur Japonais préféré pour déguster du poisson-globe.

Il n'y avait que là qu'elles en mangeaient avec une confiance aveugle.

— Même dans la bouffe, tu dois flirter avec la mort, avait lâché Karen la première fois qu'Hanah l'y avait emmenée.

Karen dînait dans d'autres restaurants. Branchés. Déjantés. Convenus. Où l'alcool et l'herbe remplaçaient l'adrénaline.

Durant sa semaine d'isolement volontaire, Hanah était allée chez son tatoueur se faire dessiner un K, derrière l'oreille. Assise en face d'elle, Karen ne pouvait pas le voir. Ce n'était pas que pour elle, d'ailleurs. Le K était une lettre qui marquait la vie de Baxter. C'était aussi le K de Kardec. Qui restait son nom, malgré tout. Même s'il était trop lourd à porter. Et Karen. Bien sûr. La femme de sa vie, portée au rang des ex. Mais qui était la seule encore là. Présente.

Et c'était à Karen et à personne d'autre qu'Hanah voulait annoncer la conclusion de sa semaine de réflexion. Ce qu'elle avait décidé pour sa vie.

— J'ai une nouvelle à t'apprendre. Enfin… deux en une. Parce que l'une découle de l'autre. Et que l'une ne va pas sans l'autre.

— Avec toi, je m'attends à tout, sourit celle qu'Hanah appelait tendrement K.

Oui, mais à ça, je ne crois pas, pensa Baxter en lui rendant son sourire. En plus mystérieux.

— J'arrête, dit-elle.

— Quoi ? De boire ? La coke ? La baise ? Mince, tu ne vas pas me faire ça !

— K… J'arrête le profilage. Je prends ma retraite.

La nouvelle tomba comme le ciel sur les épaules de Karen.

— T'es sérieuse ?

— Je crois que je suis arrivée au bout. On ne fait jamais complètement le tour d'un métier, mais j'y suis depuis si longtemps maintenant. J'ai commencé jeune. Je voudrais profiter d'une vie qui ne serait pas ponctuée de crimes, gouvernée par la mort ou la folie. Tu comprends, K ?

Le visage de Karen s'éclaira aussitôt.

— Non seulement je comprends, mais je valide ! Enfin ! Enfin ces mots, dont j'ignorais si je finirais par les entendre avant…

— Avant que j'y reste… Comme Vifkin.

La main de Karen se posa sur celle de Baxter. Chaude, tendre.

— Et ensuite ?

— Je veux avoir un enfant. Me consacrer à lui. Et ce n'est pas compatible avec ce métier.

Deuxième coup de tonnerre.

— Tu… tu envisages ça comment ? s'étrangla Karen.

— J'hésite encore. L'adoption est une démarche noble et altruiste. Mais mon autre moi me pousse vers la GPA. J'ai la chance que ce soit possible, ici. Je ne m'imagine pas neuf mois le corps déformé, avec des allures de vache morte noyée.

— Rien que ça ! Et pas de père… tu y as pensé, à ce gouffre ?

— Si j'adoptais un enfant, il n'aurait pas de père non plus.

— Je sais, Hanah. Mais le concept est très différent. Tu serais mère célibataire, avec une autre mère qui aura porté cet enfant, si tu décidais de garder le contact. Quel cadre pour lui ?

— Je ne comprends pas ce que tu veux dire… si j'adopte un enfant, je l'élèverai seule aussi…

— Désolée, Hanah… mais il n'y a pas cette notion de choix sur catalogue. Et d'exploitation du corps d'une femme par une… autre femme.

— Cette autre femme, comme tu dis, est consentante. Majeure et vaccinée.

— Pour le fric, Hanah ! s'écria Karen en haussant le ton. C'est un marché répugnant !

Les gens attablés autour commençaient à les regarder curieusement. Atterrée par la réaction inattendue de son ex, Hanah retira sa main.

— Calme-toi, K, s'il te plaît. Je ne comprends pas pourquoi tu réagis comme ça. C'est… c'est mon affaire. Je n'aurais peut-être pas dû t'en parler.

La galeriste prit son sac et se leva.

— C'est ça, Hanah. En effet. Parce que cette femme consentante, majeure et vaccinée, si tu veux savoir, j'aurais aimé que ce soit moi. Au moins, tu n'aurais pas été obligée de me payer.

Sur un dernier regard rempli de larmes, Karen tourna les talons et sortit du restaurant. Aussitôt avalée par la nuit urbaine, elle laissa Hanah seule face à leurs assiettes où traînaient les restes d'un plat fin et succulent. Un plat qui, comme l'amour, mal préparé, pouvait tuer. Leur plat préféré.

Dernier soir

Frida voulait que cette dernière représentation avant le voyage d'Ernest Gare à New York explosât de strass et de paillettes. Elle voulait que tout soit parfait.

Après avoir fait sa valise, pour le séjour américain, Ernest avait rassemblé les affaires de Frida. De ses prunelles rouges, Berlioz scrutait et dépeçait chacun de ses gestes, comme s'il devait les envoyer pour analyse dans un coin de son petit cerveau de rat.

Par chance, Ernest aimait la musique sur laquelle se produisait Frida. Les préparatifs furent donc accompagnés du répertoire de cette dernière soirée. *Mon manège à moi*, *La vie en rose*, *Ne me quitte pas*, *Comme ils disent*, *La Mamma*, *Emmène-moi danser ce soir*.

Oui, cette soirée serait unique. Rien que pour *lui*. Frida *lui* donnerait tout. Elle voulait voir son regard flamber. L'envelopper comme son boa. Sentir sa caresse le long de ses cuisses, autour de ses hanches et de ses épaules avant de sortir de scène.

Ernest Gare n'avait pas l'habitude de voyager vers des horizons aussi lointains. Il était prêt à ne jamais revenir et avait prévu de laisser Berlioz chez une tante. La vieille dame n'était pas enchantée à l'idée de garder un rat, de surcroît albinos, dont les yeux rouges l'effrayaient quelque peu, mais pour le seul parent qui lui restait en ce monde, elle avait accepté, et même juré de continuer à s'occuper de l'animal si Ernest ne revenait pas.

— Tu verras, il est très attachant, lui avait-il promis.

Bien sûr, cette parente ignorait la nature du métier qui l'emmenait au loin. Pour elle, Ernest était dans les affaires. Trop complexes pour qu'il s'étende dessus.

Son métier. Il le retrouvait enfin. Sentait que les rouages n'étaient pas grippés. Parce qu'il était fait pour ça. Il était ça. Respirait ça. Depuis qu'il avait été en âge de tenir une arme, à quinze ans. Il avait pris l'arme de chasse de son père pour s'entraîner, puis avait passé son permis et avait eu la sienne. Mais ce qu'ignorait le père Gare, c'était le genre de gibier que son fils aimait traquer.

Chasser des animaux l'ennuyait. Rester à l'affût des heures dans la boue et l'incertitude n'était pas pour lui. Il lui fallait l'assurance d'atteindre sa cible – une cible qu'il allait chercher, sans attendre qu'elle vienne à lui. Tout avait commencé le jour où le seul ami qu'il daignait avoir, ayant appris qu'il avait passé son permis de chasse avec succès, lui avait tout simplement demandé de tuer ses parents.

— D'accord, avait répondu le jeune Ernest Gare sans hésiter. Mais uniquement si tu as de quoi payer. C'est un boulot. Et je ne bosse pas pour la gloire. L'autre condition, c'est que tu ne me dises pas pourquoi tu veux que je le fasse.

Le copain avait sorti deux mille francs d'on ne sait où et les lui avait donnés dans une enveloppe.

— C'est toutes mes économies, avait-il confié,

penaud, bien conscient que c'était peu en regard de la mission.

Mais Ernest Gare avait pris l'enveloppe sans un mot et l'avait glissée dans la poche arrière de son pantalon qu'il portait déjà trop long.

Ce fut le seul client à avoir connu son visage. Ernest n'avait jamais vraiment su comment, mais à partir de ce double meurtre réussi sans que la police eût retrouvé le coupable, les demandes s'étaient succédé. Au début, sporadiques, puis régulières. En moyenne un contrat par semaine. Toujours en espèces ; des francs jusqu'en 1999, puis des euros. Ça faisait moins lourd dans l'enveloppe. Pourtant, il les avait regrettés, les bons vieux francs. Parce que l'euro était tout simplement une grosse arnaque pour le train de vie des ménages, qui ne cessait de baisser.

Ernest Gare ne s'était jamais demandé comment il en était arrivé à cette activité qui portait un nom qu'il n'aimait pas. Tueur à gages. Il aurait préféré exécuteur ou, tout simplement, contractuel.

Enfant déjà, il avait ce qu'il appelait des idées inavouables. Il s'imaginait en train de tuer la boulangère en allant chercher le pain, le facteur quand il le croisait, certains profs et même d'autres lycéens. Mais toujours d'une même façon, propre et nette. Il n'en tirait pas de plaisir particulier, ni de sentiment narcissique de surpuissance.

Il laissait ces « idées » le remplir jusqu'à ce qu'il soit sur le point de passer à l'acte. Il suffisait que son regard se pose sur quelqu'un, quelque chose ou quelque part pour que cela dégénère en pensée noire. Il n'était parvenu à s'en débarrasser qu'en exécutant les parents de Mikaël. C'est alors qu'il avait su ce qu'il voulait faire de sa vie, en même temps que Frida se glissait en lui et lui en cachette dans les robes de sa mère.

Il n'avait pas encore trouvé sa signature. Les balles enrobées d'or. Des balles uniques qu'il retravaillait une à une, en s'appliquant à effacer toute marque et indication qui permettraient de remonter à l'arme, donc à lui.

Ernest Gare avait été un élève appliqué, avec un goût prononcé du détail. Et patient, de surcroît. Très patient. Qualités qui le servaient dans son activité. Alors que, au même âge, ses camarades décoraient les murs de leur chambre de photos et posters de rock stars, les idoles d'Ernest Gare avaient un tout autre visage et il n'était pas question qu'elles fussent visibles, même s'il prenait soin de fermer sa chambre à clef en partant. De ses sombres modèles, déjà à treize ans, il avait établi des sortes de fiches techniques, avec leur photo et leur profil.

Parmi les tueurs à gages célèbres qui le fascinaient particulièrement figurait Frank Abbandando, dit « le tueur de Brooklyn » appartenant à la Yiddish Connection et qui, adolescent, menaçait les commerçants d'incendier leur boutique s'ils refusaient de lui donner de l'argent. Il aurait commis au moins une trentaine de meurtres. Venait ensuite Sam DeStefano, qui travaillait pour les parrains de la mafia et aurait tué des dizaines de personnes après les avoir torturées avec un pic à glace. Il était mort de deux balles dans la tête juste devant sa maison. L'un des préférés d'Ernest Gare était Roy Demo, qui éliminait ses victimes d'une balle en pleine tête avant de les pendre au-dessus d'une baignoire pour qu'elles se vident de leur sang, un couteau planté dans le cœur. Le corps était ensuite dépecé et les morceaux enveloppés dans des sacs plastiques que Demo jetait dans une décharge. On l'avait retrouvé mort dans le coffre d'une voiture, exécuté par le parrain pour lequel il travaillait afin qu'il ne le dénonçât pas. Et si le jeune Ernest Gare n'appréciait pas plus que ça un type comme Giovanni Brusca, appartenant au clan Corleonesi, meurtrier du juge Falcone en 1992 et réputé pour avoir torturé des enfants, en revanche il donnait la palme de son admiration à Abe Reles, dit « Kid Twist », membre de la Yiddish Connection lui aussi, et auteur de plus de mille exécutions entre 1930 et 1940. Pour tuer, il se servait lui aussi d'un pic à glace qu'il enfonçait derrière l'oreille de ses victimes.

Ce n'est qu'une fois sa valise bouclée qu'Ernest comprit brusquement qu'il ne pourrait pas prendre son PPK, ni emporter de munitions. Et ça le contrariait beaucoup. Énormément, même. Or Ernest Gare n'aimait pas les contrariétés. Il disposait bien d'un permis de port d'armes, en tant que membre d'un club de tir, mais il serait obligé de se procurer un semi-automatique, un silencieux et des balles sur place. Ce qui ne devrait pas être trop compliqué aux États-Unis.

Mais d'abord, retrouver la cible.

Berlioz déposé chez sa tante, Ernest Gare prit le chemin de la ville où Frida donnerait l'une de ses plus belles revues au No, à la frontière belge. Et en effet, Frida tint ses promesses.

Il était là. À la même table. Ses yeux en amande. Verts pailletés d'ocre. Des yeux de loup. Ils la dévoraient.

Il but, ce soir-là. Du champagne. Coupe sur coupe.

Deux bouteilles à *lui* seul. Comme s'*il* fêtait quelque chose. Son anniversaire. Ou la dernière soirée de Frida avant quelque temps.

Emmène-moi danser ce soir… joue contre joue, enlacés dans le noir…

Des paroles pour *lui* seul.

Frida posa son regard sur *lui* plus longtemps. Il sourit en réponse, très légèrement. Ou bien était-ce la lumière ? Ou son désir à elle ?

Tout le monde applaudit, sauf *lui*. *Il* se contenta de lever son verre en inclinant la tête. On se reverra, semblait-*il* lui dire.

Puis Frida regagna les loges, où elle retrouva les filles. Tina. Ambre. Lara. Moon. Shellya. Des vraies filles, et des filles comme elle.

— T'as un ticket, ma chérie ! s'esclaffa Tina qui se débattait avec ses faux cils. Il te bouffait du regard, ton fan !

— J'aurais préféré qu'il me bouffe la chatte, moi ! lança Shellya en retirant ses seins en gélatine.

— Je le connais, ce type…

Toutes se tournèrent instantanément vers Moon. Trente-cinq ans, ancienne prostituée. Un coup de pointe de lame de son mac lui avait laissé une vilaine cicatrice au coin de l'œil, qu'elle camouflait sous une couche de fond de teint épaisse comme du crépi.

— Un client ? demanda Frida soudain inquiète.

— J'aurais préféré. Non, un flic.

Les paires d'yeux garnis de faux cils s'écarquillèrent.

— Un flic ? Merde…

— Un commissaire. Johann Peeters. Il est belge. En plus, il est marié.

Coupable ?

Avait-elle bien fait d'en parler à Karen maintenant ? N'était-ce pas finalement prématuré ? Son désir d'enfant pourrait même évoluer. Voire s'éteindre. Hanah avait longtemps écarté cette perspective d'avoir un enfant à élever des années. Des années de sa vie qu'elle aurait pu consacrer à ce qui la passionnait. Elle le voyait alors comme une aliénation. Un obstacle à son métier de profileuse, partagé entre les missions où le danger était omniprésent, l'enseignement et les conférences aux quatre coins du monde. Et pourtant, ce qui, socialement, était une sorte de fatalité féminine, de finalité par laquelle Hanah ne se sentait pas concernée, l'avait rattrapée. Mais pas pour les mêmes raisons que la plupart des femmes cédant à cette règle de la nature. La reproduction. Elle le savait, au fond, elle devait ce soudain désir à Jesse, cette petite fille de deux ans disparue en pleine mer, centre de sa précédente enquête. La tendresse qu'elle avait éprouvée pour elle avait réactivé un instinct perdu. Un instinct fort, primal, très répandu dans la nature, chez les animaux et ceux que nous sommes, mais que toutes les femelles n'éprouvent pas de façon inéluctable. Cet instinct dont la puissance peut pousser au meurtre ou au sacrifice. L'instinct maternel.

De retour chez elle, malgré les tentatives répétées de son compagnon de tous les jours, Bismark – un de ces chats sans poils et à la peau fripée –, pour attirer son attention, Baxter se mura dans le silence, ignorant les appels insistants de Karen.

Des coups à la porte du loft la tirèrent d'un sommeil alcoolisé vers 6 heures du matin. Ses yeux péniblement entrouverts, ses paupières lui paraissant peser une tonne, tombèrent aussitôt sur des indices accablants : au moins cinq bouteilles d'Asahi vides, couchées sur la table mouchetée de ce qui ressemblait, pour un profane, à du sucre glace. Qu'aurait-elle fait juste avec du sucre glace…

— Ouais j'arrive…, lança-t-elle d'une voix cassée en constatant qu'elle portait encore ses vêtements de la veille.

La tête de l'homme à la barbe taillée avec soin, en costume trois pièces malgré la chaleur estivale, qui se dessina dans l'encadrement de la lourde porte coulissante, touchait presque la barre métallique du haut. Il avait les cheveux noirs plaqués en arrière et enduits de brillantine. Un parfum doucereux, aux relents vanillés, contrastait avec cette apparente virilité. De son allure propre et urbaine émanait une indéfinissable animalité, accentuée par le hâle latin de son visage et des yeux d'un vert pailleté d'éclats d'or. Les yeux caractéristiques des grands félins comme le tigre ou la panthère, d'une féroce et silencieuse détermination à dévorer quiconque se trouverait sur leur chemin.

Il était accompagné d'un gars râblé lui arrivant à

l'épaule, en blouson de cuir Camel et au physique plus commun. Pour renvoyer l'effet magnétique que produisait son collègue à quelque chose de plus terre à terre, aurait-on dit.

— Hanah Baxter ? demanda le Tigre.

— C'est moi. Enfin, je crois.

Sur cette réponse prononcée d'une voix éraillée, la profileuse regarda autour d'elle, comme si elle tenait à s'assurer de sa propre identité.

— Vous croyez ou bien je dois vous demander une pièce d'identité ?

Elle leva les yeux au plafond en soupirant.

— Bon, à quoi dois-je l'honneur d'une visite d'agents du FBI ?

— Au fait que vous allez nous suivre.

— Pour quel motif ?

— Un motif de mandat d'arrêt international.

Le Tigre sortit alors de sa poche intérieure un feuillet qu'il brandit sous le nez de Baxter dont l'esprit embrumé hésitait entre un canular d'un goût très douteux et un mauvais rêve dans lequel elle voulait se punir.

— Vous m'expliquez ?

— Vous aurez toutes les explications au Bureau. Et maintenant, si vous voulez bien nous suivre, madame Baxter ?

— Et si je refuse ?

Sur un signe de tête du Tigre, le petit râblé décrocha de sa ceinture une paire de menottes et se glissa derrière la profileuse, qui aussitôt se déroba.

Geste qui lui valut une clef prestement exécutée par le râblé.

— Hanah Baxter, il est exactement 6 h 17, nous

sommes le 7 juin 2017 et vous êtes en état d'arrestation pour meurtre.

À ce qui sonnait déjà comme une condamnation, Hanah sourit, presque résignée. Qu'elle le voulût ou non, le passé continuait à la rattraper, prêt à l'absorber, à la broyer. Elle lui appartenait, quoi qu'elle fît. Il n'y avait là que justice, au fond.

Peeters

— Pour rentrer à cette heure, t'es encore allé voir ta pute de travelo, hein ?

Cette voix imbibée. Ce visage bouffi d'alcool. Et pourtant, c'était bien ce même visage que Peeters voyait tous les jours ou presque, depuis plus de trente ans. Un visage qu'il ne reconnaissait plus, celui d'une femme dont il avait été fou amoureux et qu'il avait épousée cinq mois après leur rencontre. Gertrud. Pourquoi restaient-ils ensemble ? S'il avait souhaité répondre à cette question, il aurait sans doute affirmé qu'on n'abandonne pas son vieux chien au bout de tant d'années.

Sexuellement, il ne se passait plus rien entre eux depuis des lustres. Comme dans une sorte de contrat tacite. Alors à quoi fallait-il attribuer ces scènes de jalousie ? Étaient-ce les effets de l'alcool ou d'un amour meurtri ? Mais non, on ne pouvait plus parler d'amour, entre eux. Ou bien était-ce ça aussi, l'amour, rester ensemble alors qu'on ne s'aime plus ?

Et cette nouvelle affaire qui le mobilisait nuit et jour… une aubaine. Un exutoire tout trouvé. En plus de Frida. Frida, un fantasme, oui, mais pas une pute. Un rayon de soleil dans le brouillard de sa vie.

— Pourquoi tu te barres pas d'ici, Peeters, une bonne fois pour toutes ? Va habiter chez ta pute ! Au moins, elle, tu la bai…

La claque qui s'abattit sur Gertrud fit trembler sa joue mollement, comme de la gelée.

— Je ne veux plus entendre ça, t'as compris ? Et quand bien même, ce ne serait que légitime de pouvoir me vider les couilles. Parce qu'à ce rythme, je vais les avoir comme des citrouilles !

— Va où tu veux, après tout ! Au diable, ça, c'est certain.

Le commissaire divisionnaire à la PJ de Bruxelles se garda bien de répondre. Au fond, il n'était pas fier d'en être arrivé là. Cet homme à la détente facile, ce type qui frappait sa propre femme, ce n'était pas lui. Un étranger, un importun qui s'était invité dans le foyer conjugal afin d'y mettre de l'ordre. Du moins le croyait-il. Mais, même sous les coups ou la torture, Gertrud n'arrêterait pas de boire et encore moins de lui envoyer à la gueule ses insultes et ses réprimandes. La situation était devenue intenable. La séparation semblait la seule issue raisonnable, mais ni l'un ni l'autre ne l'envisageait sérieusement. Alors, à sa femme, Peeters préférait la compagnie des criminels ou des cadavres. Au moins, ces derniers ne lui pourrissaient pas la vie. Enfin… jusqu'à celui d'Anton Vifkin, le célèbre profileur, exhumé trois jours auparavant.

Le dossier de son meurtre non élucidé, puis classé, avait été rouvert à la suite d'un témoignage anonyme.

Une dénonciation envoyée par courrier, sur du A4 tout ce qu'il y avait de plus courant, tapée à l'ordinateur. Le corbeau prétendait avoir des éléments qui révélaient l'identité du meurtrier.

Oui, Peeters était même pressé d'aller retrouver ce cadavre qui avait signé l'échec cuisant de sa carrière. De son vivant, le grand profileur belge avait la réputation d'être une anguille, insaisissable, un obscur personnage, traquant les tueurs avec un acharnement suspect, comme s'il avait un compte à régler avec eux, comme s'il avait en réalité renoncé à sa vocation, faire lui-même partie de ceux qu'il chassait. Mais sa mort avait été encore plus mystérieuse. Et, Peeters devait bien le reconnaître, cette affaire avait eu raison de son couple déjà meurtri.

Après plus de vingt ans sous terre, il ne restait plus grand-chose du corps d'Anton Vifkin au moment de l'exhumation. Un squelette en piteux état à cause de l'humidité du sol qui avait pénétré le bois du cercueil, les mâchoires ouvertes sur un rictus qui avait semblé à Peeters quelque peu ironique. « Espérons que tout ça apportera des preuves », s'était-il dit en luttant contre une nausée insistante. Le témoignage anonyme qu'ils avaient reçu ne suffirait pas. Et il n'y avait guère de pièces à conviction, hormis la balle qui avait perforé la boîte crânienne de la victime d'une façon propre et nette. Du 9 mm. Dorée à la feuille. Un travail de professionnel. Ce qui avait fait opter Peeters pour un meurtre sous contrat. Mais il n'y avait eu aucune preuve. Sur la scène de crime, pas un indice. Rien que ce petit vent narquois qui soulevait une mèche grisonnante du crâne troué de Vifkin, retrouvé dans le parc, nu, émergeant à moitié d'un tas de feuilles détrempées par une froide pluie d'automne.

Bien que Peeters n'éprouvât aucune sympathie particulière pour cette pointure du profilage, son estomac s'était serré face à la solitude de ce corps sans vie marbré de gris et de vert. Pour qui ne s'était pas retrouvé devant une telle scène, difficile de comprendre ce qui avait saisi le commissaire et son équipe devant cette découverte macabre, une lutte entre la part d'humanité et d'empathie et les réflexes plus froids de professionnels du crime. Sachant que ces derniers devaient l'emporter, quoi qu'il en fût.

Le lendemain de sa dispute avec Gertrud, Peeters s'était présenté à l'institut médico-légal de Bruxelles, dans la morgue de l'hôpital Saint-Pierre, rue Montserrat. Depuis 1995, l'ensemble hospitalier avait gagné un nouveau visage après des travaux de rénovation. La morgue, auparavant située rue aux Laines, dans un état de vétusté à faire pâlir les morts eux-mêmes, contraignant les médecins légistes à des conditions de travail exécrables, disposait désormais de salles ultramodernes, propres, avec une chambre froide d'une capacité de quinze corps.

Pourtant, les restes de Vifkin, réduits à leur strict minimum avant le retour à la poussière, juraient dans cette modernité et cet air aseptisé où un système d'aération neutralisait les relents putrides comme les odeurs chimiques.

— Je ne pensais pas te revoir un jour, Vif, surtout dans cet état…, dit Peeters à voix haute, debout au-dessus du squelette, une fois que le légiste en chef eut quitté la salle à sa demande pour le laisser seul avec la victime. Et je pense que tu te fous d'avoir des nouvelles de mon alcoolique de femme, mais je vais quand même t'en donner. Tu me dois bien ça. Hier, vois-tu, j'ai porté la main sur elle. Ne t'en déplaise, je t'en tiens pour indirectement responsable. Ton meurtre a fini de bouffer notre couple déjà en piteux état. Gertrud s'est mise à boire. Ça a été de pire en pire, mais je n'ai pas réussi à la quitter. Même si celle que j'ai aimée n'existe plus. Évidemment, tu t'en bats les roustons, de ma vie. Mais sache, tas d'os, que je te l'ai donnée. Et que je remets ça. Parce qu'un corbeau a eu la bonne idée d'envoyer une lettre où il révèle l'identité de ton meurtrier. Et c'est quelqu'un que tu connais bien. En fait, je devrais dire ta meurtrière. Présumée, bien sûr. Elle devrait arriver sous peu. En avion. Eh oui, elle ne vit plus ici, ç'aurait été trop simple. Tu la connais bien, oui, et moi aussi. C'est ton ancienne élève et associée. Baxter. Hanah Baxter.

Les apparences

C'est à peine si Hanah avait eu le temps de chausser une paire de baskets et de dire au revoir à Bis avant d'être emmenée dans les locaux du FBI pour une garde à vue prolongée. La tristesse qui avait voilé le regard de l'animal devant le nouveau départ de sa maîtresse lui avait vrillé le ventre.

— Je reviens vite, Bis, promis, nous avons encore beaucoup de choses à vivre, tous les deux !

Un seul appel lui était autorisé, et, sans hésiter, Hanah tenta de joindre Karen, qui avait les clefs de son loft, pour qu'elle vienne récupérer Bismark. Malgré leur brouille récente et même si Karen n'avait pas décroché, Hanah savait que son amie serait là chaque fois qu'elle aurait besoin d'elle. Et ce jour-là, c'était le cas. Parce que, au fond, Hanah savait aussi qu'il ne s'agissait pas d'une simple garde à vue. Elle avait beau se passer et se repasser le film de sa déposition, elle rencontrait toujours le regard inquisiteur et incrédule de ses interlocuteurs successifs et leurs mots qu'elle anticipait lui résonnaient aux tempes. « Madame Baxter, vous pensez vraiment que votre version des faits est crédible ? » Et Hanah avait beau retourner le scénario dans tous les sens, elle se retrouvait avec la même réponse et la même chute.

Les apparences sont trompeuses, dit-on. C'était bien le cas : le Tigre, dont la classe et la froideur imposantes pouvaient laisser penser qu'il occupait un haut poste au FBI, n'était en fait que l'un des quatorze mille G-men dépêchés sur le terrain et ne disposait en rien du pouvoir de garder Hanah ou de la relâcher à l'issue de l'interrogatoire qu'il devait mener.

Hanah était pour le FBI une guêpe à côté d'un rhinocéros. Toute petite, mais agitée et agaçante. Et surtout, libre et affranchie du système. Marchant effrontément sur les plates-bandes du Bureau d'investigation, qui disposait de ses propres agents profileurs. Pourtant, par souci de sécurité personnelle, mais aussi pour éviter des sources de conflit avec le FBI, elle avait refusé presque toutes les missions sur le territoire américain depuis des années. Et voici que, dans les locaux du FBI new-yorkais, une affaire vieille de plus de vingt ans la rattrapait, à cinq mille huit cent quatre-vingt-cinq kilomètres du lieu où elle s'était produite. Le passé n'en avait pas fini avec elle. Après son père, son mentor, Anton Vifkin. Le passé n'en a jamais fini avec quiconque.

Elle comprenait mieux pourquoi, ces derniers temps, lui revenaient des rêves d'aigle, l'animal totem de Vifkin. L'aigle la poursuivait et parfois même piquait sur elle, bec ouvert. Elle se réveillait toujours à ce moment-là. Peut-être allait-elle enfin découvrir ce qu'il lui voulait.

Lorsque Baxter apprit la raison de son arrestation, elle en resta bouche bée et crut même à une farce de mauvais goût de la part du directeur adjoint qui attendait peut-être l'occasion de « se faire » la profileuse. Un témoignage anonyme envoyé à la police belge l'accusait d'être l'auteur du meurtre de son ancien associé. Presque incrédule, elle tombait des nues. À l'époque, Hanah avait été interrogée comme témoin, puis, lorsqu'on avait découvert les conflits l'opposant à son ancien mentor, comme suspecte. Mais elle avait un alibi solide, et avait été rapidement disculpée. Elle apprit par la même occasion que le commissaire divisionnaire belge Johann Peeters en personne était sur cette affaire. C'était lui aussi qui l'avait cuisinée, étant à l'époque le plus fervent partisan de sa culpabilité. Il devait se frotter les mains de la savoir de nouveau sur la sellette.

Alors que partout dans les bureaux et les open spaces la clim maintenait en ce début de juin la température à 18 °C, ce qui, avec les 35 °C de l'extérieur, était souvent à l'origine de refroidissements brutaux et de fortes angines, la salle d'interrogatoire en était dépourvue et donnait à Baxter la sensation de cuire à l'étouffée. Couplé au manque de sommeil et au martèlement des questions, était-ce dans l'intention d'assommer la prévenue, Hanah n'en doutait guère. À l'issue de sept heures de présence en salle d'interrogatoire, se taisant plus qu'elle n'avait parlé, déshydratée, la gorge brûlante, elle apprit son extradition vers la Belgique. Le rhinocéros se débarrassait enfin de la guêpe.

Et ce fut donc une guêpe à moitié sonnée, malgré sa résistance physique et mentale, que l'on prépara au départ vers le vieux continent. Le vol aurait lieu sous haute protection dans les jours suivants, une fois le feu vert de l'OIA – Bureau des affaires internationales – obtenu. La vérité était surtout que, malgré sa nationalité américaine acquise au bout de sept ans passés à New York, le sort de la profileuse française n'intéressait personne ici et que les autorités gouvernementales n'allaient certainement pas se battre contre l'État belge pour la garder sous leur aile et la soustraire à la justice.

Pourtant, Hanah disposait d'un alibi imparable. Envoyée sur une scène de crime au Luxembourg, elle ne se trouvait pas avec Vifkin le jour de sa mort. Cet alibi pouvait-il voler en éclats sur la base d'un simple témoignage anonyme ? Un corbeau… Mot croassant qui tournoyait sinistrement dans sa tête. Indéniablement, la vraie question, que les enquêteurs des deux pays semblaient balayer d'un revers de main, était l'identité du soi-disant témoin. Hanah n'avait évidemment pas que des amis, parmi les membres de la police justement, ou même parmi les détectives privés et les psycho-criminologues.

— Le directeur adjoint vous accorde encore un appel, madame Baxter, si vous avez besoin de confier la garde de votre animal, de vos plantes, ou d'informer un proche de votre départ imminent pour un séjour en Europe qui risque de se prolonger. Toujours pas d'avocat ?

La voix profonde du Tigre derrière elle. Étonnamment un brin plus chaleureuse, lui sembla-t-il. Peut-être son entêtement à se passer des services de son avocate était-il stupide, convint-elle avec elle-même. Elle avait laissé un message à Karen pour qu'elle vienne s'occuper de Bis ; elle devait lui dire que cette pension risquait d'être un peu plus longue que prévu… C'était donc à son ex-compagne que

Baxter passerait ce coup de fil gracieusement accordé, et elle en profiterait pour lui demander de mettre son avocate au parfum.

Hanah ne prit conscience de son départ pour le vieux continent qu'une fois à l'aéroport de New York, trois jours plus tard, où elle passa le contrôle, encadrée de deux Goliath au crâne rasé, vêtus de Bombers noirs. Son cœur ripa lorsque, se retournant machinalement avant de disparaître, avalée par la file qui se pressait vers les portiques, elle aperçut le visage tendu de Karen, le front caché par une pluie de mèches grises et roses, regardant fébrilement dans sa direction. Karen ! Je suis là ! C'est ce qu'elle aurait voulu crier, mais on lui fit signe d'avancer et le son se perdit dans sa gorge ou dans les profondeurs de son âme. Karen était venue l'accompagner comme elle le pouvait, dans un salut silencieux et ému. Lui montrer que, quoi qu'il pût se passer, elle serait là. Reviens vite, lui disait son regard éperdu.

Baxter parvint à contenir l'émotion qui l'étreignait. Pourtant, elle quittait sa terre d'accueil avec le sentiment qu'elle ne reviendrait pas.

Vide

Il fallait vraiment que le jeu en vaille la chandelle pour qu'Ernest Gare se résigne à affronter ce qu'il redoutait par-dessus tout : le vide. Depuis tout petit, la Terre lui semblait flotter dans le vide. Un vide incommensurable, vertigineux. Certains ressentent le vide en eux. Ce n'était pas le cas d'Ernest Gare. Le vide était autour, il le cernait, surtout à l'idée de s'élever dans les airs par la seule puissance de moteurs, défiant la loi de la gravité. Or Ernest était attaché à l'ordre naturel des choses.

Il était arrivé à l'aéroport de Bruxelles, le plus proche de chez lui, trois heures avant le vol pour New York et, après s'être enregistré, avait passé le contrôle sans problème, bien qu'il sentît peser sur lui des regards interloqués ou moqueurs.

Si surprenant que cela pût paraître, Ernest n'avait jamais vu d'aéroport de l'intérieur. Les files d'attente, les rivières de passagers, les terminaux, l'effervescence du départ pour une destination choisie ou, parfois, subie, lui étaient inconnus. Mais il savait que les halls, comme les toilettes publiques, étaient truffés de caméras de surveillance et qu'on pourrait le retrouver facilement s'il devait être recherché par la police.

Il ignora les boutiques *duty free* qui se succédaient, exhibant outrageusement un luxe auquel seule une minorité pouvait prétendre. Parfums, accessoires de mode, vêtements haute couture, chaussures, alcools, cigares, un étalage qui lui donnait la nausée. Il n'avait pas de voiture, s'était toujours déplacé à pied ou à vélo avant de se résigner, à cause de sa fatigue, à acheter une moto d'occasion de moyenne puissance. La gamme au-dessus, les moteurs qui propulsent n'étaient pas pour lui. La seule vitesse qu'il aimait, c'était celle de la balle qui sortait du canon pour atteindre sa cible. Sinon, le monde allait trop vite pour lui, qui n'écoutait que Piaf, Brel, Barbara, Léo Ferré, Greco, Michelle Torr, Line Renaud, enferré dans le passé. Il faisait figure de bâton planté dans le sable, résistant à la déferlante. Le monde n'a même pas idée qu'il court à sa perte à une rapidité effrénée, se disait-il. Et là, pour la première fois de sa carrière, une balle prendrait tout son temps pour arriver à son but. L'Américaine était la cible parfaite et, pour elle, il donnerait sa pleine mesure. Pour elle, il flirterait avec ses sombres idoles, Abe Reles, Frank Abbandando, Sam DeStefano, Roy DeMeo.

Sorti de ses murs de brique et de la noirceur calcinée de sa terre, l'homme de la plaine du Nord pouvait enfin regarder ce monde avec lequel il ne se sentait pas en adéquation depuis longtemps. Les couples – pour combien de temps ? –, les familles d'origine ou recomposées, les enfants fabriqués à la chaîne… Pourquoi ? Il n'avait rien de commun avec eux, il n'aurait jamais d'enfants, lui, fils de Victor Gare abandonné à la naissance… on ne fait pas d'enfants pour en arriver là. Rien de ce qu'il voyait ne lui manquait, cela ne lui renvoyait qu'étrangeté et inconnu. En revanche, il repérerait ses semblables entre mille. Il reconnaîtrait aussitôt un autre Ernest Gare. L'odeur caractéristique d'une certaine solitude, voulue et nécessaire, le regard alerte et vigilant du chasseur à l'affût, et l'art de se fondre dans le décor. Encore une espèce en voie de disparition.

Dépassant les vitrines tapageuses, Ernest Gare s'engouffra dans les toilettes, côté dames. Des femmes le fusillaient du regard en échangeant des moues entendues. Mais, habitué, Ernest les ignora et, claquant des talons, se planta de toute son imposante stature devant la glace qui lui renvoya le reflet de la personne qui allait prendre l'avion ce jour-là à sa place. Frida.

Elle se pencha légèrement au-dessus de la vasque, le tube de rouge entre ses doigts prolongés de faux ongles à bout carré, laqués de violet métallisé. En face, la fossette profonde, les lèvres charnues et les yeux gris lac d'Écosse d'Ernest Gare. Mais la ressemblance s'arrêtait là. La calvitie totale d'Ernest se dissimulait sous une perruque blonde abondante, les cheveux synthétiques de Frida. Elle ne portait bien sûr pas sa tenue de spectacle, mais un tailleur bleu pétrole assorti d'une chemise qui faisait un ensemble bien plus sobre. Ce qui n'empêchait pas les gens d'y reconnaître malgré tout un corps d'homme. Parce que Frida n'était pas transgenre et que sur sa pièce d'identité figurait bien le nom d'Ernest Gare. Parce que c'était toujours Ernest Gare, même si Frida parfois prenait la main. Et cette fois, c'était Frida qui allait faire le voyage. Elle supportait mieux l'avion qu'Ernest.

Tandis que, peu à peu, les toilettes se vidaient, Frida demeurait immobile devant son reflet, la chemise ouverte sur des seins bien logés dans un soutien-gorge à dentelles. Un vague sourire écarta furtivement ses lèvres d'un rouge sombre.

Le vide. Peeters avait lui aussi dû y faire face. L'apprivoiser. L'intégrer comme une part de lui-même. Comment pouvait-il être encore dans le déni alors que, devant ses yeux, les ossements d'un homme sonnaient comme un implacable rappel. Gertrud. Pourquoi a-t-elle commencé à boire ? semble lui demander le rictus figé d'Anton Vifkin. Seulement à cause de tes absences répétées et de plus en plus longues ? Mais rappelle-toi. Que cherchais-tu à combler en te noyant dans le travail ? Que fuyais-tu ? Regarde la réalité en face, Peeters.

Au fond de lui, Peeters détenait la réponse. Le vide. Le vide lui appartenait et il appartenait au vide.

Tu vas continuer encore longtemps à me faire porter le chapeau, commissaire ? poursuivit Vifkin. Gertrud n'a pas sombré juste à cause des absences de son mari ! Et tu le sais. C'est elle qui a récupéré le fardeau. Le tien, en plus du sien. Tu ne vas pas le nier, si ?

Non, surtout pas maintenant. Il doit cette honnêteté à Gertrud et à Vifkin. Et en dernier lieu à lui-même. Il avait fui l'insupportable. Il avait laissé sa douleur à Gertrud, comme on se débarrasse d'un encombrant. Et ils n'en avaient plus jamais parlé. Alors « ça » n'avait plus existé pour lui.

« Ça » ? Ce jour qui n'aurait jamais dû être. Ce jour où il aurait dû rentrer plus tôt, ou peut-être même rester chez lui. Ce jour où, en ouvrant la porte de son appartement, il avait vu d'abord les Gazelle se balancer dans le vide, avant de prendre conscience que des pieds étaient dedans, puis de permettre à ses yeux hagards de faire leur travail de découverte et de transmission de l'information au cerveau. L'horreur absolue. Simon. Jamais son prénom ne fut à ce point déformé par la douleur. Ni à ce point répété en hurlant dans le silence accablant de leur vaste appartement.

Le corps auquel appartenaient les pieds chaussés des Gazelle vert gazon si familières, au bout usé, pendait à l'extrémité d'une corde d'escalade fixée au crochet du plafonnier. Le visage, livide, ne donnait plus aucun signe de vie. La langue, violacée, s'était frayé un passage entre les lèvres bleuies. L'ensemble avait quelque chose d'obscène. Aussi grossier qu'un doigt d'honneur.

Simon. Non, c'était un cauchemar et il allait se réveiller. Ils iraient jouer au foot comme avant. Père et fils. Peeters avait eu l'impression que la même corde lui serrait la gorge à l'étouffer. Puis les cris étaient sortis. De rage, de colère, d'impuissance. Contre lui-même, contre Gertrud, contre Simon. Pourquoi leur avait-il fait ça? Leur seul fils. Pourquoi… Et parce qu'ils n'avaient jamais eu d'autre explication que celles qu'ils tentaient vainement d'asséner pour se faire encore plus mal, ils avaient arrêté d'en parler. Du jour au lendemain. Parfois, aucune explication n'est à la hauteur d'un drame. Pour Peeters, s'il discutait avec des inconnus, ils n'avaient jamais eu d'enfant.

L'affaire Vifkin était tombée en plein milieu. Une autre mort, un meurtre, cette fois salutaire. Peeters n'attendait qu'une occasion de s'éloigner de la tragédie qui les frappait. Il avait cessé de prononcer le prénom de son fils. Peu à peu, il l'avait effacé de sa vie qui continuait et avait fini par considérer Gertrud comme seule responsable de sa déchéance. Et voilà que l'affaire Vifkin était rouverte, lui renvoyant le passé en pleine face. Simon. La mort de son enfant. La pire chose qui puisse arriver à des parents. Le vide absolu dans leur cœur et leurs entrailles. Une négation totale de l'ordre naturel des choses. À treize ans. À treize ans, on veut vivre, aimer, commencer à sortir, se faire des copains, on a soif de découvertes, à treize ans, on ne veut pas mourir, pleurait doucement Peeters.

Les chiffres des suicides d'enfants ou d'adolescents, en inquiétante progression, démentaient tout ça. Il n'y a pas d'âge pour décider d'en finir, ni de sexe, ni de classe sociale. Il y a juste un être tellement malheureux et dans un tel décalage avec son entourage et avec le monde dans lequel il a été propulsé sans avoir rien demandé, qu'il ne peut plus continuer. Qu'il n'a pas les codes, ni les armes nécessaires pour affronter une réalité trop lourde, trop violente et brutale. Persuadé qu'il est de partir pour un monde meilleur.

— Alors ? Toujours aussi peu causant ?

Brusquement arraché à la brûlure des souvenirs, Peeters regarda le squelette d'Anton Vifkin. Son éternel rictus. Non, ce n'était pas lui qui venait de parler.

Se retournant à moitié, Peeters vit sa nouvelle adjointe, la commandante Abel. Grande et belle femme brune, un corps long et svelte cultivant une certaine androgynie, un regard clair de chat.

— Vous parlez de Vifkin, j'imagine, lui lança Peeters en s'essuyant les yeux à la hâte.

Bien qu'Abel l'y ait plusieurs fois invité, il ne pouvait se résoudre à la tutoyer.

— Même si vous n'êtes guère plus loquace, je parlais de Vifkin, oui, dit-elle en s'avançant.

Peeters ne l'avait pas entendue entrer. Un vrai félin. Aussi mystérieuse et insaisissable.

— Il ne m'a rien dit que je ne sache déjà. C'est-à-dire pas grand-chose.

— On en apprendra peut-être davantage de son ancienne associée, Hanah Baxter. Elle arrive demain.

Hasard et honte

Demain tomba sur Bruxelles comme une pluie glacée, dans l'attente fébrile de la profileuse, qui devait atterrir vers midi. Peeters et Abel iraient la chercher à l'aéroport pour la placer immédiatement en garde à vue.

Le commissaire belge était traversé de pensées et d'émotions contraires à l'idée de revoir Baxter après tant d'années. Partagé entre colère et curiosité. S'il s'avérait qu'elle avait tué Vifkin, il ne pourrait pas s'empêcher de lui reprocher de l'avoir aussi bien berné. Se pouvait-il vraiment que ce fût *elle* ? La question le tannait depuis la réouverture du dossier. Dans les affaires criminelles et les *cold cases*, tout était possible, il le savait.

— Cette Baxter a dû produire un certain effet sur vous pour que vous vous remettiez à fumer, sourit Abel tandis qu'ils gagnaient une voiture de service dans le parking souterrain.

Peeters, qui se promenait en permanence avec une des vingt-deux vaporettes de sa collection, venait d'allumer une cigarette extraite comme par magie de sa poche. Depuis plusieurs années, après une alerte aux poumons sous forme de taches suspectes, il avait adopté la remplaçante électronique du tabac qui, au lieu de lui envoyer des goudrons et des résidus de combustion dans l'organisme, lui remplissait le nez et les poumons de propylène glycol et de bisphénol. Le tout arrosé d'arômes artificiels. Et voilà qu'une femme remettait à zéro les compteurs des bonnes résolutions.

Mais Abel ignorait tout ce que cette vieille histoire véhiculait de mystères doublés d'un sentiment d'échec, et Peeters n'avait aucune envie de s'expliquer là-dessus. Il laissa donc la remarque de sa commandante sans réponse.

Au terme d'une matinée suspendue au retour de Baxter, ils partirent en direction de l'aéroport, dans la vieille Saab marron glacé de Peeters. Les bouchons de midi se formaient déjà sur le périphérique.

— Selon vous, Hanah Baxter avait-elle des raisons de tuer son associé ?

La question d'Abel tira le commissaire de ses réflexions.

— Kardec, pas Baxter. Je préfère qu'on l'appelle par son nom d'état civil. Celui qu'elle portait, d'ailleurs, à l'époque.

— Alors d'où vient ce « Baxter » ?

— Je l'ignore. Peut-être une volonté de disparaître… Quant à savoir si elle avait des motifs de tuer Vifkin, elle seule pourra nous le dire. Tout ce que je sais, c'est que le type n'était pas un saint. Il a notamment été accusé de harcèlement sexuel.

— Par Kardec ?

— Pas que je sache. Mais par la fille d'un de ses amis, oui.

— Alors c'est plutôt cette fille qui aurait eu de

bonnes raisons de s'en prendre à lui, observa Abel avec un regard en coin.

La Saab se rapprochait dangereusement de la voiture qui la précédait. Abel aurait préféré prendre le volant et, surtout, que Peeters la regarde moins en conduisant. Celui-ci ne répondit pas cette fois, se contentant de tirer sur la vape qu'il avait reprise après sa cigarette, et cracha un nuage de vapeur blanche fruitée entre sa coéquipière et lui.

— Je me demande comment vous arrivez à inhaler un truc pareil, soupira-t-elle en ouvrant la fenêtre. C'est la même odeur que les sapins désodorisants pour les voitures.

— Parce que, en dehors du taf, c'est mon seul plaisir.

Après avoir consacré une bonne vingtaine de minutes à rafraîchir son maquillage, Frida était allée s'asseoir sur un des sièges de la salle d'embarquement. À côté d'elle, une mère seule et deux enfants en bas âge, fille et garçon, dont elle avait du mal à calmer l'agitation. Pourtant les gamins, souvent plus sensibles que les adultes à ce qui sort de l'ordinaire, avaient cessé de courir autour des rangées de sièges et s'étaient mis à dévisager Frida avec une curiosité non dissimulée.

Ernest Gare n'aimait pas ces petits adultes en devenir. Sachant qu'ils seraient un jour, peut-être, des hommes ou des femmes arrogants, égoïstes, indifférents ou tout simplement des cons, il ne pouvait s'attendrir devant ce qu'ils étaient encore dans le présent. D'innocentes têtes blondes, brunes ou rousses qui n'avaient pas une conscience claire de toute la dureté de ce monde dans lequel on les avait envoyés comme on envoie au casse-pipe. De surcroît, ces deux-là, déjà en surpoids, moulés dans des jeans tendus à craquer, feraient partie des victimes de la malbouffe.

Ernest Gare se sentait à tous points de vue plus proche des animaux. Il avait, dans leur silence mutuel, établi bien plus de connexions avec Berlioz qu'avec aucun être humain.

Hormis ces deux petits effrontés dont les regards insistants enfermaient Frida dans une cage de zoo, la salle macérait dans une soupe d'indifférence. Les autistes du smartphone ou de l'iPad. Chacun rivé à son écran tactile, et la planète pouvait bien s'écrouler.

De l'autre côté de la vitre maculée d'une pluie sale, gorgée de particules, des avions, lents mastodontes sur terre, gagnaient la piste puis décollaient dans l'air chargé de kérosène vers le ciel où ils devenaient ces bolides atteignant les 900 km/h. Il pleuvait sous un plafond de nuages, mais au-dessus, c'était une mer baignée de soleil. Un désert flottant, immense et silencieux, dont Ernest Gare ne pouvait imaginer la beauté. Lui, l'homme de la plaine du Nord, qui avait grandi sur une terre charbonneuse et souillée, mais riche du sang et de la sueur des mineurs. Une terre dont l'horizon était dessiné par les terrils, ces montagnes d'un gris d'orage nées de la main de l'homme qui creusait le sol des exploitations minières.

Ernest Gare connaissait bien ces pyramides parfois hautes de deux cents mètres, concentrés de substances toxiques. Il en avait fait son terrain de jeu. On y courait un danger réel, car la combustion interne au cœur des terrils pouvait atteindre 1 000 °C et former des cavités à l'origine de glissements de terrain, comme celui d'Aberfan au pays de Galles qui avait provoqué la mort d'une centaine d'écoliers et de leurs cinq instituteurs. Il était arrivé aussi qu'un terril explosât sous l'effet de la dilatation de matériaux. L'oncle d'Ernest Gare en avait été victime à Calonne-Ricouart en août 1975, avec six autres personnes. Pourtant, malgré les tragédies, lot quasi quotidien de ces familles liées à la terre du Nord et à ses mines, Ernest aimait ces structures aux formes plates, tronquées ou coniques qui constituaient son univers.

Les escaladant seul, chaussé de godillots, sac sur le dos, il avait découvert que, parfois source de mort, ces hauts monticules à l'aspect noir et aride pouvaient aussi abriter une vie insoupçonnée, foisonnante. À ses yeux, les terrils étaient bien plus que des monuments fragiles et instables à la mémoire de générations de mineurs, dont une cinquantaine en France figurent au Patrimoine de l'Unesco. Bien plus que des attractions touristiques pour les promeneurs en quête de sensations. Ces silhouettes uniques, volcans de houille et de cailloux, lui ressemblaient. Pelées et froides à l'extérieur, mais prêtes à s'effondrer sur elles-mêmes ou à entrer en éruption. Abandonnées à leur éternité et au vent. Appartenant à ces plaines du Nord. Montagnes de solitude érodée. Fantômes d'un passé au goût de poussière noire.

Il les aimait, ces fantômes, même s'ils lui avaient pris le seul être qu'il avait jamais aimé. Charlotte, sa petite sœur, qu'il appelait tendrement Cha. Elle allait avoir cinq ans, Ernest en avait neuf. Après s'être replié sur lui-même à la naissance de Cha, il avait découvert tout ce qu'un petit être pouvait apporter de fraîcheur et de lumière dans un foyer assombri par les accès de fureur d'un père maladivement jaloux d'une femme souvent absente. Tout l'amour qu'Ernest était capable de donner dans un tel climat s'était concentré sur ce petit bout de bonheur. Cha. Ernest veillait sur elle avec une attention extraordinaire. Jusqu'à ce jour terrible, ils ne s'étaient quittés que pendant les heures d'école. Ernest allait chercher Cha à la sortie de la maternelle. Ils rentraient ensemble à pied, parcourant main dans la main, dans la pluie ou la neige, les cinq kilomètres qui les séparaient de la maison. Elle était son soleil, sa raison de se lever, dans le froid du matin et les cris de leurs parents ou encore le silence, bien plus inquiétant. Ernest ne savait jamais s'il allait retrouver leur mère à la maison après une journée loin d'elle.

Puis vint le jour où Ernest Gare perdit son âme, comme on perd la vue. Le jour où il aurait voulu ne jamais être né. Le jour où il aurait voulu être à la place de Cha. Tout simplement. Mettre le pied là où le sien avait glissé, sur la terre qui se dérobait. Être emporté à sa place dans la cascade de poussière et de pierres grises avant d'être enseveli sous des tonnes d'éboulis. Ernest, arrivé presque au sommet, s'était retourné en entendant le cri. Trop tard. Il n'avait eu que le temps de voir disparaître les petites bottes jaunes et le manteau rouge dans la coulée sombre. Cha ! Avalée par la terre. Le terril était une fois de plus devenu un tombeau.

Vide, hébété, Ernest s'était laissé glisser au pied du terril, là où Cha avait disparu. Là où un pan entier de son être était enterré à jamais.

Puis il avait fallu rentrer. Perclus de chagrin, il n'avait pas imaginé la réaction de son père.

— Tu vivras avec ça jusqu'à la fin de ta vie de merde. Parce que tu n'en auras pas d'autre pour réparer ce que tu as fait. C'est pour ça que je ne vais pas te tuer. Je laisse ta conscience s'en charger, si tu en as une. Et ce sera bien pire que ce que je pourrais te faire.

Et c'était vrai. Oui, il aurait préféré ô combien être assommé sous les coups, sentir son corps se disloquer, ses os craquer, sa chair se fendre et le sang chaud couler de son nez dans sa bouche. Il aurait préféré que son père le tue. Oui, c'est ce qu'il aurait voulu. La mort était la seule chose qu'il pourrait désormais supporter. Et au lieu de ça, il avait dû vivre. Vivre avec l'image des petites bottes jaunes et de la parka rouge émergeant çà et là dans la terre transformée en torrent mortel.

Les premiers temps, Cha lui apparaissait, la nuit, debout, à côté de son lit, dans sa parka rouge, le visage aussi pâle que la lune, les yeux cernés de noir, la bouche ouverte sur un cri.

— Pourquoi tu m'as lâchée, Rnest ? Hein, pourquoi ? lui soufflait-elle dans des relents âcres de houille et d'antimoine.

Les apparitions avaient duré plusieurs mois, et Ernest n'en avait rien dit à ses parents. Puis elles s'étaient espacées, les reproches nocturnes avaient peu à peu cessé, pour faire place à une Cha plus apaisée, assise sur le lit, à côté de son frère à qui elle prenait doucement la main. Le plus étrange était que, comme Ernest, elle grandissait.

— Tu sais, c'est pas de ta faute, Rnest, et je t'en veux pas.

Un jour, des années plus tard, alors que Frida était déjà là, Ernest Gare était tombé sur une reproduction du *Cri* de Munch. Il avait cru se voir dans un miroir. Le personnage, peut-être l'artiste lui-même, affichait la même expression de peur extrême que la sienne au moment où la terre noire avait recouvert Cha. Ce tableau, c'était lui. Depuis le drame, il n'était plus qu'un cri muet. La découverte de cette œuvre lui avait donné envie d'entrer dans ce paysage nordique. Il s'était dit qu'il irait un jour voir le fjord d'Oslo qui figurait en arrière-plan. Il se rendrait à Ekeberg, sur la passerelle où le personnage de Munch se plaquait les mains sur les oreilles avec ce regard épouvanté et impuissant qu'il avait eu, lui aussi, en voyant Cha se faire engloutir en bas du terril. Le temps était passé à la vitesse d'un train et Ernest Gare n'avait pas pu réaliser ce projet. Mais il le ferait une fois sa mission accomplie. Il irait voir le fjord du *Cri*, avec son ciel jaune et rouge, les mêmes couleurs que portait Cha le jour de sa mort.

Cha était debout devant lui et le fixait avec insistance de ses grands yeux. Mais ce n'était pas Ernest, cette femme au maquillage vif, assise, son sac à main à chaîne dorée sur les genoux. C'était Frida, et Cha ne connaissait pas Frida.

En revanche, Frida connaissait Charlotte. Ernest lui en avait parlé si souvent. Il lui avait raconté ses visites nocturnes. Mais pourquoi Charlotte était-elle ici, à l'aéroport, en compagnie de son grand frère, se demanda soudain Frida, perdue. Ernest et Frida étaient pourtant une seule et même personne ! Juste un peu différente la nuit. Alors que faisait Ernest ici, devant Frida, et surtout, enfant ?

— Qu'est-ce que tu fais ici, Ernest ? Et toi, Charlotte ? Tu m'entends ? Allez, parle ! Tu es muette maintenant ? hurla brusquement Frida.

Elle avait saisi Cha par les mains et la secouait comme un prunier. La petite se débattait en poussant des cris.

— Lâche-la ! Lâche ma sœur ! criait Ernest.

— Lâchez ma fille tout de suite !

Une voix de femme couvrit celles, perçantes, des deux enfants épouvantés.

— Tu n'es pas Cha ! cria soudain Ernest Gare en arrachant la perruque de Frida.

— Au secours ! continuait de crier la mère de la fillette qu'elle était parvenue à soustraire aux mains puissantes de cette femme blonde qui se révélait un homme au crâne chauve.

Des passagers se précipitèrent sur Ernest Gare pour l'immobiliser en attendant la sécurité. Quatre agents firent irruption quelques secondes plus tard, matraques à la main, et foncèrent sur Ernest, dont la force les surprit. À tel point que l'un des Belges utilisa son Taser pour le neutraliser. Son corps massif s'écroula, agité de convulsions.

— Agresseur à terre, annonça un agent dans son talkie-walkie, tandis que les trois autres s'occupaient de maîtriser Ernest Gare qui, à moitié sonné, essayait encore de se relever.

Suivirent cette fois trois policiers accompagnés de cinq militaires armés de mitraillettes, prêts à intervenir dans le cas où l'attaque serait de nature terroriste. Entouré d'uniformes et de canons pointés sur lui, le tueur à gages se dit qu'il valait mieux rester au sol, quoiqu'il n'eût pas vraiment le choix. On l'obligea à demeurer à plat ventre. Les mains sur la tête, la jupe retroussée presque jusqu'aux fesses, les escarpins de travers, sa perruque gisant près de lui comme un renard écrasé, il renvoyait une image plutôt pathétique. On aurait pu s'en apitoyer, mais l'histoire criminelle de la Belgique étant largement entachée de crimes pédophiles, un adulte qui s'en prenait à une gamine était aussitôt neutralisé.

— Carrément au Taser ! dit l'un des flics en se redressant d'un air mécontent. Vous n'y êtes pas allés de main morte !

— Ce travelo non plus ! Si vous aviez vu comme il s'en est pris à la petite ! riposta l'un des agents. Il voulait pas la lâcher !

— C'est pas un trav, mais un trans, ça se voit, non ? objecta son collègue.

— Bien sûr que c'est un trav, Grosjean ! Tu lui choppes un nibard, sûr qu'il te reste dans la main ! Et vise la perruque ! Tu veux que je t'explique la différence entre un travelo et un trans ?

— Peu importe, les gars, interrompit le policier, mais attendez-vous à avoir la Cour européenne des droits de l'homme sur le dos, sans parler des LGBT…

— Ah ouais, et elle, enfin… lui, pour avoir agressé une gamine, il va prendre quoi ? Si ça se trouve, c'est un pédophile ou un terroriste…

— Haha ! Un terroriste en talons aiguilles, t'as vu ça où ?

— On va déjà voir ce qu'il s'est réellement passé et pourquoi, merci, messieurs, pour votre réactivité, trancha le policier. Retournez à vos postes, nous allons prendre la déposition des victimes.

Pendant que la mère et ses deux enfants, blottis contre elle et encore tremblants, racontaient la scène à la seule femme du groupe, Ernest Gare fut menotté, les mains dans le dos, tanguant sur ses talons défoncés, le crâne nu et luisant, des traces de rimmel sous les yeux et la bouche barbouillée de rouge à lèvres. Ainsi accoutré, dans son corps de bûcheron, il avait l'air d'un clown un peu effrayant, échappé d'un roman de Stephen King.

À peu près dans le même temps, Peeters recevait un appel de la « maison » sur son pro.

— Du mouvement à l'aéroport, commissaire Peeters. Comme vous devez y aller, c'est vous que j'informe.

C'était Rinchard, que tout le monde appelait Marko, inspecteur à la PJ de Bruxelles depuis douze ans.

— Je viens d'arriver. J'attends une suspecte extradée des États-Unis. Que se passe-t-il ?

— Une agression sur une fillette en salle d'embarquement. Il s'agirait d'un homme… déguisé en femme.

Peeters fronça les sourcils.

— Un travesti, tu veux dire ?

— Possible. Ou bien déguisé pour l'occasion.

— Bon, je fais un saut, on a un peu d'avance et, apparemment, l'avion de New York a du retard. Merci, Rinchard.

Peeters chargea Abel de rester dans le secteur des

arrivées, pendant qu'il irait voir en salle d'embarquement, à la porte Q2.

Parvenu sur les lieux, il prêta à peine attention à l'agresseur menotté et se dirigea vers la mère et les enfants.

— Commissaire divisionnaire Peeters, de la police judiciaire. Racontez-moi ce qui s'est passé, madame, dit-il à la mère encore sous le choc.

— Il… ou elle, a pris ma fille par les bras, en serrant très fort, et a commencé à la secouer et… et à crier des choses…

— Quelles choses ?

— Quelque chose comme… « Qu'est-ce que tu fais ici ? » et « Tu n'es pas Cha ! ».

— « Cha » ?

— Oui… Peut-être le diminutif de Charlotte. Elle ou… il l'avait appelée comme ça, avant d'arracher sa perruque et de se mettre à hurler « Tu n'es pas Cha ! ».

— Et votre fille, comment s'appelle-t-elle ?

— Julie.

— Il ne la connaissait donc pas.

— Mais non. Julie m'a dit qu'elle ne l'avait jamais vu.

— Il l'a sans doute confondue avec une Charlotte.

— Elle ne l'a peut-être jamais vu, mais elle ne s'est pas privée de le dévisager !

Peeters et la mère se tournèrent vers la voix d'homme qui venait de lancer ces mots. Un des témoins de la scène. D'après les sillons de sa peau et les reflets argent de ses cheveux, un septuagénaire, de toute évidence très en colère.

— Oui, parfaitement ! poursuivit-il. Cette petite est mal élevée, comme son frère, d'ailleurs ! Ils sont venus se planter devant cette… cette pauvre femme qui n'avait rien demandé. Ils la regardaient comme un animal de cirque ! On voyait bien que c'était un travesti, et alors ?

— Que les enfants soient intrigués, c'est normal, répliqua le commissaire calmement.

— Mais ce n'est pas normal de toiser quelqu'un de cette façon, même s'il est différent !

— Et secouer un enfant en hurlant, vous trouvez ça normal peut-être ? Ma fille est très choquée !

— Et moi, je suis choqué de cette incorrection totale et…

— S'il vous plaît, on ne s'emballe pas, d'accord ? tempéra Peeters. Nous allons recueillir tous les témoignages. Quant à l'agresseur, il va être placé en garde à vue dans un premier temps.

— Il ressortira et il recommencera ! s'indigna la mère, dont le ton commençait à exaspérer Peeters.

— Je vous demande de vous calmer, madame, nous allons faire la lumière sur les événements. S'il s'avère que cette personne a des antécédents d'agression sur mineurs, on ne va pas la relâcher comme ça, soyez-en certaine. Et maintenant, veuillez m'excuser, mes collègues vont s'occuper de vous.

Laissant la mère et le septuagénaire régler leurs comptes, Peeters se dirigea vers la police de l'aéroport.

— Vous avez fait saisir sa valise ? demanda-t-il.

— C'est en cours.

— OK. Vous l'embarquez pour la PJ, un de mes inspecteurs va se charger de l'interrogatoire. Je ne pense pas qu'il soit bien méchant, peut-être juste perturbé, ou bien sous substances. Mais dans le doute…

Entendant la voix de Peeters, Ernest Gare leva la

tête qu'il gardait basse, et cette fois, ils se regardèrent. L'un avec la curiosité d'un enquêteur face à une affaire plutôt cocasse, et l'autre, pris d'un sentiment indicible de honte et de stupeur. Ernest Gare avait aussitôt reconnu en Peeters l'homme qui venait seul admirer Frida, celui qui n'avait d'yeux que pour elle. Il savait aussi ce que Frida éprouvait pour ce spectateur singulier, amateur de champagne et de cigares. Seulement, lui, ne semblait pas l'avoir reconnu, sous ce masque de clown. C'est sûr qu'entre Frida et Ernest Gare, entre une chevelure blonde abondante et un crâne chauve, il y avait un monde. Un monde que Peeters ne soupçonnait même pas.

Aussi Ernest Gare fut-il soulagé que le flic n'ait pas reconnu Frida. Même si, au plus profond de son cœur, elle aurait mal, très mal, de l'indifférence de l'homme grâce auquel elle s'était sentie revivre, grâce auquel elle était Frida.

La cible

En arrivant dans les nouveaux locaux de la PJ de Bruxelles, une espèce de bloc de verre au milieu du béton, Ernest Gare était loin de se douter que sa cible ne se trouvait plus à New York, mais dans une pièce voisine de celle où se déroulait son interrogatoire, aussi dépouillée et impersonnelle.

C'était Rinchard qui procédait à l'interrogatoire. Et c'était mieux comme ça. Pour rien au monde Frida n'aurait voulu que ce soit son admirateur, le commissaire Peeters. Elle avait éprouvé une telle honte qu'il l'ait vue dans cet état… On ne lui avait même pas laissé la possibilité de se repoudrer le nez et de se remettre une touche de rouge à lèvres. Quant à sa perruque, qui valait une petite fortune, un des flics l'avait ramassée et elle ne l'avait plus revue. La police judiciaire fédérale de Bruxelles s'en tenait à ses papiers d'identité : il était Ernest Gare, travesti ou non. On avait juste mis à sa disposition une boîte de mouchoirs en papier très fin pour qu'il puisse essuyer les traces de rimmel et de rouge. Mais la tentative n'avait fait que l'étaler davantage. Désormais, on aurait dit que son visage était barbouillé de suie.

— Pourquoi vous en être pris à une fillette ? interrogea Rinchard froidement pour la énième fois.

— Je l'ai déjà dit. Ma petite sœur est morte sur un terril, sous mes yeux.

— Et c'est pour cette raison que tu t'en prends aux gamines ?

Le passage au tutoiement trahissait l'irritation croissante du flic.

— C'est la première fois, répondit Ernest Gare. Cette… gamine et son frère se moquaient de mon apparence.

— Te fous pas de moi, Gare ! s'emporta Rinchard. Selon leur mère et les autres témoins, tu as lâché un prénom, « Charlotte » ! C'est une autre gosse à qui tu t'en es pris, c'est ça ?

— Non. Charlotte, c'est justement ma sœur. C'était. Elle est morte sur…

— Un terril, oui, tu l'as déjà dit au moins dix fois.

— Vous m'avez posé la question autant de fois.

— Et je te la poserai jusqu'à ce que j'aie la bonne réponse.

— La bonne réponse pour *vous*. Je vous ai dit la vérité.

— Mais le problème, Ernest Gare, c'est que je ne te crois pas. Ta façon de la regarder, avec des yeux de fou, de t'agripper à elle et de ne plus la lâcher, c'est typique d'un prédateur d'enfants, d'un pédophile ! Je veux que tu dises la vérité. Juste la vérité.

— Que vous ne me croyiez pas n'est pas mon problème. J'ai tout dit. Si ça ne vous suffit pas, c'est à mon avocat de prendre le relais.

À partir de cet instant, Ernest Gare se tut. Comment avouer à un flic ses pensées noires qui lui revenaient ponctuellement, en même temps qu'il regardait les gens ou bien lorsqu'il leur parlait. Cette gamine, il avait eu envie de la secouer jusqu'à lui arracher les bras, puis de l'étrangler. Au moment où Rinchard lui parlait, il se voyait lui tartiner le visage de merde. S'il avait cédé à ses pensées noires, il y a longtemps qu'il y serait, derrière les barreaux.

Même si Rinchard était méfiant, Ernest Gare avait réponse à tout et semblait de bonne foi. De surcroît, son nom ne figurait pas dans le fichier des délinquants sexuels et il n'avait aucun antécédent judiciaire. Bien sûr, ce pouvait être une première agression, susceptible de se reproduire. Combien de violeurs et de pédophiles en puissance avaient ainsi été relâchés dans la nature, franchissant par la suite le degré supérieur lors d'une récidive. Ernest Gare semblait impénétrable et pourtant, l'instinct de flic de Marko Rinchard lui soufflait que son homme n'était pas si blanc, qu'il tirait même franchement sur le noir. Quoi qu'il en soit, Gare avait seulement secoué la fillette en criant. On ne mettait pas quelqu'un en prison pour ça. Peut-être prendrait-il tout au plus quelques mois avec sursis. Ou simplement une bonne amende.

Dans la salle d'interrogatoire voisine, les murs résonnaient de souvenirs douloureux pour Hanah. Elle avait à peine dormi dans l'avion et elle avait été transférée dès l'atterrissage à la PJ de Bruxelles, rue Royale, où on lui avait accordé un verre d'eau et un café avant l'interrogatoire.

Sur la table devant elle était posée, dépliée, la lettre du corbeau l'accusant du meurtre d'Anton Vifkin.

— C'est sur la foi d'un bout de papier anonyme que vous me faites traverser l'Atlantique, Peeters ? Vous êtes en carence d'affaires en ce moment, pour exhumer un *cold case* ? lâcha Hanah en regardant le commissaire au fond des yeux.

Les années avaient passé sur le visage de Peeters. Mais ce n'était pas seulement le temps qui y avait laissé ses marques. Il y avait autre chose qu'Hanah perçut tout de suite. Il ressemblait à une vieille maison recouverte de lierre dont certains pans étaient en ruine. Sa longue et solide expérience de l'âme humaine avait aussitôt averti la profileuse d'un gouffre que Peeters portait en lui. L'homme devant elle n'avait plus rien à perdre. C'était une sorte de mort-vivant.

— Content de vous revoir, Kardec, répondit-il.

À ce nom, Hanah sentit monter un tremblement intérieur, qu'elle parvint à maîtriser en respirant lentement. Le Belge connaissait-il l'horrible parcours meurtrier de son père ?

— Je ne peux pas en dire autant, Peeters.

À côté du commissaire était assise une certaine Abel. La réplique de Baxter lui arracha un sourire malgré elle. Belle femme, un peu énigmatique, pensa Hanah.

— Je m'en doute, reprit Peeters. Votre ancien associé, du moins ce qu'il en reste, est à l'IML pour être autopsié pour la troisième fois.

— On ne pouvait pas le laisser en paix…

— Dites ça au corbeau.

— Oui, votre unique pièce à conviction. Ça ne pèse pas bien lourd, des plumes. En fait, vous n'avez rien contre moi. Vous pouvez déjà me prendre un billet retour.

— Vous savez bien que vous ne retournerez pas à New York avant que cette affaire ne soit élucidée et classée.

— Je vous répète que sans preuves…

— D'accord, Kardec, un point pour vous. Mais même si je vous libérais maintenant, vous ne franchiriez pas la porte de cet immeuble.

Le sourire qu'afficha Peeters à cet instant était à la fois une provocation et un aveu.

— Je vous étranglerais sur place, Peeters, si je pouvais, lâcha Hanah qui venait de comprendre.

— Et vous resteriez ici jusqu'à la fin de vos jours, mais derrière les barreaux.

— Depuis le début, vous saviez donc que je ne suis pas coupable dans cette affaire !

— La lettre du corbeau a suffi à réchauffer le dossier. Ensuite, il fallait vous faire venir.

— C'est réussi. Et vous ne pouviez pas tout simplement me passer un coup de fil ?

Abel semblait déroutée. Son regard passait de l'un à l'autre comme si elle suivait une balle invisible. Ce qu'elle ignorait, c'était que Peeters et Baxter se connaissaient par cœur. Et surtout, que son supérieur avait une petite idée derrière la tête.

— Comment vous joindre ? Vous ne m'avez pas laissé votre téléphone en partant.

— Il y avait d'autres moyens.

— Lorsque nous avons reçu cette lettre anonyme vous accusant du meurtre de votre ancien associé, je dois vous dire que mon intime conviction de l'époque a refait surface.

— Je sais, Peeters. Vous m'avez suspectée jusqu'au

bout. Il m'a fallu un sacré bon avocat. Et, à quoi ou à qui dois-je ce revirement ?

— À Vifkin lui-même. Il vous a sauvée, cette fois, on dirait.

— Sauvée ? Carrément… Pourtant, me voir dans cette situation l'aurait bien amusé, je pense.

— Eh bien, il faut croire que mort, il s'est radouci. Et que le légiste est meilleur que celui de l'époque qui n'avait sans doute pas assez bien fouillé la matière grise du grand profileur. Parce que le dernier examen des restes a été pratiqué hier soir par le légiste en chef et le docteur Irénée.

Sur ces mots, Peeters sortit de la poche intérieure de sa veste en lin un sachet, qu'il jeta sur la table.

— Reçu ce matin, à la première heure, de l'IML.

À l'intérieur du sac transparent luisait un petit objet court, à l'extrémité en ogive. Une balle, habillée d'une fine feuille d'or.

— Et me tenir au courant, c'est en option ? réagit Abel.

— Seriez-vous de nature impulsive, commandant ? répliqua Peeters amusé. Vous l'êtes, au jus, maintenant. Si je vous avais mise tout de suite dans la confidence, vous y seriez allée de votre grain de sel et de votre fraîcheur encore intacte dans ce métier. « Ça ne peut donc pas être Kardec », m'auriez-vous dit…

— Je vous le dis, en effet.

— Sauf que vous prêchez un convaincu.

— Pourriez-vous m'expliquer, Peeters ? lança Hanah que toute fatigue venait subitement d'abandonner. Je nage complètement, là…

— Cette balle que vous voyez, ma chère Kardec, et que nos deux merveilleux légistes ont trouvée dans la boîte crânienne de Vifkin, un peu plus aérée qu'à l'époque, a une particularité.

— On dirait qu'elle est en or.

— Elle est dorée à la feuille. Manuellement. C'est un 9 mm, utilisé dans des armes de type PPK. Et il n'y a qu'un homme qui signe avec ce genre de balle à faible portée. Parce que lorsqu'il se trouve devant sa cible, il n'est pas à plus d'un mètre, en général. Un tueur à gages dont on a retrouvé deux victimes, à peu près à l'époque du meurtre de Vifkin, mais qu'on n'a jamais réussi à identifier.

— Vous n'avez que sa signature. Je comprends mieux... Son mode opératoire vous laisse penser qu'il s'agit plutôt d'un tueur à gages que d'un tueur en série. Propre, sans agression sexuelle, sans domination corporelle de ses victimes, pas de fétichisme, ni de trophées... Ce qui est quand même étrange, c'est que Vifkin a été retrouvé dévêtu. J'y ai souvent pensé. Peut-être une mise en scène du tueur ? Ou on lui aurait volé ses vêtements ?

— On ne pourra le savoir qu'en mettant la main sur l'assassin. Et vu le nombre d'années écoulées, notre gars est peut-être mort.

— Parce que vous n'avez que trois meurtres avec ce mode opératoire ? s'enquit Baxter, sentant remonter peu à peu son instinct de chasse et son goût prononcé pour le décodage de la psyché.

— Trois meurtres connus, oui. Mais d'autres ont pu nous échapper. Ou alors, le tueur est mort peu de temps après. Ou bien un événement l'a contraint à cesser son activité. Ce ne serait pas du luxe si vous nous donniez un coup de main, Kardec.

Ainsi, Peeters l'avait jouée fine jusqu'au bout, se

dit Hanah, soulagée, même si elle craignait encore un tour du vieux renard.

— Si je refuse, vous maintenez les poursuites à mon encontre malgré cette nouvelle pièce à conviction, avança-t-elle.

— Vous ne refuserez pas, Kardec. Vous ne renoncerez pas à nous aider à trouver le meurtrier de votre ex-associé grâce à son profil.

— Si, je pourrais refuser, Peeters. Pour une raison bien précise.

— Ah oui ? Et laquelle ?

— Si vous continuez à m'appeler Kardec.

Sans crier gare…

Sans perdre une seconde, Hanah voulut voir la dépouille de Vifkin détenue à l'institut médico-légal. Hasard ou non, au moment où elle sortait de la salle d'interrogatoire les mains libres, Ernest Gare sortait lui aussi de la salle voisine, menottes aux poignets, en direction de sa cellule.

Baxter ne le regarda d'abord qu'avec une curiosité mêlée d'un étrange malaise alors qu'elle passait à sa hauteur. Mais l'expression fixe et glaciale que cette terrible face de clown lui renvoya souleva des frissons sur tout son corps. Parce que Ernest Gare, lui, l'avait reconnue. Il ne disposait que d'une vieille photo de presse remise par le commanditaire, mais elle n'avait presque pas changé. Certaines femmes changent de couleur ou de coupe de cheveux. Hanah les portait aujourd'hui courts et dressés et était restée brune. En étudiant son visage sur la photo, Ernest Gare s'était dit qu'une mâchoire aussi carrée définissait une tendance combative et une grande détermination. La seule chose qui le surprit fut la taille de sa cible. Plus petite qu'il l'avait imaginée.

Il ne laissa rien transparaître de la surprise, ni

surtout de la colère qui l'étreignit, à la voir si près, à portée de main et de balle. Passé ces ombres, il se reprit. Il n'aurait pas à accomplir ce trajet tant redouté en avion, sa cible était là. Enfin. Encore lui fallait-il quitter cet endroit où il ne pourrait rien entreprendre. Il ne doutait pas qu'il sortirait bientôt, n'ayant aucun antécédent d'agression sur mineure, cependant, ils le garderaient le maximum de temps autorisé, espérant lui faire cracher des aveux sur ce qu'il n'avait pas commis. Elle, elle était libre et peut-être même travaillait-elle avec la PJ de Bruxelles. Qui sait où elle serait lorsqu'on le relâcherait? Repartie à New York…

Derrière la profileuse marchait Peeters, qui ne lui avait accordé qu'un bref regard, comme s'il cherchait à se rappeler où ils s'étaient vus. « Vous m'avez déjà oublié, commissaire! C'est moi que vous avez interrogé à l'aéroport! Et je connais très bien cette Frida que vous allez admirer, seul à votre table, les soirs de week-end, dans ce bar-cabaret, en France», brûlait de dire Ernest Gare. Au moins attirerait-il l'attention du flic…

Rinchard adressa un grand sourire admiratif à la profileuse, dont il connaissait le parcours brillant.

— Qui était-ce? demanda Hanah à Peeters une fois les deux hommes hors de vue.

— Marko Rinchard, un gars de chez nous, très bien, excellent élément.

— Non, Peeters, je parlais du type menotté. Il a un regard glaçant.

— Ah, lui… Rinchard vient de l'interroger suite à un comportement étrange à l'aéroport.

Peeters raconta à Hanah l'histoire en quelques mots.

— Ce serait un travesti.

— Un rapport avec l'agression ?

— A priori, non. Mais Rinchard m'en dira plus. C'est lui qui s'en charge.

Sans comprendre pourquoi, lorsque les yeux d'Ernest Gare s'étaient posés sur elle, Hanah avait ressenti comme un courant d'air glacé et son trouble persistait. Le vide d'un tel regard, elle ne le connaissait que trop. Et elle était même étonnée que ce type ait été interpellé pour une affaire aussi bénigne.

— Vous me direz ?

— Il vous a fait une telle impression ? s'esclaffa Peeters.

— Je la comprends, enchérit Abel. Il a un truc assez effrayant.

— Ah, les femmes, il vous faut toujours de l'extraordinaire, de l'adrénaline ! Parfois, les choses sont bien plus simples. Avec Vifkin, on a une véritable affaire. Alors si vous voulez des sensations fortes, c'est par ici…

Une demi-heure plus tard, ils arrivèrent à l'IML et Peeters demanda que Vifkin soit sorti de son tiroir.

Pour Hanah, qui, à l'époque, avait dû identifier le corps ici même, se retrouver face à ce qu'il restait de son ex-associé une fois la chair et les organes tombés en poussière, fut un choc. La fatigue et le stress de ce voyage forcé s'y ajoutant, elle prit sur elle pour ne pas défaillir. Abel, qui s'en aperçut, s'approcha d'elle.

— Ça va aller ? lui demanda-t-elle doucement.

— Ça ira mieux après, mais merci quand même. Je ne m'attendais pas à voir un jour Vifkin dans cet état…

Cette vision la renvoyait aussi à notre destinée commune. En particulier à la sienne. Hanah se souvint pourquoi elle s'était juré de se faire incinérer.

— Je vous l'avais dit, Kar… Baxter, que ce ne serait pas une partie de plaisir, lança Peeters en s'essuyant le nez.

Ses allergies revenaient avec la chaleur et le vent. Apparues peu de temps après la mort de Simon.

— À part la balle dorée et la lettre du corbeau, vous avez d'autres éléments ?

— *Nada.* Rien de plus. Mais surtout, rien de plus qu'il y a vingt-deux ans.

Vingt-deux ans… Vifkin aurait eu aujourd'hui près de soixante ans, se dit Hanah. Seraient-ils restés en contact ? Rien n'était moins sûr. Il l'avait déjà lâchée, à l'époque. Comme s'il craignait de se retrouver face à une élève qui lui tiendrait la dragée haute.

Tué par la balle d'un tueur à gages. Qui avait pu vouloir sa mort au point de le faire exécuter ? Deux autres victimes… Qui étaient-elles ? Y avait-il un lien entre elles ? L'enquête ne faisait que commencer…

De son ex-associé, à part son addiction au sexe et aux drogues, Baxter ne connaissait finalement que ce qu'il avait bien voulu qu'elle sache. Et elle était alors trop inexpérimentée pour dresser son profil, comme elle le faisait désormais systématiquement, par vigilance et peut-être par paranoïa. D'ailleurs, Peeters et Abel étaient déjà sur la liste. Elle savait qu'Anton Vifkin avait collectionné les maîtresses, les trophées de chasse et les adversaires. Que ce soient des femmes trompées, leurs maris ou les grands criminels arrêtés grâce à ses méthodes, le profileur belge ne manquait pas d'ennemis.

Devant Hanah, le squelette arborait un rictus figé, comme si Vifkin s'était une dernière fois joué d'elle. Hanah le haïssait, même dans cet état. Étrangement, les souvenirs lui revenaient en cascade. Et pas forcément les meilleurs. Elle se rappelait la fois où, comme dans une sorte de stupide bizutage, il l'avait collée sur une fausse affaire, qu'il avait montée de toutes pièces. Dans son désir d'impressionner celui qui la formait à ce métier, elle y avait travaillé nuit et jour. Mais le tueur en série dont elle devait établir le profil n'existait pas plus que le Père Noël. En comprenant qu'il s'était payé sa tête et lui avait fait perdre des heures précieuses, elle avait franchement eu envie de l'étriper. Et plus elle progressait et brillait à force de travail et de passion, plus Vifkin tentait de la maintenir sous son emprise.

— Si ça vous intéresse, j'ai retrouvé ça.

La voix du docteur Irénée, le légiste en second, un grand Black dont le sourire suffisait à éclairer la salle d'autopsie, fit sursauter tout le monde, et ce qu'il brandissait devant eux dans un sachet transparent les cloua sur place. Hanah la première.

— Une alliance ? demanda Peeters.

Le métal précieux avait mieux résisté que la peau et la chair.

— Ça m'en a tout l'air, répondit le médecin. Il y a un prénom gravé à l'intérieur.

— Vous avez pu voir ce que c'est ?

— J'ai fait un tirage macro. Tenez.

Malgré une légère abrasion, la gravure était bien visible sur le cliché. On pouvait lire distinctement *Hanah*.

Doutes

— « Hanah » ? Vous m'expliquez, Baxter ? interrogea Peeters avec sévérité.

— Vous expliquer quoi, Peeters ? Que je suis aussi surprise que vous ? Que je n'ai rien à voir avec ça ? Mais vous n'allez pas me croire.

— Je ne crois que ce que je vois. Et là, je vois votre prénom gravé à l'intérieur d'une alliance que portait votre ex-associé, victime d'un meurtre.

— Probablement assassiné par un tueur à gages, vous l'avez vous-même reconnu tout à l'heure, répliqua Hanah abasourdie.

— Votre prénom s'écrit avec un seul *n* ou deux ? demanda soudain Abel, qui scrutait toujours la photo.

— Un seul.

— Eh bien, là, on en devine un deuxième… regardez bien le petit espace entre le premier *n* et le *a*. C'est l'espace d'une lettre.

— Abel, merci de venir au secours de Baxter et vive la solidarité féminine, mais ça ne me saute pas aux yeux. Il va falloir un examen plus approfondi de l'anneau par un joaillier. Heureusement, j'ai un ami dans la partie qui pourrait nous dire ça rapidement.

— Peeters, pourquoi vous aurais-je caché une relation amoureuse avec Vifkin ?

— Vous savez très bien que le crime passionnel est en première ligne dans les statistiques. Et avec sa réputation de coureur…

— J'aurais accepté d'avoir une relation avec lui pour ensuite payer un tueur à gages en vue de le supprimer ? Avec ce que je gagnais à l'époque ?

— Les femmes pensent toujours qu'elles arriveront à changer la nature profonde de l'homme dont elles se sont entichées. Il n'y a qu'à voir toutes celles qui entretiennent une correspondance avec les pires criminels, des tueurs en série, des monstres tels que Fourniret, Charles Manson…

— Arrêtez avec ces généralités sexistes ! explosa Abel qui avait le sentiment de compter les points entre deux joueurs d'échecs. Les femmes ceci, les femmes cela…

— Eh bien, Abel, on dirait que j'ai touché une corde sensible. C'est un simple constat…

— Je ne fais pas partie de ces femmes, trancha Baxter. Et pour tout vous dire, Peeters, je suis lesbienne.

Ces mots étaient destinés à répondre au commissaire, pourtant, en les prononçant, le regard d'Hanah s'attarda sur Abel, qui baissa aussitôt les yeux. Encore une qui ne s'assume pas, se dit Baxter en retenant une moue.

— Ce qui ne vous a pas empêchée de coucher avec Vifkin, si je ne me trompe ? enchérit Peeters, déterminé à déstabiliser la profileuse.

— Coucher ne veut pas dire être amoureuse. J'avais

une grande admiration pour le professionnel, en revanche, je trouvais l'homme plutôt minable.

Sous le poids du regard soupçonneux de Peeters, Hanah avait l'impression d'avoir fait un bond dans le temps. Des années en arrière.

— Bon, je retourne en garde à vue, c'est ça, Peeters ? demanda-t-elle exaspérée.

— Comme vous y allez… On va d'abord résoudre l'énigme du *n* et puis on avisera. Mais ce qui me chiffonne, c'est que cet anneau n'ait pas été signalé par le légiste à l'époque. D'autant qu'il était porté à la main droite.

— Ce sont les protestants qui portent leur alliance à l'annulaire droit, lança Baxter.

— Comme les orthodoxes, ajouta Abel.

— Vifkin n'était ni l'un ni l'autre, à ma connaissance, dit Hanah. Peut-être que le légiste n'a pas jugé ce détail important.

— Portait-il cet anneau quand vous l'avez vu pour la dernière fois ?

Baxter secoua la tête pensivement.

— Je l'aurais remarqué. Vifkin n'était pas du genre à arborer des signes d'un quelconque engagement de nature sentimentale.

— Pensez-vous qu'il ait pu être secrètement amoureux de son associée ?

Malgré les circonstances, Hanah ne put retenir un éclat de rire.

— Vous me prêtez plus de charmes que je n'en ai aux yeux de ces messieurs, Peeters ! Il ne s'est jamais déclaré, en tout cas. Et je le vois encore moins porter un anneau gravé de mon prénom pour se souvenir de moi. Ça lui aurait plutôt brûlé le doigt…

— À ce point ?

— Nos rapports s'étaient dégradés. Je crois qu'en fait nous ne nous supportions plus. D'ailleurs, j'avais pris mes distances et quitté l'agence.

— Pour quelle raison ?

— Des divergences fondamentales sur la façon d'exercer notre métier. Ses diverses addictions, aussi…

— Pourtant, vous en avez une, d'addiction.

— Vous êtes bien renseigné. J'en avais une. Ce n'est plus d'actualité.

Peeters planta ses yeux dans ceux d'Hanah. Vides. Le vide du désespoir.

— Vous devez être fatiguée. Je vais vous conduire dans un endroit où vous serez tranquille, où vous pourrez vous reposer sans être trop dépaysée.

— Ah ? Et où donc ? demanda Hanah d'une voix piquée par la curiosité.

— Chez votre ancien associé. L'appartement est resté inoccupé depuis le meurtre.

Seule

Hanah aurait de loin préféré être à l'hôtel. Mais déjà, elle pouvait se sentir soulagée de ne pas se retrouver dans un autre décor. Une cellule avec des barreaux, par exemple. Arrivée menottes aux poignets, elle ne dormirait pas aux frais de la PJ de Bruxelles et du roi des Belges. Pourtant, elle soupçonnait Peeters de jouer à un petit jeu avec elle. Un jeu dont il avait dessiné les grandes lignes, l'une d'elles étant ce séjour forcé chez son ex-associé. Elle n'était pas non plus très loin de penser que c'était Peeters, le corbeau. Après tout, ce seul courrier anonyme qui l'accusait du meurtre de Vifkin avait suffi à réchauffer le *cold case*. Le meilleur moyen de la faire venir malgré elle. Il le lui avait d'ailleurs dit à demi-mot.

— On se retrouve demain. Je passerai vous chercher, lui avait-il lancé après l'avoir déposée, sans même lui proposer d'entrer avec elle.

Il était presque 16 heures, il régnait une chaleur moite. L'appartement n'était pas fermé à clef, mais les scellés avaient été laissés sur la porte, Vifkin n'ayant pas d'héritiers.

— Il vous suffira de les faire sauter, avait dit Peeters.

Ce qu'elle avait fait. Vifkin avait choisi un appartement du centre-ville, au coin de la rue aux Laines et de la rue Montserrat, non loin du palais de Justice – était-ce un choix délibéré ? Même s'il n'était pas aussi paranoïaque que Baxter, dans sa tour d'ivoire new-yorkaise, il avait évité le rez-de-chaussée et même le premier étage. Son appartement était au cinquième ; la porte d'entrée n'était pas blindée et ne comportait qu'un seul verrou. Mais à l'intérieur, à l'époque, on trouvait ce qu'il fallait. Trois fusils de chasse, dont une Winchester. Des couteaux de plongée. Quatre pistolets Magnum. Un petit arsenal récupéré par la *politie* lors de la première perquisition.

Les pièces n'avaient pas dû être aérées depuis des années, laissant flotter des relents de bois, de vieux tissu, et probablement d'animaux morts coincés dans un conduit. Étrangement, l'électricité n'avait pas été coupée depuis tout ce temps et Hanah put allumer pour s'orienter dans les trois cent vingt mètres carrés, avant d'aller en apnée ouvrir les volets et les fenêtres en grand. Puis elle s'attarda dans chaque pièce tandis que les souvenirs remontaient à la surface de sa mémoire comme de vieilles bouteilles tapissées de moisissures. Il s'en était passé des choses, ici… À commencer par son dépucelage, sur le tapis mité, devant l'une des cheminées. Puis les parties fines, sous alcool et coke – fines étant un mot bien délicat pour désigner ce qui était loin de l'être. Des partouzes, en somme, avec des ténors du barreau, leurs femmes, un député, des chefs d'entreprise… La langue française a l'art d'enrober d'une délicatesse hypocrite les plus grandes obscénités. Les « maisons closes » sont des bordels, tout simplement. La merde dans un bas de soie. Et avec Vifkin, Hanah en avait bouffé, de la merde. Jusqu'à ce qu'elle se rebelle et refuse d'assister à ces fameuses soirées, même sous le prétexte, courant, de fêter la condamnation d'un tueur en série que la *politie* avait appréhendé grâce au profilage. Elle les revoyait, ces femmes, bouche et cuisses ouvertes sur toutes les bites qui passaient à leur portée, haletant comme des chiennes, langue pendante, recevant et redemandant des coups de ceinture. Comment peut-on tomber aussi bas ? se demandait encore Baxter en secouant la poussière du couvre-lit qui formait à elle seule une couverture cotonneuse. « Faut bien décompresser, dans notre métier, chérie ! » clamait Vifkin face au dégoût affiché de Baxter.

Oui, ce lieu avait vu passer des hommes et des femmes… mais il avait surtout abrité un être et sa solitude absolue, vautré sur son canapé, une bouteille de whisky presque vide contre la poitrine, le nez explosé et rouge d'avoir aspiré autant d'une poudre blanche qui lui faisait croire qu'il avait la rapidité et la vue d'un aigle…

Trois coups à la porte d'entrée la tirèrent de ses pensées alors qu'elle déambulait d'une pièce à l'autre.

Se disant avec un peu d'espoir que la charmante Abel venait peut-être prendre de ses nouvelles, elle alla ouvrir. Mais se raidit aussitôt devant l'inconnu qui lui faisait face.

— J'ai vu les fenêtres ouvertes, ça m'a intrigué, dit l'homme qui se tenait devant elle, costume cravate bleu nuit, une sacoche sous le bras, les cheveux noir corbeau gominés, trente-cinq ans tout au plus. Depuis que j'habite ici, les volets de ce logement ont toujours été fermés.

Tout en parlant, il s'appuyait sur une canne au pommeau sculpté, la jambe gauche légèrement repliée.

— Qui êtes-vous ? demanda Hanah, qui n'avait nulle envie d'entreprendre une conversation.

— Le substitut du procureur. Habiter à côté de son travail n'a pas que de mauvais côtés. Mais… ne seriez-vous pas Hanah Baxter, la profileuse extradée des États-Unis ?

— Les nouvelles vont vite, dit-elle, retenant un mouvement de surprise.

En même temps, il était plutôt normal que le substitut du proc soit au courant…

— C'est le commissaire Peeters qui vous a… installée ici ? Je vous croyais en garde à vue.

— On va dire qu'elle a été écourtée suite à un accord.

Les joues de l'homme se creusèrent.

— Ah oui ? Quel genre d'accord, si je peux me permettre ?

— Peeters vous le dira lui-même, s'il le souhaite, trancha Baxter. Et maintenant, j'aimerais me reposer. Je sors de sept heures d'avion et de cinq heures d'interrogatoire.

— Juste une question… Quel effet ça fait d'entrer chez un mort ? En l'occurrence, son ex-associé…

— Retour dans le passé… À l'époque, vous ne deviez pas être très âgé.

— En effet. Mais je vous laisse vous reposer. Nous nous reverrons sans doute bientôt. À mon bureau ou ici, dans les escaliers.

Sans répondre, Hanah referma la porte et s'y adossa, tremblante, avec la désagréable impression qu'un piège dont elle ne mesurait pas encore l'ampleur se refermait peu à peu sur elle.

Libre

Comme prévu, la PJ ne disposant d'aucun élément contre lui, Ernest Gare fut libéré à la fin du temps réglementaire pour une garde à vue sans prolongation. Vingt-quatre heures. Il recouvrait sa liberté, en revanche il figurait désormais dans les fichiers des services de police. Ce qui n'allait pas l'empêcher de retrouver sa cible. Si proche. La dernière.

Une fois dehors, Ernest avait attendu quelques instants devant la porte, humant l'air de la ville, comme s'il pouvait lui fournir une indication sur la direction à prendre. Celle dans laquelle était partie la cible. Mais il ne pourrait rien faire avant d'avoir récupéré son PPK avec son silencieux et ses balles dorées à la feuille. Ce qui signifiait rentrer chez lui, avant de revenir à Bruxelles. Réfléchissant à la meilleure façon de procéder, il décida de faire quelques repérages. Le passage de la profileuse semblait palpable, comme les traces encore toutes fraîches d'un gibier. L'atmosphère vibrait toujours de sa présence. Pour éviter de se faire prendre, il lui fallait agir à l'instar du plus banal des prédateurs. Ne pouvant pas la surprendre chez elle, il devait la ramener pieds et poings liés dans sa tanière.

Bien qu'il fût très loin des nouvelles technologies, il nota instinctivement la concentration des caméras de surveillance devant l'immeuble de la PJ. Se dit que s'il restait dans les parages à guetter l'éventuel retour de la cible, il serait immanquablement filmé. Son manège intriguerait la *politie*. Et la chercher dans toute la ville ou même dans le quartier reviendrait à essayer de trouver un grain de sable dans le désert.

Visiblement, elle connaissait le commissaire. L'amour secret de Frida. Ernest Gare devait faire entrer en scène son personnage nocturne : Frida servirait d'appât. Il n'était pas certain qu'établir le contact avec le commissaire belge le mènerait à Baxter, mais c'était le seul moyen qui lui venait à l'esprit. On lui avait rendu sa valise et son sac à main et il put se laver le visage dans les toilettes d'un bar voisin et se changer en mettant ses vêtements de jour, ceux d'Ernest Gare. N'ayant pas de carte bancaire, il avait suffisamment d'espèces sur lui pour louer un utilitaire et assez de temps pour se rendre au No. Un spectacle de travestis était prévu pour le lendemain, Frida n'aurait aucun mal à convaincre le patron de la laisser se produire de façon impromptue, et prendrait une chambre d'hôtel pour attendre la soirée sans rentrer chez elle. C'étaient les filles qui allaient être surprises de la voir, elle qui leur avait presque fait ses adieux !

Ernest Gare s'était souvent demandé si Frida pourrait franchir le pas, si une occasion présentait. Elle avait déjà refusé les avances d'inconnus, mais comment se comporterait-elle face au commissaire ? Même si elle n'était pas insensible au regard brûlant de Peeters posé sur elle, elle ne s'était jamais donnée à un homme, et elle ne l'envisageait pas. Ernest Gare reprenait la main dans ces moments-là, et il n'était pas question pour lui de coucher avec un homme. Encore moins avec le commissaire de la PJ de Bruxelles, où il avait subi un interrogatoire musclé.

Garé dans une rue déserte près du No, Ernest fixa ses prothèses en silicone sur sa poitrine, se scotcha la verge entre les fesses, prenant soin d'aplatir les testicules, prit l'autre perruque platine qu'il avait eu la bonne idée d'emporter dans sa valise et enfila les vêtements de Frida avant de se maquiller devant la glace du rétroviseur. Ici n'existerait que Frida, personne ne devait pouvoir faire le rapprochement avec Ernest Gare. Il prit le chemin de l'hôtel et laissa le fourgon de location un peu plus loin. Ainsi, les employés de l'établissement ne risquaient pas de faire le rapprochement entre Frida et le véhicule. Il était aux alentours de 20 heures lorsque Frida entra dans le hall.

Au regard du réceptionniste, un grand Black en jogging, Frida devina qu'elle n'était pas la première artiste du No à venir dormir ici. Il la suivit des yeux, fixant ses seins avec insistance, jusqu'à ce qu'elle monte dans l'ascenseur, aussi étroit qu'une cabine de douche, qui donnait l'impression de s'essouffler en montant. Malgré elle, Frida avait sans conteste plus de succès auprès des hommes qu'Ernest Gare auprès des femmes. D'ailleurs, il ne cherchait pas à en avoir. Il laissait ce plaisir à celle qu'il devenait certains soirs.

La chambre, dont l'unique fenêtre donnait sur un mur sale et la moquette sentait la vieille chaussette, aurait rendu un clown dépressif. Mais comme les rats, Ernest Gare s'adaptait à n'importe quel environnement, même le plus insalubre. Et, au contraire, il s'y sentait mieux que dans le luxe. C'était pour cette raison que Berlioz et lui étaient faits pour s'entendre.

Frida posa sa valise, arrangea sa perruque, puis marcha jusqu'au No pour essayer d'y rencontrer José, le patron. Elle n'y trouva que sa femme.

— Il devrait être là vers 22 heures, pas avant, dit-elle d'une voix rauque et traînante de fumeuse, avec un accent chti assez prononcé. Je vous sers à boire ?

Contrairement à Ernest Gare, qui ne buvait pas une goutte d'alcool, Frida aimait prendre un verre de temps en temps. Et avait en la matière des goûts plutôt classiques. Malibu, Get 27, whisky-Coca.

— Volontiers, je vais l'attendre ici. Je prendrai un Get 27, merci. Avec de la glace.

— Tenez, dit la patronne en lui tendant un verre rempli de liqueur verte, où tintaient des glaçons.

— À la vôtre.

Frida leva son verre en direction de la femme aux airs et à la gouaille de Jacqueline Maillan.

— Vous n'êtes pas d'ici, vous ? demanda-t-elle. Je veux dire du Nord.

— En effet, sourit Frida. Je vis en Belgique.

— Ah… Bruxelles ?

— Liège.

— Vous venez jusqu'ici juste pour vos spectacles ?

Frida acquiesça en avalant une gorgée. Ernest Gare détestait les interrogatoires, surtout depuis sa garde à vue, mais Frida essayait de tempérer l'agacement qui montait sous la façade.

— C'est drôle, reprit la femme, en général, les

filles… je veux dire, les filles comme vous, ben avant le spectacle, elles viennent pas déjà tout habillées.

— Ah bon ? Elles viennent nues, alors ?

— Ha ! Ha ! Ha ! Vous êtes drôle, vous ! Non, mais on les voit au naturel. Leur vrai sexe, quoi.

— Je suis toujours venue comme ça. Pour moi, c'est ça, au naturel.

La femme regarda Frida d'un air surpris.

— Si pour vous c'est au naturel, c'est que vous… vous êtes un transsexuel ?

— Non, je ne me sens pas femme dans ma tête. Ici, je suis Frida. Ailleurs, je suis un autre.

— Mais vous, le vrai vous, c'est Frida ou l'autre ?

— Les deux, je crois bien. Ça a fini par être les deux.

— En fait, je comprends rien à tout ça.

— À quoi ?

— Que vous soyez les deux, mais surtout, comment on peut naître homme et se sentir femme au point de vouloir changer de sexe, et pareil pour les femmes qui veulent devenir des hommes. Ça me dépasse !

— La nature est aussi complexe que le cerveau humain, puisque c'est elle qui l'a ainsi conçu.

— Trop compliqué pour moi, conclut Jacqueline en nettoyant le bar.

Frida sourit. Elle se sentait chez elle, ici. Des années qu'elle se produisait au No. Elle aimait ça. Se sentait exister, dans le regard du public. Des habitués, pour la plupart. Une famille. Sa famille. Celle qu'elle s'était choisie. La plus fidèle. La meilleure.

Lorsque le patron arriva, vers 22 h 30, Frida en était à son cinquième verre et riait aux éclats avec

Jacqueline. Il fut apparemment aussi content que surpris de la revoir si vite.

— Bien sûr qu'il y a une place pour notre star demain soir ! dit-il en lui tapant gentiment sur les fesses.

Frida se retourna vivement, jouant les offensées. Elle allait rentrer à l'hôtel, mais une question la chatouillait.

— *Il* a réservé sa table ?

— Comme tous les vendredis. Maintenant, viendra-t-il ? répondit le boss avec un clin d'œil.

Il connaissait le penchant de Frida pour l'habitué du vendredi, amateur de champagne et de solitude.

Il faut qu'il vienne, il le faut, pensa Frida très fort en sortant dans la tiédeur nocturne du mois de juin.

Ange

La bête était dans sa ligne de mire, mais ces foutus tremblements recommençaient. C'était cette nouvelle, qui la bouleversait. Pourtant il lui fallait ce gibier. Un chevreuil. Elle devait se nourrir, tout simplement. Devait nourrir sa mère. Et Jérémy. Le cuissot de chevreuil aux baies rouges, il adorait.

Elle baissa son arme, respira, écarta de sa main calleuse la mèche sur son front, reprit le fusil à deux mains, le leva, la crosse calée dans le creux de l'épaule, prête à amortir la puissance du recul, retint son souffle, visa et tira. Elle utilisait de la chevrotine liée, qui atteignait sa cible en formant une sorte de toile d'araignée, vingt et un grains attachés par un fil. Ce type de munition était pensé pour des cibles mouvantes telles que le chevreuil, mais il était dangereux : si la chevrotine rencontrait un obstacle qui la détournait de sa trajectoire, elle pouvait revenir comme un boomerang sur le chasseur. Cependant, depuis qu'elle avait appris les gestes de son père, Ange la maniait sans même y penser.

Pourtant, ce jour-là, c'était différent, un vent glacé soufflait au fond d'elle, rendant ses gestes moins précis, malgré son masque de terre fraîche en guise de camouflage. La toile d'araignée manqua sa cible et alla frapper un jeune arbre de plein fouet. Les morceaux d'écorce volèrent, mettant le tronc à nu comme de la chair. De la sève coula, brune et poisseuse. Le chevreuil détala, disparaissant dans la végétation.

Ange poussa un cri de rage. Contrairement aux sangliers, les chevreuils se raréfiaient, une occasion pareille ne se représenterait peut-être plus avant un moment. Elle dut se résigner et se rabattre sur un lièvre pris au collet. Un des pièges qu'elle posait, la nuit, au cas où elle serait bredouille au fusil. Avant, elle chassait sur ses terres, mais le gibier manquait désormais, et Ange avait dû étendre son terrain de chasse à la forêt voisine. Elle payait pour le gros gibier, mais braconnait le petit.

À cause de la chevrotine, elle préférait se passer de l'aide d'un chien qu'elle aurait risqué de blesser ou de tuer. Elle élevait huit molosses, enfermés dans un chenil, mais ce n'étaient pas des chiens de chasse. Certaines nuits, elle les lâchait sur le domaine pour qu'ils se dépensent. Dans un autre enclos, plus grand, en plus d'un vaste potager, elle avait mis des chèvres qui lui donnaient du lait avec lequel elle fabriquait du fromage, quelques poules pour les œufs, et des oies, dont les plus agressives étaient dressées à garder la propriété. Les chiens risquaient de tuer un intrus, alors que les oies se contenteraient de le chasser ou de lui pincer les mollets au sang.

Le fusil cassé sur l'épaule, le lièvre tenu par les pattes arrière, la tête et les antérieurs pendants, Ange rentra sous une petite pluie crépitante. Dans l'humidité et la moiteur d'un été timide, la terre libérait des odeurs musquées, que la jeune femme aimait depuis toujours. Champignons, feuilles mortes, mousse, branches pourries, glands. Elle avait passé ici une partie de son enfance, avant que les événements n'obligent ses parents à déménager en ville. Mais elle avait toujours su qu'elle reviendrait à sa terre, à ses arbres, à sa forêt. Une femme d'une beauté sombre et sauvage, vivant encore, à trente-trois ans, avec sa mère, en autarcie, avec des animaux, paraissait étrange dans une certaine logique sociale. Ce n'était pas son problème. De toute façon, Ange était persuadée, à l'instar des collapsologues, que dans un avenir qu'elle connaîtrait il ne serait plus question que de survie. Alors, autant s'y préparer au mieux. Car ce qui relevait de la science-fiction au siècle dernier était désormais possible et envisageable. Parce que les prédictions d'un de ses romans cultes, *1984*, d'Orwell, appartenaient déjà au passé.

Elle entra dans l'immense cuisine dont les portes-fenêtres donnaient directement sur le potager sous serre où elle cultivait carottes, salades, courgettes, choux et courges. Elle se lava les mains et le visage, puis entrepris de s'occuper du lièvre dont elle fit glisser la fourrure comme une chaussette, laissant la chair à vif. Ce n'était pour elle qu'un geste naturel. Elle n'aimait pas voir les animaux souffrir et elle se sentait mille fois plus proche d'eux que de l'espèce humaine. En revanche, elle chassait pour les nourrir, elle, sa mère et Jérémy, son jeune frère, sans prolonger une souffrance inutile. C'est pourquoi elle n'utilisait les pièges que si, vraiment, elle ne pouvait faire autrement. Elle ne concevait pas de devoir retourner à la civilisation, ne serait-ce que pour se ravitailler.

Un cri lancinant venu de l'étage résonna dans le silence de la demeure, tirant Ange de ses pensées, sombres comme souvent. Chaque fois qu'elle l'entendait, c'était comme si on lui pressait le cœur et, pourtant, le sien s'était endurci, fossilisé, à tel point qu'elle était incapable d'amour pour qui que ce fût. À peine en éprouvait-elle pour sa mère, bien qu'elle se précipitât auprès d'elle à chacun de ses hurlements. Il y avait longtemps que Sylvie Defer s'était enfermée dans sa tête, imperméable à un monde qui ne la touchait plus. On lui avait arraché le cœur, on l'avait privée de sa substance, asséchée. Vivre dans cette cave que lui avait construite son cerveau pour ne pas mourir était le mieux qui puisse lui arriver.

Ange monta quatre à quatre les marches jusqu'à la chambre. Elle n'avait plus que sa mère, désormais. Et Jérémy. Leur frère aîné avait fait sa vie loin d'eux. Il habitait en ville, si différent d'elle, après avoir été si proche, dans leur enfance. Il venait parfois les voir malgré un travail prenant. Il leur apportait les produits qu'Ange ne pouvait fabriquer elle-même. Comment était-il possible qu'une même fratrie réunisse des personnalités aussi disparates, aussi opposées…

Elle trouva sa mère assise par terre, prostrée, berçant Jérémy dans ses bras, endormi ou inconscient. Il était impossible de distinguer un état de l'autre, le jeune homme se trouvant dans un état végétatif.

Ange s'approcha doucement de Sylvie Defer, lui retira Jérémy sans qu'elle réagisse et alla le déposer sur le lit. Malgré ses trente et un ans, son corps était encore celui d'un enfant. Ange, dont la musculature, développée à force de tâches physiques et de bois tronçonné à la hache, était presque celle d'un homme, aurait pu porter trois Jérémy sur son dos.

Comme si elle reprenait ses esprits, sa mère se retourna vivement vers elle et se mit à ramper dans sa direction, les bras tendus.

— Qui es-tu ? Non ! Va-t'en ! Sors d'ici !

— Arrête, maman, calme-toi. C'est moi, Ange, ta fille, dit-elle en la prenant fermement par les épaules pour l'asseoir sur son fauteuil.

— Non ! Où est mon fils ? C'est mon fils que je veux voir !

— Maman, ça suffit ! Jérémy est là, tu le tenais dans tes bras. Je l'ai couché sur le lit, il est juste endormi, comme d'habitude… Je vais te faire prendre ton cachet, tiens, donne ta main…

Elle approcha les doigts crispés de sa mère de la tête de Jérémy pour qu'elle caresse ses mèches blondes.

— Tu vois ? Il est là. Je vais m'en occuper. Lui aussi a son médicament à prendre. Tu voudras le lui donner ?

Sa mère hocha la tête en reniflant. Ses cheveux d'un blanc jauni tombaient en pagaille sur ses épaules.

— Je vais te faire un shampoing et te raccourcir tout ça, tu finiras par t'étouffer avec cette tignasse, souffla Ange d'un air las. On le fera demain, d'accord ? Je prépare à manger, maintenant. On a du lapin, pour déjeuner. Tu aimes ça, hein, avec des carottes, des pruneaux et un peu de laurier. Voilà ton cachet. Tu me promets de rester calme, maman ? Je ne peux pas être partout. Je vous apporterai vos assiettes.

— Merci, ma chérie.

La chambre. Sylvie Defer n'en sortait plus que pour aller aux toilettes, tandis que Jérémy urinait dans une sonde et déféquait, assis sur son fauteuil, équipé d'un pot. Ange lâcha la main fripée de sa mère avec un sentiment de dégoût. Tout serait tellement plus simple si elle était seule. Mais il y avait la promesse faite à son père mourant, celle de s'occuper de leur mère et de son jeune frère réduit à l'état de légume jusqu'à son dernier souffle…

Elle revint près du lit et posa la main sur le front de Jérémy. Il était brûlant. Que ressentait-il, à l'intérieur ? Lui qui ressemblait tellement à une coquille vide… Percevait-il ce qui se passait autour de lui ? Les cris terrifiés de leur mère, les paroles de réconfort de sa sœur, entre deux tâches domestiques… Tout ce qui reposait sur les épaules de la jeune femme. C'était trop et, aujourd'hui, elle sentait qu'elle atteignait ses limites.

Ange prépara le lièvre avec une sauce au vin où baignaient des pruneaux dénoyautés et des rondelles de carottes, puis monta les deux assiettes dans la chambre. Le plat était un délice. Et pour Ange, ces moments d'apaisement durant lesquels le visage de sa mère, et même celui de son frère, dont le regard semblait retrouver une lueur de vivacité, s'éclairaient de plaisir, étaient une bénédiction. Des instants de grâce et de pureté. Voir ces deux êtres – ceux qu'elle aimait et détestait le plus au monde –, l'un enfermé dans son esprit, l'autre dans son corps, s'animer soudain en mangeant l'emplissait de l'unique bonheur qu'elle s'autorisait. Le reste de sa vie n'était que devoir.

Le contenu des assiettes englouti, Ange redescendit ajouter la vaisselle à la pile qui occupait déjà l'évier. Encore une corvée à accomplir… demain.

Une chose l'obsédait. Ils auraient dû avoir du

chevreuil pour le repas. Mais elle l'avait manqué. Lamentablement. Tout ça à cause de ce qu'elle avait appris et qui venait bouleverser le cours des choses. Elle sentait gronder la rage en elle. Une rage enfouie, tapissée de terre et de feuilles mortes.

Laissant tout en plan dans la cuisine, elle prit un trousseau de clefs, se rendit au chenil où les molosses jappaient d'impatience et l'accueillirent comme le bon Dieu. Elle en choisit un parmi les plus taillés, à la mâchoire puissante, et l'attacha.

Lorsqu'elle ouvrit la porte sur l'obscurité froide, quelque chose bougea à l'intérieur, dans un raclement sur la pierre du sol. Le chien émit aussitôt un grognement sourd, découvrant des canines redoutables.

— Vas-y, Arkan, il est à toi, dit-elle en lâchant l'animal dans le noir.

Tandis qu'un hurlement humain se mêlait aux grognements furieux du molosse qui avait déjà bondi sur sa proie, Ange, dont les traits étaient devenus méconnaissables, referma froidement la porte à clef derrière elle et remonta vaquer à ses occupations.

Il était temps d'en finir avec tout ça maintenant, grand temps.

La mort aux trousses

Il avait cru un instant qu'il était libre. Elle lui avait dit de partir, en le laissant passer de l'obscurité de la cave à celle de la nuit. Partir, vite. Aussi vite qu'il le pouvait, malgré ses jambes aux muscles altérés. Et puis, il n'était plus si jeune. Il ne savait même pas si son anniversaire était passé, ayant perdu toute notion de temps. Et ces cris… ces cris terribles, de l'autre côté du mur suintant de moisissures, qui lui avaient glacé le sang. Ceux de Léo. Couverts par les grognements terrifiants d'un chien. Un molosse. Il avait compris qu'il ne reverrait jamais son ami.

Il avait cru que son tour viendrait après et s'était terré dans un coin de la cave, attendant que la porte s'ouvre. Et elle s'était ouverte, la lumière aveuglante d'une lampe torche braquée sur lui, l'empêchant de voir le visage derrière. Il n'avait jamais vu son visage, juste entendu la voix. Une voix de femme, dure, cassante, aussi coupante qu'un rasoir.

— Sors, lui avait-elle ordonné. Sors, dépêche-toi. Mais attention, si tu tentes quoi que ce soit, tu pourriras ici. Je suis armée.

Il avait fini par distinguer une silhouette, longue et mince, et l'arme, en effet. Longue aussi. Un fusil.

Pourquoi le libérait-elle ? Alors que Léo… Il avait étouffé un haut-le-cœur, avait obéi, passant devant. Il chancelait à chaque pas. Depuis combien de temps n'avait-il pas marché ? Monter les escaliers avait été un calvaire. Puis il avait senti ses jambes se dérouiller. Les mouvements lui revenir, avec l'espoir. Surtout l'espoir. De rester en vie. De partir d'ici. Enfin. Même pieds nus. Mais pourquoi le laissait-elle sortir ? Avait-elle renoncé à lui faire subir le même sort qu'à Léo ?

— Vas-y, pars, tu es libre ! Mais cours, si tu peux. Sans te retourner. Parce que mes chiens sont dans les parages, ce sont des staffs, tu connais bien, non ? Alors je ne réponds de rien.

Et, en effet, elle n'avait répondu de rien. Elle les avait même bien encouragés, ses staffs, à se lancer à sa poursuite, alors qu'il courait sans se retourner, oubliant la douleur, les graviers pointus qui lui cisaillaient la plante des pieds.

Grand Seigneur, elle lui avait octroyé dix minutes d'avance. Dix minutes d'espoir. Le temps de gagner la sortie du domaine et de suivre la petite route qu'il avait aussitôt reconnue, même la nuit, à la clarté de la lune. La pleine lune. Elle avait choisi le bon moment. Mais pas pour lui. Pas pour qu'il puisse bien voir devant lui et où il mettait les pieds. Non, pour les chiens lancés à ses trousses.

À peine avait-il franchi la grille – la demeure n'était déjà plus visible, derrière le rideau d'arbres – qu'il les avait entendus. D'abord sa voix à elle, qui les excitait. Puis les aboiements impatients, les gémissements de plaisir à l'idée de la traque. Qu'étaient dix minutes face à presque autant de chiens élevés dans l'idée et avec l'instinct de tuer ? Des staffs américains… Il connaissait, oui. Pour en avoir eu, ici même. La grande époque. Léo et lui gagnaient bien leur vie. Mais le moment n'était pas aux souvenirs… Il avait la mort aux trousses et il le savait.

Ils étaient sept, entre deux et cinq ans. En pleine force, débordant de vitalité et de puissance. À moins d'un miracle, il ne s'en sortirait pas. Même s'il grimpait dans un arbre, ils l'attendraient des heures s'il le fallait. Le temps que leur maîtresse arrive… avec le fusil. Elle se ferait une joie de le regarder tomber de son perchoir et se faire dévorer. Il devinait ses intentions, parce qu'il l'avait compris, une fois sur la petite route, il avait déjà vu cette femme. Il en était certain.

Ils se rapprochent, maintenant. Son pas de course n'est plus très sûr. Il trébuche souvent, glisse sur les feuilles et la terre humide. Il a quitté la petite route, croyant qu'il leur échappera mieux. Mais c'est l'inverse. À son passage, son odeur s'imprime dans le sol et dans l'humus et aussi sur l'écorce des chênes.

Ses poumons sont en feu et, à chaque inspiration, il peut les entendre craquer. À la position de la lune, il doit être minuit passé. Il s'est arrêté pour souffler, deux secondes, peut-être plus, pas beaucoup, la main appuyée contre un tronc rugueux. Il doit déjà repartir. Il les entend, plus proches encore. Leurs hurlements, qui le talonnent. Avoir été libéré pour mourir sous le ciel qu'il n'aura revu que si peu. C'est à lui maintenant de pousser un cri d'impuissance et de colère. Il pense à sa femme et à son petit-fils. Oui, il est déjà grand-père. Sa famille. Qu'ont-ils pensé ? L'ont-ils cherché ? Ont-ils imaginé qu'il était parti pour l'étranger, comme ces gens qui disparaissent pour refaire leur vie ? Mais il n'aurait jamais fait une chose pareille. Pas lui. Ni Léo. Ils étaient bien, dans leur quotidien. Ils se voyaient encore. Léo, son meilleur ami. Presque un membre de la famille. Ils devaient se faire un barbecue bientôt, cet été, pour leurs anniversaires respectifs. Disparu. C'était comme s'il n'existait plus. Et lui, il va mourir à son tour, dévoré, lacéré. Il va mourir, s'ils le rattrapent. Et ils vont le rattraper. Il connaît la vigueur de ces chiens et il mesure les forces qui lui restent. Un miracle. Il faudrait un miracle.

Revenir sur la route et, peut-être, tomber sur une voiture qui roulerait encore à cette heure. En pleine nuit. Malgré son sens de l'orientation, il peine à trouver le chemin. Il a perdu ses repères, tout ce temps passé dans l'obscurité totale.

Un grondement sourd, beaucoup plus proche, cette fois. Aurait-il ralenti à ce point ? Ou bien sont-ils si rapides ? Les staffs sont redoutables au combat, en revanche, ils ne sont pas très endurants. Il s'arrête, regarde derrière lui, affolé. Bruissements dans la nuit. Ils arrivent. Il entend leurs halètements avides, sent déjà leur haleine. Ses pieds sont en sang et ils le hument. C'est ce qui les attire droit à lui. Tout autour, les ténèbres s'agitent. Craquements de branches. Roulement de tonnerre sur la terre. Ils ne sont plus qu'à une cinquantaine de mètres. Ses pieds et ses mains sont des plaies ouvertes, ses jambes se dérobent, il ne court plus, il essaie de trotter encore un peu, ralentit malgré lui, son genou gauche le lâche, il tombe, une flaque, la boue lui entre dans la bouche et les narines, il en a plein les yeux, ne voit plus rien.

De nouveau, la nuit collée à sa rétine. Aveugle.

Couché sur le dos après s'être retourné. C'est peut-être mieux comme ça. Il ne verra pas les premières bêtes surgir comme des ombres dans la clarté lunaire, mais il entendra les aboiements victorieux, il ne les verra pas bondir sur lui, mais sentira leurs crocs se planter dans sa chair telles des pointes de métal et se refermer sur sa gorge dans un craquement d'os, il ne se verra pas mourir, mais sentira la vie le quitter en même temps que d'atroces déchirures sur tout le corps, tandis que les sept chiens, à coups de mâchoire de requin, se disputeront le cadavre en s'acharnant jusqu'à ce qu'il devienne une bouillie sanguinolente, une valse de fragments osseux, de cartilage et de viscères éparpillés entre les arbres, témoins dignes et silencieux de ce carnage.

Le meilleur des engrais

Ange Defer avait rappelé les sept chiens au chenil à l'aide d'un sifflet à ultrasons. Avait eu du mal à les faire revenir après leur festin nocturne. On voyait à leur gueule rougie et à leurs yeux injectés qu'ils avaient goûté au sang de l'homme. Il ne devait plus rester grand-chose, d'autant qu'elle les avait délibérément affamés depuis une semaine pour les rendre plus agressifs. Parce que c'était la meilleure solution pour en finir.

Arkan avait, lui aussi, accompli sa mission dans la cave. Mais il n'en était jamais remonté. Ange était redescendue au bout d'une heure avec son fusil. Ainsi qu'elle s'en doutait, à peine avait-elle ouvert la porte que le chien avait fait mine de bondir sur elle, comme enragé. Il avait encore le goût et l'odeur du sang humain en lui. Il venait d'égorger sa victime sans la voir, ce qui avait décuplé sa peur et son agressivité. Ange était parfaitement calme. Elle n'avait élevé les staffs que pour ça, sachant que ce jour allait arriver. Elle ne s'était pas attachée à ces chiens, conditionnés pour tuer. Des machines, pour lesquelles elle n'éprouvait rien.

Ange avait refermé la porte avant que le staff ne fût sur elle. Elle le nourrissait, mais ne lui avait, comme aux autres, jamais montré d'affection, ni appris la douceur. Il ne voyait en elle que ce qu'il venait de goûter. De la chair et du sang.

Elle avait allumé de l'extérieur et, fusil braqué devant elle, avait ouvert la porte d'une main puis du pied, en même temps qu'elle foudroyait d'une balle en pleine tête le chien sur le point de bondir de nouveau sur elle. Puis elle avait enveloppé les deux cadavres dans une bâche, en attendant la nuit. Les trous étaient déjà creusés dans le potager. Huit fosses moyennes, et une plus grande. Elle y avait passé la journée.

La nuit venue, elle avait donné leur dîner à sa mère et à Jérémy, avait attendu qu'ils s'endorment et était descendue à la cave libérer l'homme de l'autre cellule. Il semblait si reconnaissant et perdu qu'elle aurait pu en être touchée. Mais Ange était vide d'émotions depuis longtemps. Elle ne les sentait remonter qu'au contact de la nature, des arbres, de la terre et de certains animaux.

Quand elle lui avait dit qu'il était libre, elle avait lu l'incrédulité dans ses yeux. Et des questions. Beaucoup de questions. Forcément, elle ne lui avait donné aucune explication sur les raisons de sa séquestration. Elle voulait qu'il cherche bien au fond de sa mémoire, qu'il se torture pendant des heures, des jours, comme son camarade. Et tant pis s'ils devaient ne jamais comprendre : ils quitteraient ce monde sans la réponse qu'ils attendaient.

Lorsque les staffs étaient revenus, leurs yeux brillaient d'une lueur féroce. Ange savait qu'ils guetteraient le bon moment et la moindre faiblesse de sa part. De ce fait ils étaient déjà condamnés.

Elle avait réussi à les faire rentrer dans le chenil, puis, debout sur une échelle posée contre le grillage, elle les avait tués un par un d'une balle de fusil dans la tête. Il n'y avait pas meilleure tireuse dans la région.

Toute la nuit, Ange avait transporté les dépouilles dans la brouette pour les balancer au fond des trous creusés dans la terre molle du potager. Les tombes des huit staffs, Arkan, Milo, Dav, Keno, Drag, Hulk, Skull et Hell. Plus une neuvième pour l'autre. Lorsqu'elle eut terminé il était presque 5 heures. Sa mère et Jérémy allaient bientôt se réveiller.

Elle avait rebouché les neuf trous et tassé la terre avec le dos de la pelle. C'était le meilleur des engrais. Comme les autres, enfouis au même endroit, et qui lui avaient donné de si belles tomates.

Espoir

Vint enfin le grand soir. Frida l'attendait impatiemment pour une double raison. Revoir son commissaire et servir à Ernest Gare la cible tant attendue sur un plateau. Les filles étaient là, aussi ravies que surprises de la revoir si vite.

— À peine partie et déjà rentrée ? Tu devais rester au moins deux semaines ! T'as pas aimé la Grosse Pomme ? Je sais, moi, pourquoi… tu préfères les grosses bananes !

Toutes, y compris Frida, éclatèrent de rire à la plaisanterie grasse de Moon. Chose rare dans le milieu du spectacle travesti, entre elles régnait une entente sincère, sans rivalité ni coups bas.

— Je n'ai même pas décollé, les filles ! L'avion est parti sans moi.

— Tu rigoles ? s'exclama Shellyah.

— Moi, je soupçonne notre super Frida d'avoir la trouille en avion ! gloussa Betty, un travesti sosie de Dalida.

— Dire le contraire serait mentir, avoua Frida en baissant la tête d'un air coupable. J'ai paniqué et je n'ai jamais embarqué.

— Oh, mon pauvre cœur ! C'est trop mignon…

Shellyah simula quelques larmes en se léchant l'index, provoquant de nouveau l'hilarité dans la loge. Frida se forçait un peu, partagée entre l'atmosphère joyeuse et des pensées plus sombres. La réaction qu'elle avait eue à l'aéroport l'inquiétait. Il était temps qu'Ernest Gare prenne sa retraite en s'effaçant devant Frida. Et puis elle savait qu'il y aurait un problème avec lui au sujet du commissaire. Pas question de voir un flic à l'extérieur du No. Et si, s'apercevant du trouble grandissant entre Frida et le commissaire belge, Ernest Gare décidait de sacrifier Frida ? Il était tellement imprévisible… Depuis quelque temps, il ne semblait plus le même. Maussade, ses pensées noires qui revenaient. Ses putains, comme il disait, citant presque Diderot, qui qualifiait ses pensées de « catins ». Il avait même parlé de se rendre sur le terril noir, après sa dernière mission.

Frida avait revêtu l'une de ses plus belles robes, tissu argenté près du corps, fendue sur la jambe droite jusqu'en haut de la cuisse, décolleté à faire pâlir les femmes les plus sexy. Elle interpréterait les morceaux préférés du commissaire. Charles Aznavour, Michèle Torr, Piaf. Pas Greco, ce soir. Puis elle terminerait par *SOS d'un Terrien en détresse*, cerise sur le gâteau. *Il* adorait cette chanson, elle le voyait aux papillons dans ses yeux lorsqu'*il* se levait pour applaudir. Bien qu'elle la connût par cœur, elle avait particulièrement le trac ce soir. Elle tentait de se détendre en agitant ses doigts prolongés de faux ongles.

— T'es bien nerveuse, ma chérie, lui glissa Shellyah discrètement. Tu veux en parler ?

— Non, merci, ça va. C'est juste que je devrais être

à New York. Je ne sais pas s'ils vont me rembourser le billet.

— Oh, c'est pas cool, ça !

— Mais c'est ma faute.

— Pauvre chou !

Le tour de Frida étant venu après la prestation très applaudie de Moon, la conversation s'arrêta là. Après le petit discours de l'animateur, qui rappelait qu'on ne présentait plus la star du No, elle apparut dans la lumière violette des projecteurs qui plongeait sur elle, baignant la salle dans l'obscurité, et empêchant Frida de distinguer les visages. Elle pestait *in petto* tout en commençant à chanter.

C'est drôle ce que t'es drôle à regarder
T'es là, t'attends, tu fais la tête
Et moi, j'ai envie de rigoler
C'est l'alcool qui monte en ma tête
Tout l'alcool que j'ai pris ce soir
Afin d'y puiser le courage
De t'avouer que j'en ai marre
De toi et de tes commérages
De ton corps qui me laisse sage
Et qui m'enlève tout espoir…

Terribles paroles sans concession, et véritable déclaration d'amour. Chaque fois qu'elle reprenait cette chanson, elle voyait les yeux de son admirateur se mouiller de larmes. Cette chanson lui parlait. Mais ce soir, son regard ne rencontrait qu'une masse obscure. Même les tables du premier rang étaient obstinément dans la pénombre.

Sa contrariété donnait à sa voix une vibration inhabituelle. C'était la première fois qu'on modifiait les lumières sans prévenir les artistes. Bien sûr, Frida ne pouvait protester, s'étant glissée dans le spectacle au dernier moment. Il n'empêche qu'elle se sentait terriblement flouée.

Et ton vieux peignoir mal fermé
Et tes bigoudis quelle allure,
Je me demande chaque jour
Comment as-tu fait pour me plaire…

Mais, alors qu'elle attaquait les derniers couplets, l'éclairage sur scène vira soudain au bleu tandis que les premières tables à deux mètres à peine de la scène se nimbaient peu à peu d'une clarté rose, découvrant les silhouettes assises, puis les visages.

Tu es une brute et un tyran
Tu n'as pas de cœur et pas d'âme
Pourtant, pourtant, je pense bien souvent que,
Que malgré tout tu es ma femme…

Ces lèvres qui remuaient, accompagnant chaque parole, formant en silence ces mots aussi cinglants que des balles… Ces larmes retenues au bord des paupières comme au bord du vide… *Lui.* C'était bien *lui*, qui l'enveloppait du regard.

Frida exultait. Mais en dessous, Ernest Gare frémit. C'était la première fois qu'elle le sentait là, à la surveiller. Ce n'est vraiment pas le moment ! Laisse-moi, laisse-moi en profiter encore…

Si tu voulais faire un effort,
Tout pourrait reprendre sa place

Toi aussi, tu as repris ta place, souriait Frida, les yeux posés sur son commissaire. Devant lui, une bouteille de champagne à moitié pleine et une coupe. Une seule. Pour Frida, tout allait bien, mais pas pour Ernest Gare. Parce que si Frida était là ce soir, c'était pour faire le lien entre le commissaire et lui, c'était pour Hanah Baxter, sa cible. Ernest Gare n'avait que faire des états d'âme de Frida. Terminer sa mission était tout ce qui lui importait. Et le flic était venu seul. Frida en était flattée, alors qu'Ernest Gare, lui, écumait de rage.

Redeviens la petite fille
Qui m'a donné tant de bonheur
Et parfois comme par le passé
J'aimerais que tout contre mon cœur
Tu te laisses aller, tu te laisses aller

Accompagnant ce final d'un mouvement de cheveux théâtral, Frida, les bras croisés sur la poitrine, s'inclina dans un profond salut avant de se redresser sous un tonnerre d'applaudissements et d'enchaîner sur *Emmène-moi danser ce soir*, de Michèle Torr. Tu vas lui parler après, ma vieille, se disait-elle, les yeux s'attardant langoureusement sur le visage attendri du Belge. Oui, tu as plutôt intérêt, enchérissait Ernest Gare. Et débrouille-toi, mais essaie de savoir où est cette profileuse. T'es gentil, vas-y toi-même ! Comment veux-tu que j'aborde le sujet ? protestait Frida intérieurement. Je te fais confiance, ma belle.

Emmène-moi danser ce soir,
joue contre joue enlacés dans le noir…

Mais Frida n'eut pas à se donner le mal qu'elle redoutait pour satisfaire Ernest Gare. Le commissaire s'invita dans la loge avec un bouquet de roses rouges. Pas vraiment original, mais tellement touchant, se dit-elle, sentant ses joues devenir brûlantes. En tout cas, il avait un sacré courage pour venir se présenter à elle sous les regards entendus des filles.

— Je… je vous offre un verre au bar ? proposa-t-il dans un léger bégaiement.

— Volontiers, je me refais une beauté et je vous rejoins.

— Vous n'avez pas franchement besoin…, dit-il en sortant.

— Waouh ! Ben dis donc ! s'écria Moon, à peine eut-il refermé la porte. Il a pas froid aux yeux !

— Normal, c'est un flic, répliqua Frida en décollant ses faux cils.

— T'as jamais enlevé ta perruque, même ici ! Tu penses la garder quand vous baiserez ? ricana Samantha, un travesti black aux airs de Donna Summer.

— Trop drôle… T'as sucé un clown ?

La loge résonna de rires allant des graves aux aigus.

— En tout cas, il s'est pas fichu de toi, fit Betty, qui se tenait prête à entrer sur scène, en désignant les roses du menton avec l'ombre d'une envie.

— Prends-les si tu veux, je te les donne ! J'y vais, les filles, à plus aux Puces ! chantonna Frida à la porte de la loge.

Dans un clignement de ses vrais cils peints au

mascara, elle envoya un baiser à la cantonade en soufflant sur sa paume et sortit.

Peeters l'attendait au bar, un verre à la main.

— Une petite coupe ?

— De rosé alors. Merci.

Qu'est-ce que tu fais ? C'est un flic, il t'a certainement reconnue, il vient de te voir à l'aéroport ! tremblait-elle. Tout va bien, tu vas assurer, Frida, l'encourageait Ernest.

— Vous avez été magnifique. Quelle prestation, ce soir…

— C'est gentil.

C'est quand même bien agréable de se laisser courtiser, pensa-t-elle en trempant ses lèvres dans sa coupe sur laquelle s'imprima aussitôt une marque de rouge.

— Les chansons d'Aznavour et de Torr, elles étaient pour vous. Je sais que ce sont vos préférées, avoua-t-elle.

— C'est vrai. Merci, sourit-il.

— Surtout *Tu t'laisses aller*… Chaque fois que je la chante, vous m'accompagnez, je vois vos lèvres bouger.

— Elles me parlent, ces paroles.

— Vous êtes marié, c'est ça ?

Peeters hocha la tête d'un air gêné.

— Depuis longtemps ?

— Assez longtemps pour qu'on se soit perdus.

— Comment s'appelle-t-elle ?

Le Belge hésita un instant.

— Gertrud, lâcha-t-il.

— Pourtant, vous l'aimez encore, votre femme…

— Je ne sais pas. J'aime celle qu'elle a été, plutôt.

— Vous croyez qu'on cesse d'être ce qu'on a été ?

— On peut changer, en tout cas. Et vous?

Ce fut au tour de Frida de baisser les yeux et de les relever aussitôt.

— Non.

— Vraiment? Jamais mariée?

— Non. C'est une tare?

— Pas du tout, c'est juste que… quelqu'un dans ce monde a dû rater quelque chose.

Frida regarda Peeters avec émotion. Bigrement séduisant. Et gentil. Mais il ne s'agissait pas de céder à la sensiblerie. Frida avait une mission et Ernest Gare veillait, derrière le masque. Le Belge semblait oublier à qui il s'adressait. Il se comportait avec elle comme il l'aurait fait avec une femme. Se pouvait-il qu'il soit dupe? Il va falloir que tu passes à la vitesse supérieure sans tarder, l'avertissait Ernest Gare.

— C'est quoi, votre petit nom? demanda-t-elle tout à coup.

— Johann.

— Johann, ça me va très bien, sourit Frida dans un mouvement de cheveux. Je voulais vous poser une question… Vous… vous semblez être un habitué du No… Donc, vous savez que la plupart des filles qui s'y produisent sont des… des travestis. Et je suis l'une de ces filles.

— Vous me prenez pour un novice, Frida, sourit à son tour Peeters sans ironie. Je le sais bien.

— Et… ça ne vous retient pas?

— De venir vous admirer sur scène et de vous offrir du champagne et des roses? Pas le moins du monde. Après… je ne vous garantis pas que je serais à l'aise dans un lit, pour tout vous avouer. Mais… fantasmer un peu ne fait pas de mal…

— Il n'a jamais été question de finir au lit ! répliqua Frida sous l'impulsion d'Ernest Gare. Je ne couche pas avec les clients du No. Et…

— Et ?

Frida avait cru voir passer un nuage de dépit dans les yeux bleus de Peeters.

— Vous êtes flic.

L'affirmation tomba comme un glaçon dans une casserole d'eau bouillante.

— Comment le savez-vous ? Vous n'aimez pas les flics ?

— Si c'était le cas, je ne serais pas là, au bar, à parler avec vous. Et je le sais parce que nous nous sommes déjà vus, en dehors du No. Seulement… je n'étais pas dans cette tenue et… je n'avais pas de perruque. Nous nous sommes croisés dans les locaux de la PJ il y a deux jours. Votre inspecteur m'a bien cuisinée après l'épisode de l'aéroport.

Cette fois, Peeters se figea.

— C'est vous la… l'agresseur de l'aéroport ?

— Oui, c'est moi, confirma Frida d'une voix soudain durcie.

Ernest Gare n'était plus très loin.

— Je ne vous aurais pas reconnu… vous êtes tellement… différente… avec et sans perruque.

À la place de son admirateur, Frida avait devant elle un commissaire. Les fantasmes de l'un et de l'autre venaient de s'évanouir. Le petit monde de Frida s'écroulait. Ce qui faisait l'affaire d'Ernest Gare.

— Oui, même moi, je me sens différente.

— Mais qu'est-ce qui vous a pris, avec cette gamine ? demanda Peeters en faisant signe à Jacqueline, au bar, de les resservir.

— Non merci, commissaire, une coupe suffit. J'ai subi vingt-quatre heures de garde à vue et au moins vingt d'interrogatoire avec votre inspecteur avant d'être relâché. Affaire classée.

Cette fois, c'était la voix d'Ernest Gare qui se faisait entendre. Il était en train de se demander s'il ne s'était pas jeté dans la gueule du loup en laissant Frida aux commandes.

— Il y avait une femme avec vous, qui m'a regardé bizarrement, enchaîna-t-il sans transition, oubliant les intonations efféminées de Frida.

— Abel ? C'est le commandant qui travaille avec moi.

— Non, non… Pas la grande, la plus petite.

— Ah… Baxter…

Avant de continuer, Peeters fixa Ernest Gare droit dans les yeux, cherchant à en sonder le fond.

— C'est vrai, elle vous a observé, reprit-il. D'ailleurs elle m'a dit qu'elle vous avait trouvé un regard glaçant. Ce qu'Abel a confirmé. « Il a un truc effrayant », ce sont ses mots. Alors je vous préviens, Ernest Gare, car c'est votre vrai nom, si j'ai bonne mémoire, on vous a peut-être relâché, mais je vous ai à l'œil et vous n'avez pas intérêt à traîner devant les écoles.

Sur ces mots, Peeters vida sa coupe et paya, laissant d'un côté Frida et ses espoirs déçus, de l'autre Ernest Gare, qui le suivit d'un regard mauvais. Ce même regard qui avait fait frémir Hanah et Abel.

Dans la forêt

— Je ne sais pas où est le patron, je n'arrive pas à le joindre, mais on doit y aller maintenant. Vous ne l'avez pas vu ce matin ? Ni eu au téléphone ? demanda Rinchard à Abel entre deux gorgées de café bouillant.

— Non. On devait passer chercher Baxter pour du profilage sur l'affaire Vifkin.

— Merde. J'espère qu'il n'y a rien. D'habitude, il répond au téléphone !

— Peut-être qu'il dort encore, s'il est sorti hier soir. Il n'est que 9 heures.

— Neuf heures ! s'esclaffa Rinchard. C'est une grasse mat ici, et c'est pas le genre de la maison. Surtout s'il y a urgence. Tant pis, on y va. Il nous rejoindra.

— Et Baxter ?

— Pas le temps d'aller la chercher.

Hiérarchiquement, Abel était la supérieure de Rinchard, mais, fraîchement arrivée, elle devait découvrir le mode de fonctionnement de la PJ bruxelloise et de chacun de ses membres tout en affirmant subtilement son autorité sur ses subalternes. Et elle ne devait pas l'oublier.

— Partez devant, je passe la prendre, dit-elle en décrochant son holster d'épaule.

Les nouveaux bureaux étaient spacieux et leur façade en verre les rendait très lumineux. Bien que la température n'excédât pas 25 °C en cette fin juin, la clim fonctionnait déjà.

Rinchard la regarda d'un air surpris mais, n'oubliant pas non plus son grade, ne répliqua pas. En fervent admirateur de la profileuse, il était plutôt content de sa présence sur les lieux, même s'il n'en voyait pas vraiment l'utilité pour le moment.

Le standard de la PJ avait reçu l'appel vers 8 h 30. Au bout du fil, une femme à la voix posée mais tendue parlait d'une scène d'horreur dans la forêt de Soignes, en périphérie de Bruxelles. Son compagnon et elle auraient découvert la scène au cours de leur balade matinale. Les restes d'un homme dévoré par ce qui semblait être des loups, d'après la violence de l'attaque et l'acharnement sur le corps.

Le récit du témoin tint sa promesse. De tout ce que Rinchard avait pu voir dans sa carrière, rien n'avait atteint ce degré dans l'horreur. Les cadavres qu'il avait examinés jusqu'à ce jour avaient été tués par balle ou bien pendus, empoisonnés, au pire, éventrés. Mais ici, sur une zone étrangement étendue formant un pentagone entre cinq hêtres au tronc puissant, étaient éparpillés organes, viscères, morceaux d'os et lambeaux de chair, comme les pièces détachées d'une machine.

Arrivé sur place avec une dizaine d'hommes, dont le légiste, Rinchard fut l'un de ceux qui vomirent le contenu de leur estomac. Dès qu'il eut repris ses esprits, l'inspecteur sortit son portable et appela Abel.

— Je ne pense pas que ce soit une bonne idée de venir, souffla-t-il entre deux hoquets.

— Nous sommes déjà en route avec Baxter.

— Je vous préviens : c'est difficilement supportable. Toujours pas de nouvelles du boss ?

— Aucune.

— À tout à l'heure, en espérant que vous avez le cœur bien accroché, mon commandant. C'est un vrai carnage.

Rinchard raccrocha, encore nauséeux, se tamponnant la bouche aux commissures avec un Kleenex. Il fit sécuriser le périmètre par des bandes jaunes provisoires sans mention. On ne pouvait encore déterminer s'il s'agissait d'une scène de crime ou d'un accident. Puis il contacta le siège de la PTS, qui dépêcha une équipe de policiers scientifiques menée par leur chef, Suarez, pour effectuer les prélèvements. Vêtus d'une combinaison, les mains gantées de latex bleu, ils procédaient avec une impassibilité presque robotique. Une forme de dissociation sans doute nécessaire pour mener à bien leur tâche.

Le tamis de branchages filtrait la lumière du soleil, parsemant la scène de flaques d'ombres. Dans les arbres, les résidents à plumes et à poils vaquaient à leurs occupations, parfaitement indifférents.

— Un examen plus approfondi le confirmera, dit Irénée en se relevant, mais ce ne sont pas des loups qui ont fait ça. D'une part, parce qu'il n'y en a pas ici, et ensuite parce que les traces de dents sur les os évoquent plutôt des chiens de type molossoïde.

— Quelle race ? Des pitbulls ? demanda Rinchard qui évitait soigneusement de regarder les éléments organiques au sol.

— Le pitbull n'est pas une race, contrairement à ce qu'on pense souvent, corrigea le légiste. Il y a en fait trois lignées de pitbulls : le bull-terrier du Staffordshire, le terrier américain du Staffordshire et le pitbull terrier américain. Les deux premières sont reconnues par les clubs comme races à part entière, mais pas la dernière, qu'on utilisait notamment dans les combats de chiens au XIXe siècle.

— Et dans ce cas, vous pencheriez vers un type précis ?

— Je ne suis pas spécialiste, même si je m'y suis intéressé quand j'ai dû autopsier un enfant de neuf ans dévoré par un molosse. C'était un dogue des Canaries, qui appartenait à ses parents. La première des sept races classées dangereuses. Ça peut s'attaquer aussi bien à des enfants qu'à des adultes. Juste derrière vient le rottweiler et, en troisième position, le pitbull. Je ne pense pas trop m'avancer en affirmant qu'une attaque d'une telle violence ne peut venir que d'un chien de ce type. Il y a bien aussi le loup tchèque, mais sa mâchoire n'aurait pas été assez puissante pour broyer un fémur humain au point qu'il n'en reste que des esquilles. Pour en être sûr, il faudrait demander à un éleveur ou, mieux, à un éthologue.

— C'est assez flippant, cette histoire… Un ou plusieurs chiens ?

— Incontestablement plus d'un, comme le montrent ces marques de taille variable sur les os et ces poils de couleur différente. J'en ai retrouvé quelques-uns sous les ongles de la main gauche, blancs, et d'autres, d'un gris ardoise, sous les ongles de la main droite.

Irénée, équipé de gants, mit la main gauche

détachée du bras sous le nez de Rinchard, qui eut un mouvement de recul en détournant les yeux.

— Putain, gardez ces reliques pour vous, doc !

— Ah, désolé, je croyais que vous en aviez vu d'autres, dit le légiste avec un petit sourire.

Il reposa la main là où il l'avait trouvée.

— D'autres, oui, mais justement, pas ça ! Nom de Dieu… même *Les Dents de la mer*, ça ne m'a pas fait cet effet !

— Et vu la disposition des restes, on voit bien qu'ils ont déboulé en meute.

Il désigna un endroit où l'herbe et les feuilles avaient été piétinées. Des traces de pattes étaient encore visibles dans la terre.

— Ils ont dû rattraper leur proie et se jeter sur elle, chacun mordant et tirant sur un membre. La victime a été écartelée, puis dévorée.

— Excusez-moi, je dois aller respirer un peu, lâcha l'inspecteur, qui sentait la nausée revenir.

Il imaginait le calvaire de ce malheureux. Le légiste ayant réussi à identifier le sexe, il s'agissait bien d'un homme. Ah, si vous pouviez parler…, pensa-t-il très fort, les yeux levés vers les arbres, impénétrables dans leur calme centenaire. Mais c'est peut-être mieux ainsi. Vous avez raison, gardez cette horreur pour vous.

Inspirant l'air de la forêt à pleins poumons, ses odeurs de champignons et de terre humide, Rinchard fit ce qu'il n'avait encore jamais fait dans sa carrière, sur le terrain. Mais il en éprouva à cet instant un besoin profond. Il sortit son portable personnel et appela un numéro parmi les trois favoris. Sa mère, sa fille et son ex-femme, Leila.

— Salut ma chérie, dit-il la gorge nouée.
— Papa ? Ça va ?
La voix douce et lointaine de sa fille. Inès. Sa luciole. Depuis qu'elle était partie au Maroc avec celui qui l'avait demandée en mariage, trop tôt à son goût, elle lui manquait terriblement.
— J'avais envie de t'entendre.
— T'es où ?
— Au boulot…
— Encore un meurtre ?
— Je… On ne sait pas encore. C'est probable, soupira l'inspecteur, les doigts crispés sur l'appareil, un clou rouillé planté dans la poitrine.
Après avoir voulu être dans la police comme papa, Inès avait décidé que l'architecture serait plus appropriée et plus fun. Puis elle avait décroché un poste de réceptionniste dans un palace à Marrakech. Rinchard aurait aimé lui voir plus d'ambition professionnelle, mais il s'était résigné. Si elle y trouvait son bonheur, c'était tout ce qui comptait pour lui.
— Tu viens bientôt en Europe ?
Sous-entendu en Belgique. Des circonvolutions qui la faisaient toujours sourire.
— Pas tout de suite. Je n'ai pas de vacances pour le moment. Avec Kader, on doit bosser pour payer notre mariage.
— Mais je t'ai dit que je te…
— Papa… Arrête, on en a déjà parlé. C'est non. Garde ton argent, tu en as autant besoin que nous.
— Si je ne donne pas mes économies à ma fille pour son mariage, alors à qui je les donnerai ?
— Inspecteur, désolé de vous interrompre, mais le commandant Abel est arrivée avec l'Américaine.

Rinchard se retourna vers le policier venu le chercher. Il avait demandé à être prévenu dès qu'Abel et Baxter seraient là.

— Attends, ma luciole, ne quitte pas, hein ? murmura-t-il. OK, Chastel, merci, dis-leur que je serai là dans une minute, reprit-il, la paume couvrant le micro du smartphone. C'est bon, j'ai encore deux minutes… Luciole ? Allô ? Luciole, t'es là ?

Mais la luciole s'était envolée, encore une fois. Parce que marre des promesses non tenues, des week-ends en famille condamnés pour une enquête, des coups de fil interrompus…

Rinchard raccrocha, le cœur transpercé d'une aiguille. Tout ça, il le savait. Et il n'y pouvait rien.

Tête basse, une pierre dans l'estomac, l'inspecteur alla rejoindre Abel, à son tour sous le choc de la scène. Hanah Baxter, qui avait sorti un petit objet d'un sachet en tissu orange et violet, restant à l'extérieur du périmètre sécurisé, allait et venait, une main suspendue devant elle.

— Qu'est-ce qu'elle fout avec un pendule ? s'étonna Rinchard en retrouvant Abel, qui regardait également Hanah avec perplexité.

— On a eu le temps de parler un peu, sur le trajet. Elle m'a dit qu'elle s'en servait, parfois, sur les scènes de crime. Vous l'ignoriez ? Vous étiez pourtant un grand fan, m'a dit Peeters.

— Je le suis toujours. Mais je savais pas, pour le pendule. Avec Vifkin, elle n'en utilisait pas.

— Au Kenya, grâce à son pendule, elle a fait une découverte déterminante dans une enquête sur une série de meurtres alors qu'il n'y avait pas de corps. Seulement beaucoup de sang, avec lequel le tueur avait tracé des croix. Et plus récemment, son pendule l'a aidée à élucider la disparition de quatre gamines près de Chicago.

— Incroyable !

— Il a même un nom…

— Le pendule ? s'écria Rinchard, incrédule.

— Oui… Invictus.

Baxter s'arrêta un instant, repartit dans une autre direction, et ainsi de suite, plusieurs fois, avant de revenir vers eux en rangeant l'instrument dans son sachet.

— Alors ? Qu'est-ce que ça donne ? demanda l'inspecteur, essayant de ne rien laisser paraître de son scepticisme.

— Sept.

— Sept ?

— Oui, la victime a été attaquée par sept chiens. Et Invictus peut nous conduire jusqu'à eux.

Le manoir

— Comment avez-vous pu identifier le nombre de chiens ? demanda Abel à Hanah alors qu'elles marchaient dans la direction indiquée par le pendule, collant la plupart du temps aux empreintes plus ou moins nettement imprimées sur la terre.

— Et si on se tutoyait ? Nous allons apparemment travailler ensemble un moment, suggéra Baxter en souriant.

Abel lui rendit son sourire.

— Ça simplifierait les choses, en effet. Alors je réitère ma question en te tutoyant.

— Tu connais un peu la radiesthésie ?

— Pas trop, non.

— La démarche la plus courante consiste à retrouver de l'eau sous terre ou en surface. On peut également localiser des corps, ou des personnes vivantes coincées dans une faille. Et détecter des nœuds nocifs.

— Des nœuds ? s'étonna Abel de plus en plus intriguée.

— Pas des nœuds de corde ou de ficelle, bien sûr. De véritables réseaux, qui entourent la Terre, comme les réseaux électromagnétiques Hartmann, dont le quadrillage est de type perpendiculaire, et Curry, composé de diagonales. L'ensemble, entrecroisé, forme des nœuds énergétiques nocifs, comparables à des fils électriques. Chaque maison est potentiellement construite sur ce type de nœuds, il est donc pratiquement impossible d'y échapper. En revanche, on peut éviter d'y placer son lit, grâce à l'intervention d'un radiesthésiste qui, au moyen d'un pendule, trouvera l'endroit exempt de ces nœuds nocifs.

— Ne le prends pas mal, mais j'ai peine à croire à tout ça, répondit la jeune femme.

— Je n'ai rien inventé, tu sais, et ce n'est pas une question de croyance, comme on pourrait croire en Dieu ou en des forces occultes. C'est une sorte de science parallèle. Nous sommes cernés d'ondes électromagnétiques et constitués de vide et d'électricité, c'est un fait scientifique. À tel point que si on ne prenait que ce vide en le compactant, l'humanité entière vivante à ce jour pourrait tenir dans un noyau de pêche.

— Et c'est donc grâce à la radiesthésie et à ton pendule que tu as pu déterminer le nombre de chiens qui se sont acharnés sur leur proie ?

— Les vibrations diffèrent au-dessus des empreintes. Chaque empreinte a la sienne. L'information est à confirmer par l'équipe de la PTS, j'ai donné un chiffre un peu approximatif : c'est peut-être huit chiens, peut-être six. Mais c'est la bonne direction.

Et, comme pour confirmer les dires de Baxter, au bout d'une quinzaine de minutes de marche dans la forêt de Soignes leur apparut la silhouette d'un manoir en pierre grise, derrière un rideau d'arbres et une grille aux pointes acérées. On distinguait deux ailes, surmontées de petites tours. La partie droite était noircie et endommagée.

À la vue de l'édifice, Hanah ressentit un malaise indéfinissable.

Rinchard, qui les avait suivies avec quatre policiers, rejoignit les jeunes femmes.

— Alors ils seraient issus de cet endroit lugubre, ces molosses…, chuchota-t-il.

— On distingue encore mieux les empreintes par ici, constata Abel. Elles viennent de la grille…

— Qui leur a été ouverte par quelqu'un…, compléta Hanah, de plus en plus fébrile.

Les lieux lui semblaient sinistrement familiers, sans qu'elle sache pourquoi.

— Je vois déjà le coup du rôdeur ou du cambrioleur sur qui on a lâché les chiens. Certains propriétaires n'hésitent pas à se servir d'un fusil ou à électrifier leur clôture. Les chiens devaient jouer un rôle de dissuasion. Allons-y, décida Rinchard un peu hâtivement, non sans guetter l'approbation d'Abel. Celle-ci donna son assentiment.

Sa supérieure était encore à son poste d'observation, mais bientôt, ce serait elle qui donnerait les ordres.

— Restons sur nos gardes, ajouta Hanah. Je ne sens pas du tout cet endroit.

Arrivés à la grande grille, ils constatèrent qu'elle était fermée à l'aide d'une grosse chaîne cadenassée et ne disposait pas de sonnette.

— On dirait que c'est inhabité, risqua Rinchard.

— La chaîne et le cadenas seraient rouillés si c'était le cas, observa Baxter.

— Mais on n'entend rien. Des chiens dans un chenil, ça aboie.

— Peut-être sont-ils derrière, de l'autre côté ?

— Regardez, il y a un 4 × 4, là-bas ! cria Chastel.

— Parle encore plus fort, Chastel, au cas où on serait sourds ! On fait péter le cadenas et on saura…

— Pas question, Rinchard, s'opposa Abel d'une voix autoritaire. On ne fait rien sans mandat.

L'air embarrassé, Rinchard ne répondit pas. Il connaissait la procédure mais, avec Peeters, ils l'oubliaient parfois et ça allait bien plus vite. Un simple cadenas allait donc les empêcher d'en savoir plus ! Et Peeters, justement, pourquoi ne donnait-il pas signe de vie, bon sang… En sa présence, Abel n'aurait rien à dire. Rinchard tenta à nouveau de joindre le commissaire, sans plus de succès. À bientôt 11 heures, il était impossible que Peeters dorme encore. Avant de ranger son appareil, ses yeux tombèrent sur le fil d'appels où apparaissait Luciole. Il sentit alors son cœur pressé comme un citron.

— Commandant Abel, je me permets d'insister, dit-il, une rougeur fébrile envahissant ses joues. Nous sommes à peu près certains que les chiens viennent d'ici et cette propriété n'a même pas de sonnette. Si on attend le mandat de perquise, on perd pas mal de chances de trouver les chiens et le maître. Surtout s'il s'agit d'un meurtre, et qu'on a délibérément lâché les chiens sur un fuyard. Un type qui, d'après ce qu'on a pu en voir, était pieds nus… Vous en connaissez beaucoup, vous, des gars qui courent la nuit pieds nus en pleine forêt pour échapper à une meute de chiens ?

— Il a raison, appuya Hanah, qui se tourna vers Abel. Chaque minute peut compter, dans la mesure où leur maître serait pour quelque chose dans ce carnage.

— Je sais. Mais il y a la loi. Et si nous sommes chargés de la faire appliquer, ce n'est pas pour y contrevenir.

Malgré son malaise, Hanah ne put retenir un petit sourire. Elle avait souvent été confrontée au zèle des jeunes gradés. Bien qu'elle en soit sortie depuis quelques années, Abel sentait encore l'école de police à plein nez, elle en avait les réflexes, mais elle perdrait vite tout ça. À condition qu'elle n'eût pas de profil psychorigide, ce que Baxter n'avait pas perçu chez elle.

— Je comprends, Abel, glissa Hanah, mais réfléchissez bien. C'est maintenant ou… peut-être jamais. Vous prendriez plus de risques à aller chercher votre mandat et surtout des motifs valables pour l'obtenir qu'à utiliser les bonnes vieilles méthodes.

Abel prit une longue inspiration. On la sentait déstabilisée.

— Rien ne sortira d'ici, la rassura Hanah.

— Très bien… Je vois que je suis en minorité. Malgré mon grade, je me range à votre avis. Rinchard, à vous de jouer.

Lançant au commandant un regard chargé de respect, l'inspecteur ne se le fit pas dire deux fois. Il visa le cadenas avec son arme, et le fit péter, selon sa propre expression. La chaîne tomba à leurs pieds. Ils entraient par la grille entrouverte lorsqu'une deuxième détonation, plus forte, retentit tout près d'eux. Une balle de gros calibre ricocha à côté de Rinchard, qui se jeta comme les autres à plat ventre. Le tir venait du premier étage. Deux minutes s'écoulèrent avant qu'une voix sèche et tranchante ne leur fît lever la tête. Une silhouette longiligne et sèche. Elle tenait un fusil pointé sur eux.

— Un fusil de chasse…, souffla Rinchard sans bouger, les mains au-dessus de la tête.

— Baissez votre arme tout de suite, somma Abel, police judiciaire !

Elle se redressa pour sortir sa carte, suivie de l'inspecteur qui la regardait en coin. Ça y est, se dit-il, elle prend ses marques.

— Police ou pas, vous n'avez rien à faire ici, c'est une propriété privée. Vous êtes entrés par effraction, sans mandat. Vous croyez m'impressionner avec votre étoile de shérif ?

— Nous pensions ce manoir inhabité, intervint Rinchard, un genou à terre.

— Qu'est-ce que vous êtes venus y chercher, alors ?

— Baissez votre arme. Vous êtes en train de menacer des forces de l'ordre, rien que ça peut vous coûter cher.

L'avertissement venait d'Abel, qui s'était relevée complètement, la main sur la crosse de son arme.

— Posez ce fusil à vos pieds. Doucement.

La jeune femme s'exécuta à contrecœur.

— Quel est votre nom ? s'enquit Abel.

— Ange Defer.

— Vous élevez des chiens ? De type pitbull ?

Un petit vent faisait frémir l'herbe qui tapissait anarchiquement ce qui, autrefois, avait dû être une allée. Laissant de côté son sentiment de déjà-vu, Hanah détaillait leur interlocutrice : une petite trentaine d'années, et un incroyable aplomb face à des flics armés. Ses mains n'avaient pas tremblé une seconde, ni son fusil. Seul un léger frémissement faisait palpiter ses narines, à la façon de ces fauves discrets qui se glissent dans les hautes herbes, silencieux, à l'affût de leur proie.

— Qu'est-ce que ça peut vous faire ? C'est interdit ?

— Tout dépend à quelle fin…

La jeune femme eut une sorte de tic de la bouche avant de répliquer.

— J'ai eu quelques chiens, mais je n'en ai plus.

— Pourtant, les empreintes semblent fraîches, et elles proviennent de votre propriété.

— Je ne comprends rien. Vous pouvez m'expliquer cette histoire d'empreintes et de chiens ?

Sa voix reflétait cette fois une évidente irritation.

— Vous êtes la propriétaire de la maison ? Depuis quand ? demanda Abel, ignorant la question.

— C'est une demeure familiale. Mon frère aîné l'a rachetée pour presque rien, l'aile droite ayant brûlé il y a des années. J'y vis avec ma mère et mon frère handicapé.

— Y a-t-il eu un cambriolage, très récemment ? interrogea Abel.

— C'est-à-dire ?

— La nuit dernière, par exemple.

La jeune femme hésita un instant avant de répondre.

— Un type rôdait autour de la propriété depuis quelques jours. Mais il n'est pas entré.

— Et vous avez lâché vos chiens, c'est ça ?

— Je vous ai dit que je n'en ai plus. J'ai dû m'en séparer. Ils ont failli s'entre-tuer, et ils étaient dangereux pour moi. J'étais obligée de les enfermer. Il y avait deux mâles dominants, l'un a blessé l'autre, et quand je suis entrée dans le chenil pour m'en occuper, il s'est jeté sur moi. Une chance que j'aie mon Taser. Ça l'a fait reculer et j'ai pu sortir. Après, j'ai été obligée d'appeler la fourrière.

— Quand ça ?

— Il y a quatre jours. Mais en voyant le rôdeur, j'ai regretté mes chiens, c'est sûr. C'est plutôt isolé, ici, la propriété est vaste et, même si on n'a aucun objet de valeur, ça peut attirer des voleurs ou des bandes.

— Les empreintes de pattes ne sont pas si anciennes, observa Rinchard.

— Si vous aviez eu vos chiens, qu'auriez-vous fait ?

La question d'Hanah claqua dans l'air fraîchissant chargé d'odeurs de pluie.

— Je les aurais lâchés sans doute. C'est un moyen de dissuasion très efficace, mais j'ai aussi des oies qui le sont tout autant. Et maintenant, je peux savoir ce qui vous amène jusqu'ici ?

— Ce que vous venez de dire, Ange Defer, dit Abel d'un ton ferme. On a justement lâché des chiens sur un homme. Il a été massacré en pleine forêt, à environ deux kilomètres d'ici.

Tandis qu'elle écoutait d'une oreille de plus en plus distraite ce qu'elle savait déjà, le regard d'Hanah errait sur le manoir. Elle s'arrêta longuement sur l'aile noircie, puis revint sur le bâtiment principal, qui accentua son malaise. L'herbe… Elle avait recouvert les allées. Autrefois, c'était du gravier gris très fin. Autrefois… Pourquoi pouvait-elle dire « autrefois » ? Comme si elle était déjà venue. Parce que c'était le cas. Et il y avait des chiens, des sortes de molosses tenus en laisse par des gardiens dont elle n'avait qu'un souvenir confus, mais c'était bien ça, c'était ce genre de chien monstrueux, à vous donner des cauchemars.

Elle était déjà venue, oui. Une fois. Une seule, mais qui lui avait suffi. Elle avait accompagné Vifkin à une de ces soirées à thème… Parce qu'il s'agissait bien de ça, du manoir où l'ancien propriétaire, un juge, organisait des débauches collectives. Le manoir aux paraphilies.

Enfermé

Peeters n'avait aucun souvenir de ce qui s'était passé après son départ du No. Un trou noir. Il ne voyait rien d'autre que ce noir dans sa tête. Et autour de lui. Avait-il perdu la vue ? Il l'avait cru, au début, en se réveillant après ce coup sur la nuque. Il y avait eu des bruits, des grincements, des cliquetis, des raclements. Et puis ces secousses intermittentes, le ballottant de chaque côté. Il se cognait contre une paroi métallique, entre conscience et inconscience. Peu à peu, à la forte odeur de gasoil autour de lui, il avait compris qu'il était probablement dans un van, pieds et poignets menottés. L'épaisse obscurité était celle du véhicule, car il ne portait ni cagoule ni bandeau sur les yeux.

L'état d'hébétude passé, le crâne endolori, le commissaire belge sentait la colère monter. Comment avait-il pu se laisser avoir comme un bleu ? Et surtout, même s'il avait sa petite idée là-dessus, qui était l'enfoiré qui l'avait enfermé ici après l'avoir assommé et où l'emmenait-il ? Quant à savoir ce qu'il allait faire de lui, c'était une question que Peeters ne voulait pas encore se poser.

À l'avant du van, c'était une tout autre ambiance. Une dispute silencieuse avait éclaté entre Frida et Ernest Gare.

— T'es complètement malade, mon pauvre ! criait Frida, hors d'elle, à l'intérieur d'Ernest Gare. Qu'est-ce qui t'a pris de le suivre dans la rue et de le frapper comme ça à la tête ? Tu veux passer le reste de ta vie au trou ?

— Je n'ai pas eu le choix. Désolé d'avoir bouleversé tes plans ! La cible est de retour et je n'ai pas l'intention de la laisser repartir, cette fois. Ton Peeters va me servir d'appât.

— Parce que tu crois qu'il marchera dans ta combine ?

— Il n'aura pas le choix, grinça Ernest Gare dans sa barbe.

— Comment ça ? Qu'est-ce que tu comptes lui faire ?

— Ça ne te regarde plus. D'ailleurs, tu n'existes plus, Frida. Tu n'as existé que parce que je l'ai voulu, parce que tu étais mon autre, au No. Tu n'étais qu'un personnage créé sur mesure, comme un vêtement. Et maintenant, ce vêtement va rejoindre les autres dans un placard. Estime-toi heureuse de ne pas finir à la poubelle !

— Je préférerais.

— On ne sait jamais, tu peux encore me servir.

— Puisque Peeters nous a démasqués, je ne vois pas comment.

— La cible m'a vu à la PJ. Elle risque de me reconnaître. C'est peut-être toi qui l'approcheras pour le coup de grâce.

— Tu es devenu fou, Ernest Gare. Fou à lier.

— Ça suffit, maintenant, Frida. Tais-toi. C'est un ordre.

Et c'est ainsi que s'était officiellement terminée la carrière de Frida, l'étoile du No. Maintenant, Ernest Gare était seul aux commandes de son navire et du van dans lequel il transportait l'appât loin des regards, loin de la petite ville du No et plus loin encore de Bruxelles, où toute une équipe d'enquêteurs attendait le commissaire belge.

Avant de rentrer chez lui, Ernest Gare avait repris Berlioz chez sa tante. Le rat faisait partie de son plan.

Il était 2 h 11 lorsqu'il gara son van dans son garage fait d'un troisième container. La cage de Berlioz dans une main, sa valise dans l'autre, il entra dans sa maison. Il retrouva avec plaisir son PPK, le chargea de balles ordinaires, prit un masque de sommeil et une lampe torche, puis retourna au fourgon dont il ouvrit prudemment la porte arrière, éblouissant Peeters de sa lampe.

— Mettez ça sur les yeux, dit-il en lançant le masque, le pistolet pointé sur le Belge.

Aveuglé, Peeters ne put distinguer les traits de son ravisseur. La voix en revanche lui était familière. Ce timbre glaçant… celui du clown un peu effrayant de l'aéroport. Celui d'Ernest Gare, alias Frida, l'étoile du No.

— Vous savez ce que ça peut vous coûter ? lâcha-t-il en s'exécutant sans broncher, malgré ses mains aux poignets menottés et au prix de quelques contorsions. Il sentait la détermination de l'homme en face de lui à la seule vibration de sa voix et à l'arme dont il percevait l'éclat métallique.

— Ça risque de vous coûter bien plus cher, à vous.

Restez assis, approchez du bord et descendez. À la moindre tentative, la balle ira se loger dans votre cerveau.

— Je n'ai pas l'intention d'essayer quoi que ce soit avant que vous m'ayez expliqué ce que vous attendez de moi et ce que je fiche ici, rétorqua Peeters.

Les mots d'Ernest Gare lui glaçaient le sang, tout comme le ton employé. Il n'avait jamais ressenti ça en présence d'un criminel. Une froideur d'où transpirait un manque total d'empathie. À la façon de parler sans ciller et à son vocabulaire menaçant, Peeters sut qu'il avait affaire à un tueur professionnel.

Avant Berlioz, Ernest Gare avait possédé d'autres rats auxquels il avait fabriqué une grande cage pour qu'ils aient assez d'espace où s'ébattre. Lui-même pouvait y tenir debout lorsqu'il allait les nourrir et nettoyer leurs salissures. Il y fit entrer l'appât que le rat albinos, perché sur une étagère à l'extérieur, fixait méchamment de ses petits yeux rouges. Depuis qu'Ernest Gare avait adopté Berlioz, à la mort des autres rats, la cage était restée ouverte, laissant l'animal libre d'aller et venir dans la maison. Berlioz avait une place particulière dans la vie d'Ernest. Plus gros et plus agressif que la moyenne de ses congénères, le rat l'avait parfois aidé quand il ne savait que faire d'un corps. Berlioz était un fin nettoyeur et pouvait, en quarante-huit heures, en venir à bout, ne laissant que les os.

Pour la première fois depuis des années, la cage fut fermée. Peeters était à l'intérieur, Berlioz dehors.

— La façon dont vous allez mourir dépendra de l'efficacité de votre collaboration, annonça Ernest Gare, posté devant la cage.

— Qu'attendez-vous de moi ? demanda Peeters. Sa voix tremblait, trahissant son angoisse. Il n'était pas encore prêt à mourir. Surtout de la main d'un autre.

— Vous le saurez en temps voulu. Pour le moment, nous avons tous les deux besoin de quelques heures de sommeil. Et sachez que toute tentative d'évasion sera non seulement vaine, grâce à l'alarme de la cage, mais récompensée par un long moment avec Berlioz.

— Berlioz ?

— Oui, Berlioz, mon rat albinos, qui n'a pas mangé à sa faim depuis un certain temps.

Sans Peeters

— Voulez-vous nous accompagner dans la forêt, pour voir ce que les chiens ont fait ? suggéra Abel à Ange Defer.

Elle savait très bien que, sans mandat de perquisition, les enquêteurs ne pouvaient pas ratisser la propriété et n'avaient plus que l'option de rentrer. Mais elle jouait une dernière carte. La curiosité de leur interlocutrice. Et elle avait tapé dans le mille. Ange n'avait pas eu le temps d'aller en forêt après avoir exécuté les sept molosses. Elle aurait volontiers résisté à la proposition, mais son envie de voir ce qu'il était advenu de cette merde fut la plus forte.

— Je vous suis, dit-elle d'une voix presque enjouée.

— On dirait que tout ça l'amuse, souffla Rinchard à Hanah, encore sous le coup de sa réminiscence.

Le fameux manoir. Il était proprement incroyable qu'une affaire concernant un type taillé en pièces par des chiens la ramène aussi loin dans le passé. Quelque chose disait à Hanah que certaines réponses se trouvaient ici. Non seulement entre les murs de ce manoir, mais aussi dans les profondeurs de la forêt qui l'entourait.

Ils se mirent en route suivis d'Ange Defer, libre de ses mouvements, mais sans fusil.

— Ça fait longtemps que vous vivez ici ? lui demanda Hanah.

— Je ne sais pas exactement. Dans cette proximité avec la nature, la notion de temps n'est plus la même.

En effet, Baxter avait noté qu'Ange Defer ne portait pas de montre.

— Qui était l'ancien propriétaire ? poursuivit-elle, bien qu'elle le sache parfaitement.

— Je l'ignore. Mon frère aîné connaît l'histoire mieux que moi. Tout ce que je sais, c'est qu'une aile du manoir a brûlé dans un incendie où le propriétaire est mort, et qu'il est resté inhabité un certain temps.

— Mais pourquoi avoir racheté précisément ce manoir ?

— Comme je vous l'ai déjà dit, mon frère l'a eu pour une bouchée de pain. Un euro symbolique, en fait.

— En effet… C'est incroyable, non ?

— Personne n'en voulait. Il allait tomber en ruine.

— Votre frère n'y habite pas ?

— Il préfère la ville.

— Et qu'y fait-il ?

— Il parle peu de ses activités. Je ne le vois pratiquement plus.

Hanah manqua de glisser sur la terre humide. Ange Defer la rattrapa par le bras, d'une poigne incroyablement solide. Tiens, assez protectrice, se dit Baxter. En toute logique, après leur intrusion, la jeune femme n'aurait pas dû la retenir. Hanah décida de creuser de ce côté afin de compléter le profil qu'elle dressait d'Ange Defer.

— Vous parliez d'un frère handicapé tout à l'heure… Il l'est de naissance ?

Ange détourna le regard, qui sembla traverser les troncs rugueux des hêtres.

— Non, il est tombé sur la tête, dans un escalier, à deux ans. Ma mère était avec lui mais elle n'a pas pu le retenir. Elle en est devenue folle.

— Folle… au sens propre ?

— Grave dépression, puis folie, oui, on peut dire ça. Il lui arrive de hurler le prénom de mon frère en le croyant mort, ou de le voir en pleine santé.

— Le sentiment de culpabilité a dû être terrible pour elle.

— Pas seulement pour elle. Mon père s'en est voulu aussi. Il est mort d'un cancer. J'imagine que ça l'a rongé sans qu'il l'exprime.

Ange Defer s'était donc retrouvée prématurément pilier d'une famille ébranlée par des drames, conclut la profileuse. Un rôle qu'elle semblait prendre à cœur. En admettant qu'elle ait menti et lâché les chiens sur le prétendu rôdeur, qu'est-ce qui aurait pu l'y pousser, à part, justement, la volonté farouche de défendre les deux seuls êtres qui lui restaient au monde ?

Parallèlement à ces réflexions, Hanah restait terriblement intriguée par la coïncidence du manoir. Ange connaissait-elle le passé sulfureux de l'endroit où elle vivait ? A priori, non. « Personne n'en voulait ». Tu m'étonnes, se dit Hanah.

— Votre frère aîné vient vous voir, de temps en temps ?

— La dernière fois, ça devait être il y a six mois, soupira Ange. Mais ces questions, c'est déjà un interrogatoire ? Vous êtes de la police, vous aussi ? C'est drôle, vous êtes la seule à ne pas porter d'uniforme ou de brassard.

Fine observatrice aussi, jaugea Hanah, qui opta pour la transparence, espérant conquérir ainsi la confiance de la jeune femme.

— En effet, je suis profileuse. J'aide la police dans l'aspect psychologique d'une enquête en établissant le profil du criminel. Il y a des années, j'ai travaillé à Bruxelles avec un profileur célèbre, Anton Vifkin. Il m'a formée et nous nous sommes associés.

— Et votre nom à vous, c'est quoi ?

— Hanah Baxter.

— Ça ne me dit rien. Ni vous ni votre profileur célèbre.

— Je pense que vous étiez trop jeune pour avoir entendu parler de nous à l'époque. C'était surtout Vifkin qui était connu, sourit Hanah. Il passait souvent à la télévision.

— Trop jeune, oui, sans doute.

Il lui sembla que des ombres traversaient les yeux de la jeune femme. Devant son visage fermé, Hanah retint une autre question. Ils approchaient de l'endroit où l'homme avait été attaqué. Le silence avait gagné les policiers. Baxter avait sciemment évité de mettre Ange en garde face à l'horreur de la scène. Elle voulait surprendre son expression à la vue de ce spectacle macabre. Mais lorsque les policiers s'écartèrent pour la laisser passer jusqu'aux bandes jaunes, le visage d'Ange Defer, découvrant les restes d'os et de chair dispersés dans la végétation, demeura fermé et impassible. Soit elle a appris à exercer un contrôle absolu sur ses émotions, soit elle est dénuée d'empathie à un point qui frise la psychopathie, se dit Hanah, qui ne l'avait pas quittée des yeux. Ou alors, elle était déjà venue là, avec ses chiens, et ce n'était pas une découverte pour elle…

— Vous avez l'air d'avoir l'estomac solide, finit par dire Baxter en s'approchant de la jeune femme imperturbable.

— Il vaut mieux, avec ce qui s'est passé dans ma vie. Et tout ça, pour moi, reste abstrait. Si j'avais assisté à ce carnage, ça serait probablement différent. Maintenant, c'est trop tard. On ne peut que le déplorer. Quoi qu'il en soit, ce ne sont pas mes chiens qui ont fait ça.

— Pourtant, les empreintes de pattes partent de votre propriété, rétorqua Abel, qui venait de les rejoindre, l'air tendu.

Elle avait conscience que la rencontre musclée avec Ange Defer les avait empêchés de regarder s'il y avait aussi des empreintes de pattes de l'autre côté de la grille, dans l'enceinte. Et Abel détestait avoir l'impression d'un travail bâclé.

— Beaucoup de chasseurs avec des chiens passent dans cette forêt. Ils ont très bien pu sentir les miens et venir jusqu'à la grille avant de repartir, répondit Ange avec un agacement visible.

— Mais vous, vous avez un fusil, vous devez également chasser par ici, intervint Hanah. Peut-être connaissez-vous des chasseurs dont les chiens auraient pu attaquer cet homme?

— Selon le légiste, il s'agit de bêtes de type molossoïde, rappela Abel. Donc proches de vos chiens, de la famille des pitbulls.

— Sauf que les miens ne sont plus là.

— C'est ce que nous allons vérifier auprès de la

fourrière, mademoiselle Defer, assena Abel d'un ton sévère. On verra s'ils sont bien venus les chercher.

À cet instant, Hanah remarqua chez Ange une légère crispation de la mâchoire, avec un roulement de maxillaire qui disparut presque aussitôt. Signe d'embarras ou de contrariété, nota-t-elle. Pourtant, une meute de chiens enfermés dans un chenil, ça s'entend, se dit-elle. Et le manoir lui avait paru très silencieux. Peut-être Ange était-elle de bonne foi.

— Je dois rentrer m'occuper de ma mère et de mon frère, maintenant. Je peux récupérer mon fusil ?

Cette déclaration fut accueillie par un lourd silence.

— Rentrez chez vous, mais on se reverra bientôt, promit enfin Abel, dont la frustration transpirait par tous les pores. Chastel, rendez-lui son fusil.

Ils regardèrent la longue silhouette élancée s'éloigner entre les arbres d'un pas rapide, le fusil cassé sur l'épaule, puis disparaître dans la pénombre de la forêt.

— Cette femme est loin de nous avoir tout dit, lâcha Abel. Rinchard, je compte sur Chastel et vous pour surveiller discrètement ses allées et venues.

— Dans la mesure où elle sort de son château, commandant.

— Je parlais surtout de ses allées et venues dans l'enceinte de la propriété, Rinchard.

— Entre le corps principal et un chenil, par exemple ?

— Vous avez tout compris.

— Vous devriez remonter dans le passé du manoir, dit soudain Hanah.

Abel et Rinchard se tournèrent vers elle avec la même surprise.

— Oui… à l'époque de l'ancien propriétaire. Un juge.

— Un juge ? s'étonna Rinchard.

— Et comment savez-vous ça ? demanda Abel, l'œil suspicieux.

— Quand je l'ai vu, le lieu m'a semblé familier, comme si je le connaissais déjà. Et puis ça m'est revenu. Anton Vifkin venait ici pour des soirées à la réputation douteuse, et il avait insisté pour que je l'accompagne. J'ai accepté, une fois.

— Et que se passait-il, au cours de ces « soirées » ?

— Elles étaient dédiées à la paraphilie.

— Pardon ? fit Rinchard.

— Oui. À des perversions sexuelles, plus exactement. Tout ce qui peut exister en la matière et, croyez-moi, le cerveau humain est très fort pour ça aussi. Les invités du manoir s'adonnaient à leurs perversions favorites et en découvraient d'autres, soit en les pratiquant, soit en voyeurs. Ce qui est aussi une perversion en soi.

Pendant qu'Abel et Rinchard accueillaient les révélations de Baxter avec stupeur, Ange Defer avait regagné le manoir, perdue dans ses pensées. À peine arrivée, elle posa son fusil dans l'entrée, gagna le salon où se trouvait le téléphone, décrocha, puis composa un numéro. Au bout d'une dizaine de sonneries, le correspondant se manifesta enfin.

— Salut, c'est Ange, dit-elle, sombre. Je crois que le moment est venu de régler nos affaires.

Avec Berlioz

Pourquoi suis-je ici ?

Peeters se serait tapé la tête contre les murs, s'il n'avait pas été dans une cage. Il repensa à Frida, à Ernest Gare. Que pouvait-il bien représenter pour cet homme qui vivait seul avec un rat albinos, et qui se transformait en femme le temps d'une soirée dans un cabaret… Une fascination ? Une menace ? Un jouet ?

Sans trop y croire, convaincu qu'Ernest Gare l'en avait délesté, Peeters avait cherché son téléphone dans la poche intérieure de son cuir et avait eu la grande surprise de l'y trouver.

— Oh, le con, s'exclama-t-il en allumant son portable, il me l'a laissé ! T'es qu'un amateur, mon gars…

Mais l'amateur savait très bien ce qu'il faisait, car le portable en réalité ne captait pas.

— Merde et merde ! avait hurlé Peeters, impuissant. Ernest Gare ! Où êtes-vous, bordel ! Expliquez-moi ce que je fous ici !

Grâce à son portable, Peeters avait au moins l'heure, 4 h 04, et un peu de lumière, venant de l'écran. Il se souvenait avoir dormi à même le sol froid, épuisé d'avoir crié. Il n'avait eu ni à boire ni à manger et, la bouche et la gorge sèches, sentait des brûlures à l'estomac.

— Ernest Gare ! Vous m'entendez ? Qu'est-ce que vous attendez de moi ? Ça suffit maintenant, cette comédie !

Mais seul le silence répondit à cette énième tentative. Le silence, ou presque. D'abord éloigné, puis distinct, un grattement l'alerta. Il éclaira le coin de la cage et un frisson le parcourut des pieds à la tête. Deux points rouges brillaient dans la lumière. Berlioz le fixait avec férocité.

Peeters n'avait jamais eu peur des rats, mais celui-ci lui glaçait le sang. Et bien que le Belge fût convaincu que les animaux étaient dénués de méchanceté et de cruauté et que l'une et l'autre étaient propres à l'espèce humaine, il ne pouvait s'empêcher de voir un éclat sadique dans les yeux de ce rat. Souvent, l'animal domestique est le reflet de son maître, se souvint-il. Et selon cette logique, Peeters se voyait mal barré.

Quatre heures trente et une. Les secondes, les minutes s'égrenaient sans un signe de son ravisseur. Berlioz lui tenait toujours sinistre compagnie. Peeters était persuadé que l'animal attendait le moindre signe de faiblesse pour le mordre mortellement puis dépecer méticuleusement sa victime. Peeters l'en croyait tout à fait capable. Une seule morsure pouvait causer une infection. Peeters sentit l'angoisse l'étouffer. « Si les rats avaient atteint la taille d'un chien, ils gouverneraient le monde, tant ils sont intelligents et organisés. » Ces propos d'Ernest Gare résonnaient encore à son oreille. Mais pour le moment, c'était sur ses nerfs que le rat régnait.

— Gare ! Virez votre bestiole ! cria-t-il, en panique malgré lui.

Le grattement recommença lorsqu'il se tut, puis un trottinement lui arracha une sueur froide sur les tempes. Le Belge braqua une nouvelle fois son portable en direction des bruits, sans distinguer l'animal.

— Putain de saloperie ! pesta-t-il, les mains moites.

Et il n'avait toujours pas de réseau.

Nouveaux bruits de pattes sur le sol, plus proches et rapides, presque à ses pieds. Mais, toujours rien dans la nitescence du smartphone que Peeters brandit vers le bas. Comme si le rat prenait un certain plaisir à jouer avec ses nerfs. La charge du portable indiquait moins de 30 %. Peeters l'éteignit et finit par s'asseoir.

Soudain, une violente douleur à la cheville lui arracha un cri, suivie d'une autre, tout aussi vive, à la main droite. Comme si on lui avait percé la chair d'un coup de poinçon. Mais ce n'était pas un poinçon. C'était bien pire.

— Ta saleté de bestiole m'a mordu, putain, Ernest Gare ! J'ai besoin d'un désinfectant ! Maintenant !

Hors de lui, Peeters se tenait la cheville de sa main intacte et avait porté l'autre à ses lèvres pour lécher le sang chaud qui s'échappait de la blessure.

La lumière qui éclaira la pièce l'éblouit. Ernest Gare se trouvait devant lui, un sourire narquois au bord des lèvres, Berlioz sur son épaule. Par où est-il sorti ? se demanda Peeters qui grimaçait de douleur, le bas du pantalon et la chaussette rougis.

— Le désinfectant, Peeters, vous ne l'aurez qu'à une condition. Vous allez faire venir Hanah Baxter ici.

Peeters reçut un uppercut en pleine poitrine. C'était

donc ça… Pourquoi ce type voulait-il Baxter ? Quelles étaient ses motivations ? L'hypothèse entrevue par le Belge lui hérissait les poils.

— Pourquoi Baxter ?

— Je crois avoir répondu à assez de questions lors de mon interrogatoire avec votre collègue. Vous êtes maintenant sur mon terrain.

— Dites-moi au moins si vous lui voulez du mal.

Ernest Gare émit un petit rire de gorge.

— Le mal… Tout comme la beauté ou la laideur, c'est une notion tellement vaste et vague, dit-il en caressant Berlioz. Un vrai fourre-tout ! Pour vous, ce sera peut-être du mal, mais dans mes valeurs, non, et pour elle ce sera encore différent, vous voyez ?

Non, non, je ne vois rien, je suis dans le brouillard total, pensa Peeters, qui ne voulait surtout pas avouer cette faiblesse à son ravisseur.

— Qu'est-ce que vous voulez dire ?

— Ce serait peut-être une délivrance.

— Une délivrance ?

— Oui, peut-être a-t-elle un poids trop lourd sur la conscience…

— Et vous, Ernest Gare, allez l'en délivrer ?

— C'est possible. En tout cas, c'est mon boulot.

— Et c'est quoi, au juste, votre boulot ? À part travesti au No ?

Les restes de Frida tapis au fond d'Ernest Gare connurent quelques soubresauts douloureux.

— Prêtre.

— Vous vous foutez de moi ?

— C'est bien celui qui donne l'extrême-onction, non ?

La gorge de Peeters n'était plus qu'un nœud. Il se

trouvait en présence d'un détraqué. Qui sait jusqu'où il pouvait aller…

— Sous quelle forme, l'extrême-onction ?

— Celle-ci.

Ernest Gare tendit le bras vers la cage. Entre le pouce et l'index, quelque chose brillait. Une balle dorée. Peeters se décomposa.

— Vous êtes… l'assassin d'Anton Vifkin ?

Sa voix filtrait difficilement de son larynx. Si Ernest Gare passait aux aveux de cette façon, cela voulait dire que son sort était scellé. Il ne reverrait jamais la lumière du jour.

— On va dire que c'était la première partie du job. Des événements personnels m'ont empêché de le terminer, à l'époque. La profileuse a bénéficié d'un sursis de plus de vingt ans.

— Pourquoi leur en voulez-vous ?

— Je ne leur en veux pas. Je ne fais que mon boulot. Comme vous le vôtre.

— Mon boulot ne consiste pas à tuer.

— Juste à priver des hommes ou des femmes de leur liberté, répliqua Ernest Gare. C'est peut-être pire.

— Il s'agit de criminels. Comme vous.

Ernest Gare afficha un sourire effrayant de froideur et de cynisme.

— Je ne me définirais pas tout à fait ainsi. On me paie pour ce que je fais. Quand on ne veut pas se salir les mains. Les éboueurs, c'est pareil. Ils font le sale boulot, celui que personne ne veut faire…

— Qui vous a payé ? Vous pouvez me le dire, puisque si vous m'avez déjà balancé tout ça, c'est que vous allez me supprimer. Vous ne pouvez pas relâcher dans la nature un flic qui sait tout ce que je sais maintenant. Et moi, je n'entrerai pas dans vos statistiques de tueur à gages. Me tuer fera donc de vous un de ces criminels dont vous voulez apparemment vous démarquer.

— C'est vous qui m'y obligez.

Peeters essayait de calmer la douleur de sa main en soufflant dessus. Le sang ne coulait plus, mais la plaie devenait enflée et rouge.

— Et Hanah Baxter ? Pourquoi voulez-vous qu'elle vienne ici ?

— Je n'ai jamais connaissance des raisons qui motivent un commanditaire à éliminer quelqu'un. Je ne suis pas là pour juger. À mes yeux, Baxter n'est ni plus ni moins qu'une cible.

— Comme Vifkin, enchérit Peeters.

— Vous avez tout compris, commissaire.

— Au moins une idée de l'identité du commanditaire, puisque nous en sommes aux confidences au condamné à mort ?

— Le commanditaire reste dans l'anonymat. Mais n'ayant pas de nouvelles par la voie réglementaire, j'en ai déduit qu'il est peut-être mort ou parti à l'étranger. Alors, vous collaborez et je vous donne votre désinfectant, commissaire ? Vous avez l'air de souffrir.

Le museau et les oreilles de Berlioz remuèrent comme s'il comprenait.

— Vous croyez vraiment que je vais vous servir Baxter sur un plateau ? Je préfère encore un choc septique. Vous savez, quand on a perdu un enfant, on est déjà mort. Alors je n'ai pas peur de mourir.

— Je vais donc être plus clair. Il ne s'agit pas seulement de vous, Peeters. Vous avez perdu un enfant, mais pas encore votre femme, me semble-t-il.

Gertrud ? C'est ça ? Même si elle se laisse aller, vous semblez tenir à elle. Je me trompe ?

Peeters sentit ses jambes fléchir. Il ne s'attendait pas à ce coup.

— Espèce de…

Les mâchoires serrées, Ernest Gare leva un index menaçant vers Peeters, de l'autre côté du grillage.

— Ah non, je déteste la grossièreté ! Je ne vous ai pas insulté, commissaire.

— Si vous touchez à un cheveu de ma femme…

— Vous n'êtes pas en position de me menacer, Peeters. Vous collaborez et je vous laisse tranquilles, vous et votre alcoolique de femme, sinon, vous connaissez la suite. Et bien sûr, tant que je n'aurai pas Baxter, vous ne sortirez pas d'ici.

— Dès que je sortirai d'ici, j'aurai votre peau, Ernest Gare, et vous le savez très bien, c'est pour ça que, Baxter ou pas, vous me tuerez.

— Je n'ai qu'une parole, commissaire. Les conditions dans lesquelles je vous rendrai votre liberté me permettront d'être déjà loin et hors de portée quand vous vous lancerez sur ma piste.

— Pour quelle raison m'épargneriez-vous ?

— Parce que j'ai une déontologie et que je ne suis pas un vulgaire criminel. Je ne tue pas par plaisir.

— Et qui vous dit que, même si je lui demande de venir seule, Baxter m'écoutera et qu'elle ne préviendra personne à la PJ ? Elle est fine mouche et peut, aux seules vibrations de ma voix, deviner si je mens ou pas.

— Ce sera à vous de faire attention à votre voix, Peeters. Alors, pour la dernière fois, c'est oui ou c'est non ? Pensez à Gertrud.

Peeters était coincé. Sa mort l'effrayait moins que celle de sa femme. Malgré leur désamour, on n'efface pas ainsi trente ans de vie commune, trente ans de tragédies, de disputes, mais aussi de tendresse et de combat pour survivre au chagrin.

Désolé, Baxter, s'excusa le Belge intérieurement, un picotement au bord des paupières.

— Qu'est-ce que je dois faire ? demanda-t-il gravement.

— L'appeler de votre portable. Lui dire que vous avez découvert une trace possible du meurtrier de Vifkin et lui demander de vous rejoindre demain, en vue de faire un profilage, mais seule, pour ne pas avoir toute l'équipe dans les pattes. Vous lui donnerez rendez-vous à un endroit précis.

— Où et quand ? dit Peeters, qui avait de la peine à déglutir.

— Demain, à 18 heures, au terril de Bruay. Le nº 7. C'est une décharge. L'endroit idéal pour faire disparaître un corps.

Abel

De retour de la forêt de Soignes, l'équipe commençait à s'inquiéter de ne pas avoir de nouvelles de Peeters.

— On devrait lancer les recherches, dit Rinchard. Ça ne lui ressemble pas du tout.

— Il est bien marié ? demanda Abel sans détours. Commençons par contacter sa femme.

L'inspecteur fit la moue. Il savait Gertrud Peeters fragile depuis la mort de son fils, et préférait ne pas l'inquiéter peut-être inutilement. Au fait des tensions dans leur couple, Rinchard imaginait que son chef avait pu découcher en charmante compagnie. Pourtant, cette hypothèse ne le convainquait pas. Un dossier aussi important que celui de Vifkin aurait tenu Peeters mobilisé même un samedi. Soit il serait resté joignable, soit il aurait appelé ou serait passé au bureau après sa folle nuit prolongée par une matinée au lit.

— Rinchard, je vous laisse donc appeler sa femme, trancha Abel. Après on avisera pour les recherches. Peut-être Peeters a-t-il eu besoin de décompresser un peu jusqu'à lundi…

L'inspecteur s'exécuta à contrecœur et fut soulagé de tomber sur la boîte vocale du fixe des Peeters. N'ayant pas le portable de Gertrud, il se contenta de laisser un message avec son numéro en lui demandant de bien vouloir le rappeler au plus vite. Il espérait que le commissaire referait surface entre-temps.

Alors que, peu à peu, les locaux de la PJ se vidaient, Hanah resta, à la demande d'Abel, pour l'éclairer sur ces fameuses nuits au manoir auxquelles Vifkin participait. Une réunion de travail informelle, agrémentée de deux pizzas commandées au restaurant voisin.

— Tu n'y es allée qu'une seule fois, disais-tu ? demanda Abel à Hanah en finissant de mâcher l'ananas de son hawaïenne, sa pizza préférée.

— Une seule fois, oui. Vifkin avait lourdement insisté, et j'étais encore assez jeune et conne pour ne pas lui résister.

— Il était un peu plus qu'un associé pour toi, non ?

Sans répondre, Hanah leva les yeux vers ceux d'Abel. Cerclés de kaki, ils changeaient de couleur selon le temps et l'environnement. À ce moment, ils étaient plutôt dorés. Elle ne s'attendait pas à cette question.

— Pardon d'être indiscrète, s'excusa aussitôt Abel devant l'expression interdite de Baxter.

— Je comprends, ton indiscrétion fait partie de ton job. Comme je l'ai dit à Peeters, on a couché ensemble, c'est même lui qui m'a initiée aux hommes. Et aussi dégoûtée d'eux. Même s'ils sont heureusement loin d'être tous comme lui.

— Qu'est-ce que tu veux dire ?

— Vifkin était une sorte de pervers narcissique. Il portait les deux en lui, mais dissociés. Il était pervers et narcissique. Un ego démesuré. Il pouvait être violent aussi. Surtout verbalement. Et, cerise sur le cake, il était junkie et m'a refilé ça comme une MST.

— Tu t'en es sortie ?

— À peu près. On va dire que j'ai quelques petits retours de flamme. Rien de bien méchant, à côté de ce que ça a pu être avant le sevrage.

— Et lors de ces soirées, que se passait-il exactement ?

Les souvenirs qu'Hanah voulait refouler affluèrent par flashs. Des scènes fugaces, des images qui défilaient dans le désordre, de plus en plus floues, incertaines, jusqu'au brouillard dans lequel elle avait terminé la soirée. Un brouillard au fond duquel l'avait entraînée Vifkin.

— Si je te racontais, tu ne me croirais pas.

— En fait j'ai bien envie de ne pas te croire…

Avant de commencer, Hanah avala sa dernière bouchée de pizza, comme pour se préparer à des confidences difficiles.

— Jusqu'à cette soirée, des perversions sexuelles, je ne connaissais que le terme générique. Paraphilies.

— Le manoir aux paraphilies…

— C'est ça. Des soirées à thème qui rassemblaient, vu le prix des réservations, tout le gratin belge et limitrophe, ou plutôt la lie. Hommes et femmes. Les hommes, ça finit par ne plus t'étonner, mais que les femmes puissent être sujettes aux paraphilies, là, ça t'interroge vraiment.

— Comment ça se traduit, pour elles ?

— Elles sont le plus souvent complices des délires de leur amant ou bien juste voyeuses.

— Et cette soirée à laquelle tu es allée… Tu as participé ou tu es restée dans ton coin ?

Le regard d'Hanah se troubla.

— À vrai dire, je ne me souviens plus très bien et j'ai tout fait pour oublier. Mais depuis que je me suis replongée dans ce passé, que j'ai retrouvé Vifkin, son intimité, son appartement, des bribes me reviennent, de plus en plus obsédantes.

— Justement, tu ferais peut-être mieux de t'en libérer.

— Tu sais, la psychanalyse et moi…

— Je ne parlais pas de ça, sourit Abel, qui comprit à la seconde le trait de douce ironie.

— De toute façon, si je raconte ce que j'ai vu, ce ne sera pas pour me libérer, comme tu dis, mais pour faire avancer l'enquête. Malgré ses travers et sa perversité, j'aimerais beaucoup vous aider à mettre la main sur le salopard qui a assassiné mon ex-associé.

— Alors c'est le moment, Hanah.

Abel gratifia la profileuse d'un sourire encourageant. Bientôt, elle racontait ce qu'elle avait vu ou surpris, ces corps d'hommes et de femmes nus, mêlés dans une débauche de chairs fermes ou flasques, jeunes ou fripées, les différentes salles où elle n'avait fait que passer, errant dans une psyché dépravée et malade. Les rituels SM, chaînes, latex, masques de fer, sangles, fouets en cuir et à clous, muselières, colliers rivetés, cages, croix de Saint-André, jeux entre maîtres et esclaves. Les esclaves étaient parfois enrôlés parmi le personnel, jardiniers, femmes de ménage, cuisinières, menacés d'être renvoyés s'ils refusaient ou se rebellaient. Et si une soirée tournait mal… on prétendait que l'employé-esclave avait fugué.

Hanah se demandait encore comment elle avait pu y échapper. Sans doute était-elle protégée par son mentor malgré tout. Vifkin prenait un plaisir évident à raconter des anecdotes sur les soirées qui occupaient les différents salons privés du manoir, chacun ayant une thématique et un décor particuliers. Des travestis étaient payés pour des spectacles de transformisme. Les invités étaient libres de passer de salon en salon et, en général, au fil de la soirée, sous l'effet de drogues allant du cannabis à la cocaïne en passant par l'ecstasy, le LSD et l'alcool, leurs choix et leurs exigences s'orientaient vers des sensations de plus en plus fortes. Scènes d'urine, soupeurs, scatophilie, types qui giclaient sur les statues et sur de jeunes éphèbes vivants mais immobiles comme des sculptures, nourricières, hommes langés après avoir été « allaités », partialistes, exhibitionnistes, sados et masochistes, coups de fouet en cuir à nœuds ou à boules métalliques… Et puis ce lieu obscur, que l'on se contentait de nommer « la cave ». Ça, Vifkin n'en parlait pas. Ce qui s'y passait restait entre les vieux murs voûtés en pierre de taille.

Avant d'aborder ce sujet, Hanah marqua une pause pour se reprendre et laisser le temps à Abel d'absorber ces informations. Entre la scène dans la forêt et le récit d'Hanah, elle semblait plutôt bien encaisser les horreurs du métier.

La profileuse avait sorti sa vape. Après dix ans de cigarettes, à l'instar de Peeters elle avait cédé, et vapotait désormais avec un liquide fruité à 17 de nicotine.

— Ah… ancienne fumeuse comme Peeters ? demanda Abel.

— Pas si ancienne, mais c'est vrai que ça fait partie des choses qui sont derrière moi.

— Et ces choses qui sont derrière toi… elles ont été aussi nocives que la clope ?

— Je pense qu'une relation peut l'être parfois bien plus.

— Je ne voulais pas être indiscrète.

— C'est de bonne guerre, sourit Hanah en soufflant des volutes blanches et quelques petits cercles qui se dissipèrent après une ascension légère. Et toi, un petit ami ? Ou… une ?

— Tu sais, moi, c'est plutôt les hommes, dit Abel en lui rendant son sourire. Mais on a rompu juste avant mon arrivée à la PJ.

Au moins, je suis fixée, se dit Hanah sans trop de regret, reconnaissant malgré tout s'être trompée sur Abel.

— *Nobody is perfect*, plaisanta-t-elle en reprenant la réplique mythique de *Certains l'aiment chaud*.

— Les mecs en particulier, soupira Abel. Parfois, je me demande si je n'aurais pas mieux fait d'être lesbienne.

— Et moi, hétéro.

Elles se regardèrent quelques secondes avant d'éclater de rire.

— On y réfléchira, dit Abel. Prête à poursuivre la sordide histoire du manoir ?

Dans la cave. Hanah ne savait pas si elle était vraiment prête. Après tout, elle ne faisait que se plier à son devoir professionnel. Elle commença le récit de ce qu'elle ignorait finalement de cet endroit et de ses infâmes secrets. C'était encore plus effrayant que si elle en avait livré les détails dans leur obscénité.

Au fil des mots lâchés comme des chevaux au galop, elle voyait le visage d'Abel blêmir. La jeune femme devait entendre, elle aussi, les cris de l'autre côté de la lourde porte, des cris de terreur et de jouissance mêlés, des bruits de coups, les chocs étouffés contre les murs, ceux de corps balancés avec violence. C'était tout ce qu'Hanah savait. Et c'était déjà trop. Seuls quelques initiés triés sur le volet pouvaient descendre dans « la cave ». Ils formaient une sorte de confrérie de la perversion, plus secrète encore que les Illuminati ou les francs-maçons. Personne d'autre qu'eux ne savait exactement ce qui s'y déroulait. Et ce soir-là, elle avait vu revenir Vifkin défait, la chemise ouverte, la poitrine couverte de griffures, les yeux injectés de sang. Il avait tenu à partir aussitôt. Et après ? Hanah ne se souvenait que d'une route interminable et du balai des essuie-glaces, ponctué de silences et de trous noirs.

— Vifkin ne t'a rien dit d'autre ? demanda Abel d'une voix tendue.

— Non.

— Et lui, qui avait insisté pour que tu l'accompagnes à une soirée au manoir, ne t'a même pas proposé d'y descendre ?

— Je crois qu'il a voulu me protéger.

— Te protéger ? De qui ?

— De moi-même.

— Tu penses que ça aurait pu te plaire ?

— J'étais encore fragile. Certains événements de mon enfance m'ont longtemps poursuivie. J'avais commencé à prendre de la coke, avec Vifkin. Ce n'est que récemment que les choses se sont remises en place. Comme un os déboîté.

Abel semblait plus intriguée par Hanah que par le manoir.

— Tu veux en parler ? Ça a son importance dans ta vie d'adulte, j'imagine.

— Mon père a tué ma mère après une dispute assez violente. Je n'ai rien vu, mais, du premier étage de la maison où je dormais, j'ai entendu leurs cris suivis d'un bruit lourd sur le sol, puis, plus rien. Plus tard, j'ai surpris mon père. Il traînait quelque chose enveloppé dans une bâche. Il avait creusé un grand trou dans le jardin. J'avais dix ans. Au fond de moi, je savais que c'était le cadavre de ma mère, mais j'ai vécu des années dans le déni. Plus tard, grâce à un prof qui a compris que j'étais en dépression, tout est remonté à la surface. J'ai dénoncé l'assassin de ma mère. Et après vingt ans, cette année, Erwan Kardec est sorti de prison.

Abel en avait les yeux humides.

— Et… tu l'as revu ?

— Oui. Mais c'est une autre histoire et là, c'est vraiment du passé maintenant.

— Je comprends mieux ces… fragilités, murmura Abel. D'ailleurs je leur préfère le terme « failles ». Ton Vifkin en a bien profité.

— Il m'a beaucoup appris aussi. Sans lui je ne serais pas Hanah Baxter.

— Pourquoi as-tu pris un autre nom ?

— « Kardec » était trop chargé pour moi. Et puis je voulais protéger ma vie privée. Ma vie tout court, d'ailleurs. Mon métier n'est pas sans danger…

— Et le propriétaire du manoir ? Tu le connaissais ?

— Non. Je sais que c'était un magistrat avec qui Vifkin avait travaillé à plusieurs reprises.

À cet instant le portable de Baxter vibra dans sa poche. Un message vocal.

— Excuse-moi, c'est peut-être Karen, mon ex. C'est elle qui s'occupe de mon chat.

Tout en écoutant, Hanah garda un visage impassible face à Abel. D'une voix étrangement neutre, Peeters lui demandait de le rejoindre le lendemain, dimanche, à 18 heures, dans un lieu tout à fait insolite : un terril de Bruay. Elle devait garder ce message secret, ne pas le rappeler, et venir seule.

Sursis

Paradoxalement, la visite de la police avait soulagé Ange Defer : ce qu'elle avait tant attendu arrivait enfin. Elle venait presque d'accomplir le plus difficile. La suite serait une libération. Tout était écrit depuis longtemps. Elle n'avait qu'à exécuter.

Après le premier coup de fil, elle composa le numéro de la fourrière, où elle demanda à parler à un certain Antony Delestre.

— Salut, c'est Ange. Tu peux me rendre un service ?

— Me dis pas que tu comptes te remettre au combat… J'ai justement un spécimen hors catégorie à te proposer ! Il est très agressif, il lui faut juste une bonne prise en main.

— Non, Tony, tout ça, c'est terminé. J'ai eu besoin de fric à un moment et ça m'a bien aidée. Mais ce n'était pas une vraie passion, tu le sais. Et de toute façon, j'ai été obligée de m'en débarrasser.

— Tu rigoles ? Pas tous quand même…

— Si, Tony. Tous. Les huit.

— Arkan aussi ?

— Arkan le premier.

— Tu en as fait quoi ?

— Ils ont failli me tuer quand je suis entrée dans le chenil. Arkan m'a sauté dessus et les autres ont voulu suivre. Heureusement, j'avais mon Taser.

— Sa mère ! Qu'est-ce qu'il leur a pris ?

— C'est moi. J'ai complètement merdé. Et pourtant, j'aurais dû m'en douter. J'avais mes règles. Et ils étaient nourris à la viande rouge crue.

— « Étaient » ? Bordel, Ange… Ne me dis pas que…

— Si, je te le dis, Tony. J'ai été obligée de le faire moi-même. Le vétérinaire est un con, il n'aurait jamais accepté d'euthanasier huit chiens. Mais là, c'était eux ou moi.

— T'es malade, Ange ! T'aurais dû m'appeler ! Je serais venu avec Dragos et on les aurait ramenés ici.

— Où ils auraient été piqués parce que la SPA n'en aurait pas voulu.

— Non, on les aurait mis au combat.

— Alors ils sont mieux là où ils sont, Tony.

— C'est-à-dire ?

— Dans la terre, sur le domaine. Ils reposent tranquilles.

— Putain, Ange ! T'as pas pu faire ça !

La voix d'Antony s'étranglait dans sa gorge. Pour lui, la mort de huit molosses comme ceux d'Ange Defer était une perte sèche, une perte d'argent.

— Je te l'ai dit. C'était eux ou moi.

— Et maintenant, tu veux que je te couvre ? T'as des problèmes à cause de ça ?

— Un type s'est fait dévorer en pleine forêt par des chiens. Sauf que les miens étaient déjà… enfin tu sais quoi. Mais comme ce n'était pas très loin du manoir, les flics sont venus et se sont intéressés au fait que j'avais des chiens d'attaque. Je leur ai dit que la fourrière était passée prendre les chiens à ma demande, parce que je n'arrivais plus à les gérer.

— Je vois : tu veux que je confirme s'ils appellent ou s'ils passent ici ?

— C'est ça. Comme c'est toi qui diriges la fourrière maintenant, c'est à toi qu'ils s'adresseront.

Un silence accueillit les mots d'Ange Defer.

— Tu sais bien que tous les chiens qui arrivent ici sont inscrits au registre. Un seul, j'aurais pu bidouiller, mais huit ! Ça passera pas. Et là, je risque de sauter, directeur ou pas. Ils vont forcément demander à les voir.

— Et alors ? Tu n'as qu'à dire qu'ils ont été euthanasiés.

— Si les flics appellent dans quinze jours, OK, mais avant, c'est impossible. On doit garder les clébards dangereux deux semaines avant de les faire piquer, au cas où quelqu'un les réclame.

— Tu peux peut-être jouer sur la date d'entrée ?

— Non, ça se verrait.

— Je te le demande, Tony. Sinon, c'est moi qui risque la taule.

— T'aurais dû m'appeler avant, je t'aurais arrangé ça. Et en plus, on aurait eu des chiens pour les combats. Arkan, tu l'as pris chez nous, et c'était un clebs exceptionnel.

— Alors tu me punis pour Arkan, c'est ça ?

— Rien à voir, c'est que je peux vraiment pas. Désolé, Ange. Faut que j'y aille, on a beaucoup de boulot, l'été.

— Tony ! s'écria la jeune femme, hors d'elle. Tu ne peux pas me faire ça !

Mais en réponse, elle n'eut que des bips répétés. Antony avait déjà raccroché. Ange se mordit une main pour ne pas hurler sa rage. Enfoiré ! Espèce de salopard ! lâcha-t-elle entre ses dents. J'ai risqué gros pour t'éviter la taule, connard !

Lorsqu'ils s'étaient revus à l'âge adulte chez un éleveur de pits et de staffs, Antony et Ange avaient senti de nouveau cette attirance réciproque qui remontait à l'adolescence sans qu'ils y eussent cédé.

Ange habitait déjà le manoir. Antony squattait chez un ami avec qui il avait participé à quelques cambriolages de villas. Ange et lui avaient flirté puis étaient sortis ensemble quelques mois. Un jour, Antony avait été repéré par la police : il avait braqué une bijouterie à Bruxelles. C'est Ange qui lui avait fourni son alibi, affirmant qu'il avait passé la nuit avec elle au manoir. Les braqueurs étant cagoulés, les caméras de vidéosurveillance n'avaient pas servi à grand-chose dans leur identification. Ange n'avait aucun passé judiciaire, la police avait jugé sa déposition digne de foi. Mais en effet, elle avait risqué gros. Quelques jours plus tard, elle avait demandé à Antony de prendre ses affaires et de partir. Ils étaient cependant restés en contact. Antony, qui travaillait désormais à la fourrière, organisait clandestinement des combats de staffs et de pit-bulls avec Dragos, un collègue macédonien. Il avait proposé à Ange, en difficulté financière, d'y faire participer ses deux chiens, dont Arkan, trois ans, grâce auquel elle s'était vite renflouée avant de décider d'arrêter. Entretemps, elle avait adopté d'autres chiens. Huit, au total. Ce qui lui avait permis de mettre de côté environ trente mille euros, qu'elle faisait fructifier en Bourse. En quelques mois, elle avait doublé son placement.

Jamais elle ne se serait abaissée à demander ce service à ce con s'il ne lui avait pas fallu encore un peu de temps. Ce qu'il lui restait à régler demandait un sursis. Elle ne pourrait en aucun cas le faire depuis sa cellule.

Le refus de son ex de l'aider risquait de tout compromettre. Alors qu'elle s'apprêtait à monter, du plomb dans les bottes, la sonnerie du téléphone fit riper son cœur dans sa cage thoracique.

— C'est OK.

La voix légèrement cassée d'Antony ne lui avait pas réchauffé l'âme ainsi depuis une éternité.

— Merci, Tony. Tu me sauves la vie.

— Comme toi. Mais après, on sera quittes. Le prochain service sera payant.

Je ne te demanderai plus rien, Tony, si tu savais comme je n'aurai plus rien à te demander, ni à toi, ni à personne, pensa Ange.

— Ne t'inquiète pas, j'ai bien compris, répondit-elle tout haut.

— Je le ferai aujourd'hui, comme ça, s'ils appellent, tu seras tranquille.

— Bonne route, Tony. Fais attention à toi.

« Adieu » aurait été plus approprié. Mais Ange ne donnait pas dans les démonstrations.

Lorsqu'elle raccrocha, elle souriait. Elle l'avait, le sursis qu'il lui fallait. Le temps qu'il lui serait nécessaire avant de… Ça, elle avait encore du mal à se le formuler. Même si ça aussi était écrit.

Il était l'heure de nourrir les bêtes, avant de monter la soupe pour sa mère et Jérémy. Potiron. Leur préférée.

Mais Ange n'alla pas tout de suite dans l'enclos aux oies et aux chèvres avec les épluchures. Avant, elle avait une tâche importante à accomplir, comme chaque jour. Sortant un canif, celui que son père lui avait offert pour ses dix ans et qui ne l'avait jamais quittée, elle chauffa à blanc la pointe de la fine lame à l'aide de son briquet tempête et attendit que le métal soit devenu presque incandescent. Puis elle releva la manche gauche de son sweat et, découvrant sa peau hâlée couverte de minuscules marques claires qui partaient de l'épaule en lignes obliques serrées, de cette façon /////////////, elle y appliqua, à la suite de la dernière, la pointe de la lame légèrement couchée qu'elle maintint en serrant les dents. Ce n'était pas la douleur qui lui faisait serrer les dents, elle s'y était habituée, depuis vingt-quatre ans qu'elle se scarifiait tous les jours pour ne pas oublier, pour que le supplice dure encore. Pas celui qu'elle s'infligeait elle-même au quotidien, non, celui qu'elle avait subi, ce malheur qui les avait frappés tous les cinq, comme une malédiction.

Huit mille sept cent soixante-dix-sept. Huit mille sept cent soixante-dix-sept jours depuis le drame, et autant de minuscules brûlures sur son corps, exécutées au couteau chauffé à blanc. //////////////////////. Ses bras, ses jambes, ses pieds, son torse et une partie de son dos en étaient striés. Huit mille sept cent soixante-dix-sept scarifications de cinq millimètres de longueur.

La huit mille sept cent soixante-dix-huitième marque faite sur son poignet, Ange replia le canif et le rangea. Avant de glisser son briquet dans sa poche, elle le caressa pensivement, insistant sur les contours de la tête de mort qui y était gravée. Lui aussi était un compagnon précieux, que ce fût pour allumer les bougies lors de coupures d'électricité, ou bien pour mettre le feu, comme au manoir, des années auparavant, avec son frère aîné. L'aile droite avait presque entièrement brûlé et, avec elle, l'ordure qui s'y trouvait.

Un goût amer

Un goût amer, c'était ce que Peeters avait dans la bouche depuis qu'il avait laissé ce message à Baxter. Ernest Gare lui avait jeté deux paires de menottes que, sous la menace du PPK, le Belge s'était attachées aux chevilles et aux poignets, puis il l'avait fait sortir de la cage et conduit dans le container qui servait de pièce à vivre et où Peeters put se servir de son téléphone portable.

« Si vous tentez quoi que ce soit, vous et Gertrud êtes morts », lui avait gentiment rappelé son ravisseur. Mais Peeters avait renoncé. Peut-être l'heure de la retraite avait-elle sonné et peut-être avait-elle le visage de sa propre mort. Ou de sa démission. Car, bien entendu, quand bien même Ernest Gare tiendrait sa promesse, il ne serait pas question pour le commissaire de rester à la PJ en ayant la mort de Baxter sur la conscience.

Malgré son angoisse, il ne pouvait s'empêcher de réfléchir à l'affaire. Il connaissait l'assassin de Vifkin. Un élément qui ne rendait que plus dense le mystère sur les raisons de sa mort. Le meurtrier n'était qu'un exécutant. Un tueur à gages. Ce qui revenait à avoir découvert l'arme du crime, mais ni la main qui la tenait ni le mobile. Et encore moins pourquoi Hanah Baxter était visée elle aussi, si longtemps après Vifkin.

Pendant qu'il laissait son message, il avait eu un instant pour observer l'antre de son ravisseur. Un mobilier fait de palettes : la table basse, deux sièges et ce qui pouvait faire office de canapé. Une bibliothèque aussi, à quatre pans, formant carrément une sorte de petit espace où se retirer pour lire ou écouter de la musique. Les étagères contenaient des livres, mais également des vinyles aux pochettes collector. Un intérieur sans chaleur, imprégné d'une lointaine mais persistante odeur de charbon.

Ernest Gare avait fini par donner au Belge un fond d'eau-de-vie dans un gobelet, à verser sur les morsures. Passé la douleur fulgurante de l'alcool sur les plaies à vif, Peeters se lécha la main. Au goût amer de sa trahison se substitua la chaleur sucrée de la prune. Tu n'es quand même qu'un minable, se répétait-il. Il avait pu voir les appels en absence de Rinchard, ainsi que ceux de sa femme. Tout le monde devait s'inquiéter.

Au moins le rat albinos et ses cruels petits yeux rouges ne lui tenaient plus compagnie. Ernest Gare lui avait permis de retirer ses menottes aux chevilles, et lui avait cette fois pris son portable. Le tueur à gages n'avait pas éteint et Peeters, sans pouvoir connaître l'heure, se trouvait sous la lumière d'un halogène braqué sur la cage, ce qui le gênait passablement pour dormir. Il préférait encore l'obscurité. Depuis la mort de Simon, il vivait dans l'obscurité. Une nuit intérieure qui ne le quittait jamais, où il pouvait plonger pour revenir sur le passé, essayer de comprendre ce que Getrud et lui avaient manqué. Simon s'était-il senti abandonné, incompris ? Incapable d'être à la hauteur, dans un monde où il fallait être le meilleur ? Ses parents ne lui avaient jamais imposé un tel fardeau, cependant il était vrai que la communication n'était pas leur fort. Tant de choses traversent les enfants, qui échappent aux parents. Tant d'orages, de questionnements, de peurs. Simon s'était-il senti différent ? Était-il homosexuel ? Hypersensible ? Avait-il dû affronter une déception amoureuse ? Il était parti en les laissant seuls avec leurs questions. À leur tour de se miner, à leur tour de s'interroger, à leur tour de souffrir en silence des nuits et des jours durant.

Après Simon, Peeters pensa à Gertrud et à leur couple en faillite. Dans le malheur, il était tellement plus facile de détruire que de construire en gardant le cap dans une mer déchaînée. Ils s'étaient, ensemble, laissés aller à cette facilité. Sans se remettre en question. Le Belge se promit, s'il s'en sortait, de rétablir le lien perdu avec sa femme et de l'accompagner dans son prochain sevrage alcoolique. À la mort de Simon, il avait fui le chagrin pour ne pas en mourir, sans avoir la force de se préoccuper de Gertrud. « Le deuil de votre femme n'est pas le vôtre et inversement. Vous serez toujours seul face à cette épreuve », lui avait dit une psychologue. Il ne l'avait jamais revue, mais avait gardé en lui ces phrases comme une excuse.

Épuisé, malgré la lumière, Peeters finit par s'écrouler de tout son long sur le sol froid. Il s'endormit en chien de fusil, le ventre vide. Il fut réveillé par la voix d'Ernest Gare. Caverneuse et sans chaleur.

— Je vous apporte à manger. J'ai fait des pâtes bolognaise.

Une fraction de seconde, il sembla à Peeters entendre à nouveau les intonations plus douces de Frida. Elle lui manquait et il pensa tristement qu'il ne la reverrait plus. Retournerait-il au No, s'il s'en sortait vivant ? Il n'en savait rien.

— Vous aimez les pâtes bolognaise ? Elles sont *al dente*.

— Je m'en contrefous, Gare. Je m'en contrefous. Vous croyez vraiment que je peux penser à ce genre de choses au moment où je vais mourir ?

— N'exagérez pas, commissaire. Et arrêtez la victimisation. Enfermé quelques heures et il n'y a plus personne, hein ? Où est passé le flic fringant venu de Belgique, amateur de filles et de champagne ? Le redoutable commissaire divisionnaire Johann Peeters de la PJ de Bruxelles ? Allons, allons. Et bon appétit !

Son PPK pointé sur Peeters, tout en parlant, Ernest Gare ouvrit la cage. Il posa sur le sol l'assiette de spaghettis couverts de sauce et de copeaux de parmesan et la fit glisser de la pointe du pied vers le captif avant de refermer à clef. Sur l'épaule de son maître, Berlioz se lissait les moustaches comme après un bon repas. Ou peut-être comme s'il allait en faire un.

Après une brève hésitation, Peeters se décida à manger. Il ne put s'empêcher de trouver les pâtes délicieuses.

— Alors, c'est bon ?

La voix d'Ernest Gare qu'il croyait déjà reparti le fit sursauter.

— Un tueur à gages cordon-bleu ! Si on m'avait dit ça…, répondit Peeters d'un ton aigre-doux. Vous avez des nouvelles de Baxter ?

— Aucune. Mais je garde espoir. Elle doit être bien occupée, si elle travaille avec votre équipe.

— Que voulez-vous dire ?

— Je viens d'entendre dire à la radio que chez vous, on a découvert un type complètement bouffé par des chiens dans une forêt. Ce sont des promeneurs qui l'ont trouvé. Un vrai carnage, selon leur témoignage.

Peeters comprenait mieux les nombreux appels en absence de Rinchard. Ils ont dû aller sur place, se dit-il. Avec un peu de chance, Baxter serait mobilisée sur cette affaire également. Il espérait que son appel semblerait étrange à la profileuse et que l'intuition de celle-ci lui conseillerait d'en faire part à Abel. Mais si Ernest Gare leur échappait, Gertrud courait un sérieux risque.

L'esprit de Peeters allait et venait sans cesse entre son attachement pour sa femme et sa trahison envers Baxter, motivée par ce même attachement. Si elle était au courant du chantage auquel il était soumis, Baxter le comprendrait et le lui pardonnerait sûrement. Restait à lui souhaiter d'avoir du flair, et une sacrée chance.

— Tiens, votre portable a vibré, lança Ernest Gare. Vous avez un nouveau message, on dirait.

Peeters retint son souffle.

Ernest Gare leva les yeux sur lui avec un sourire triomphant pendant que le Belge se liquéfiait.

— Elle sera au rendez-vous. Merci, cher commissaire, je vais enfin pouvoir finir le job et prendre ma retraite.

Visite

Hanah quitta les locaux de la PJ aux alentours de 19 heures, après un après-midi passé à glaner avec Abel tout ce qu'elles pouvaient sur l'ancien propriétaire du manoir. Le juge Michel Daval avait occupé le poste de magistrat au tribunal de Bruxelles près d'une trentaine d'années, avant de mourir asphyxié dans l'incendie de sa demeure, à soixante-deux ans. Vieux garçon sans descendance, il avait hérité de la propriété de ses parents avec sa sœur, morte deux ans avant l'incendie, célibataire elle aussi. Il était apparu que Michel Daval disposait de personnel de maison, une cuisinière et trois commis, un jardinier, un mécanicien, homme à tout faire. Sa sœur faisant office de gouvernante dirigeait ce petit monde et logeait au manoir. Le jardinier occupait une dépendance avec sa famille. La cuisinière était sa femme.

— Il faudrait qu'on puisse retrouver ces gens, avait dit Abel. Maintenant, avec les portables, plus besoin de passer des heures dans l'annuaire.

Hanah avait remarqué à son poignet droit une montre connectée avec un bracelet d'acier en maille italienne. Très peu pour elle, ce genre d'objet, qui ne ferait que lui rappeler qu'aujourd'hui tout le monde est tracé sous prétexte de connexion, que les goûts du consommateur sont systématiquement analysés, les fichiers et les données vendus par les opérateurs ou les géants du Net sans le moindre respect de la vie privée. Que précisément la marque qui produit la montre connectée d'Abel dispose d'un logiciel espion dont les interventions aléatoires ou demandées sous couvert de proposer ses services de robot intelligent lui sont proprement insupportables.

— Pourtant tu sembles plutôt ouverte aux nouvelles méthodes, avait remarqué Hanah sans animosité, les yeux posés sur la montre.

— Ah, oui, ma montre. J'avoue que ça me rassure. Si je perds mon téléphone, par exemple. Et puis je suis un peu geek sur les bords… En ce qui concerne le personnel du manoir, peut-être Ange Defer ou son frère aîné pourraient-ils nous renseigner ?

— Ange Defer était très jeune, à l'époque. Mieux vaudrait voir avec son frère.

— Que penses-tu d'elle ?

— Elle pourrait présenter des traits sociopathes, mais quelque chose l'en éloigne encore.

— C'est-à-dire ?

— Je ne l'ai pas assez observée pour me prononcer. Mais je compte bien la revoir. En tout cas, il y a une rage en elle, qu'elle contient, qu'elle contrôle, même. Le jour où elle la lâchera, je n'aimerais pas être dans les parages. Elle serait capable du pire.

— Moi j'aimerais, pour l'empêcher de commettre ce pire.

Là-dessus, les deux femmes avaient décidé que c'en était assez pour cette journée et s'étaient saluées avant de sortir dans la chaleur exhalée par le bitume en cette fin d'après-midi. Baxter avait demandé à Abel si elle pouvait emprunter une des voitures banalisées de police dans le cas où elle aurait à retourner sur le terrain en forêt de Soignes, pour s'imprégner de la supposée scène de crime et la travailler encore au pendule, précisa-t-elle. D'abord hésitante, Abel avait consulté le registre, puis lui avait octroyé une Skoda Octavia.

Avant de récupérer la voiture, Hanah se posa sur une terrasse non loin de la PJ pour boire une bière fraîche, qui lui rappela ses années belges avec quelque nostalgie. Toujours aussi bonne, pensa-t-elle en buvant quelques gorgées, les yeux fermés sur son plaisir. Elle aurait bien proposé un verre à Abel, mais sans doute valait-il mieux s'en tenir au strict aspect professionnel. Elle en profita pour réécouter le message vocal de Peeters qui l'avait laissée perplexe, avant de se résoudre à répondre sobrement par SMS qu'elle se rendrait bien à ce rendez-vous, en se gardant de toute question ou remarque. Peeters devait avoir ses raisons de la faire venir seule.

Après avoir fait quelques courses, Hanah rentra rue aux Laines, savourant sa liberté. Elle aurait bien sûr préféré loger ailleurs que dans l'appartement sombre et poussiéreux de son ex-associé. Mais ainsi, Peeters avait raison, elle était au cœur de l'affaire.

Pestant contre l'ascenseur occupé par un déménagement, elle eut à peine le temps de ranger ses affaires et d'ouvrir les fenêtres, en espérant enfin renouveler l'air qui sentait le renfermé, qu'on sonna à la porte. Le substitut du procureur se tenait bien droit dans sa posture de jeune premier, avec sa canne. Certainement la dernière personne qu'elle avait envie de voir !

— J'ai déjà sonné dans l'après-midi, mais vous n'étiez pas là.

— Merci pour le scoop, répondit-elle d'un air las.

— Je vous dérange, désolé…

— Un peu, mais ma curiosité l'emporte toujours, même dans les situations les plus extrêmes. Qu'est-ce qui vous amène, cette fois ? La curiosité aussi ?

Une ombre légère traversa une seconde le regard bleu piscine du visiteur.

— On peut dire ça, oui. Vous me permettez d'entrer ?

— Si vous y tenez… Je n'ai que de la bière chaude, désolée.

— Merci, mais je préfère le vin.

M'étonne pas, se dit Hanah avec une moue en s'écartant pour le laisser passer avec sa canne au pommeau sculpté. Une tête de mort, remarqua-t-elle au passage. Un léger frisson lui effleura la nuque. L'homme, un peu voûté, appuyé sur sa canne, avait des attitudes de vieillard. Mais cette tête de mort tranchait avec ses manières.

— Je n'ai pas de vin, seulement de l'eau pétillante à vous proposer.

— Parfait. Je peux m'asseoir ? Ma jambe…

— Ce ne sont pas les sièges qui manquent, ici, répondit Hanah. Il y a même un canapé, mais il est encore recouvert d'un drap et d'une bonne couche de poussière.

— Une chaise ira très bien. Il m'est très difficile de me lever d'un fauteuil.

— Qu'est-ce qui vous est arrivé, si ce n'est pas indiscret ?

Bien qu'Hanah se contrefichât d'être indiscrète ou non. C'était lui, l'indiscret et l'intrus, ici.

— Une sale chute de cheval. En plus de la double fracture tibia et péroné, j'ai failli perdre ma jambe suite à une maladie nosocomiale.

— Désolée. L'ascenseur est souvent en panne ? J'espère que vous n'habitez pas au dernier étage.

— Quand bien même ce serait au premier, monter toutes ces marches serait déjà pénible. Mais non, je suis au deuxième.

Hanah lui tendit son verre et s'assit sur le canapé, en face de lui. Quelque chose dans ses traits lui semblait presque familier.

— Alors cette affaire Vifkin ? Comment ça se présente ?

— Pour le moment l'enquête piétine, comme on dit, répondit Baxter prudemment.

— C'est bon signe, alors.

Hanah lança au jeune substitut du procureur un regard amusé malgré son agacement croissant.

— Vous êtes bien le premier à le penser.

— Si elle ne meurt pas de sa belle mort, une enquête qui piétine finit toujours par être éclaircie par un événement. Un jour, on découvre *la* preuve, on obtient *le* témoignage qui va provoquer le déclic et lui faire faire un bond en avant. Et quelque chose me dit que ce qui s'est passé la nuit dernière en forêt de Soignes pourrait être ce genre d'événement. Terrible histoire. Pauvre gars.

— Et… en quoi ce fait divers pourrait faire avancer l'enquête sur la mort de Vifkin ?

— Vous êtes remontés au manoir de Soignes.

Décidément, l'aplomb de ce jeune blanc-bec très bien renseigné commençait à irriter sérieusement Baxter.

— En effet. Et quel rapport avec Vifkin ?

— Je dois vraiment vous le dire ? Votre ancien associé se rendait à certaines soirées là-bas. Vous vous souvenez ?

Hanah se tenait sur ses gardes.

— Il ne me parlait pas de tout ce qu'il faisait.

— Peut-être était-ce mieux... Pourtant, j'en doute.

Le substitut du procureur posa sur un petit guéridon noir le verre qu'il venait de vider. Hanah n'aimait pas du tout la tournure que prenait la conversation.

— Désolée, mais j'ai des choses à faire avant de ressortir, mentit-elle.

— Oh, bien sûr, c'est moi qui suis navré de vous avoir importunée.

S'aidant de sa canne, il se leva en grimaçant et se dirigea vers la porte, suivi de Baxter. Alors qu'il allait sortir, il se ravisa et se tourna vers elle.

— Ah oui, j'allais oublier le plus important. Vous avez vu ma sœur. Elle n'est pour rien dans ce qui s'est passé avec les chiens, je peux vous l'assurer.

Hanah eut du mal à cacher sa surprise.

— Votre sœur ?

— Oui, Ange Defer, ma sœur cadette. Moi, c'est Lucien Defer. Enchanté.

Une dernière fois

Une fois de plus, sa mère et Jérémy avaient mangé leur soupe dans un silence entrecoupé d'éructations et de bruits de succion. Sylvie Defer mangeait comme son fils, avec un mimétisme désespérant. Comme lui, elle bavait et avalait bruyamment. Une fois de plus, rassasiés, ils s'étaient assoupis presque en même temps et la chambre s'était remplie de leurs ronflements.

Jérémy respirait mal. Ses poumons étaient encombrés de sécrétions, et Ange avait été obligée de l'arracher aux bras de sa mère pour lui fixer son appareil respiratoire. Sylvie avait commencé par s'énerver, puis avait fini par se calmer, sous l'effet apaisant de la soupe dans laquelle sa fille avait mis une double dose de somnifère. C'était ce qu'il fallait maintenant pour qu'elle parvienne à s'endormir sans hurler qu'on lui rende son fils. Mais Jérémy semblait plus agité que d'habitude. Ses mains étaient parcourues de soubresauts et il émettait continûment des petits sons gutturaux.

— Ça va aller, p'tit frère, tout va bien se passer, fais confiance à ton Ange. Elle a toujours été là pour toi.

— Han… Hon… Han…

— Oui, je sais, il est temps que tout ça finisse. Grand temps. Mais la fin du calvaire est proche, p'tit frère. Je te promets que tu seras bientôt en paix. Et maman aussi. Tous les trois.

— Hon… hon… hanhan…

— Dors, Jérémy, dors et tout ira bien.

Ange vérifia le niveau d'oxygène avant de sortir avec les assiettes. Puis elle s'enferma dans sa chambre, sortit la boîte à chaussures de la vieille armoire, s'assit sur son lit, l'ouvrit. Des dizaines de photos et de lettres, du temps où les gens s'écrivaient sur du papier assorti à une enveloppe ornée d'un timbre précieux, qui parfois finissait dans l'album d'un philatéliste en herbe – et parmi ces papiers, les lettres de son père à sa mère. C'est ainsi qu'ils avaient communiqué, quand elle s'était enfermée dans la dépression, refusant de parler à quiconque. C'était surtout lui qui écrivait. Des mots de désespoir, des mots qui étaient les cris qu'il retenait, des mots d'amour aussi. Mais Sylvie était derrière un mur, et ces mots, des flèches qui s'écrasaient sur la pierre de son cœur.

Il déposait le pli dans leur boîte aux lettres et attendait que Sylvie vienne le chercher. Un jour, elle avait cessé, trop affaiblie pour descendre jusqu'à la boîte. Il avait arrêté d'écrire et, peu de temps après, était tombé malade. Un cancer des poumons qui l'avait emporté en quelques mois. Derrière lui, il laissait colère et désolation : une femme folle et trois enfants, dont un gravement handicapé.

Ange avait lu les lettres. Toutes. Et les connaissait par cœur. Chaque mot, chaque point, chaque virgule. Les autres lettres, d'une écriture propre et soignée, presque trop, étaient celles de son frère aîné. L'absent.

Écrites depuis les camps de scouts d'été, pendant qu'Ange s'occupait de leur mère et de Jérémy, alors que leur père travaillait du matin au soir.

S'il lui avait manqué jadis, Ange avait peu à peu fait le deuil de ce frère aîné. Elle sortit une lettre d'une enveloppe, la déplia et lut. C'était la dernière qu'il lui avait écrite. Ses promesses. Toujours des promesses. Signée Lucien.

Même si elle lui en voulait parfois, Ange savait que son frère faisait comme il pouvait avec le passé. Réagissait avec ce qu'il était. Ils n'avaient jamais parlé de ce que l'un et l'autre avaient éprouvé au moment où ça s'était produit, ni comment chacun l'avait vécu après. Ils avaient vu leur mère décliner, puis leur père les quitter, contre toute attente. Il semblait pourtant avoir cette capacité à résister et à les porter, tous les quatre. Mais il était parti, passant le flambeau à ses deux aînés. Sauf que Lucien avait décidé de vivre pour lui-même. Égoïstement. Par la suite, Ange avait compris qu'il poursuivait un but. Il n'avait fait que prendre un autre chemin que le sien, à elle, mais, en réalité, ils devaient les conduire au même endroit. Et l'heure était enfin venue de s'y retrouver. Lucien serait-il au rendez-vous ? Ange en doutait, parfois. Elle se sentait seule, mais avait apprivoisé cette solitude depuis longtemps. Elle lui était nécessaire et vitale. Elle l'avait préservée d'un monde devenu hostile. Un monde qui l'avait trahie. Un monde qui avait l'apparence de la mort.

Ange regarda les quelques photos qui reposaient sous les lettres, comme des souvenirs sous le poids des ans. Trois enfants y souriaient. Un garçon un peu plus grand que la fillette, et le petit dernier, un blondinet au visage encore poupon. Lucien, dix ans, Ange, six ans, et Jérémy, trois. C'était deux ans avant le drame. Car, bien sûr, elle avait menti aux flics, Jérémy avait cinq ans quand cela s'était produit. Mais elle n'allait pas les aider à approcher de la vérité. À l'époque, ses frères et elle savaient encore sourire. Après, il n'y avait plus eu aucune photo, excepté Lucien en uniforme de scout, sur quelques clichés. Des Polaroid aux couleurs maintenant passées qu'il envoyait à sa sœur. Un sourire figé, en rien semblable à celui qu'il arborait lorsqu'ils étaient tous les trois.

La jeune femme aurait voulu pouvoir pleurer face à ces réminiscences d'une ancienne vie, de moments qu'elle ne revivrait plus, mais elle était aussi sèche qu'un lit de rivière dont toute l'eau se serait évaporée. Elle n'avait plus de larmes, à peine un frémissement du menton.

Ce soir, peut-être le dernier soir avant que tout s'arrête, Ange avait envie de plonger un peu dans le temps où ils étaient une famille. Elle qui d'habitude se contentait de relire quelques lettres, poursuivit l'exploration de la boîte aux souvenirs. Du tas de photos et de papier à lettres recouvert d'encre ou de stylo-bille, elle exhuma un vieux portefeuille en cuir défoncé qui avait appartenu à leur père. Le seul objet qu'elle gardait de lui, à l'insu de sa mère et de Lucien.

Caressant le cuir râpé, elle le porta à ses narines pour en respirer l'odeur de bête encore forte, mêlée aux effluves à peine perceptibles d'une eau de toilette boisée. Un nœud coulant se serra autour de sa gorge. Le portefeuille ne le quittait jamais. Que ce soit dans la poche intérieure de ses vestes ou dans la poche arrière de ses pantalons. Depuis qu'elle l'avait récupéré à sa mort, Ange ne l'avait encore jamais ouvert, par pudeur et par respect. Et, peut-être aussi, de crainte de ce qu'elle pourrait y trouver. Elle sentait que ce qu'il contenait était personnel, que Defer y avait une partie de son jardin secret et de l'enfer qu'il avait vécu. Mais aujourd'hui, l'objet lui brûlait presque les doigts, l'invitant à regarder enfin à l'intérieur. Le moment était venu pour ça aussi.

Du ciment plein l'estomac, Ange ouvrit le portefeuille, sortit un à un les papiers qui s'y trouvaient et les disposa sur le lit, tout d'abord sans vraiment s'y attarder. Puis, ses yeux se fixèrent successivement sur chacun, attirés en premier lieu par une photo qu'elle n'avait heureusement jamais vue et où elle reconnut son frère Jérémy sur un lit d'hôpital, placé sous monitoring, branché de toutes parts. Cette fois, ses doigts se mirent à trembler, sous la force d'une colère souterraine. Pourquoi cette photo ? Pourquoi avoir pris une photo de son petit frère dans cet état ? Elle qui n'avait jamais voulu aller le voir dans cette chambre où elle ne faisait que l'imaginer, seul dans un autre monde, elle avait à présent, des années plus tard, l'image de cette solitude glacée qu'elle avait toujours refusé d'envisager pour lui.

Avec la même colère, elle découvrit une photo de sa mère, prostrée dans son désespoir, le regard vide. Pourquoi son père avait-il porté sur lui les représentations d'une telle détresse ? Pourquoi ne pas avoir gardé la photo de ses trois enfants souriants ainsi qu'un portrait de sa femme rayonnante ?

Parmi les papiers éparpillés, elle trouva une petite médaille de la Vierge protectrice, et un cliché de son père en tenue de travail. Jusqu'à ce qu'il tombe malade, elle ne l'avait connu qu'avec des outils à la main, sauf lorsqu'il revenait, le soir, fourbu, dîner avec eux avant d'aller s'écrouler dans le lit conjugal et dormir pour pouvoir se lever avec le soleil et retourner travailler. Ses mains puissantes et calleuses en avaient retourné de la caillasse, et arraché des herbes et des racines, se piquant aux épines de rosiers et aux broussailles. Il était, comme elle, proche de la terre, enraciné.

Enfin, Ange passa en revue le reste, tira le coin d'un papier qui dépassait et, soudain, la lumière se fit dans son esprit. Elle comprit pourquoi son père gardait les photos de son jeune frère et de sa mère sur lui, cruels rappels pour ne pas flancher, elle comprit ce que son père avait eu au fond de son être, à en crever. Cette même rage, cette même colère rentrées et sourdes, mais bien présentes.

Là, devant elle, dans cet article d'un journal belge où était griffonné un numéro de téléphone, le visage du diable en personne. Un visage qu'elle n'oublierait jamais. Son père n'avait donc vécu que pour ça. Ne jamais oublier, lui non plus.

Lucien Defer

Le substitut du procureur était le frère aîné de la jeune femme du manoir ! Passé le choc de la nouvelle, Hanah reprit le fil de ses pensées, comprenant mieux cet air familier que lui renvoyaient les traits de son visiteur. Ceux de sa sœur Ange. Le monde est décidément petit, se dit-elle, sans trouver autre chose que cette phrase banale, et pourtant tellement juste.

Et ce frère lui attestait droit dans les yeux qu'Ange n'avait joué aucun rôle dans la mort de l'homme en forêt de Soignes.

— Comment pouvez-vous justifier une telle affirmation ? demanda-t-elle.

— Tout simplement parce que je connais ma sœur depuis trente-trois ans et qu'elle n'aurait aucune raison de commettre un tel acte.

— Même contre un individu qui l'aurait harcelée ? Ou qui aurait cherché à cambrioler le manoir ? Elle semble très protectrice avec votre mère et votre jeune frère.

— Elle l'aurait intimidé avec son fusil de chasse et fait déguerpir, comme elle l'a déjà fait. Mais même si elle avait encore eu ses chiens, jamais elle ne les aurait délibérément lâchés sur un homme.

— Vous êtes en contact régulier avec elle ?

— Non, mais je viens aux nouvelles de ma mère et de Jérémy.

— C'est vous qui lui avez acheté le manoir, c'est ça ?

La main arrondie sur le pommeau de sa canne, Lucien Defer hocha la tête.

— Un euro symbolique. Vu l'état dans lequel il était et sa triste réputation, personne n'en voulait.

— Connaissiez-vous l'ancien propriétaire, le juge Michel Daval ?

— Il était déjà à la retraite lorsque j'ai pris mes fonctions. Mais il était réputé aussi bien pour ses grandes qualités de magistrat que pour ses frasques et son excentricité.

— Il est mort dans l'incendie… Il avait des ennemis ?

— Autant qu'un juge de sa trempe peut en avoir. Il en a envoyé quelques-uns derrière les barreaux, mais toujours avec justice et justesse. Vous voulez dire que cet incendie pouvait être criminel ?

— Pas selon le rapport. On dit qu'il y a eu un court-circuit électrique, répondit Hanah.

— En effet, ce sont les conclusions de l'enquête.

— La personnalité de votre sœur m'intrigue. J'aimerais m'entretenir avec elle un peu plus.

— Pourquoi vous intéresse-t-elle tant si elle n'a rien à voir avec l'attaque de Soignes ?

— Ça, vous le savez, seule l'enquête permettra de le déterminer. Mais je voudrais gagner du temps, justement. Une rencontre informelle, sans uniformes de police, si vous voyez ce que je veux dire.

Les yeux de Defer s'allumèrent d'une lueur étrange.

— Je vois, oui. Vous allez bientôt me proposer un dessous-de-table ?

— Ce n'est pas le genre de la maison. Mais si vous préférez que le commissaire Peeters s'y rende avec un mandat de perquise, c'est possible aussi. Et croyez-moi, il le fera.

— D'accord, soupira le substitut, les mâchoires contractées par une station debout un peu trop longue. J'appellerai ma sœur pour vous organiser ça. Mais je ne vous garantis pas qu'elle accepte. Elle peut être très sauvage.

— J'ai cru comprendre, oui. Vous semblez assez différents.

— C'est une souris des champs et moi un rat de la ville.

— Vous avez grandi ensemble pourtant, non ?

— Ce qui n'empêche pas les différences et les personnalités de s'affirmer. Surtout quand un drame vous frappe. On ne le vit pas de la même façon. Tout le monde n'a pas le même degré de résilience.

— Vous voulez parler de l'accident de Jérémy ? Votre sœur m'en a touché deux mots… Et d'après elle, la famille a volé en éclats.

— Exact. Ce n'est pas le cas dans toutes les familles. C'est peut-être parce que, d'une certaine façon, la nôtre s'était construite autour du petit dernier. De Jérémy.

— Sans jalousie de votre part ?

— Ça aurait pu, mais non. Nos parents nous ont élevés dans la solidarité entre nous et ne nous ont pas caché la fragilité de notre jeune frère.

— Il n'était pas en bonne santé ?

— À un an, il a failli mourir d'un empoisonnement du sang suite au vaccin contre la rougeole. Ange était petite, mais ça l'avait déjà bien secouée. Jérémy avait gardé des séquelles, des pertes d'équilibre. Il est tombé dans l'escalier de la maison. Mais le pire, c'est que notre mère, de façon inexplicable, a toujours cru l'avoir poussé accidentellement. Elle en est devenue folle. À l'hôpital, Jérémy est resté un moment dans le coma. Ma mère n'arrêtait pas de hurler qu'on le lui rende. On lui a rendu un légume. Il aurait mieux valu qu'il…

Lucien Defer s'interrompit, la voix altérée.

— Qu'il meure? dit doucement Hanah.

— Si c'est pour avoir cette vie… Il voulait être joueur de foot.

— Il doit encore éprouver des choses, peut-être même du plaisir, en tout cas sentir l'amour de votre sœur et ça, c'est le plus important, même si, à nos yeux, il est, comme vous dites, un légume. Nous nous insurgeons contre l'image que ça nous renvoie, cette faiblesse absolue, cet état végétatif qui va à l'encontre de tout ce que nous attendons de la vie. Pourtant, nous ignorons encore presque tout de notre cerveau et de ses capacités. Malgré les apparences, peut-être Jérémy a-t-il une vie intérieure riche et trépidante, faite de sensations qu'il peut encore engranger et d'un ailleurs où son imaginaire l'emmène. Une dimension qui nous échappe. La vraie liberté, c'est peut-être ça, pouvoir s'évader d'un corps qui n'est plus fonctionnel.

— Vous parlez d'une liberté!

— Votre sœur m'a dit que votre mère était présente lors de la chute?

— Justement, non. C'est aussi pour ça qu'elle s'en est tellement voulu. Au point d'affirmer que c'était elle qui l'avait fait tomber.

— C'est, en effet, un mécanisme de culpabilité poussé à l'extrême. Au sentiment d'impuissance et de culpabilité de ne pas avoir été là pour empêcher Jérémy de tomber, elle a préféré endosser un acte criminel imaginaire.

— Mais c'est elle qui a le plus souffert dans l'histoire. Et elle souffre encore. Vous m'excuserez, mais je dois y aller maintenant, lâcha tout à coup Lucien Defer, en vacillant légèrement. Je fatigue, au bout d'un moment. Je vous tiens au courant pour Ange.

— J'ai un rendez-vous demain en fin d'après-midi, mais avant, je suis libre.

— Très bien. Vers quelle heure partez-vous ?

— Entre 16 et 17 heures je pense.

— Si vous avez besoin d'une voiture, je peux vous prêter la mienne…

— Merci, j'ai une des voitures de la PJ.

— Dans ce cas, à bientôt, miss Baxter.

Le temps qu'Hanah referme la porte, Lucien Defer était entré dans l'ascenseur libéré du déménagement, qui le fit descendre au deuxième étage où il rentra chez lui. Il posa sa canne contre le mur à l'entrée, gagna en claudiquant méchamment l'un des fauteuils Chesterfield assortis au canapé couleur havane et ouvrit l'un des côtés de la table basse où se trouvait le bar. Après s'être servi une rasade de gin Monkey 47 et en avoir bu une longue gorgée qui lui brûla agréablement les amygdales, il sortit son portable.

— Salut, Ange, c'est moi, fit-il lorsque sa sœur se

manifesta enfin. Je viens de parler avec Hanah Baxter. Elle souhaite te revoir… Ange ?

— Ouais, j'ai entendu.

— Alors ? Qu'est-ce que je lui dis ?

— Elle veut me voir… Pourquoi ?

— Je n'en sais pas plus. Ta personnalité l'intrigue, apparemment. C'est une profileuse. J'ai l'impression qu'elle pense que tu es impliquée dans le carnage de Soignes.

— Ah oui ? Elle m'a interrogée.

— Ange…

— Oui ?

— Tes chiens… La fourrière est vraiment venue les chercher ?

— Oui, pourquoi ? Tu as des doutes, toi aussi ?

La voix de sa sœur était aussi coupante que de la glace.

— Je te demande, c'est tout.

— Tu *me* demandes ou tu *te* demandes ?

— Eh bien, un peu des deux.

— Et pourquoi j'aurais lâché mes chiens sur un inconnu ?

— À toi de me le dire. Peut-être que ce n'était pas un inconnu ?

— Arrête de jouer les substituts du proc avec moi.

— Je ne joue pas, je le suis. Sache que je t'ai soutenue auprès de Baxter. Et que je m'arrangerai pour retarder la perquisition le plus longtemps possible. Mais elle est inévitable, les premiers éléments étant contre toi dans cette attaque mortelle.

— Merci de ta magnanimité. Je n'en attendais pas moins de mon propre frère.

— Et je le ferai encore, sauf si tu es pour quelque chose dans ce massacre.

Ange éclata d'un rire lugubre.

— Tu crois vraiment que je te le dirais ?

— Ça t'éviterait des ennuis. J'espère en tout cas que ce n'est pas encore Antony qui t'a entraînée dans ses délires de petite frappe.

— Laisse-le où il est, OK ? Il s'est rangé. Il dirige la fourrière maintenant, si tu veux le savoir. Alors adresse-toi à lui pour les chiens et tu verras que c'est vrai.

— Je le ferai. Et qu'est-ce que je dis à Baxter ?

— Que ça m'emmerde au plus haut point, mais que si elle y tient, qu'elle vienne au manoir demain à 14 heures.

Lucien raccrocha, envahi d'un malaise diffus. Depuis quelque temps, pour le peu qu'il parlait avec Ange, il la trouvait différente, encore plus sèche, plus retranchée. Plus insondable.

Prenant son portable, il écrivit un SMS au numéro qu'Hanah lui avait donné pour fixer le rendez-vous au manoir, puis se resservit un verre de gin, qu'il but, le regard dans le vague.

Sous la terre, la mort

Le SMS de Lucien Defer était arrivé pendant qu'Hanah était sous la douche et elle n'en avait eu connaissance que plus tard dans la soirée, ayant passé du temps à faire un peu de ménage dans l'appartement de son ancien associé tout en pensant au personnage multiple qu'il avait été. Qui était Vifkin en réalité ? Au fond, elle l'ignorait. Elle avait seulement cerné son caractère manipulateur. Qu'est-ce qui avait pu l'attirer dans la cave du manoir ? Elle ne le saurait probablement jamais. Parce que personne d'autre que ceux qui s'y étaient arrêtés ne savait ce qui s'y tramait. Où et comment les retrouver ? Autant chercher une frite dans le désert…

La nuit qu'elle passa chez Vifkin fut semblable à la première, courte et entrecoupée de réveils, sans avoir fait de cauchemars cette fois, mais ruisselante de sueur. À tel point que les draps étaient à essorer. Des manifestations corporelles qui lui rappelaient l'urgence de trouver une mère porteuse, si elle prenait vraiment la décision d'avoir un enfant par GPA. Si elle attendait trop, avec les prémices de la ménopause, elle ne pourrait plus y prétendre, n'ayant pas fait la démarche de congeler ses ovocytes. Avant son extradition, elle avait consulté quelques sites sur lesquels des femmes proposaient leurs services et d'autres présentant les caractéristiques physiques et intellectuelles des enfants en fonction du donneur. Prise de nausée devant ce mercantilisme d'êtres humains, elle avait arrêté, remettant sa décision à plus tard pour avoir le temps de réfléchir. Une réflexion qui avait tourné court...

Elle n'avait pas programmé le réveil sur son application, luxe qu'elle s'octroyait le dimanche, chez elle, en périodes de relâche, en somme peu fréquentes. Le premier message qu'elle écouta était celui d'Abel : elle n'avait aucune nouvelle de Peeters et ça commençait vraiment à l'inquiéter, elle avait passé la nuit à traîner sur le sexnet et s'était créé des comptes sur des sites dédiés aux perversions pour tenter de retrouver les clients qui auraient connu le manoir à ses grandes heures. Elle avait fini par tomber sur un chatteur qui affirmait y avoir été à quelques reprises, mais qui ne pouvait rien dire sur ce qu'il s'y passait, ayant prêté serment.

Hanah attendit un peu avant de rappeler Abel, qui répondit enfin d'une voix éraillée.

— Désolée si je te réveille, mais je viens d'écouter ton message, annonça Hanah. Moi non plus, je n'ai aucune nouvelle de Peeters. Mais tu sais, j'ai eu le temps de le connaître un peu et même de l'observer, à l'époque, et il lui arrivait de disparaître deux ou trois jours avant de remonter à la surface dans le cadre d'une enquête. Il aime bien faire des recherches en solo, parfois, surtout s'il a trouvé un nouvel élément.

— Ça aussi ça fait partie des bonnes vieilles méthodes à la Peeters ?

— On peut le dire comme ça.

— Bon, eh bien, il va falloir qu'il en change. Parce que travailler de cette façon avec un supérieur direct, c'est impossible pour moi.

— Je comprends, mais il faut que tu lui parles, dit Hanah en se mordant les lèvres.

Si Abel savait que Peeters lui avait fixé rendez-vous un peu plus tard dans la journée…

— Compte sur moi.

— Ce chatteur dont tu parles dans ton message… Il a prêté serment ? Sérieusement ?

— Difficile à dire… mais ça se pratiquait, semble-t-il, à l'époque, pour obtenir son droit d'entrée dans la cave, outre d'autres petits rituels…

— Quel genre ?

— Se faire pénétrer par-derrière par l'un des parrains.

— Tu rigoles ?

— J'aimerais bien. Ça s'appelle de la cooptation.

— Ben merde !

Les deux femmes éclatèrent de rire en même temps.

— Et tu es sûre que le type ne se foutait pas de toi ? Comment l'as-tu amené à parler de la cave ?

— En bonne geek, je connais les codes du chat et comment on arrive à faire parler d'autres chatteurs. Il faut qu'ils sentent que tu es de la communauté. Après, ça se fait tout seul.

— En attendant, il n'est pas allé plus loin que le rituel de passage et le serment, dans ses confidences.

— C'est déjà pas mal. Ces éléments peuvent en

déverrouiller d'autres. J'ai un ami qui pourrait pister ce chatteur et remonter jusqu'à son identité.

— Son pseudo, c'est quoi ?

Un silence subit se fit de l'autre côté de la ligne.

— C'est la partie la plus délicate. C'est Vifkin, Hanah.

Baxter demeura abasourdie.

— Pardon ? Tu veux dire que le pseudo de ce type est Vifkin ?

— C'est ça. Type ou nana, d'ailleurs. C'est souvent des mecs qui sont derrière des profils de femmes, mais le contraire peut aussi arriver. Sauf que là, j'ai tendance à penser que j'ai affaire à un homme.

— Pourquoi ?

— La nature de ses perversions.

— Tu peux préciser ?

— Scatologie, pénétration anale, hybristophilie…

— Ah… je vois. Attirance et excitation pour les criminels et les crimes barbares…

— Exact.

— Eh bien… avec tout ça… Il connaissait Vifkin personnellement ?

— Je ne le lui ai pas encore demandé. Je ne voulais pas le rendre méfiant en posant trop de questions. Pourquoi me serais-je intéressée à Vifkin ? Ça lui aurait semblé bizarre.

— Tu as raison. Bon, je dois te laisser, un coup de fil urgent à passer à New York.

— Tu fais quelque chose aujourd'hui ?

Oui, deux rendez-vous auxquels je me rendrai seule, Abel, alors inutile d'insister, pensa Hanah. Elle devinait que la flic craignait surtout qu'elle ne leur fausse compagnie pour retourner à New York.

— Il faut que je fasse un grand ménage ici pour pouvoir me sentir à peu près bien. Et, qui sait… je peux tomber sur quelque chose qui pourrait servir à l'enquête.

— OK, dans ce cas, je vais retourner à mon chat sur Parafil.com et essayer de tirer les vers du nez de ce « Vifkin ». Bon ménage et à demain au bureau !

Hanah fila sous la douche avant de sauter dans des vêtements propres qu'elle s'était achetés. Un jean et un débardeur noir qui moulait avantageusement ses pectoraux et ses trapèzes. Elle dressa ensuite ses cheveux avec du gel coiffant à effet mouillé. Quoi qu'il se passât dans sa vie amoureuse, Hanah avait toujours besoin de séduire et se préparait comme si elle se rendait à un rendez-vous prometteur. Même si elle n'en attendait pas autre chose qu'une relation professionnelle ou amicale.

Elle avala un thé vert, boisson qu'elle privilégiait pour ses méditations devant Bouddha, et prit la direction du manoir.

Une fois sortie de Bruxelles au volant de l'Octavia, elle emprunta la route de la forêt. Ça faisait un sacré bout de temps qu'elle n'avait pas conduit, surtout une voiture à boîte de vitesses mécanique. Cela lui procura un certain plaisir. Pousser le moteur par paliers à atteindre la bonne vitesse qui, cependant, ne devait pas dépasser 90 km/heure lui était plus jouissif qu'avec la boîte automatique sur laquelle le conducteur se reposait. La ligne blanche alternant avec les pointillés se déroulait au fil des mètres avalés. De chaque côté, les arbres, au début épars, se resserraient en un rideau végétal de milliers de nuances vertes ou or.

Elle avait allumé la radio, changé de station plusieurs fois jusqu'à tomber sur un enchaînement de groupes rock parmi lesquels elle reconnut avec nostalgie les grands classiques, U2, REM, Gun's & Roses, Nirvana, Pink Floyd, Sting. Chanta même quelques-uns de leurs refrains célèbres.

I thought that I heard you laughing
I thought that I heard you sing
I thought that I saw you try…[1]

Sur ces paroles, envahi d'un sentiment étrange, le cœur d'Hanah se contracta subitement. Presque au même moment, une déflagration déchira le silence de la route, venant lui frapper les tympans par la fenêtre ouverte. Elle n'eut que le temps de voir débouler latéralement une masse brune qui se jeta devant la voiture. Sous le coup de frein, les pneus gémirent sur le bitume et l'Octavia fit trois tours sur elle-même avant de se retrouver, par miracle, droite sur la route, dans la bonne direction. Tenant le volant, Hanah n'avait pas cherché à freiner davantage. Dans un état dissociatif le temps du dérapage, elle pria pour que l'Octavia ne heurte pas un arbre.

Lorsque la voiture se stabilisa enfin, le sanglier avait disparu.

Connard de chasseur ! pesta-t-elle en redémarrant, soulagée de ne pas avoir tapé la bête, ni abîmé

1. Extrait de « *Losing my religion* », album *Out of time* de R.E.M., 1991, Warner Bros.

la voiture de la PJ : elle n'était pas certaine qu'Abel ait aimé apprendre les circonstances dans lesquelles elle avait eu cet accident…

Plus elle avançait, plus le ciel s'obscurcissait. Lorsqu'elle arriva enfin au manoir, il était un peu plus de 14 heures et une pluie aussi fine que des aiguilles s'était mise à tomber.

La grille était ouverte, sans doute à son intention. Elle s'aperçut que le 4 × 4 d'Ange Defer avait changé de place et conclut que la jeune femme s'en était servie récemment. C'est seulement à cet instant qu'elle se rappela les ordres d'Abel à Rinchard de surveiller les allées et venues d'Ange Defer dans l'enceinte du manoir et eut froid dans le dos à l'idée qu'il la voie rendre visite à la suspecte, mais il était trop tard pour faire demi-tour. Comment n'y ai-je pas pensé avant ! se maudit-elle. Elle n'avait plus qu'à croiser les doigts pour que Rinchard soit plus occupé à éclaircir la disparition de Peeters qu'à surveiller Ange Defer. Mais elle se doutait bien qu'il avait pu envoyer Chastel à sa place.

Mal à l'aise, elle coupa le moteur, consulta son smartphone, qui n'annonçait pas de nouveau message, prit sa besace et sortit. Arrivée à la porte après avoir gravi quelques marches, Hanah appuya sur la sonnette et attendit. Personne ne venant ouvrir, elle répéta son geste et laissa cette fois le doigt enfoncé sur le bouton.

La porte finit par s'ouvrir sur Ange, échevelée, en tenue de chasse, les bottes pleines de boue. Mais ce qui retint l'attention de Baxter, c'était son visage maculé de terre fraîche et les petites feuilles accrochées à ses cheveux. Avec ses airs de commando en mission dans la jungle, la propriétaire du manoir semblait bien plus inquiétante que lors de leur première rencontre. Ou alors ce camouflage était-il volontaire ? Une façon de ne pas affronter directement quelqu'un de l'extérieur, de peur qu'on la décrypte…

— Je vous attendais plus tôt, siffla-t-elle entre ses dents.

— Désolée, j'ai eu un petit contretemps. Mais vous-même semblez avoir été bien occupée.

— Je suis revenue pour notre rendez-vous sans avoir eu le temps de prendre une douche.

— Vous étiez partie chasser ?

— Deux bouches à nourrir en plus de la mienne alors que je n'ai pas d'argent, ça fait beaucoup. Du coup, je me débrouille avec les ressources naturelles de notre vieille Gaïa.

De toute évidence, Ange était sur la défensive.

— Même si, pour moi, la chasse est très contestable, je ne vous fais aucun reproche. Je vois bien que vous chassez pour manger.

— Pourquoi vous vouliez me voir ?

— Nous allons rester à parler sur le pas de la porte ?

— Entrez.

Ange Defer s'écarta pour laisser passer Baxter et la conduisit au salon. En entrant dans la vaste pièce, Hanah sentit des frissons glacés lui remonter le long du dos. Le sentiment de malaise qui l'avait saisie se confirmait. Elle se revit, traversant ce même salon, un peu plus de vingt ans auparavant, dans des lumières mauves et bleutées où s'emmêlaient des corps nus ou à moitié dévêtus. De ces enchevêtrements vivants émergeaient des paires de fesses musclées, rebondies ou flasques, des seins de tous calibres, ronds, en poire ou fripés. Elle laissa errer son regard dans la pièce comme si elle revoyait la scène.

— Ça va ? demanda Ange qui la toisa d'un drôle d'air sous son masque d'humus.

— C'est… c'est le lieu. Je suis très sensible aux lieux chargés. Et celui-ci en est un. Oui, particulièrement chargé.

— Avec ma mère et mon frère, difficile de faire autrement.

— Non, ça vient de plus loin. Des choses se sont passées ici. Des choses peu concevables pour des êtres normaux. Mais c'était avant. Aujourd'hui, vous êtes là, avec votre mère et votre frère, dont vous prenez soin. Lourde tâche, pour une jeune femme seule. Ils sont en haut ?

Ange Defer acquiesça.

— Je vous sers un café ? Un thé ?

— Un thé, volontiers.

— Je n'ai que du thé matcha…

— Mon préféré, ça tombe bien !

Bien que ce ne fût qu'une demi-vérité, tous les moyens étaient bons à la profileuse pour établir avec son hôte la connivence qu'elle souhaitait. Mettre cet animal sauvage le plus possible en confiance. L'apprivoiser pour en obtenir le maximum.

Ange servit le thé dans des tasses en grès et elles le burent sans un mot. Ce qui ne gêna pas Hanah, qui considérait le silence comme une manière de communiquer. Ou plutôt de communier.

Son thé bu, elle fut malgré tout la première à parler.

— C'est quand même très surprenant que le substitut du procureur soit votre frère et, qui plus est, qu'il habite le même immeuble que Vifkin, mon ancien associé. Pourquoi ne pas l'avoir dit lorsque vous l'avez évoqué ?

— Je ne voulais pas avoir l'air de me disculper en me réfugiant derrière le métier de mon frère. Ni de profiter de sa position.

Bonne réponse, se dit Hanah, mais ce n'est pas la vérité. Au regard fuyant d'Ange, elle devinait que ses motivations étaient ailleurs. Mais fit semblant de se contenter de l'argument.

— C'est tout à votre honneur, Ange. Vous savez pourtant que la police préfère la transparence.

— Je n'ai rien à cacher.

Ça, ça m'étonnerait, pensa Hanah presque à voix haute.

— On a tous quelque chose qu'on souhaite garder pour soi. J'ai pu discuter un peu avec votre frère…

— Que vous a-t-il raconté ? réagit aussitôt Ange.

— Votre façon très différente de vivre le malheur qui vous a frappés. Votre colère, votre rage, la culpabilité de votre mère, jusqu'à la folie. La vôtre, aussi.

Cette fois, Hanah en rajoutait un peu, pour pousser la jeune femme dans ses retranchements.

— Qu'est-ce qu'il en sait ? Il n'était pas là ! Il s'est réfugié dans ses sorties scoutes, et puis dans ses études. Celle qui s'occupe d'eux, là-haut, c'est moi.

— Et ça vous pèse ?

Ange se leva sans répondre.

— Venez.

Hanah la suivit dans les escaliers qu'Ange gravissait d'un pas lourd. La terre tomba de ses rangers par paquets qui avaient la forme de petits chevrons.

Et elle n'avait même pas pris la peine de se nettoyer le visage et secouer ses cheveux.

— C'est par ici.

Elles empruntèrent un couloir sombre dont le parquet grinça sous leurs pieds et parvinrent jusqu'à une porte qu'Ange ouvrit, invitant Hanah à entrer.

— Voilà. À vous de me dire si ça me pèse ou non.

Ce que vit Baxter la désarçonna. Pourtant rompue aux scènes les plus dures, à la vision de corps mutilés, au sang, aux cadavres brûlés ou lacérés, celle-ci la cloua sur place. Les corps étaient vivants, mais leur spectacle n'en était que plus éprouvant.

— Eh bien, entrez, lui ordonna Ange.

Elle s'exécuta sans un mot. Sylvie Defer, les cheveux grisonnants tirant sur le jaune, longs, emmêlés et pleins de nœuds, était assise par terre, sa robe de chambre fleurie ouverte sur des seins semblables à de vieilles outres distendues. Elle tenait dans ses bras un garçon au visage adulte dont le corps aurait oublié de grandir, la bouche ouverte sur un téton aussi ratatiné qu'une vieille pomme.

— Vous avez la réponse, dit Ange d'une voix dure.

— Je suis désolée.

Hanah n'avait pas d'autres mots et se trouvait bien maladroite. Un enfer. C'était ce qu'Ange vivait au quotidien.

— Il n'y a vraiment pas de quoi, répondit la jeune femme en s'approchant de sa mère. Ni vous ni personne n'y pouvez rien. C'est mon affaire.

— Mais c'est un sacerdoce. Vous ne vivez pas. Ou plus.

Ange se retourna et planta ses yeux de glace dans ceux d'Hanah.

— Qui vous le dit ? C'est peut-être ça, ma vie. Ce à quoi je suis destinée. Ce pour quoi je suis faite. Tout est arrivé pour ça.

Baxter ne répondit pas. Il n'y aurait aucune bonne réponse à ça. Rien à opposer à quelqu'un qui était persuadé d'être fait pour porter sa croix. Ange caressa les cheveux de sa mère et, doucement, enleva Jérémy de ses bras qui se refermèrent légèrement sur lui puis se desserrèrent pour l'abandonner à sa fille.

— Je vais le mettre au lit, maman. Il en a besoin.

Une main desséchée se tendit brusquement, comme un cobra dressé.

— Rendez-le-moi ! Vous entendez, ordures ! Rendez-le-moi !

Mais Ange, lui tournant le dos, Jérémy dans ses bras, ignora les cris de sa mère et porta son frère à son lit.

— À qui parle-t-elle ? Qui sont ces ordures ? demanda Hanah, éprouvée par la scène.

— Elle va se calmer, dit Ange une fois qu'elle eut recouvert Jérémy d'une couette jusqu'au menton et qu'elle l'eut branché sur son appareil respiratoire. Les ordures ? Le personnel hospitalier qui s'est occupé de Jérémy, j'imagine… ou peut-être quiconque s'approche de lui.

Chacun de ses gestes était mesuré et solide. Rompu à ces tâches quotidiennes qui relevaient presque du rituel, observa Hanah. Pour toute l'attention qu'elle portait à ses deux protégés, Ange était finalement bien nommée, se dit la profileuse. Leur ange gardien. Comment une femme encore jeune et attirante, malgré la dureté de ses traits, pouvait-elle ainsi sacrifier les plus belles années de sa vie ? Sa mère et son frère auraient pu être placés dans des structures spécialisées. Mais Ange était l'exemple vivant de ce que la société actuelle n'était plus. Par manque de temps, sans doute, mais avant tout par absence de sens du devoir et du sacrifice. Les vieux mouraient parqués dans des centres, souvent contre leur volonté.

— Rends-le-moi, pourriture ! bavait Sylvie Defer en rampant vers le lit de son fils.

Ange s'approcha d'elle et la souleva, les mains calées sous ses aisselles.

— Calme-toi, maman, il doit faire une sieste. Tu ferais bien de dormir un peu aussi.

Ange s'adressait à sa mère comme si elle avait encore toute sa raison, comme elle se serait adressée à n'importe qui. Sans doute était-ce délibéré. De toute façon, la vieille femme ne semblait pas reconnaître sa propre fille.

— Elle finit toujours par comprendre. L'essentiel est dans l'intonation. Un peu comme avec un animal, dit Ange à Hanah, dont elle avait lu les pensées.

— Vous êtes proche des animaux aussi, observa la profileuse. Vous disiez avoir des oies et des chèvres.

— Il n'y a pas de meilleures gardiennes que les oies. Les chèvres, c'est pour le lait et le fromage. Je privilégie la vie en autarcie, autant que possible.

— Et les chiens, c'était pourquoi ? Je veux dire, le type de chiens que vous aviez. Plutôt des chiens d'attaque, non ?

— Ces races molossoïdes souffrent de trop d'a priori. Les chiens deviennent ce qu'on attend d'eux et sont le reflet fidèle de leur maître. Si le maître est un con, ses chiens aussi.

— Et vous, qu'attendiez-vous des vôtres, Ange ?

Apparemment, ils n'ont pas été votre fidèle reflet ou bien, au contraire, un peu trop…

Des yeux, Hanah alla chercher loin dans les profondeurs de son regard. La vérité.

— On y vient. Je savais bien pourquoi vous me rendiez visite.

— Je veux juste comprendre. Vous comprendre.

— Il n'y a plus rien à comprendre depuis longtemps d'une coquille vide, Hanah.

Baxter eut l'impression qu'Ange Defer vomissait son prénom.

— Mes chiens étaient un peu de moi, tout comme mes autres animaux. Pourquoi choisit-on une race plutôt qu'une autre… Vous allez interroger tous les maîtres de staffs ou de pitbulls pour leur demander pourquoi ils aiment cette race ? J'ai eu des chiens qui me correspondaient. Justement, parce que décriés et mal aimés. On peut en faire autre chose que des machines à tuer. Mais il arrive qu'il y ait des loupés. Personne n'est infaillible.

— Vous aussi, vous auriez pu être autre chose, avoir une autre vie que celle-là. Alors vous avez donné cette chance à des chiens dont tout le monde ou presque se méfie. Une sorte de rédemption par procuration.

— Vous voulez que je m'allonge sur un divan, pendant qu'on y est ? Vous en savez assez, je crois. Je n'ai rien à ajouter.

— J'aimerais voir l'endroit où vivaient vos animaux, c'est possible ? Je pense qu'ils me diront sur vous ce que vous ne voulez pas ou ne pouvez pas dire.

— Si ça peut vous faire partir plus vite, tout ce que vous voulez.

Sans un mot, Ange sortit de la chambre après un

dernier regard à son frère, faisant signe à Hanah de la suivre. Elles descendirent le grand escalier de pierre et accédèrent aux extérieurs à l'arrière du manoir, où se trouvait le chenil, qu'Ange Defer avait déjà nettoyé et transformé en une extension du poulailler. Ainsi, cohabitaient sereinement poules et oies bringées.

— Voici l'ancien chenil, la volaille et, là-bas, les chèvres. Alors ? Vous en savez plus sur moi ?

Hanah sourit à cette question teintée d'ironie. Ange Defer ne croyait pas si bien dire. En quelques minutes, Baxter venait d'en apprendre sur son hôte plus qu'en plusieurs heures. Un regard vers le potager, un peu plus loin, qu'Ange s'était soigneusement abstenue de lui montrer, lui avait donné une précieuse indication sur les activités de la jeune femme ces derniers jours. La terre y était encore fraîchement remuée et, sur l'herbe rase, se détachaient des rectangles sombres. Et ça, Hanah ne savait que trop ce que de la terre tassée de cette façon pouvait dissimuler. Parce qu'à l'âge de dix ans, au fond du jardin de ses parents, elle avait marché sur de la terre fraîche aplatie à la pelle, qui comblait une fosse creusée la nuit par son père pour y jeter le cadavre de sa mère. Et Hanah avait su, au fond de son être. Elle avait su que sous la terre, il y avait la mort.

Rencontre au sommet

Après avoir quitté Ange, Hanah se retrouva de nouveau sur la route, le GPS cette fois paramétré sur le terril 7 de Bruay-la-Bussière, près d'Arras, à environ deux heures de trajet. Elle se demandait bien quelle mouche avait piqué Peeters de lui donner rendez-vous en France et quel rapport il pouvait y avoir entre le meurtre de Vifkin et cette région. Mais elle connaissait assez le Belge pour être assurée que, la plupart du temps, il savait ce qu'il faisait.

Cette fois, elle roulait sans radio allumée, l'esprit mobilisé par ce qu'elle avait vu chez Ange, derrière le manoir. Les rectangles de terre qui se découpaient dans le vert. Neuf. Elle avait pu les compter rapidement pendant qu'Ange était occupée à ouvrir le chenil. Un grand et huit plus petits, qui pouvaient correspondre à la taille de chiens moyens. La fourrière n'était pas venue chercher les chiens, Ange les avait tués et enterrés. Et le dernier rectangle… Un trou creusé pour un corps de plus grande taille… Peut-être celui d'un humain…

À cette pensée, les cheveux d'Hanah se hérissèrent sur sa nuque. Qu'est-ce qui se tramait dans ce manoir ? Qui était véritablement Ange Defer ? Baxter commençait à entrevoir la noirceur de sa personnalité, une noirceur venue du fond de ses entrailles, dans le terreau de la colère avec laquelle elle vivait depuis des années.

Absorbée par ses réflexions et ses sombres souvenirs du manoir, Hanah n'avait pas remarqué la voiture qui la suivait à distance depuis un bon moment, se calquant sur son rythme de croisière.

Elle s'arrêta pour prendre de l'essence à Lille, puis reprit la route vers Bruay, toujours suivie par le véhicule à son insu. Il lui restait nettement moins de la moitié à faire.

Plus elle approchait de la petite ville, plus le paysage dans les Hauts-de-France changeait, devenant plat et monotone. Les seuls reliefs étant formés par les fameux terrils qui faisaient toute l'âme de cette région au passé minier. Au loin se dressait, sombre pyramide de houille sous haute pression, le terril 3, interdit au public à cause de risques élevés de combustion interne. D'autres lui succédèrent, silhouettes solitaires tout aussi imposantes et pleines de mystère les unes que les autres.

Il était presque 18 heures lorsque Hanah découvrit enfin le visage insoupçonné du terril 7 où elle avait rendez-vous. Loin de l'aspect pyramidal qui caractérisait nombre de terrils français, il s'agissait plutôt d'un monticule difforme colonisé par une végétation anarchique constituée de buissons et d'herbes, laissant apparaître par endroits des pelades aux nuances violettes et bleutées du schiste, principal composant des terrils avec la houille. L'endroit était beaucoup plus sauvage qu'ailleurs et, tout en se garant, Hanah commença à douter. Le même sentiment qu'un piège se refermait sur elle, éprouvé à son arrivée à Bruxelles, une fois seule dans l'appartement de Vifkin, la saisit. Suivant les consignes reçues de Peeters, elle lui envoya un SMS lui disant qu'elle était arrivée. Elle reçut une réponse dans les deux minutes, lui enjoignant de marcher vers l'ouest sur à peu près deux cents mètres. Elle avait soudain la désagréable impression d'avoir rendez-vous avec des ravisseurs, sauf qu'elle n'avait pas reçu de demande de rançon, ou avec un dealer.

Pendant ce temps, la voiture qui la suivait s'était arrêtée avant l'endroit où Hanah s'était garée et la portière côté conducteur s'était ouverte puis refermée sans un bruit.

Tout en remontant le terril qui s'avérait être une décharge sauvage jonchée de bois, de verre et de ferraille, mais aussi de plastiques divers, consternée devant cet évident mépris de la nature prise en permanence pour une poubelle, Hanah se disait qu'elle était inconsciente de se rendre à ce rendez-vous dans un endroit désert, sans aucune arme de surcroît. Mais, comme souvent, sa curiosité naturelle, voire son inconscience, l'emportaient sur la raison.

Encore quelques mètres et elle déboucha à l'endroit indiqué, s'orientant grâce à la géolocalisation sur son smartphone rechargé dans la voiture. Ayant gagné un peu en altitude, elle sentit une nette différence de température. Il faisait plus frais sur le terril. Rabattant sa capuche sur la tête, Hanah s'aperçut qu'elle était seule.

— Peeters ? C'est Hanah. Vous êtes là ?

À peine eut-elle terminé sa phrase que, derrière elle,

les buissons bougèrent. Elle se retourna vivement. Ce n'était pas Peeters qui lui faisait face. Ses yeux atterrés découvrirent avec stupeur l'homme au regard glaçant qu'elle avait croisé, menottes aux poignets, dans les locaux de la PJ. Il tenait un pistolet pointé sur elle. La professionnelle qu'elle était identifia aussitôt un PPK. Son cerveau fit tout aussi rapidement le rapprochement avec l'arme qui avait tué Vifkin. Le même type de pistolet. Celui-ci contenait-il aussi une balle dorée à la feuille d'or ?

Avant de le croiser à la PJ, elle n'avait jamais vu cet homme au crâne et au visage aussi nus que la peau de Bismarck, son sphinx. Les effets d'une maladie thyroïdienne ou une chimio, nota-t-elle pour éviter de penser qu'elle allait certainement mourir de la même façon que son ex-associé. Parler pour gagner du temps. Sauf si l'homme était pressé… Contrairement à un tueur en série, un tueur à gages l'est toujours et ne gaspille pas de précieuses minutes à échanger avec sa cible. Mais elle voulut malgré tout tenter la technique du dialogue. Surtout pour en savoir plus sur la disparition de Peeters, qui se clarifiait de façon inquiétante.

— Où est Peeters ?

Pour toute réponse, l'index de l'homme se cala sur la queue de détente de l'arme prolongée d'un silencieux. Non, il n'était pas disposé à parler. Il était venu pour accomplir ce qu'il devait accomplir. Quant à Peeters… Hanah craignait cette fois le pire.

— Vifkin… c'était vous… Une balle dorée. Elle a été retrouvée avec ses ossements. Il a été exhumé récemment, à la réouverture de l'enquête. C'est votre signature, n'est-ce pas ?

— Désolé, mais je ne parle pas à mes cibles. Laissez-moi faire, ce ne sera pas long.

Un aveu à peine voilé.

Ernest Gare tendit sans trembler la main qui tenait le PPK et appuya sur la queue de détente. Le coup partit dans un bruit sec et feutré, emporté par le vent du terril, tandis qu'une déflagration venait de claquer dans le dos du tireur une fraction de seconde avant.

Se croyant déjà morte, surprise de ne pas sentir la déchirure de la balle dans sa chair et les os de sa boîte crânienne, Hanah vit l'homme faire un tour sur lui-même, d'un air incrédule, avant de s'écrouler sur le sol schisteux.

Elle regarda partout autour d'elle sans parvenir à savoir d'où était parti le coup de feu fatal. Elle aurait dû tomber à la place du tueur, mais l'autre tireur avait été plus rapide. C'était précisément ce qui inquiéta Hanah. Allait-on s'en prendre à elle, maintenant que la voie était libre ? Que lui voulait le tireur caché ? Toutes ces questions en quelques secondes, le temps pour le tireur invisible de sortir de sa cache dans un frémissement de feuilles, laissant Hanah comme étourdie.

— Rinchard ?! Qu'est-ce que vous faites ici ?

Sans baisser son arme, l'inspecteur s'approcha d'elle avec méfiance après avoir récupéré le PPK du tueur, qui avait été projeté à deux mètres du corps.

— Ce serait plutôt à moi de vous poser la question. En plus, avec l'homme que j'ai interrogé l'autre jour… Vous pouvez m'expliquer ?

— Ce n'était pas lui que j'étais censée retrouver à cet endroit. Surtout pas pour me faire tirer dessus.

— Qui, alors ?

— Votre supérieur, Johann Peeters.

À cet instant, Hanah crut que les yeux d'un bleu translucide de Rinchard allaient tomber tellement ils devinrent exorbités. En d'autres circonstances, elle aurait éclaté de rire.

— Vous nous avez laissés moisir d'inquiétude tout ce temps alors que vous aviez de ses nouvelles ?

— S'il vous avait demandé de venir le retrouver et de n'en parler à personne, vous auriez fait la même chose.

— Il vous a appelée ?

— Il m'a laissé un message vocal, ensuite ça s'est fait par SMS.

— Alors non, Baxter, je n'aurais pas fait la même chose. Parce que je me serais tout de suite dit que ça sentait mauvais.

Hanah dut reconnaître que Rinchard venait de marquer un point.

— Si je comprends bien, enchaîna le flic, ce type à terre, Ernest Gare, vous a tendu un piège sous forme d'un faux rendez-vous avec Peeters. J'avais bien senti, en l'interrogeant après l'aéroport, qu'il cachait bien plus qu'un simple pétage de plombs.

— On dirait, oui, soupira Hanah, prenant conscience peu à peu qu'elle venait d'échapper à la mort.

Rinchard l'avait certainement surprise au manoir et avait dû la suivre depuis. Une initiative qui lui avait sauvé la vie.

— Vous avez de la chance que votre petit manège chez la Defer m'ait intrigué et que j'aie pris sur mon temps de surveillance pour vous filer.

— Je vous en remercie, Rinchard. Vos soupçons m'ont sauvé la vie, j'en ai bien conscience.

— Vous vous expliquerez pour ça aussi. Sauf que pour le chef, ça pue. Ce type devait forcément savoir où il est, peut-être même que…

La voix de Rinchard s'étrangla dans sa gorge. Hanah constata que, malgré ses côtés bourrus et parfois soupe au lait, Peeters jouissait d'une réelle estime de la part de ses collaborateurs.

— On va le retrouver, dit Hanah d'une voix qui se voulait rassurante. Il est vivant.

— Comment le savez-vous ? Encore votre pendule ?

— Non, mon intuition. Si Ernest Gare voulait ma peau, comme ça semble être le cas, Peeters devait constituer une monnaie d'échange. Sinon, comment aurait-il eu accès à son portable ?

— Il l'a peut-être éliminé une fois le rendez-vous convenu.

— C'est possible. Mais si c'est un tueur à gages, comme tout le laisse penser, jusqu'à l'emploi du mot « cible » pour me désigner, il n'avait aucune raison de tuer Peeters en se mettant un double meurtre sur le dos, et de surcroît celui d'un flic.

— Ça reste un tueur. Il ne va pas s'embarrasser d'un témoin gênant, « de surcroît un flic », ajouta Rinchard en imitant Hanah.

— Il n'y a qu'un chantage qui aura pu faire plier Peeters, dit Hanah. La vie de sa femme.

— J'espère que vous avez raison et qu'il est vivant. Sinon, votre silence vous coûtera cher, Baxter.

Hanah demeura silencieuse. Elle n'avait rien à répondre à ça. Elle avait merdé. Gravement. Son inconscience avait très bien pu tuer Peeters.

— J'appelle la gendarmerie de Bruay pour le transport du corps, lâcha Rinchard, sous tension. Vu les antécédents probables d'Ernest Gare, le corps poursuivra sans doute sa route vers Bruxelles où il sera autopsié. Pour ma part, je vais devoir rendre mon arme de service le temps de mettre cette histoire au clair et de prouver l'état de légitime défense.

— Désolée, Rinchard.

— Vous pouvez, Baxter, vous pouvez.

— En attendant, je ne vais pas rester là à ne rien faire. Ernest Gare n'est pas venu jusqu'ici à pied. Sa voiture doit être dans les parages. Je vais voir…

— Vous n'allez rien voir du tout, Baxter. Il a peut-être un complice. Et vous avez déjà fait assez de conneries.

Il en coûtait à Rinchard de s'adresser ainsi à une femme qu'il admirait tant, mais en se taisant sur ce rendez-vous avec Peeters et en se rendant seule chez la principale suspecte de l'attaque de Soignes, elle était sortie du cadre et avait mis tout le monde en danger. À commencer par elle.

— On en a peut-être pour une heure d'attente avant qu'ils envoient une brigade avec un fourgon mortuaire récupérer le corps, je ne vais pas rester ici à ne rien faire, répéta Hanah.

— Oh, et puis faites comme vous le sentez, dit Rinchard d'un air las. Mais appelez-moi dès que vous avez quelque chose. Et prenez ça, au cas où.

Sur un signe d'acquiescement, Hanah prit une seconde arme que lui tendait l'inspecteur et se mit en quête de la voiture d'Ernest Gare, en empruntant la direction d'où elle l'avait vue débouler. Elle ne mit pas longtemps à tomber sur un fourgon gris de location, le seul véhicule dans les parages. Il ne pouvait avoir servi qu'à Ernest Gare.

Elle fit le tour, tout d'abord à une certaine distance et, alors qu'elle s'approchait de l'arrière du fourgon, elle entendit du bruit à l'intérieur. Quelqu'un tapait contre les parois et poussait des cris étouffés.

— Oh non, merde! fit-elle à voix haute. Peeters? C'est vous, Peeters?

Les cris redoublèrent. À l'évidence, quelqu'un était enfermé dans le fourgon. Le pistolet dans une main, elle prit son smartphone et appela Rinchard.

— Je crois que je l'ai retrouvé.

Explications

Suivant les indications d'Hanah, Rinchard la rejoignit sans peine à côté du fourgon.

— Le corps d'Ernest Gare est resté là-haut, il faut faire vite avant l'arrivée des bleus.

— Il n'arrête pas de donner des coups sans pouvoir articuler un mot, sans doute est-il entravé et bâillonné, répondit Hanah. Mais bien sûr, le fourgon est fermé.

— Il suffit de demander !

Presque en souriant, Rinchard brandit une clef sous le nez de Baxter.

— Je l'ai fouillé avant de descendre. C'est encore une infraction au règlement, je sais, mais c'est pour la bonne cause, se justifia le flic.

Par l'ouverture des deux portes arrière du fourgon apparut le visage blême et défait de Johann Peeters, presque méconnaissable, une boule de chiffon coincée dans la bouche. Enfin libéré, il inspira une grande goulée d'air dans un râle et, hagard, dévisagea tour à tour Hanah et Rinchard.

— Kar… Baxter, j'ai cru que vous ne deviez prévenir personne…, haleta-t-il, les jambes pendant du fourgon, se frottant les poignets.

— J'ai été suivie... et heureusement, répondit Hanah en désignant Rinchard du menton.

— Vous m'expliquerez tout ça en route, parce que là, j'y comprends rien ! Où est ce salopard ? C'est vous qu'il voulait, dit Peeters en désignant Hanah.

— Ernest Gare ? Là-haut.

— Il vous a dit où j'étais ?

— Non, il n'en a pas vraiment eu le temps..., dit l'inspecteur d'un air grave.

— Ah merde ! Je lui aurais volontiers mis mon poing dans la gueule.

— Désolé de vous avoir privé de ce plaisir, patron. La gendarmerie a été prévenue, ils envoient une équipe et un légiste. Il faut qu'on y retourne. En tout cas, content de vous revoir, on s'est fait un sang d'encre ! Et dire qu'elle, elle savait...

— Non, Rinchard, elle n'était pas au courant de la moitié de ce qui se passait. Ernest Gare m'a enlevé après m'avoir suivi et assommé... Pour avoir Baxter.

— Vous croyez que ça a quelque chose à voir avec l'affaire Vifkin ?

— Il suffit de retrouver la balle qui m'était destinée, dit Hanah en rendant à Rinchard sa seconde arme. Si elle est dorée à la feuille comme celle qui a tué Vifkin, il y a certainement un rapport.

— Votre ancien associé et vous étiez visés, Baxter, et quelqu'un a envoyé un tueur à gages faire le sale boulot, maintenant c'est sûr.

Lorsque Peeters eut tout à fait récupéré l'usage de ses jambes ankylosées, ils remontèrent le terril jusqu'à l'endroit où Rinchard avait laissé le corps d'Ernest Gare. Seulement, celui-ci n'y était plus.

— Oh non ! Merde ! Le salopard ! cria Rinchard hors de lui, son arme pointée devant lui, cherchant partout dans les fourrés tel un chien de chasse. Comment j'ai pu me laisser avoir comme ça ?

— Nous nous sommes tous les deux fait avoir, Rinchard, dit Hanah, qui lança un regard consterné à Peeters.

— Quand j'ai fouillé dans ses poches, l'absence de sang m'a un peu surpris, mais j'étais pressé de retrouver Baxter qui venait de découvrir le fourgon et vous dedans… Bordel, mais bien sûr… J'aurais dû m'en douter… Un gilet pare-balles ! Il portait un gilet pare-balles sous sa veste ! L'impact l'a mis à terre, mais ne l'a pas tué ! Le con que je suis !

— Bon, Rinchard, inutile de vous flageller. Si vous y tenez absolument, je vous offrirai un fouet avec des nœuds ou des clous une fois qu'on aura bouclé cette foutue enquête qui nous prend le chou depuis près de deux décennies… En attendant, il va falloir expliquer tout ça à la gendarmerie de Bruay pour qu'ils puissent organiser une battue, et ensuite en référer au juge et au proc à Bruxelles.

— Vous avez raison, patron, je m'égare, c'est juste que ça fait beaucoup en peu de temps…

Rinchard sortit la deuxième arme qu'Hanah venait de lui rendre et la tendit à Peeters.

— Si Ernest Gare est toujours en vie, ça peut servir. Il est sûrement encore dans les parages.

— Il est parti, lâcha Hanah.

— Comment en être sûr ?

— Il vous sait armé, Rinchard, et plutôt bon tireur. Lui n'a plus son PPK.

— Mais il ne peut pas se faire la malle dans son fourgon, sauf s'il a un double des clefs quelque part.

— Il serait bien plus repérable qu'à pied, dans cette végétation sauvage.

— Même s'il me serait impossible de vous dire quelle route on a prise pour venir, sauf qu'on n'a pas roulé très longtemps, je pense qu'il est chez lui, ici, dit Peeters. Et que c'est pour ça qu'il vous a attirée jusqu'à cet endroit sinistre par mon intermédiaire. En tout cas, sachez que s'il n'avait pas menacé ma femme, je n'aurais jamais marché dans sa combine. Mais on a vécu trop de choses, avec Gertrud…

— Il n'y a pas de problème, Peeters, lui assura Baxter.

— Je m'en veux quand même. Maintenant, vous êtes en grand danger, Hanah.

La profileuse le regarda gravement. C'était la première fois que Peeters l'appelait par son prénom. En danger, elle l'était depuis longtemps et en avait l'habitude. Si elle n'avait pas pu s'y faire, il aurait fallu qu'elle change de métier. C'était la même chose pour un flic. Ils se comprenaient au moins sur ce point.

— Mon Glock est resté à New York au coffre, dit-elle.

— Nous vous placerons sous protection, promit Peeters.

— J'ai toujours refusé, je suis claustro et ça me donne l'impression d'être dans une prison sans murs ni barreaux.

— Vous n'aurez pas le choix.

— Surtout pour vos petites virées au manoir en solo…, grogna Rinchard.

— Baxter m'expliquera ça plus tard, répondit Peeters.

Et, se tournant justement vers elle :

— Rinchard a neutralisé Ernest Gare qui tirait sur vous et la balle qui vous était destinée a donc été déviée.

Hanah acquiesça, alors que, de nouveau, la vision du tueur la frappait en pleine face en même temps que l'écho encore présent du bruit mat du silencieux. Plus effrayant qu'une détonation. Elle ne se souvenait pas avoir vu la mort d'aussi près. Même en mission au Kenya.

— Ce serait bien si on la retrouvait avant les bleus.

— Il peut nous aider, je crois.

Hanah ouvrit sa main gauche, laissant apparaître comme par magie son pendule dans le creux de sa paume. Rinchard lança à Peeters un regard sceptique.

— Allez-y, Baxter, on vous suit, dit le commissaire en empoignant l'arme de secours de Rinchard.

Il fallut à Invictus moins de cinq minutes pour s'affoler devant les vibrations qui émanaient du métal. Et encore moins à Hanah pour se baisser et ramasser la balle à l'endroit désigné par le pendule. Une balle dorée à la feuille, en tout point semblable à celle qui avait tué Vifkin.

Fugitif

Si Ernest Gare avait pu entendre Peeters dire qu'il était chez lui ici, il lui aurait forcément donné raison. Oui, l'homme de la plaine du Nord était chez lui, au pays des terrils. Il les avait tous répertoriés, détaillés et fichés selon leurs caractéristiques, leurs particularités, leur dangerosité et leur forme. Trois cent trente-neuf au total. Il s'était déjà rendu sur plus de la moitié dont il connaissait la géographie par cœur. Le terril 7 de Bruay en faisait partie. Alors s'y dissimuler en attendant que l'orage passe serait pour lui un jeu d'enfant. C'était, d'ailleurs, au cours de ses jeux d'enfant qu'il avait peu à peu découvert l'univers fascinant des terrils et leur histoire aussi bien géologique qu'humaine. Il s'y était attaché à la manière dont on s'attache à des êtres vivants ou à des anciens, comme il les appelait affectueusement. Quand il s'adressait à eux, c'était toujours avec un profond respect. Et si, comme cela s'était produit dans sa propre famille, avec l'être qu'il aimait le plus au monde, il arrivait qu'un terril fît des victimes, il considérait toujours que c'était de la faute de ces inconscients qui prétendaient explorer l'inconnu et le conquérir sans l'humilité nécessaire ni les véritables connaissances grâce auxquelles ils auraient pu en réchapper.

L'impact à la poitrine l'avait projeté à terre. Heureusement que le tireur n'avait pas visé la tête. Bien lui en avait pris de s'équiper de son gilet pare-balles, il s'en félicitait encore, tapi dans sa cachette, une petite cavité schisteuse quelque part sur le terril. Une fois le flic parti, Ernest, le thorax sérieusement endolori, s'était relevé et s'était dépêché de se perdre dans le labyrinthe de broussailles à l'opposé du fourgon. Il marchait vite, ne s'arrêta que pour se délester de son gilet pare-balles qu'il prit soin d'enfouir dans un buisson. Il savait que Baxter et le flic, dont il avait entendu l'échange, reviendraient avec Peeters sur les lieux des tirs. Et que ce même Rinchard, qui l'avait cuisiné à la PJ quelques jours auparavant, ayant appelé la gendarmerie, une équipe ne tarderait pas à arriver sur place. Sa disparition allait entraîner des recherches, probablement sous forme de battue. Ils chercheraient un homme seul, à pied. Ils seraient sans doute assistés de chiens. Les chiens… Ernest Gare détestait ça et en avait même peur. Ils possédaient un flair encore meilleur que celui du loup… c'était dire. Parce qu'ils avaient été depuis toujours utilisés pour la chasse. Et là, allait s'ouvrir une chasse à l'homme sans merci. Ernest Gare dans le rôle du gibier, pour une fois.

Ils arriveraient dans peu de temps. Ernest devait réfléchir vite et bien au meilleur moyen de leur échapper. Rester sur place lui éviterait une cavale qui l'épuiserait trop rapidement, mais c'était plus dangereux, à cause de la présence canine. Les chiens découvriraient inévitablement sa planque. À moins que… Le stratagème qui germait dans son esprit en même temps qu'un sourire sur ses lèvres pourrait peut-être fonctionner. Avec beaucoup de chance. À condition que le vent du terril souffle du bon côté.

Enlevant sa veste et son tee-shirt, il entreprit de se badigeonner le torse et le crâne avec des poignées de houille, espérant que cela camouflerait son odeur. Puis il prit le paquet de vêtements et sortit sur la halde pour aller jeter sa veste dans un buisson et son tee-shirt un peu plus loin dans un autre et revint à sa planque, juste assez grande pour qu'il pût s'asseoir sans avoir à baisser la tête. Il avait décidé de rester sur le terril. S'il devait être pris ou bien mourir, il préférait que ce fût sur une de ces montagnes qu'il aimait. Narines ouvertes, il respirait la houille, mélange de brûlé et de charbon. Une chaleur venant du sol se diffusait peu à peu dans tout son corps. La sensation le surprit, le terril 7 n'étant pas considéré comme un terril en combustion. Peut-être une poche s'était-elle créée…

Baxter avait de la chance. Une bonne étoile. Sinon, il l'aurait eue. C'était son premier échec et seulement partie remise. Il ne pouvait même pas laisser exploser sa colère doublée d'un sentiment d'impuissance. La coupure a été trop longue, se dit-il, je suis rouillé. Pourtant, il aurait voulu raccrocher les gants sur une victoire. Sa dernière cible. Elle était là, à portée de balle, et c'était lui qui en avait pris une dans les côtes. Connard de flic… Et Peeters, il aurait dû le tuer avant de monter sur le terril. Même s'il lui serait impossible de retrouver la maison-container où il avait été séquestré, le flic allait pouvoir donner des indications à ses collègues, qui les mettraient peut-être sur une piste. Ernest Gare mesurait, là encore, son erreur. Une erreur de débutant. Mais surtout ne pas céder à la confusion ou à la panique. Il avait toujours gardé son sang-froid en toutes circonstances. Sauf lorsque Frida reprenait la main. D'ailleurs, tous ces faux pas, il les lui devait. À elle et à son béguin pour Peeters. C'était encore elle qui l'avait empêché de tuer le Belge, en réalité. Il ne voyait qu'une chose à faire, mais il s'en occuperait après Baxter. Se servir d'une monnaie d'échange ne lui avait pas réussi. Ernest Gare reviendrait à sa méthode qui avait toujours été probante : trouver la cible, tirer et disparaître comme il était venu.

Un bruit de rotor d'hélicoptère l'arracha à ses pensées. Ils arrivaient déjà… avec la grosse cavalerie. Terrestre et aérienne. Bientôt, ils se lanceraient à sa poursuite, les chiens devant. À les imaginer, ventre à terre, nez au vent, salivant et gémissant d'impatience d'en découdre avec le terrain, Ernest Gare frémit. Mais il était trop tard pour changer de plan. Il allait devoir faire face à sa propre peur et au danger.

Le sol chauffait sous ses pieds. Il tendit une main au-dehors et la plaqua sur les particules de houille. Toute la zone autour de sa cachette était brûlante. Merde, jura-t-il. Il allait devoir quitter sa planque sous peu.

Il attendit malgré tout encore, jusqu'à ce que la chaleur devînt insupportable. Il s'était éloigné d'environ un bon kilomètre de là où il était tombé, ce qui, sur un terril sauvage, revenait au moins au double ailleurs, surtout pour qui ne connaissait pas l'endroit. Ça lui laissait une petite longueur d'avance pour redescendre sur le versant opposé. Son camouflage de fortune l'aiderait à ne pas se faire remarquer par l'hélicoptère qui survolait la halde, à condition qu'il réduisît ses mouvements au strict minimum et qu'il se fondît à la végétation.

Une fois hors de sa cachette, Ernest Gare, devenant à son tour un animal traqué, les sens en alerte, plongea dans le labyrinthe végétal comme lorsque, petit explorateur de huit ans, il découvrait ce qui, à ses yeux d'enfant, était une immensité inconnue s'élevant vers le ciel et s'imaginait en traqueur de monstres. Malgré les circonstances, il redécouvrait ces sensations de liberté et d'ivresse dans le vent du terril. Il s'y abandonnait peu à peu, oubliant même qu'il était un fugitif, quand des voix lui parvinrent, couvertes par des aboiements.

Il comprit alors ce qui pouvait se passer dans la tête d'un cerf ou d'un sanglier poursuivi par des chasseurs et leurs chiens. Le sentiment qui naissait, aussi fulgurant que l'éclair. La peur. Pour la première fois de sa vie, Ernest Gare eut peur au fond de son être. La peur s'incrustait dans sa chair, ses viscères, ses cellules. Il n'était plus qu'elle, ne respirait plus qu'elle. Pourtant, étrangement, au lieu de le paralyser, elle le stimulait. Il lui sembla qu'il devenait plus lucide, plus clairvoyant, que chacun de ses pas était le bon, que rien n'était laissé au hasard, mais à son seul instinct qui prenait tout à coup toute sa dimension.

Les aboiements se rapprochaient dans le vrombissement des rotors, tandis que l'hélicoptère bourdonnant survolait le terril tel un gros frelon. Seulement, ils n'en avaient pas une connaissance aussi solide que la sienne et mettraient du temps à se mouvoir dans le labyrinthe végétal.

Ernest Gare était maintenant à un demi-kilomètre de la cavité où il s'était caché. Le vent était avec lui, rendant aux chiens sa localisation difficile. Ils ne sentiraient pas tout de suite son odeur d'humain et de peur. Mais il ne fallait pas sous-estimer leur flair. Ils étaient dressés et conditionnés à la recherche et, comme lui, ils retrouvaient toujours la trace de leur gibier.

Encore dix minutes de marche ponctuées de quelques pauses pour se cacher dans les broussailles, et Ernest Gare atteindrait le bas du terril. En espérant qu'il n'y aurait pas un dispositif policier sur tout le tour. Dans ce cas, il serait gentiment cueilli au pied de la halde.

Il s'arrêta, entendant l'hélicoptère juste au-dessus de lui, se mit à plat ventre malgré sa douleur dans les côtes, et ne bougea plus, retenant même sa respiration. Au moment qu'il jugea propice pour poursuivre, Ernest Gare se releva prudemment et se glissa entre les taillis sauvages.

Il en était à un peu plus de la moitié du trajet avant de quitter le terril quand il entendit crier. Le vent lui apporta les mots prononcés, qui lui glacèrent la nuque.

— Il est là-bas, les gars !

Tournant la tête vers les cris, il leva les yeux et les vit, en pantalon bleu nuit et polo bleu ciel, quatre malinois en laisse, petits points grandissants se détachant sur la masse sombre. Ils allaient ou venaient de dépasser sa cachette, il ne savait pas précisément, mais ils passaient tout près et descendaient cette fois dans sa direction d'un pas assuré. Il puisa dans ce qu'il lui restait de forces et de détermination, pensa à sa dernière cible, Baxter, à Berlioz qui l'attendait à la maison, finalement ses seules raisons de vivre encore, et se mit à courir, regardant cette fois devant lui, sans se retourner. Ernest Gare avait toujours eu cette capacité à devenir invisible quand il le fallait, il savait également courir vite. Seulement là, chaque foulée lui arrachait une grimace tant la douleur dans ses côtes était vive. L'hématome s'étendait sans doute. Et ces derniers temps, il n'avait plus vraiment eu le temps de courir tous les jours.

Les halètements des malinois se rapprochaient, il pouvait entendre leur souffle un peu plus haut sur le terril. Soudain, une racine sortant du sol, la cheville droite qui se dérobe et ce fut la chute… Impossible de se relever, la cheville ne voulait pas. La cavale s'achèverait donc de cette façon, se dit Ernest Gare, dans un mouvement de rage. Sur une racine sournoise… Pourquoi le terril le trahissait-il maintenant ?

Même s'il n'avait pas tué Baxter, il en avait eu l'intention et avait tiré. Et il avait séquestré Peeters. C'était la prison assurée. Il ne supporterait pas d'être enfermé. Cette seule perspective l'arracha à la dureté du sol dans un rugissement. Soufflant et râlant comme un lion de mer, il se remit debout et repartit en sautant presque sur un pied.

Ils ne m'auront pas… Personne n'aura Ernest Gare. *Personne.*

L'explosion qui suivit ces mots formés par l'esprit du tueur le stoppa net dans son avancée chancelante. Malgré la peur et ses poursuivants, l'homme se retourna et n'en crut pas ses yeux. Une fumée incandescente formant une queue de dragon s'élevait par volutes du terril, à l'endroit même où, quelques minutes auparavant, il se cachait, à l'abri dans sa cavité étroite. Des hurlements indistincts avaient accompagné la détonation. Ernest Gare comprit qu'ils provenaient non des hommes et des chiens touchés, dont les corps déchiquetés furent projetés au-dessus du sol, mais de ceux qui avaient pris feu et se consumaient dans un effort désespéré d'échapper aux flammes collées à leur chair. Ernest Gare en vit quelques-uns surgir, pantins de feu moulinant des bras avant que ceux-ci ne se détachent du tronc et que leurs jambes calcinées, déformées par la chaleur extrême, ne puissent plus les porter.

En suspension au-dessus de l'incendie, l'hélicoptère et son équipage assistaient, impuissants, à l'anéantissement de l'équipe terrestre dans l'épais brouillard noir. Tel un volcan en sommeil, le terril s'était réveillé.

Spectateur de cette scène effroyable, se félicitant de ses bons réflexes et de son instinct, l'homme de la plaine du Nord ne ressentait rien d'autre qu'une paix immense.

Avant de repartir en boitant vers la campagne qui le mènerait chez lui à travers champs, il ferma les yeux et remercia en silence le terril d'avoir été, malgré les apparences, encore une fois son allié.

Rinchard

« Rinchard ! »

Peeters en avait encore plein la bouche, tellement il avait crié fort le nom de l'inspecteur. Celui-ci avait tenu à partir avec les gendarmes et la brigade cynophile à la poursuite d'Ernest Gare, pendant que Peeters et Baxter regagnaient les voitures en bas.

Secoués par la force de l'explosion, ils s'étaient plaqués à terre, recevant une pluie de scories dont certaines, encore incandescentes, avaient fait des trous dans leurs vêtements, heureusement sans les enflammer. Reprenant leurs esprits, ils s'étaient regardés, atterrés, n'osant pas se le dire. N'osant pas l'envisager, ce pire. « Rinchard ! » Le cri de Peeters en se relevant, retenu par Hanah au moment où il avait voulu courir en direction des flammes qui s'emparaient de la végétation dans une fumée âpre et noire. Le vent était chargé de relents de houille calcinée et de cendres.

« Rinchard ! » À force de le crier, Peeters s'était cassé la voix. Hanah avait tenté de le calmer, les bras autour de ses épaules. Il s'était laissé tomber à genoux, le visage dans les mains. Rinchard n'avait pas répondu. Des hurlements indistincts leur étaient parvenus. Ne les avait-il pas entendus, dans le crépitement des flammes ? Était-il tombé quelque part hors de portée de l'incendie, projeté par le souffle de l'explosion ? Peeters l'espérait de toutes ses forces, Rinchard étant parti dans les premiers. Ou bien était-il…

— Il faut quitter le terril, vite ! leur dit un gendarme resté avec eux à l'endroit où Ernest Gare était tombé puis avait disparu. Le terril est entré en combustion spontanée. Sans doute une poche de gaz qui s'est formée à l'intérieur, et il risque d'y avoir d'autres explosions. C'est maintenant un terrain miné, ici. Ça devient dangereux de rester.

— Mais mon inspecteur est parti avec la brigade sur les traces d'Ernest Gare ! répondit Peeters d'une voix vacillante. Pas question de le laisser…

— Ce sera le travail des pompiers, commissaire. Je vous enjoins de quitter les lieux. Les secours vont arriver et si votre inspecteur est toujours en vie, peut-être seulement blessé, ils le retrouveront. Donnez-moi son identité.

— Inspecteur Marko Rinchard, mais plus on attend…

— Vous n'êtes ni médecin ni secouriste, alors vous ne pourrez rien pour lui s'il s'avère être dans un état grave. Juste avant l'explosion, un de mes collègues m'a prévenu que le fugitif était en vue, de l'autre côté, se dirigeant vers l'ouest du terril. Il va certainement éviter les routes à cause des barrages et des patrouilles. Nous allons envoyer deux autres hélicos en survol de la zone où il sera susceptible de se trouver. Allez, commissaire, courage, nous avons tous des hommes auxquels on tient, dans l'incendie.

Hanah admirait la prestance et le sang-froid du

militaire, pourtant jeune, mais dégageant une belle maturité et un sérieux plutôt rassurants dans de telles circonstances. Elle prit la relève sur le trajet vers les voitures afin de tenter d'apaiser Peeters pour qui ça faisait beaucoup d'événements et de stress en peu de temps.

Rinchard… Peeters ne cessait de penser à lui, tandis qu'ils roulaient en direction de Lens.

— Il va s'en sortir, dit Hanah.

— Vous êtes voyante, Baxter ?

— Je le sens, c'est tout. Il n'a pas fini sa mission sur terre.

— Pardon ?

— Non, rien. Rien que je puisse vous expliquer en quelques mots.

— Alors n'en dites pas plus. Ce sera mieux.

Telle était l'ambiance dans l'Octavia de fonction. Peeters en avait même oublié l'histoire de la petite virée solitaire d'Hanah au manoir. Provisoirement du moins.

Le silence nappa l'habitacle, chargé d'une grande inquiétude et d'une profonde tristesse, tandis que la Skoda traversait le plat pays.

Rinchard. Il avait tenu à accompagner les « bleus », comme il les appelait sans ironie. Il portait un respect sincère aux gendarmes, qui étaient avant tout des militaires dont ils avaient la rigueur et la discipline. Il ne voulait pas laisser filer Ernest Gare.

Suivant les chiens, les gendarmes et Rinchard avaient marché jusqu'aux abords de la cachette d'Ernest Gare lorsque le sol avait explosé sous leurs pieds comme une mine. Avec une violence inouïe, laissant peu d'espoir à ceux qui s'étaient trouvés dans le sillage. Rinchard faisait partie de la première ligne, qui avait été la moins touchée, contrairement à ceux du milieu et du dernier rang, littéralement happés.

Pourtant, au moment de la détonation, il avait reçu les projections de plein fouet dans le dos et une pierre lui avait heurté l'arrière de la tête, faisant un trou dans l'os occipital. Il avait aussitôt perdu connaissance. L'un des deux gendarmes qui l'avaient précédé avec Fanta, une vaillante et courageuse femelle malinois, était revenu sur ses pas, suivi par son collègue dont les tympans avaient éclaté, et tous deux avaient réussi à le mettre hors de portée des flammes et de leur chaleur insoutenable. La corpulence de l'inspecteur, grand et massif, ne leur avait pas facilité la tâche.

— Il est bien amoché, mais vivant…, avait soufflé le premier gendarme.

— Il faut appeler les secours. Il respire mal et son pouls est faible.

Durant la demi-seconde où cette partie du terril avait explosé, avant de retomber lourdement sur la terre schisteuse, Rinchard avait vu sa vie défiler et, surtout, le visage d'Inès qui lui souriait. Sa « luciole ». Sa petite lumière dans les ténèbres qui l'avaient subitement enveloppé. Dans un semi-coma, il avait pu entendre encore quelques bribes avant de sombrer complètement malgré les encouragements de ses deux sauveurs à tenir bon et de voir même sa petite lumière s'éteindre. Il était ailleurs, loin du chaos et des flammes, loin de l'enfer. Quelque part en apesanteur. La douleur avait cessé, son corps était devenu si léger qu'il ne le sentait plus. Il avait l'impression de flotter dans un espace illimité, infini, liquide.

Les secours, arrivés par hélicoptère après un atterrissage vertical périlleux sur la partie en plateau du terril, s'étaient tout de suite occupés de Rinchard, qui faisait partie des blessés graves. *Pronostic vital engagé, en état d'urgence absolue*, avait été le verdict du médecin urgentiste qui, secondé de son équipe, avait placé l'inspecteur sous oxygène et perfusion. L'hélicoptère était reparti avec deux blessés lourds à son bord. Pour les autres, vu leur état, il n'y avait guère d'espoir. Ils n'auraient pas survécu au trajet.

Rinchard était arrivé à l'hôpital de Lens avant Hanah et Peeters. Il avait été aussitôt pris en charge en réanimation en vue d'être opéré.

Lorsque Hanah et Peeters arrivèrent, Rinchard était sur le billard pour une chirurgie de la tête. Ils ne purent rien savoir avant la fin de l'opération et allèrent s'asseoir dans l'espace d'attente avec un café. Peeters se réfugiait dans un mutisme obstiné qu'Hanah ne cherchait pas à rompre. Elle avait pensé appeler Abel pour tout lui raconter mais avait renoncé, se disant que tant qu'ils n'en sauraient pas davantage sur l'issue de l'opération, mieux valait la tenir à l'écart. Peeters aviserait par la suite de ce qu'elle devrait apprendre ou non. Même s'il ne voulait pas qu'elle fût au courant du piège tendu à Hanah sur le terril 7 de Bruay, il ne pourrait pas lui cacher ce qui était arrivé à Rinchard ni dans quelles circonstances.

Ils attendaient depuis bientôt une heure, lorsqu'un infirmier surgi de nulle part s'approcha d'eux. Il tenait un sachet en plastique qui contenait un smartphone.

— C'est le portable de votre collègue, dit-il d'un ton neutre.

— Son portable ? s'écria Peeters accablé. Ça veut dire qu'il est…

— Non. Il n'est pas sorti du bloc opératoire, mais c'était pour que vous puissiez prévenir ses proches qui figurent sans doute dans son répertoire.

— Merci, dit Hanah en jetant un regard rapide à sa montre.

Déjà 22 heures. Elle n'avait aucune envie de dormir, mais ressentait la fatigue de toute cette tension. Et surtout, commençait à avoir faim. Une fois l'infirmier reparti, elle se leva et alla se prendre au distributeur un paquet de chips et une bouteille d'eau que Peeters avait refusés.

Pendant qu'Hanah grignotait et buvait, il prit le portable de Rinchard et le regarda quelques instants avant de se décider. L'appareil avait survécu au choc et, pourvu d'une protection en verre trempé collée sur l'écran, il s'en était sorti avec quelques fissures. Presque machinalement, Peeters appuya sur le bouton de menu qui servait à l'allumer et regarda l'écran verrouillé sur lequel s'affichaient une dizaine de notifications de messages vocaux et des SMS, tous émanant d'une seule personne, Luciole. La petite lumière.

À Bruxelles

Abel, prostrée, ne disait rien. Elle venait d'apprendre pour Rinchard, comme le reste de l'équipe. Peeters avait pris la décision de mettre tout le monde au courant. Même si elle ne connaissait Marko que depuis peu, c'était un flic, elle était flic, ils étaient de la maison, de la même famille et combattaient un même fléau, le crime. Et Rinchard était tombé sur le terrain, en partant à la recherche d'un criminel.

À l'étage, dans les bureaux, bourdonnait aux oreilles de chacun un silence lourd. Abattu, Chastel était aussitôt parti planquer au manoir, le cœur dans une passoire. C'était lui qui aurait dû être de surveillance, la veille. Aurait-il suivi Baxter comme l'avait fait l'inspecteur ? Il n'en savait rien lui-même. Dans tous les cas, aujourd'hui, Rinchard ne serait pas dans le coma.

Hanah et le commissaire étaient rentrés tard dans la nuit. Passablement rassurés sur l'état de Rinchard qui, d'après le professeur en neurochirurgie, était stabilisé dans un coma artificiel, ils avaient décidé de rentrer à Bruxelles. Baxter avait conduit tout le long et, arrivés à destination, Peeters lui avait demandé de le laisser devant l'immeuble de la PJ.

— Vous ne voulez vraiment pas que je vous dépose chez vous ? avait demandé Hanah. Il vous faudrait un vrai lit pour un repos digne de ce nom.

— C'est ici, chez moi.

À cela, la profileuse n'avait rien pu répliquer et, après avoir à son tour opposé un refus catégorique à la suggestion de Peeters de dormir en sécurité dans les locaux de la PJ, avait regardé le Belge s'éloigner, puis disparaître dans le grand hall vitré. Peeters avait pris l'ascenseur pour atteindre son bureau, où il avait retrouvé sans plaisir son couchage d'appoint, un vieux canapé en cuir défoncé. Il l'avait gardé de l'époque où il y passait des nuits entières d'insomnie après la mort de Simon.

Rentrée chez Vifkin, Hanah avait dormi d'une traite jusqu'à 10 h 30. Peeters, debout depuis 7 heures, lui avait déjà laissé trois messages. « J'ai tout raconté à Abel concernant ma séquestration chez Ernest Gare jusqu'au triste final sur le terril 7 de Bruay-la-Bussière. Mais il manque un morceau. Le vôtre. Je vous attends donc pour vos explications. J'aimerais savoir pourquoi vous êtes allée au manoir. C'est Chastel qui aurait dû planquer. Rinchard l'a libéré parce que sa fille, qui vit au Maroc, avait annulé leur rendez-vous du dimanche après-midi sur Skype », disait-il dans le premier message. Le deuxième message, plus sec, lui demandait de bien vouloir se dépêcher. Dans le troisième, Peeters se lâchait. « Vous vous radinez, Baxter, ou je viens vous chercher ! Abel meurt d'envie de vous arracher les yeux et je ne vais pas la priver de ce plaisir. » « Inutile, Peeters, je me radine », lui avait-elle répondu par SMS.

Lorsque Hanah entra dans le bureau du commissaire divisionnaire jonché de papiers roulés en boule et de canettes de bière sans alcool, Abel ne leva même pas la tête pour lui rendre son salut.

Ça promet, se dit Baxter en s'asseyant à côté d'elle, face à Peeters qui, au moins, avait daigné lui envoyer un « Pas trop tôt ! » morose. Peut-être surjouaient-ils leur rancœur, mais elle était mal placée pour s'en plaindre. Elle était responsable de ce qui avait eu lieu, d'une certaine façon, même si elle s'était pliée à la demande du commissaire.

Avant de se lancer, Hanah regarda tour à tour Peeters et Abel.

— Des nouvelles de Rinchard ? demanda-t-elle.

— Dès qu'il sera transportable, il sera transféré à Bruxelles. Peut-être dans deux jours, selon son état. En attendant, sa fille a pris un billet d'avion pour Lille et sera bientôt près de lui.

— Ah, vous avez finalement pu la joindre ? Je croyais que le portable de Rinchard était verrouillé.

— Abel a cracké le mot de passe. J'ai pu la joindre ensuite. Prise de remords d'avoir annulé leur Skype, elle l'avait rappelé et, intriguée par son silence, lui avait laissé plusieurs messages audio et SMS. Elle croyait qu'il s'était fâché. Mais comme ce n'était pas dans ses habitudes, elle a commencé à s'inquiéter. Il y avait de quoi. Bon, à vous, maintenant, Baxter. Votre visite au manoir.

— Ma visite à Ange Defer, vous pouvez le dire, Peeters. Car il s'agissait bien d'elle. Et j'ai pu obtenir ce rendez-vous grâce à son frère.

— Son frère ?

— Oui : Lucien Defer, substitut du procureur.

Peeters la dévisagea comme si elle venait d'une autre planète. Quant à Abel, pas un frémissement, mais un regard en coin qui en disait long sur le sentiment de trahison qu'elle était en train d'éprouver à cet instant. « Et tu ne m'en as rien dit… », lui signifiait-il.

— Comment vous l'avez su ?

— En quelque sorte grâce à vous, Peeters.

— Ah oui ?

— C'est par vos soins si j'ai atterri chez Vifkin au lieu d'être à l'hôtel. Il se trouve que Lucien Defer habite le même immeuble. Il n'y a pas de nom sur la sonnette, c'est pour ça que je ne pouvais pas le savoir avant qu'il me le dise lui-même lorsqu'il est venu sonner à la porte.

— Intéressant.

— Plutôt, oui. C'est ce qui m'a permis d'avancer un peu plus sur Ange, en allant la voir chez elle.

— Alors ? C'est joliment meublé ?

— Assez, oui, l'ancien propriétaire avait du goût, en plus de ses déviances. Parce que ce sont apparemment les meubles de l'époque, ceux qui ont échappé à l'incendie d'une des ailes. Mais le plus édifiant était à l'arrière du manoir.

Hanah fit une pause pour avaler une longue gorgée du café qu'elle venait de se servir dans la cafetière, prenant un certain plaisir à faire durer le suspense et à lire l'impatience sur le visage d'Abel et de Peeters.

— Il y avait bien un chenil, désormais occupé par les oies, reprit Hanah. Selon Ange Defer, la fourrière est venue récupérer les chiens. Reste à vérifier quand. Mais il y a un hic.

Nouvelle pause et rasade de café avalée.

— Ange m'a montré le chenil et le poulailler, les chèvres aussi, en revanche, elle m'a maintenue à l'écart du potager et du terrain tout autour. Seulement, j'ai pu y apercevoir des plaques de terre fraîchement tassée. Des rectangles, plus exactement, comme si quelqu'un avait creusé des trous ou des fosses à cet endroit. Et ce n'est certainement pas pour y planter des choux. J'en ai compté neuf. Une grande et huit plus petites, pouvant correspondre aux cadavres de huit chiens. Et Ange Defer a dit en avoir eu huit.

— Et la neuvième alors ? demanda Peeters d'un air dubitatif. Le plus grand ?

— Bonne question. Qui ne me quitte pas depuis.

— Il nous faut ce mandat de perquise. Et vite.

— J'ai l'impression que Lucien Defer est déterminé à couvrir sa sœur.

— Grand bien lui fasse, nous, nous sommes déterminés à en savoir plus sur ses petites activités. Déjà, un coup de fil à la fourrière, ça serait pas du luxe. Abel, en l'absence de Rinchard et de Chastel, vous voulez bien vous en charger ? Quant à vous, Baxter, si on a besoin de vous, on vous sonnera. En attendant, vous êtes ici pour l'affaire Vifkin. Maintenant on sait que son meurtre a été commandité, on connaît l'identité du tueur qui a été engagé pour Vifkin et, apparemment, pour vous aussi, Baxter. Vous allez être dès aujourd'hui sous protection rapprochée et il va falloir vous y faire.

Sous surveillance serait plus approprié, se dit Hanah, mais elle la ferma.

— Merci quand même pour les infos et bravo. On a peut-être aussi l'identité du propriétaire des molosses responsables de la mort de ce pauvre gars, ou plutôt, *la* propriétaire.

Sur ces mots du commissaire, Abel se leva comme un ressort et sortit en claquant la porte.

— Qu'est-ce qui lui prend ? s'exclama Peeters en roulant un papier de barre de céréales entre ses doigts.

— Elle se sent trahie. Et elle a raison. Je l'ai eue au téléphone hier matin par rapport à quelques éléments nouveaux qu'elle avait recueillis et, quand elle m'a demandé si j'avais prévu quelque chose, je lui ai dit que j'allais profiter de ce dimanche de repos pour faire un grand ménage chez Vifkin. En espérant tomber sur des indices qui auraient échappé à la perquise à l'époque et qui nous parleraient.

— Elle n'a pas évoqué ces éléments nouveaux, grogna Peeters.

— Alors ce sera à elle de vous le dire. Je ne la trahirai pas une deuxième fois.

La porte s'ouvrit au même instant et Abel réapparut.

— J'ai eu le directeur de la fourrière, un certain Antony, dit Tony, et il me confirme être venu chercher les chiens de Defer avec deux de ses employés il y a une semaine. Donc bien avant l'attaque de Soignes.

— Hmm. À vérifier sur le registre de la fourrière.

— Il va me mailer un scan de la page en question, en attendant d'envoyer quelqu'un sur place pour vérification.

— Bien joué, Abel. Je crois que vous avez quelque chose d'autre à me dire.

Abel fusilla Hanah du regard. Les hostilités semblaient désormais validées.

— Baxter ne m'en a pas parlé. Elle vous en laisse la primeur.

— Encore heureux ! Mais c'est à vous seul que je ferai mon rapport.

— Si Baxter est ici, c'est pour apporter son concours à une affaire qui la concerne. Ernest Gare court toujours et elle est en danger, tout comme Vifkin l'a été à l'époque sans avoir eu la chance de le savoir. On doit trouver pourquoi. C'est un boulot d'équipe. Alors personne ne sera mis à l'écart et nous devons tous échanger les infos glanées.

Alors qu'Abel, la mine renfrognée, s'apprêtait à s'exécuter en livrant à Peeters ses échanges avec le pervers de Parafil.com, le smartphone d'Hanah se mit à vibrer.

— Ange Defer, leur dit-elle avant de prendre l'appel.

— Allez-y. Et mettez sur haut-parleur.

— Hanah Baxter ?

La voix d'Ange Defer amplifiée retentit dans le bureau.

— Je vous écoute.

— Il y a une chose que je ne vous ai pas dite. Parce qu'il me fait peur.

— Qui ça ?

— Antony Delestre. Le directeur de la fourrière. Il m'a fait jurer de ne pas le dire à la police, au cas où je serais interrogée. Sinon…

— Sinon quoi ?

— Il m'a menacée de faire une descente au manoir avec des gars. Mais c'est trop lourd à garder pour moi.

— Et que deviez-vous garder pour vous ?

— L'attaque de Soignes, c'est lui.

Tous les trois se regardèrent. Peeters fit signe à Hanah de continuer.

— Vous pouvez me parler, Ange. Libérez-vous. S'il le faut, la police vous protégera.

— Il organise des combats de chiens. De pit-bulls. Les miens m'ayant attaquée, j'ai donc appelé la fourrière et je suis tombée sur lui. On se connaît depuis des années mais on est sortis ensemble plus récemment et je l'ai quitté à cause de ça. De ses activités parallèles. Je déteste ce genre de violence et de barbarie contre les animaux. Comme je ne savais pas quoi faire de mes chiens, les donner était impossible et encore moins à une SPA, Antony est venu les chercher avec un certain Dragos, un Macédonien. Quand il les a vus s'acharner sur le grillage du chenil, son visage a changé. J'ai tout de suite compris ce qu'il comptait en faire… Mais je n'ai pas pu refuser.

— Il vous a payée ?

— J'avais besoin de cet argent. Pour ma mère et mon frère que j'ai à charge.

— Je comprends. Mais quel rapport entre les combats de chiens et l'attaque de Soignes ? C'est un homme qui a été tué par des chiens et non des chiens entre eux.

— Antony organise des combats très violents, qui sont contestés même dans le milieu. Des combats à caractère particulier…

« Des combats à caractère particulier… » Hanah sentit un frisson lui parcourir les avant-bras et la nuque.

— Un homme seul contre plusieurs chiens ? osa-t-elle.

— Oui, répondit Ange d'une voix altérée. Soit dans une cage circulaire, soit en liberté, une sorte de traque. Les chiens qui ont tué cet homme en pleine forêt étaient les miens, mais ça s'est passé après qu'Antony les a récupérés.

Fusion

Caché dans un bois proche, Ernest Gare avait attendu la nuit complète pour poursuivre son chemin jusqu'à chez lui. Une quinzaine de kilomètres qu'il n'aurait pas eu la force de faire à pied d'une seule traite. Ses côtes lui faisaient mal et sa cheville qui avait doublé de volume le lançait. Mais son corps avait connu pire que ça. Les ravages de la maladie puis les effets épuisants de la chimio, la perte des cheveux et des poils, la transformation physique. Alors, deux côtes et une cheville… Et encore, ce n'était rien à côté de ce qu'il s'apprêtait à faire.

Sa bonne étoile ou le hasard avait mis un vélo abandonné sur sa route. Peut-être volé. Ernest Gare avait enfourché la bicyclette et, serrant les dents lorsque ça avait été au tour de son pied blessé d'appuyer sur la pédale, il avait avalé les sept derniers kilomètres qui le séparaient de chez lui sur les sentiers cyclables à travers champs.

Il était arrivé vers minuit, éreinté, mais soulagé d'être enfin en lieu sûr et familier. Il était impossible de le qualifier d'homme heureux dans ce genre de moments, le tueur à gages ne connaissant pas cet état.

Il n'éprouvait qu'une vague sensation de contentement à retrouver sa maison et Berlioz qui l'attendait fidèlement et qui était venu tout de suite se nicher sur son épaule. L'endroit d'où il pouvait le mieux observer son environnement, car mobile. Chez lui, Ernest Gare se posait rarement. Il était toujours en train de s'affairer, à bricoler ses armes et ses munitions ou à retaper des meubles. Berlioz l'accompagnait souvent. Parfois, le soir, Frida prenait sa place pour coudre ses tenues de spectacle. Toutes ces activités diurnes et nocturnes constituaient la petite vie régulière et bien rythmée d'Ernest Gare. Il ne dormait que quatre heures, estimant que le sommeil était une perte de temps.

La douche de quinze minutes avait été presque une expérience mystique, tant Ernest, qui avait commencé par avaler un antalgique, s'y était abandonné avec délices et besoin de se nettoyer la peau et les yeux de toute cette poussière de houille. En sortant de la douche, il avait retrouvé dans son armoire à pharmacie un bandage avec lequel il avait entouré sa cheville après y avoir appliqué une pommade. L'antalgique avait fait effet et la douleur avait enfin cédé.

Il était resté en peignoir de bain et, affalé sur son canapé fait de palettes et de sacs en toile de voile à bateau rembourrés de mousse, avait bu un verre de whisky et un litre d'eau avant d'aller s'installer à son bureau. Là, il avait repris la fiche du terril 7 de Bruay pour y inscrire les éléments nouveaux sur son évolution géologique, dont un majeur, l'explosion partielle provoquée par une combustion interne silencieuse venant de la formation d'une poche de gaz, survenue le 21 juin. En plein solstice d'été, soupira-t-il.

Une fois ces modifications apportées, Ernest Gare rangea la fiche avec les autres et sortit de son portefeuille une photo imprimée illustrant un vieil article sur papier jauni. Le portrait d'une femme. Hanah Baxter. Plus jeune, mais reconnaissable. Quelques heures plus tôt, il l'avait eue sous les yeux. Petite, plutôt trapue, une femme d'un âge mûr qu'on sentait énergique et volontaire, pourtant pleine de failles et de fissures, tel un vieux mur fortifié qui tenait encore debout. Il avait eu le temps de voir tout ça avant de tirer. Parce qu'elle s'était mise à lui parler. Et qu'en général, ses cibles n'en avaient pas le loisir. Pourquoi avait-ce été différent avec elle ?

Elle n'aurait même pas dû pouvoir ouvrir la bouche pour en sortir un mot. Pour la première fois de sa carrière, Ernest Gare se remettait en question. Il n'aurait jamais pensé avoir à le faire un jour. Et il était seul face à ça. Avait-il perdu la main ou, pire, la foi en lui-même ? Sa détermination ? Un sentiment qu'il ne connaissait pas avait percé sa carapace lorsque la profileuse avait commencé à lui parler. Il n'avait pas lu dans ses yeux cette peur et cette incrédulité propres à ses cibles qui voyaient leur mort en face. Juste la surprise de revoir, au lieu de Peeters, l'homme qu'elle avait croisé dans le couloir de la PJ. C'était ça qui prévalait sur son visage. L'étonnement.

Il s'endormit là-dessus, à 3 heures passées, le sommeil s'abattant sur lui sans prévenir. Vers 6 heures, la sonnerie de son fixe le réveilla. D'abord il ne sut pas où il était, ni ce qui sonnait comme ça puis, rassemblant ses idées, il prit conscience qu'il était sur son canapé et que c'était le téléphone. Une seule personne l'appelait sur son fixe. Sa vieille tante. Il décrocha, prêt à la recevoir un peu rudement. Mais ce n'était pas sa tante. Et c'était un appel masqué.

— Allô ? répéta-t-il plusieurs fois avant de raccrocher sans que personne se manifeste.

Bizarre, se dit-il, ne pouvant s'empêcher de faire le lien avec sa cavale. La police l'aurait-elle retrouvé ? Les quelques éléments que Peeters leur avait donnés auraient-ils suffi à ce qu'ils aient découvert où il habite et son téléphone ? Il n'était pas dans l'annuaire, mais ce n'était qu'un détail pour les flics. Cela restait cependant peu probable, sinon, au lieu de cet appel anonyme, ils seraient déjà chez lui. Heureusement, lors de sa garde à vue, ils avaient enregistré son passeport avec son ancienne adresse. Celle de l'appartement de sa mère. Revendu depuis longtemps.

Il reçut soudain un coup à la poitrine. La balle. Celle qui avait manqué sa cible. Sa signature. Dans la hâte de disparaître avant que Baxter et les deux flics reviennent, il avait complètement oublié de la chercher. Il ne l'aurait peut-être pas retrouvée, mais quand même. Il aurait dû le faire. Comment avait-il pu être aussi négligent, lui, Ernest Gare, qui ne laissait rien au hasard ? Ils avaient désormais une preuve matérielle à présenter devant un tribunal. La même balle que celle qui avait tué cet Anton Vifkin. Et, de surcroît, ils avaient son PPK. Heureusement qu'il en possédait plusieurs du même modèle. Mais ils pourraient désormais faire le rapprochement entre cette signature et lui, Ernest Gare.

De nouveau retentit la sonnerie du fixe. Cette fois, il ne décrocha pas et attendit. La troisième suivit de quelques minutes. De moins en moins probable que ce fût la police. Il prit brusquement le combiné et décrocha sans se manifester. Pas un mot à l'autre bout du fil. Il lui sembla percevoir un souffle, une respiration sur la ligne, mais ce n'était peut-être qu'une idée. Même sans parler, le silence n'est jamais complet. On entend toujours un vague bruissement dans l'écouteur. Peut-être était-ce ça.

Ernest Gare attendit jusqu'à ce que l'autre raccrochât. Il fit mine de tirer la prise du téléphone puis se ravisa. Il valait mieux voir si l'anonyme le rappellerait et quelles étaient ses intentions. Simplement l'entendre ou bien l'intimider.

Ernest Gare n'avait jamais connu de relations amoureuses. Une ou deux filles de son lycée, se résumant à des flirts, et ça avait été tout. Il avait laissé le sentimentalisme à Frida. Elle s'y entendait à merveille, avec ses pauvres chansons d'amour et son connard de flic belge. Ce ne pouvait donc être une femme qu'il aurait fait souffrir et encore moins une admiratrice. Admiratrice de quoi ? Que pouvait-on bien admirer, chez un type comme Ernest Gare… Et il ne voyait personne depuis des lustres.

Immobile, il fixait le téléphone comme s'il allait le jeter contre le mur, mais celui-ci demeura silencieux. Sans la répétition, il aurait pensé à une erreur. Il devait se dépêcher de mettre son plan à exécution et le plus difficile lui restait à accomplir.

Puisant quelques forces dans le regard interrogateur de Berlioz qui, avec toute son intelligence de rat, sentait bien que son maître n'était pas dans son état habituel, Ernest Gare se dirigea vers ce qui lui servait d'atelier. Tout y était étiqueté et rangé à sa place, dans des caisses, des tiroirs ou pendu à des tringles et des crochets. Dans un petit meuble fermé à clef se trouvaient les substances les plus corrosives, des produits divers pour le bois, le métal, des produits à décaper, de la soude caustique et une bouteille d'acide chlorhydrique.

Ernest Gare enfila des gants et prit des lunettes de protection en verre étanches, ainsi que cette dernière bouteille qu'il ouvrit avec précaution. Il sortit d'une petite armoire un flacon de trois cents millilitres qu'il remplit d'acide et reboucha les deux. Il remit la bouteille à sa place, ferma le meuble à clef et, le flacon à la main, alla à la salle d'eau.

Il resta quelques instants devant la glace. Il y contemplait un homme de belle stature, à la tête chauve et au visage glabre, à la masse musculaire encore importante malgré l'absence d'exercice. Mais c'était un homme usé au fond, hermétique à toute émotion et fermé à toute empathie envers l'espèce humaine. Sa cible pouvait désormais le reconnaître et l'identifier. Pourtant, il allait devoir l'approcher de près. De très près. Trop pour qu'il puisse prendre le risque qu'elle le reconnaisse avant qu'il lui tire dessus. Il pourrait la jouer sniper et la viser au fusil à lunette depuis les hauteurs lorsqu'elle serait en vue. Mais ce n'étaient pas ses méthodes. Il regardait toujours sa cible en face avant d'appuyer sur la détente. Avec ce qu'il allait faire, il pourrait l'approcher sans attirer les soupçons. Ça zonait pas mal, à Bruxelles et le nouvel Ernest Gare se fondrait parfaitement à la faune ambiante.

— J'ai été ravi d'avoir fait ce chemin avec toi, dit-il à l'homme en face de lui dans le miroir en enfilant ses lunettes de protection.

Respirant un bon coup, Ernest Gare dévissa le

bouchon du flacon d'acide et, d'un geste décidé, s'en aspergea le visage au-dessus de l'émail du lavabo où les gouttes retombèrent en grésillant et formant des bulles minuscules, en même temps qu'il laissait échapper un hurlement de douleur.

Une petite lumière dans le noir

Prévenue aux premières heures par Peeters de l'accident dont son père avait été victime, la fille de Rinchard avait aussitôt pris un vol de Marrakech pour Lille et était arrivée en début d'après-midi à l'hôpital de Lens. En larmes, elle avait demandé à voir son père. Son état stable le permettant, le médecin avait autorisé la visite, à condition qu'elle ne s'attardât pas trop pour ne pas risquer de le perturber. Rinchard était encore plongé dans le coma artificiel afin de favoriser le repos cérébral. Mais il pouvait très bien entendre les bruits extérieurs et les voix et percevoir une présence. C'était pourquoi l'infirmière qui venait régulièrement vérifier que tout allait bien lui parlait doucement en lui massant les paumes et les jambes.

Lorsque Luciole était entrée dans l'espace où reposait son père en salle de réanimation, elle avait dû contenir ses sanglots. Il fallait qu'elle se montrât forte, qu'elle lui fît sentir que tout irait bien et qu'elle ne retournerait pas au Maroc tant qu'il ne serait pas rétabli.

Quelques années auparavant, elle n'aurait pas accouru ainsi, se serait encore plus protégée contre ce qui pouvait arriver à un père flic dont la vie était régulièrement en danger et auquel elle en voulait de l'avoir abandonnée pour son boulot. Elle n'avait pas été sa priorité, il ne serait pas non plus la sienne. Mais la vie, comme elle sait faire aussi par le biais du malheur, les avait rapprochés à la mort de la mère de Luciole. Rinchard, inconsolable, avait tout reporté sur sa fille. La ressemblance de plus en plus forte de cette dernière avec sa mère ne faisant que renforcer le lien. Luciole avait eu très tôt cette compréhension intuitive et innée des événements et des êtres. Pourtant, elle avait dû s'en protéger, sinon tout cela l'aurait broyée.

Pour cela aussi elle était partie vivre à l'étranger, dans un pays encore proche de ses traditions, où l'esprit de famille demeure une valeur essentielle, où les vieux ne sont pas parqués dans des mouroirs, où le soleil brille toute l'année.

Épuisée par son départ dans la précipitation et par l'extrême tension, Luciole avait fini par s'endormir à côté de son père, sa main sur la sienne. Rinchard, sous moniteur respiratoire, n'avait pas bougé. Sur l'écran, la courbe des pulsations cardiaques était régulière, oscillant entre 80 et 90. Bercée par le ronflement de la machine et les bips, Luciole avait plongé à son tour dans un autre état de conscience où elle espérait retrouver son père et pouvoir lui parler. Lui dire à quel point elle l'aimait et à quel point il était important dans sa vie.

Elle n'avait pas encore contacté Leila, l'ex de son père, avec laquelle elle avait noué une belle complicité. Elle voulait le garder un peu pour elle seule. Le temps de lui caresser le front en lui disant tout ce que la colère et son sentiment d'abandon l'avaient empêchée de lui dire, de lui tenir la main et d'y déposer ses lèvres en espérant que ce seul geste le réveillât. Qu'il sentît tout son amour là où il était. Et que ça l'aide à s'accrocher.

Mais Rinchard sortirait du coma artificiel lorsque la neurologue qui le suivait l'aurait décidé. Peut-être le lendemain, peut-être dans deux jours.

Lorsque Luciole se réveilla, tirée de son sommeil par les vibrations répétées de son portable, ses yeux tombèrent sur un lit vide.

— Papa ! Papa ! Où est mon père ? se mit-elle à crier en sortant de la chambre échevelée et hors d'elle.

Un infirmier se précipita au-devant d'elle.

— Votre père a été conduit d'urgence au bloc opératoire pendant que vous dormiez, il a fait une hémorragie cérébrale.

— Pourquoi ne pas m'avoir réveillée ?

— C'était une urgence, mademoiselle. Et vous dormiez profondément.

— Où est-il ? Je veux le voir !

— C'est impossible pour le moment…

Ignorant les paroles de l'infirmier, Luciole le bouscula et fonça en direction du bloc, mais alors qu'elle courait vers l'issue portant l'inscription « Interdit au public » en lettres rouges, venant de sous la porte s'élargit à ses pieds une flaque écarlate et visqueuse qui la fit glisser et tomber de tout son long. Elle se retrouva par terre, baignant tout entière dans le flot rougeâtre qui gonflait sans discontinuer. Il arrivait désormais à mi-hauteur des murs du couloir et l'empêchait d'avancer. Ses jambes s'enfonçaient peu à peu dans la masse gluante. Elle y trempa ses doigts et les porta à sa bouche pour en goûter. Du sang. Celui dont son père était en train de se vider au bloc.

Le visage se tordant de douleur, elle laissa échapper un cri rauque, inhumain.

— Papa ! PAPA ! hurlait-elle.

— Luc… Luciole…, lui répondit une voix très faible et proche en même temps. C'est toi, ma Luciole ?

Cette voix, c'était lui, c'était bien celle de son père… Il était donc vivant… et revenu du bloc… Elle n'osait pas desserrer les paupières, de peur que ce ne soit qu'un rêve. Mais non, une main pressait légèrement la sienne. Entrouvrant les yeux, elle vit le lit qui n'était plus vide, sur lequel était allongé son père. Ce n'était pas un rêve, c'était bel et bien réel, et le reste n'avait été qu'un cauchemar.

— Papa ? Tu m'entends ? Papa ?

— Oui, je t'entends, ma Luciole… Tu es là…

Le temps de réaliser que son père avait repris conscience, Luciole sonna pour appeler les infirmières et les avertir du réveil de son père. Prévenu à son tour, le neurochirurgien accompagné de la neurologue, une femme aux cheveux mi-longs ramassés en arrière, mâchoire carrée et regard glacier, arriva dans les minutes qui suivirent. Le premier, cheveux et barbe de marin aux reflets argent, devait flirter avec la soixantaine tandis que la seconde, de taille moyenne et un peu trop svelte, n'excédait pas trente-cinq ou du moins faisait si jeune qu'elle courait le risque d'être prise pour une interne.

— Pour qu'un patient se réveille spontanément d'un coma artificiel, il faut qu'il ait eu une sacrée motivation ou un gros choc émotionnel, dit le neurochirurgien tandis que sa consœur regardait minutieusement les pupilles de Rinchard qui n'était pas encore bien vaillant. Nous allons être obligés de le replonger dans son sommeil. Sinon, ça risque d'être compliqué.

— Mais c'est quoi, là, votre foutu coma artificiel ? s'écria Luciole, à fleur de peau. Ça ne vous suffit pas d'avoir déjà des patients dans un vrai coma ?

— C'est pour sa survie, mademoiselle. Votre père est encore en urgence absolue. Soyez un peu patiente. Vous le retrouverez bientôt comme avant. Presque comme avant.

— Que voulez-vous dire par « presque » ?

Le neurochirurgien regarda longuement sa collègue, d'un air tel qu'on aurait pu en déduire qu'il y avait entre eux plus qu'un simple rapport professionnel.

— À toi, Andrea.

La jeune femme, les mains enfoncées dans les poches de sa blouse, fixa ses deux billes bleues sur Luciole avant de parler. Il se dégageait de son expression une certaine dureté sans doute acquise au fil des événements de la vie. Comme si elle s'interdisait de s'abandonner à toute forme d'empathie. Aussi ses mots qui retranscrivaient une réalité médicale giflèrent-ils de plein fouet la fille de Rinchard, malgré le filet de voix très douce sortant de sa bouche. Des mots à l'accent roulant de l'Est, probablement roumain.

— Votre père risque d'être paraplégique.

Le terme tomba telle une guillotine.

— Vous voulez dire… qu'il restera paralysé ?

Luciole eut la sensation de s'étrangler avec sa propre voix.

— Des deux jambes, oui.

Luciole sentit les siennes se dérober. Non, non et

non. Paraplégique, paralysé n'allait pas avec Marko Rinchard. Qui appeler au secours ? Kader était loin et occupé, comme d'habitude, sur le chantier de leur maison. Sa mère n'était plus que cette présence autour d'elle et ce parfum soudain qu'elle sentait si fort à certains moments. Quant à Leila… Il ne restait qu'elle. Ou bien Peeters. Le chef de Rinchard. Celui qui l'avait prévenue. Ce serait peut-être lui qui pourrait l'aider en la rassurant, en lui disant qu'un flic de la trempe de son père, avec la volonté qui était la sienne, remarcherait un jour. Son père paralysé, seul à Bruxelles et elle, au Maroc, Luciole ne pouvait l'envisager un instant. Elle se sentit tout à coup étouffer.

— Il faut que je sorte, j'ai besoin d'air, dit-elle en se levant.

À qui le disait-elle vraiment… Aux deux médecins ou à son père, elle-même ne le savait pas.

« Sédatez-le », entendit-elle la neurologue demander à l'infirmier au moment où elle franchissait la porte, sachant qu'elle ne reviendrait pas.

Tandis qu'elle gagnait la sortie, se hâtant de s'éloigner de ce temple de la maladie et de la mort, même si, heureusement, la plupart des patients retournaient chez eux, ses yeux se gonflaient de larmes. Peut-être la nouvelle l'aurait-elle aidé, mais elle n'avait pas eu le courage de le lui dire. De cela aussi elle se dégoûtait. Comme de ce qu'elle allait faire, à cause de son éternelle lâcheté. Mais aussi de sa colère. Si son père avait quitté ce foutu métier, ça ne serait pas arrivé. S'il avait pensé un instant à elle et pas seulement à sa passion, il aurait gardé l'usage de ses jambes. Aussi emportait-elle la seule chose, outre sa présence, qui aurait procuré un bonheur fou à son père. Elle l'emportait au fond d'elle, dans ses entrailles, dans son ventre qu'elle caressait en même temps qu'elle marchait, qu'elle courait, presque, vers sa vie, vers sa liberté. La sienne et celle du petit être qu'elle abritait.

Nouveau visage

Pendant ce temps, dans une maison-container de la plaine du Nord, un homme soignait les brûlures de son visage. Des plaies à vif dont suintait un mélange de sang et de lymphe. La peau crépitait encore.

Après s'être aspergé le visage à l'acide, Ernest Gare avait cru s'évanouir. Mais il avait tenu. Avec une pensée pour ces pauvres femmes en Inde ou dans certains pays du Maghreb qui subissent le même sort infligé par un mari jaloux et possessif. Ils leur volaient leur visage, leur identité. Alors que lui avait volontairement effacé le sien. De ses traits il ne restait qu'une pâtée informe autour des yeux et du nez, presque intact. Seul le pourtour des narines était rongé par l'acide.

Hurlant de douleur et grelottant, Ernest Gare s'était rincé à grande eau le visage au bout de quelques secondes. Puis avait appliqué des compresses de calendula et de gel d'aloe vera qu'il avait préparées. Allongé sur son lit, il avait repris des antalgiques mais ceux-ci ne firent guère d'effet tant la sensation de brûlure s'était installée. Incrustée dans sa chair. Avant de pouvoir sortir de chez lui, il lui faudrait cicatriser complètement pour ne pas risquer une infection. Chaque jour, il se ferait des cataplasmes à base d'aloe vera pour apaiser la brûlure et régénérer la peau. Il utiliserait également du miel de Manouka aux vertus cicatrisantes.

Il avait au préalable regardé sur Internet les plaies provoquées par l'acide une fois qu'elles avaient cicatrisé. La peau était tavelée et, parfois, comme chez cette femme qui se faisait appeler Lady of the night, que son petit ami avait vitriolée après leur rupture, le visage finissait par ressembler à une tête de mort recouverte d'une peau parcheminée. Dans le cas de la Lady, la brûlure s'étendait jusqu'à la racine des cheveux. Ernest Gare n'aurait sans doute pas ce physique, son nez n'ayant pas été attaqué par le vitriol, mais il porterait malgré tout ce masque de grand brûlé. Idéal pour approcher Baxter sans se faire reconnaître. Et cher payé.

Chat

Pendant que Peeters envoyait deux demandes de mandats de perquisition, un pour le manoir et l'autre pour la fourrière, qu'Hanah était sortie dans les couloirs passer un coup de fil, Abel, retournée dans son bureau, devant son écran, tâchait d'en savoir plus sur le chatteur au pseudo de Vifkin. Cette fois c'était lui qui l'avait sollicitée. Elle avait trouvé le message en se connectant. Il voulait visiblement passer à la vitesse supérieure. Sans doute pour voir ce qu'elle avait dans les tripes. Abel marchait sur des œufs. Il ne fallait pas éveiller le moindre soupçon, sinon, elle le perdrait. *Vifkin* disparaîtrait une seconde fois et il renaîtrait ailleurs, sous un autre pseudo. Internet est plus vaste que le monde et plus abyssal que tous les océans réunis. Mais l'ayant délibérément rejoint sur le terrain de l'hybristophilie, la fascination pour les crimes atroces et les plus grands criminels, afin de rendre plus légitime la question qui la démangeait depuis qu'elle avait découvert son pseudo, Abel ne tarda pas à la lui poser.

— Et pourquoi ce pseudo, Vifkin ? En hommage au grand profileur belge ? J'aurais pensé que tu choisirais le pseudo de Fourniret, Heaulme, Dutroux, qui doivent te fasciner autant que moi…

— Ha, ha ! C'est plutôt pour le crime dont il a été victime.

— Tu sais quelque chose à ce sujet ?

— Il a été tué d'une balle dans la tête. Mais une balle spéciale. Sans doute la signature d'un tueur. Et puis, pour autre chose, aussi.

Abel se tendit comme une arbalète. Le chatteur serait-il enfin sur le point d'en dire plus ?

— Vifkin était comme nous.

La flic déglutit avant de taper la question sur son clavier.

— Tu veux dire qu'il était attiré par les crimes et les criminels ?

— Oui.

— Étonnant, pour un profileur qui aidait la police à les résoudre et à appréhender les tueurs.

— En apparence, seulement. Quand tu creuses, ce n'est pas si incohérent. De cette façon, il était au plus près du crime et des pires criminels.

— C'est vrai. Pratique. Mais… comment tu le sais, pour lui ? Tu l'as rencontré ?

— Il a été mon parrain, lors de ma prestation de serment.

— Pour entrer dans la cave ?

— C'est ça.

Cette fois, Abel était sûre de tenir quelque chose.

— Alors tu ne dois pas être tout jeune.

— Ha, ha ! Tu es drôle, toi. Je suis plus jeune que lui. Et peut-être même que toi…

— Tu avais quel âge, quand il t'a parrainé ?

— Je ne te le dirai pas.

— Tu étais mineur ? La cave n'était pas interdite aux mineurs ?

— Si tu savais… Ils avaient besoin de chair fraîche.

Abel sentait une nausée l'envahir en même temps qu'une aigreur à l'estomac. Des mineurs dans la cave du manoir. Des enfants avec les pervers les plus tordus et les plus dangereux qui puissent exister. Abel en avait le vertige.

— Ils ne demandaient pas de papiers d'identité ?

La réponse se fit attendre quelques instants. Elle arriva enfin, tranchante.

— Tu es trop curieuse. On dirait un interrogatoire.

La commandante frémit devant son écran.

— Tu emploies le féminin. Tu ne peux pas savoir quel est mon sexe.

— Mon intuition ne me trompe jamais. Et je parie que tu es une femme.

— Tu n'as pas à le savoir.

Réponse typique de femme, se dit le chatteur de l'autre côté, souriant intérieurement. Il ne voulait pas lui révéler trop de choses sur ce passé que personne ne connaissait. Son histoire avec le manoir, Vifkin, à qui il devait de l'avoir compris et ouvert à l'obscure sexualité qu'était la sienne. Le profileur avait tout de suite senti ça chez lui. Il avait décrypté tout ce qui l'habitait et qu'ils pourraient partager ensemble. Dans la cave. Et avant, il y avait eu cette nuit qu'il n'oublierait jamais. L'événement qui avait tout déclenché. Quelque temps après, il avait ressenti des choses étranges dans sa tête et son corps. Il s'était surpris à avoir un orgasme devant des reportages sur des crimes dont l'horreur dépassait l'imagination la plus retorse. Des corps découpés en morceaux le faisaient jouir, les tortures que les tueurs faisaient subir à ses victimes le fascinaient. Les accidents les plus graves aussi. Un jour, il avait fait à Vifkin un cadeau sur mesure.

— Bien, alors si nous n'avons plus rien à apprendre l'un de l'autre, je vais te laisser, écrivit-il.

Il espérait ainsi la faire réagir. De son côté, Abel ne craignait qu'une chose, que son correspondant coupât.

— On avait pourtant bien commencé, répondit-elle.

— C'est vrai. Mais c'est moi qui me mouille. J'en ai trop dit.

— Tu n'étais pas obligé(e).

— J'ai eu l'impression que mon choix de pseudo t'intriguait.

— Toi aussi, tu m'intrigues.

Le chatteur sourit encore. Cet échange lui plaisait de plus en plus.

— Ah oui ? En quoi je t'intrigue ?

— Un feeling. Et puis le fait que nous partagions les mêmes trips.

Nouvelle pause.

— À propos de ces mêmes trips, comme tu dis, tu ne m'as pas trop parlé des tiens, en fait. Tu te réfugies derrière tes questions.

Abel devinait qu'elle était sur un siège éjectable.

— Comme tu dois t'en douter, répondit-elle après un court instant de réflexion, je suis encore novice sur les sites. J'assume mes pulsions depuis peu.

— Ici, on se méfie des nouveaux arrivés. Il peut y avoir de tout, parmi eux. Y compris des flics.

Abel ravala sa salive et son goût amer. Avait-il senti quelque chose ? Était-il capable de renifler un flic derrière un écran d'ordinateur ? Était-il lui-même de la maison ?

— Tu veux dire que des flics pourraient avoir ce genre de trips et venir ici ?

— Tout est possible. Même que toi, tu en sois un, avec tes questions à peine orientées.

Le chatteur attendit la réaction qui mit du temps à venir. Jouer, il adorait ça. Alors qu'Abel se décomposait en le lisant. Malgré sa stature de geek et son passé de jeune hackeuse, elle n'avait pas les codes de cette obscure facette du web. Ni de cette communauté de grands malades. Et s'en félicitait. Seulement là, ils lui seraient nécessaires. Elle décida de rétorquer.

— Et toi ? Peut-être que c'est toi, le flic. À l'affût des nouveaux venus, moins expérimentés que les anciens.

— On peut se renvoyer la balle longtemps comme ça, sauf que tant que nous resterons tranquillement derrière notre écran, nous ne le saurons jamais. Alors autant se faire confiance.

Abel souffla. La sueur gouttait sur ses tempes, malgré la clim.

— C'est OK pour moi.

— Pour moi aussi. Et en cadeau de bienvenue je t'envoie ce lien. Tu regardes et tu me diras si tu as aimé lors de notre prochain chat.

Un cadeau de bienvenue. Une sorte d'intronisation virtuelle. Le cœur de la commandante battait la chamade.

— Ça marche.

— C'est une vieille vidéo. Elle date des années quatre-vingt. Mais ça vaut le détour.

Sans savoir pourquoi, Abel craignait le pire.

— J'aurais kiffé avoir une vidéo de l'attaque récente

d'un type par des pit-bulls en forêt de Soignes. Mais personne ne s'est trouvé sur le coup. Contrairement à celle que tu vas voir.

Abel crut défaillir. Ce malade aurait aimé se repaître de la souffrance de ce malheureux, dévoré par une meute de chiens enragés. Elle copia le lien et se déconnecta avant de se renverser sur son siège en aspirant une grande bouffée d'air. Il lui fallait reprendre des forces pour cliquer sur le lien. Elle eut envie de demander à Peeters de venir voir la vidéo avec elle, mais il lui faudrait auparavant lui faire part de son initiative de s'infiltrer dans cette communauté sordide sans son agrément. Même si elle l'avait fait alors que Peeters n'avait pas encore été retrouvé et qu'il fallait avancer. Quant à Baxter… elle ne voulait plus avoir affaire à elle avant un moment. À son tour de la jouer solo.

La colère qui la traversa à cet instant lui donna la force de cliquer sur le lien. Et ce qu'elle vit la terrassa.

La scène se passait en pleine nuit, sur une petite route. La vidéo était visiblement filmée de l'intérieur d'une voiture qui semblait être assez haute, de type 4 × 4. Quelqu'un, assis sur le siège passager avant, tenait la caméra. On distinguait quatre petites silhouettes, qui couraient dans la lumière de pleins phares assez puissants pour éclairer loin devant. La distance entre le véhicule et les silhouettes se réduisait rapidement sans qu'il ralentisse un instant. Oh merde… des gosses…, murmura Abel terrifiée, pressentant la suite dans ce contexte sinistre. Plus que quelques mètres entre les enfants et le pare-chocs… Abel put distinguer, aux cheveux courts, trois garçons et la quatrième avec queue-de-cheval, une fille. Ils ressemblaient à des animaux traqués.

— C'est bien, tu peux les avoir tous les quatre. Maintenant ! disait une voix de femme étouffée, plutôt jeune.

Abel ne respirait plus. Au moment où l'avant du véhicule les cachait presque, l'un des trois garçons, tenant la fillette par la main, se jeta sur le côté de la route, disparaissant du champ de la caméra, tandis qu'un deuxième garçon faisait la même chose de l'autre côté. Il ne restait que le plus petit au milieu, moins rapide, qui devait avoir à peine cinq ans.

— Et merde ! s'écria la même voix. Plus qu'un…

Et soudain, ce fut le choc. Le petit corps et la tête disparurent sous la voiture. Au même moment, l'image sauta, puis se stabilisa. Le véhicule s'arrêta aussitôt, avança légèrement pour s'arrêter de nouveau.

— Tu l'as eu ! Bravo ! T'es le meilleur, ha ! ha ! ha ! ha !

Une folie hystérique transpirait de cette voix.

— Et maintenant, recule !

Abel était au bord du malaise.

— Tu filmes toujours, Ana ?

Cette fois c'était une voix d'homme, aussi étouffée, mais distincte. Ana. Abel sursauta. C'était bien le prénom qui avait été prononcé. Elle ne pouvait, bien sûr, en connaître l'orthographe, mais phonétiquement, c'était bien ça. Ana.

— Oh oui, je filme, c'est trop bon, c'est parfait !

Devant Abel horrifiée, la voiture recula. Il lui sembla entendre un bruit mat. Puis la voiture avança de nouveau, sur plusieurs mètres cette fois.

— On sort ! Je veux filmer ça aussi !

La portière s'ouvrit en caméra subjective et Abel vit une paire de jambes dans un cuir moulant et des cuissardes se glisser dehors et toucher le sol avant de se précipiter à l'arrière. Dans la lumière incertaine des feux arrière, Abel distingua une petite forme inerte au milieu de la route. Puis ce fut le gros plan sur le corps aplati du garçonnet. Son visage, strié de sang et des marques crénelées des pneus de ce qui se révélait être en effet un 4 × 4.

Une main d'homme le retourna et se posa sur sa jugulaire.

— J'ai un pouls. Il est vivant.

— Impossible.

— Je te jure, Ana.

Sur ces mots, la caméra fit volte-face et Abel vit deux petits points lumineux se rapprocher.

— Une bagnole ! On se tire !

— Attends… Je veux t'immortaliser avec ton petit trophée de chasse…

La caméra se fixa alors sur l'homme en gros plan immobile avant de couper, laissant Abel clouée à son siège, paralysée et sans voix. Elle revint en arrière juste pour revoir, au-dessus du petit corps inanimé, gisant dans une mare sombre, le visage de celui qu'elle venait de reconnaître. Anton Vifkin.

Suspecte

Abel était encore sonnée lorsque Peeters entra dans son bureau, les traits tirés, peu de temps après son appel. Après avoir visionné une nouvelle fois la vidéo de ce crime épouvantable, Abel n'avait pas pu garder tout cela pour elle. Peeters devait être mis courant. Mais elle préférait le lui dire de vive voix.

— Qu'est-ce qui se passe, Abel ? On dirait que vous avez vu un fantôme.

— C'est le cas. Mais avant, je dois vous raconter l'histoire depuis le début.

Ce qu'elle fit de façon aussi concise que précise, en s'efforçant de calmer son tremblement intérieur. Au terme de son récit, elle montra la vidéo à Peeters.

— Attention, c'est d'une violence extrême, le prévint-elle.

— C'est bon, répondit-il avec un regard en coin.

Peeters en avait vu et encore plus qu'Abel, pourtant, au fur et à mesure que se déroulait la scène, les ongles de la main sur laquelle était appuyé son menton s'imprimaient dans la chair jusqu'à laisser des marques visibles. Quand il entendit prononcer le nom d'Ana, ses lèvres blanchirent, comme ses phalanges, sous la pression de ses doigts.

Et lorsque apparut le gros plan sur Vifkin, Abel crut que le commissaire allait tomber de sa chaise. Elle ne lui avait rien dit, voulant préserver l'effet de surprise.

— Nom de Dieu ! Nom de Dieu ! Bordel de..., répétait-il.

Puis il regarda Abel qui hochait la tête.

— Anton Vifkin, le grand profileur, était aussi un grand pervers, dit-elle. Et pas seulement narcissique, comme Baxter nous l'a décrit, peut-être justement pour écarter les soupçons sur quelque chose de bien plus grave. Quelque chose qui l'impliquerait aussi... Vous avez bien sûr noté que dans la vidéo Vifkin s'adresse à une « Ana ».

— Sauf qu'on ne sait pas comment il écrit ce prénom.

— Certes, mais à l'époque de la vidéo, ils travaillaient ensemble. Il serait donc logique que cette Ana soit Hanah Baxter.

— En effet, Abel. Logique, oui, tristement logique et cohérent.

— Et ça expliquerait peut-être qu'elle ait voulu le faire éliminer, tout en se mettant aussi sur le contrat, pour écarter les soupçons.

— Non, là, ça ne colle plus. Baxter n'aurait pas pu faire appel à un tueur professionnel pour Vifkin et pour elle, même dans le but de se disculper et de brouiller les pistes. Parce qu'on a bien vu que sans l'intervention de Rinchard, hier, Ernest Gare l'aurait tuée sans ciller.

— On n'en sait rien, finalement, en tout cas, il ne

l'a pas fait, répliqua la commandante. Et pourquoi ne l'a-t-il pas tuée en même temps que Vifkin ? On parle d'un tueur professionnel. Ils ont d'autres réflexes qu'un flic qui ne sort son arme qu'occasionnellement, même s'il fréquente assidûment les cours de tir !

— Sur ce point, nos avis divergent, Abel. Mais peu importe ce que nous pensons, seules les preuves comptent. Et si la main qui tenait cette putain de caméra était bien celle de Baxter et que cette Ana s'écrivait en réalité Hanah, il faut arriver à le prouver. Si ça se trouve, Ernest Gare en sait plus qu'il n'a bien voulu me dire.

— Alors que fait-on avec elle ?

— Pour l'instant, rien. Je l'ai fait placer officiellement sous protection, ce qui, au bout du compte, revient à une étroite surveillance. Elle ne doit se douter de rien.

— Je lui ai parlé de ce contact sur ce site. Le chatteur… Elle va forcément venir aux nouvelles, vu le pseudo…

— Dites-lui qu'il ne s'est pas reconnecté. Qu'il a disparu. Il faut analyser cette vidéo dans les moindres détails. Faire des zooms sur les gamins, essayer de les identifier. À un moment, les trois plus grands, la fille et les deux garçons, se retournent vers le véhicule qui les a pris en chasse et on voit leur visage l'espace d'une seconde. Ça devrait suffire à faire une capture.

— Mais plus de vingt ans se sont écoulés…

— Avec la vidéo, on peut avoir l'année, peut-être même la date exacte à laquelle ça s'est passé. Apparemment, Vifkin et cette… Ana ont été interrompus par une voiture qui arrivait et s'apprêtaient à repartir. Les trois gamins qui leur ont échappé ont dû donner l'alerte. Peut-être même arrêter l'autre voiture. Le petit a sans doute été transporté à l'hôpital. Il s'agit de trouver lequel et de remonter jusqu'à la bonne date. Ils doivent avoir le dossier dans les archives. Et comme tout ça, c'est de l'informatique, à vous de jouer, Abel. Et ne perdez pas contact avec votre chatteur mystère.

Jouer. Abel n'en avait plus trop envie. Et encore moins de se replonger dans les ténèbres de l'âme humaine. Mais elle n'avait pas le choix. Peeters reparti, elle ouvrit le logiciel d'analyse vidéo et téléchargea le film. Elle s'aperçut qu'il était impossible à dater, quelqu'un ayant effacé les données. En revanche, le chatteur lui avait donné une indication temporelle. Années quatre-vingt. Ça pouvait donc être entre 1980 et 1989. Un éventail de neuf ans.

Elle se repassa la vidéo, s'arrêtant sur chaque séquence. Elle vit ainsi à droite de la route un panneau à moitié éclairé par la lumière des phares du véhicule. Faisant un arrêt sur image, elle zooma dessus et joua sur la luminosité, le contraste et la netteté pour avoir l'inscription dans son intégralité. Un frisson la traversa lorsque le nom du lieu apparut. *Forêt domaniale de Soignes.*

Soignes… près du manoir… là où, d'après Baxter, son ancien associé se rendait régulièrement pour participer à des soirées perverses. Vifkin et cette femme du nom d'Ana devaient en revenir. Ana. « Il faut arriver à prouver qu'Ana s'écrivait Hanah », avait dit Peeters. Abel butait là-dessus depuis qu'elle avait entendu Vifkin prononcer ce prénom. Elle savait que la preuve existait, ou du moins un indice, mais elle avait peur de la vérité et Peeters, qui connaissait bien la profileuse et semblait l'apprécier, éprouvait cette peur encore plus violemment. Pourtant, quelque chose s'imposait, dont elle se souvint, un nœud au ventre. L'anneau de Vifkin. Le prénom gravé à l'intérieur. *Hanah*. Et là, dans la voiture, il appelait cette femme par ce même prénom. Et lorsqu'ils étaient arrivés au manoir après l'attaque de Soignes, Baxter leur avait confié avoir accompagné Vifkin une fois. Mais peut-être avait-elle menti là encore pour ne pas s'attirer leurs soupçons.

Cette Ana dans la voiture, c'était forcément elle. Hanah Baxter.

Abel était défaite. Elle éprouvait pour la profileuse une réelle sympathie. Et s'il s'avérait que cette femme était celle qui se trouvait avec Vifkin dans la voiture et qu'elle avait été la complice et même l'initiatrice de ce crime atroce, ce serait très dur à accepter. Abel avait du mal à croire que celle avec laquelle elle avait autant échangé et même ri dernièrement pût être une malade et avoir trompé tout le monde.

Abel sentit son cœur palpiter. Si c'était justement Baxter, sur ce site parafil, derrière le pseudo de Vifkin ? Et Abel, qui l'avait mise au courant de son contact… Dans ce cas, elle devait bien s'amuser, se dit la commandante, amère. Dans le doute, Abel décida de suivre les conseils de Peeters de ne plus livrer à Hanah de nouvelles informations à ce sujet et de lui faire croire que le chatteur ne s'était plus manifesté, tout simplement.

Reprenant son travail d'analyse, Abel fit d'autres arrêts sur image, notamment sur les visages des gamins, du moins ceux que la lumière des phares éclairait suffisamment pour avoir des traits le plus nets possible, mais aussi sur les jambes moulées dans le cuir noir et les cuissardes qui appartenaient à cette Ana. Elle les scruta et les détailla sous tous les angles. Non, elle ne voyait décidément pas Baxter dans ce genre de tenue. Mais l'enquêtrice qu'elle était ne pouvait se permettre de s'abandonner à des ressentis aussi subjectifs où l'affect avait une trop grande part. Lorsqu'elles avaient vu Ernest Gare, Abel n'aurait pas pu imaginer que l'homme qu'elles avaient croisé dans les couloirs de la PJ fût un tueur à gages et encore moins le meurtrier de Vifkin.

Elle créa un dossier par individu apparaissant sur la vidéo et y plaça les captures retravaillées. Elle était assez satisfaite de la netteté obtenue sur les visages des enfants, notamment la fillette et le garçon qui lui tenait la main. La fillette semblait plutôt rousse ou d'un blond cuivré mais il était difficile d'en avoir la certitude tant l'éclairage pouvait modifier les couleurs naturelles. Le visage de Vifkin était celui qu'on voyait le mieux, la caméra disposant d'un flash braqué sur lui. Son identité était indiscutable. Quant au plus jeune des enfants, celui qu'ils avaient laissé sur la route comme un chaton écrasé, il était bien sûr impossible de distinguer les traits de son visage souillé de sang et de terre.

Le rangement terminé, Abel, la tête entre les mains, souffla et eut besoin de prendre un café avant d'aller trouver la psychologue préposée aux entretiens avec les flics. Mais ce n'était pas pour elle. Abel avait quelques questions à lui poser sur ces perversions extrêmes. Elle avait téléchargé la vidéo sur une clef USB pour la lui montrer.

La psy, qu'elle voyait pour la première fois, la reçut presque aussitôt. Abel prit place en face d'elle et l'observa quelques secondes pendant que son interlocutrice se munissait d'un calepin et d'un stylo. À l'ancienne, nota le commandant qui la trouva de prime abord très sympathique et avenante. Pour le reste, physiquement, la psy était un mec avec une corpulence, des gestes et des manières de mec, mais Abel ne portait aucun jugement de valeur sur l'apparence de quelqu'un, qu'il soit séduisant ou peu flatté par la nature.

Avant de lui montrer la vidéo, Abel lui raconta les faits sans cependant entrer dans les détails qui ne la concernaient pas. Ce qu'elle voulait, c'était un avis compétent sur le comportement morbide de Vifkin et de la fameuse Ana qui, à la fois voyeuse et complice, était l'œil de cette opération criminelle tandis que Vifkin ici ne paraissait qu'exécuter les consignes. Toujours était-il qu'ils partageaient cette folie à deux et qu'une dynamique évidente et forte les liait.

À la fin de la vidéo, la psy demeura quelques minutes dans un silence atterré. Puis son regard se posa sur Abel, comme si elle venait de réaliser sa présence.

— Oui, je vous l'avais dit, commença Abel doucement.

— OK, bon, nous avons un cas évident de paraphilie. Ils ont été interrompus dans leur coït cérébral par l'arrivée d'une voiture étrangère à leur petite cuisine, donc d'un intrus. Mais le coït serait devenu génital s'ils avaient eu le temps de s'y abandonner. Ces sinistres individus jouissent en commettant des actes atroces.

— Comme les tueurs en série.

— Pas tout à fait. On va dire que les pervers de ce type varient les plaisirs. Ils ne vont pas jusqu'au meurtre d'une manière aussi systématique que le tueur en série.

— Mais Vifkin aurait été un pervers hybristophile, éprouvant une fascination pour les grands criminels auquel il pourrait avoir voulu s'assimiler par procuration et dans ses fantasmes. D'où son choix de carrière dans le profilage. Or, ici, c'est lui qui agit. Il ne se contente pas d'assister à un crime, il en est l'auteur.

— Ils sont visiblement sous substance. Une drogue, peut-être de la cocaïne ou du LSD. Regardez les pupilles de l'homme. Minuscules, complètement rétractées. Et un regard fou. Il y a autre chose que le simple plaisir. Ce plaisir est démultiplié par la prise d'un produit. D'ailleurs, le flux vocal de la femme me conforte dans cette hypothèse ainsi que son élocution un peu molle.

— Mais drogue ou pas, ce sont des malades. Tous les drogués n'en arrivent pas à ces extrémités, rétorqua Abel.

— Bien évidemment. La drogue n'est qu'un amplificateur.

Abel allait répondre quand son portable se mit à jouer un extrait de *Mutter* de Rammstein. Celui qu'elle préférait et qu'elle avait programmé pour les paroles.

Der Mutter, die mich nie geboren
Hab' ich heute Nacht geschworen
Ich werd' ihr eine Krankheit schenken
Und sie danach im Fluss versenken

(« La mère qui ne m'a jamais fait
J'ai juré cette nuit

De la rendre malade
Et de la noyer après dans le fleuve[1] »)

— Oui, Peeters. Je suis dans le bureau de la psychologue.

— Pour vous ?

— Non, même si j'en aurai peut-être besoin après cette horreur… Pour un éclairage sur la psyché humaine et ses aspects retors.

— Bon, je la laisse continuer à vous éclairer, mais avant je dois vous dire que je viens d'avoir les résultats de l'identification de la victime de Soignes.

— Déjà ?

— L'homme s'appelle Marc Froissard. Il travaillait dans la sécurité et a même fait une mission au manoir de Soignes à l'époque où le juge Daval en était propriétaire. Et sa femme me dit que son collègue Léo a disparu peu de temps avant lui.

1. . *Mutter*, album éponyme de Rammstein ; produit par Jacob Hellner & Rammstein, Motor Music Records, 2001.

Marc et Léo

— Léo et lui étaient comme des frères, sanglotait la femme de Marc, en tortillant entre ses doigts un mouchoir imbibé.

En face d'elle, Peeters et Baxter l'écoutaient parler de son mari dont elle venait d'apprendre les circonstances de la mort. Ils voulaient aussi en savoir davantage sur la personnalité de la victime et sur l'autre disparu, dont personne n'avait retrouvé la trace, Léo, le meilleur ami de Marc Froissard.

Laissant Abel poursuivre ses recherches de son côté en attendant les résultats de l'identification des enfants dont les portraits avaient été envoyés au Registre national des personnes physiques avec une demande de recherche d'identité, Peeters avait récupéré Hanah, qui ne devait surtout rien savoir pour le moment de la découverte de la vidéo, et ils s'étaient aussitôt rendus chez les Froissard, en périphérie de Bruxelles, dans un quartier pavillonnaire tranquille.

Ils apprirent ainsi que Léo et sa famille habitaient à deux rues de là et que les deux hommes avaient travaillé ensemble jusqu'à leur retraite anticipée deux ans auparavant.

— Ils avaient pour projet d'ouvrir un bar, renifla l'épouse accablée.

— La disparition de Léo a été signalée tout de suite ? demanda Peeters.

— Dans les quarante-huit heures, je crois. Mais la police avait répondu à Gabrielle, sa femme, que Léo avait peut-être tout simplement quitté le domicile conjugal. C'est vraiment n'importe quoi, quand on sait à quel point ils s'aimaient…

— Je sais, madame, c'est difficile à concevoir, mais contrairement aux disparitions d'enfants, quand ça concerne des adultes, il y a toujours un délai un peu plus long avant de lancer les recherches, les adultes ayant en effet pu disparaître délibérément. Une façon très lâche, j'en conviens, de quitter le foyer, mais ça arrive plus souvent qu'on ne le pense.

— Léo n'aurait jamais fait ça…

— Je veux bien le croire, d'autant que, maintenant, nous en avons la quasi-confirmation, avec ce qui s'est passé pour votre mari. Lui aussi, avait donc disparu.

— Il y a à peu près deux semaines. La police a fini par lancer les recherches, mollement, comme toujours.

— Avez-vous le nom du chargé d'enquête ?

— Je n'ai jamais parlé à la même personne.

— Je vois.

Avertis des deux disparitions qui s'étaient suivies de près, les policiers du poste contacté par les familles respectives avaient dû miser sur la fugue commune des deux hommes et peut-être même supposer qu'ils avaient pu être amants et vouloir partir ensemble. L'enquête, reposant sur cette hypothèse trop simpliste, avait été à l'évidence bâclée. Et c'était bien ce qui fichait

Peeters en rogne et lui faisait régulièrement lever les yeux au ciel en même temps que la femme de Marc Froissard déroulait son récit entrecoupé de sanglots.

— Je sais combien c'est éprouvant, madame, dit le commissaire, de la voix la plus douce et la plus neutre possible, mais plus vous nous donnerez d'éléments sur votre mari, même le moindre, plus nous aurons de chances d'avancer dans cette enquête. Savez-vous de quand à quand votre époux et son ami Léo ont travaillé à la sécurité de soirées au manoir de Soignes ?

Le visage figé dans une expression d'impuissance, la quinquagénaire secoua la tête.

— Ne vous inquiétez pas, nous pourrons le savoir par la société qui les employait, si elle existe toujours, bien sûr.

— Oui, mon fils y travaille.

Les yeux de Peeters brillèrent.

— Parfait. Du gardiennage de père en fils ?

— Bilal a toujours voulu faire ça. Enfant déjà, le métier de son papa le fascinait.

— Votre mari vous a-t-il un peu parlé de ces soirées au manoir de Soignes ?

— Il ne me parlait que très rarement de son travail. Il fallait vraiment qu'il se soit passé quelque chose. De drôle ou, au contraire, de grave. Au manoir, c'était de la surveillance comme partout ailleurs. Il m'a juste dit que c'étaient des soirées un peu spéciales et qu'il n'en savait pas plus. Avec Léo, ils étaient très bien payés pour ce boulot.

Pour leur silence aussi, se dit Hanah, qui écoutait attentivement, observant chaque changement sur le visage de Mme Froissard, chacun de ses gestes susceptibles de la renseigner sur sa bonne ou mauvaise foi.

— Auriez-vous une idée de ce que votre mari aurait éventuellement pu avoir à faire en pleine forêt de Soignes, la nuit ?

— Je… je l'ignore…, répondit la femme en réprimant un sanglot. Il avait déjà disparu depuis un moment, comme je vous le disais.

Peeters et Hanah se regardèrent d'un air entendu. Marc Froissard avait bien été enlevé, puis relâché, pieds nus, en pleine forêt. Dans un seul but : servir de gibier à une meute de molosses. En l'état des choses, c'était l'hypothèse la plus plausible. Et, quoi qu'il en fût, tout les ramenait au manoir.

Chacun se remémora à cet instant les derniers aveux d'Ange Defer au téléphone : « Les chiens qui ont tué cet homme en pleine forêt étaient les miens, mais ça s'est passé après qu'Antony les a récupérés. » Peeters flairait qu'ils auraient le mandat de perquisition de la fourrière avant celui du manoir. Dans tous les cas, il leur fallait les deux, et vite. Car cet Antony Delestre allait certainement réagir aux accusations graves de son ex-petite amie.

— Votre mari et même Léo avaient-ils des ennemis ? Ou bien avaient-ils trempé dans des affaires pour lesquelles on aurait pu vouloir leur régler leur compte ? interrogea Peeters en mode rouleau compresseur malgré le chagrin manifeste et l'épuisement psychologique de Mme Froissard.

— Pas à ma connaissance, non. Une fois, ils ont dû intercepter un type qui s'apprêtait à braquer une bijouterie à Bruxelles, de nuit. Leur intervention a été musclée et l'individu a été livré à la police.

— Il y a combien de temps ?

— Oh, ça doit faire sept ans, peut-être huit.

— Le braqueur est donc déjà sorti de prison. Il se peut qu'il l'ait retrouvé. Sinon, Marc avait-il eu récemment affaire à la fourrière ? Connaissait-il un certain Antony Delestre, le directeur ?

— Je sais qu'il y était allé chercher notre chien, un magnifique berger allemand, après la mort de son rottweiller Tobby. Il ne pouvait pas travailler sans chien. Mais je ne l'ai jamais entendu parler d'un Antony.

— Ce n'est pas grave, dit Peeters sur un ton rassurant devant l'air désolé de la pauvre femme. Nous allons vous laisser, merci pour votre temps. Essayez de vous reposer pour mieux traverser cette épreuve.

Mme Froissard le regarda avec des yeux implorants.

— Monsieur le commissaire, je… je pourrais voir mon mari ?

Peeters pensa aux mallettes qui contenaient les restes de Marc Froissard, recueillis par l'équipe de la PTS. Alors comment accéder à la demande, même légitime, de la veuve…

— Si c'était possible, je ferais tout pour que vous le voyiez avant qu'il soit inhumé. Mais ça risque d'être compliqué. Son état ne le permet pas.

— Son état ? Pourquoi ? Il a été mordu et…

— Madame Froissard, coupa Peeters cette fois avec plus de fermeté, votre mari n'a pas été mordu comme le lui aurait fait un seul chien. Il serait sans doute encore en vie. Après lui avoir infligé des morsures létales à la gorge, les chiens se sont acharnés sur son corps. Ils l'ont mis en pièces. Je ne pense pas que quiconque voudrait voir ça.

— Oh mon Dieu…

Assommée, la veuve retomba sur le siège d'où elle s'était péniblement levée.

— Vous y allez un peu fort, là, Peeters, lui glissa Hanah.

— Elle m'y oblige ! Allons-y…, souffla le commissaire, agacé. Au revoir, madame, et courage, ajouta-t-il plus fort.

— Cette femme doit recevoir un soutien psychologique, dit Baxter une fois qu'ils furent dehors, se dirigeant ensemble vers la voiture de Peeters sous une petite pluie tiède.

— Ce serait mieux, oui.

Chacun monta en voiture.

— Ils sont donc deux vigiles, ayant travaillé au manoir, à avoir disparu, dont un seul retrouvé dans la forêt, dévoré par les chiens d'Ange Defer que ce fameux Antony de la fourrière serait venu chercher chez elle, récapitula Peeters tournant la clef de sa vieille Saab. Il y a forcément un lien avec le passé du manoir. Reste à savoir quel rôle a réellement joué cet Antony. Parce que, pour le moment, on n'a que la version d'Ange Defer qui lui met tout sur le dos. Un peu facile. On file voir les proches de Léo.

— Léo qui n'a pas encore été retrouvé, fit Hanah pensive. Et pour cause.

— Que voulez-vous dire, Baxter ?

— Vous vous souvenez des neuf rectangles de terre fraîchement tassée que j'avais remarqués chez Ange ? Il y en avait huit petits et le neuvième, plus grand. Je parierais que le cadavre de Léo est enterré dans le dernier.

Chez Léo

Lorsque Peeters et Hanah arrivèrent chez Léo, deux rues plus loin, même pavillon jumelé avec petit terrain autour, ils furent accueillis par la fille aînée, une vingtaine d'années, pieds nus, un look gothique se résumant à une chevelure noir corbeau descendant jusqu'aux fesses, une tenue de la même couleur, jean troué et tunique resserrée par une ceinture dont la boucle était un Dracula argenté, ongles acérés peints en violet métallisé, des cernes grisâtres sous les yeux attribuables à toutes sortes de raisons, manque de sommeil, dépression, drogue ou les trois réunis. Mais elle était d'une beauté orientale consensuelle. Plutôt de type kabyle, le teint blanc lunaire, les yeux d'un bleu presque transparent et des lèvres pleines.

— Ma mère est pas là, lâcha-t-elle, indolente, lorsqu'ils se furent présentés.

— Pourrions-nous entrer quelques minutes et l'attendre avec vous ?

— Elle revient pas avant ce soir, tard. Elle bosse à l'hôpital.

— Eh bien, dans ce cas, nous aurions quelques questions à vous poser sur votre père.

Tout à coup mutique, elle leur tourna le dos, laissant la porte ouverte, ce qui signifiait sans doute qu'il fallait la suivre. Ils la retrouvèrent dans le salon, en tailleur sur le canapé, finissant de rouler une cigarette qui ressemblait plutôt à un joint, comme s'ils n'étaient pas là. Ils restèrent debout quelques secondes avant de finir par s'asseoir en face d'elle, qui continua à les ignorer.

— Je veux bien que vous ne vous sentiez pas concernée par notre visite, mademoiselle, commença Peeters, mais il s'agit de la disparition de votre père.

Levant des yeux magnétiques bordés de longs cils noirs, elle les dévisagea comme si elle les voyait pour la première fois.

— Et ?

— Et quoi ? Ça n'a pas l'air de vous traumatiser, que votre père ait disparu…

— Il fait ce qu'il veut. Je vais pas m'arrêter de vivre pour ça.

Ni de te rouler des pétards, pensa Hanah, que certains comportements avaient tendance à irriter. Elle trouvait Peeters plutôt calme alors qu'elle-même se disait qu'il y avait des tartes qui se perdaient.

— Parce que, pour vous, votre père a quitté le foyer familial de son plein gré ?

— On a pas retrouvé de corps, alors c'est bon, il s'est tiré avec une meuf plus jeune. Ils font tous ça, les quinquas.

Le cynisme désabusé de cette jeunesse impressionnait Baxter qui, au même âge, rêvait de changer le monde et ne pensait qu'à ses études et à sa carrière.

— Et vous ? Vous habitez encore chez vos parents ?

— Non, je suis leur femme de ménage.

— Je vois…

Peeters balaya le salon du regard. L'intérieur n'avait rien de commun avec celui des Froissard. Ici, entre les canettes de soda ou de bière froissées qui traînaient un peu partout, le cendrier débordant de mégots et le sol, heureusement carrelé, maculé de taches non identifiables, le désordre était roi.

— Ils doivent bien vous rémunérer, lâcha Peeters. Mais parlez-moi de vous et de votre père. Vos relations étaient bonnes ?

Le briquet claqua et la flamme qui en sortit grignota l'extrémité du joint en grésillant. La fille aspira en creusant les joues et recracha longuement la fumée par la bouche et le nez.

— Vos relations étaient-elles bonnes ? répéta Peeters en haussant le ton.

— Oh, du calme, papy !

Cette fois, le flic bondit vers la fille de Léo et lui arracha le pétard, qu'il broya dans le cendrier au milieu des autres cadavres de roulées.

— C'est toi, qui vas te calmer, jeune fille. J'ai été patient jusque-là malgré ton insolence, mais ne pousse pas le bouchon trop loin. Pour commencer, tu me regardes quand je te parle et tu fumeras ta saloperie quand on sera partis.

Ne s'attendant pas à cette sortie volcanique, les adultes de son entourage proche l'ayant sans doute laissée agir à son gré jusqu'à maintenant, la fille de Léo se figea instantanément, aussi droite qu'un T, les yeux presque humides tout à coup, rivés à ceux de Peeters, et le menton frémissant. Oui, c'était bien ça, pas assez de limites, se dit Hanah en approuvant le Belge intérieurement.

— Tu vas commencer par nous dire comment tu t'appelles.

— Adriana.

— Bien, Adriana. Je répète ma question : vos relations étaient-elles bonnes avec ton père ?

— On se voyait pas. Il bossait souvent le soir, de nuit… Moi, j'étais au lycée la journée. Déjà quand j'étais gamine, c'était comme ça. Mon père, c'est presque un inconnu.

Mon père, cet étranger… L'éternelle rengaine des enfants de parents aux professions trop prenantes. C'est pourquoi, songea Hanah, j'arrêterai tout si je le veux vraiment, cet enfant.

— Et tu en souffres ?

— Ben non. Si je le connais pas, je peux pas en souffrir.

Peeters jeta un coup d'œil à Baxter, qui le lui rendit.

— Et avec ta mère ?

— Ça, faut lui demander à elle. Je me mêle pas de leurs trucs.

— Non, je voulais dire entre ta mère et toi.

— Ça va, elle rentre souvent tard.

Encore une gosse laissée à elle-même, constata Hanah tristement.

— Tu as des frères et sœurs ?

— Un frangin, mais il vit avec sa petite amie.

— Quel âge ?

— Vingt-cinq.

— Il s'entend bien avec ton père ?

— Pareil, il le voit pas trop. Alors c'est pas difficile.

— Marc Froissard, ça te dit quelque chose ?

— Ouais. Le meilleur ami de mon père. Il venait

avec sa femme et ses gosses le dimanche et mes parents allaient chez eux aussi.

— Pas toi ?

— Non, je préférais rester ici.

— Le peu que tu voyais ton père à la maison, tu ne l'as jamais entendu parler de son travail ?

Hanah devinait où Peeters voulait en venir, mais la fille devait être encore trop petite à l'époque. Ou plus probablement même pas née.

— Pas trop. Par contre, ma mère m'a raconté qu'il parlait très souvent d'un manoir dans la forêt, où il s'était occupé de la sécurité, les week-ends.

Finalement, Peeters avait eu du flair, convint Baxter en silence.

— Et ta mère t'a dit pourquoi il en parlait tellement ?

— Y a quelque chose qui l'avait traumatisé, je crois.

— Nous t'écoutons, Adriana.

— J'étais pas née, mais ma mère me l'a raconté là, depuis qu'il est plus rentré. Elle arrête pas de parler de lui, c'est relou, ça soûle.

— C'est sans doute parce qu'elle est triste, tu ne crois pas ?

— Peut-être, mais c'est pas mon problème.

— OK, alors, que t'a-t-elle raconté, ta mère ?

Adriana plissa le front.

— C'est... c'est un truc de dingue. Un soir, mon père faisait la sécurité au manoir avec son pote.

— Marc ?

— C'est ça. Et... ils ont couru après des gamins qu'avaient rien à faire là. Mon père et son pote les avaient surpris en train d'espionner autour d'un endroit interdit.

La cave, frémit Hanah.

— Et qu'ont-ils fait, ton père et son collègue ?

— Ben je viens de le dire. Ils les ont coursés avec les chiens. Mais ils les ont jamais rattrapés.

— Ah bon ? Pourtant, des adultes aussi entraînés que des vigiles courent quand même plus vite que des gosses, non ?

— Ma mère m'a dit qu'après ils ont couru sur la route. Mon père et son pote allaient les rattraper, mais une bagnole les a dépassés. Elle allait vite et elle a foncé dans le tas…

Peeters connaissait déjà la suite.

— Le tas ?

— Les gamins, quoi. Trois d'entre eux ont réussi à s'écarter, mais pas le dernier. Le plus dingue, c'est que la bagnole s'est arrêtée et a reculé sur le corps.

Peeters, à cet instant, regarda Hanah en coin. C'était, mot pour mot, la description de la vidéo. Aucune réaction de la profileuse. À sa place, apprenant cela, n'importe qui se serait exclamé ou bien aurait changé d'expression. Ce qu'il fit d'ailleurs, pour simuler la surprise.

— Ton père et Marc ont tout vu sans intervenir ?

— C'est parce qu'ils ont pas eu les couilles. C'est dégueulasse. J'espère que le pourri qui a fait ça, il est crevé.

Un sur deux, ça, oui, on en est sûr, pensa Peeters, les mâchoires comprimées. L'identité de la deuxième, puisqu'il s'agit d'une femme, reste à confirmer. Surprenant le regard sombre du commissaire sur elle, Hanah le dévisagea d'un air interrogateur. Aurait-elle commis une bévue qui lui vaudrait cette animosité ? Mais il se détourna aussitôt, revenant à Adriana.

— D'après ma mère, c'étaient des espèces de soirées secrètes pour gens friqués, poursuivit-elle. Alors vous comprenez, fallait surtout que rien sorte de là.

— Et toi, qu'en penses-tu ? Qu'on a proposé de l'argent à ton père et à son collègue pour leur silence ?

— J'en sais rien. Si vraiment mon père a disparu et que c'est pas lui-même qui s'est barré, c'est qu'on lui en voulait. Tout vient peut-être de cette histoire. Mais comme ça fait des années que ça s'est passé, je me dis que c'est trop vieux pour qu'on l'ait fait disparaître seulement aujourd'hui.

— C'est vrai, mais tout est possible, nous le voyons bien, dans notre métier. Et puis, la vengeance est un plat qui se mange froid, comme on dit. Merci, Adriana, fais attention à toi et dis à ta mère qu'on repassera quand elle sera là.

Peeters se leva, accompagné d'Hanah, coincée dans son rôle d'observatrice. Une fois dehors, ils restèrent quelques instants immobiles, face à face. La pluie avait cessé et laissé place à un soleil pâlot qui essayait de se faire un trou à travers les nuages. Autour d'eux se succédaient les pavillons, tous tristement identiques.

— Il y a un problème avec moi, Peeters ?

— Pourquoi cette question ? Pas que je sache… À moins que vous ne m'ayez pas tout dit.

— Tout dit sur quoi ?

— Sur votre petite virée au manoir avec Vifkin. Abel m'a raconté. C'est vous-même qui leur avez dit. À elle et à Rinchard.

— Ok. Je vois. Ou plutôt, je lis dans vos pensées, tellement elles sont éclatantes, Peeters. Assourdissantes, même.

— Et qu'est-ce que vous y lisez ?

— Beaucoup de méfiance à mon encontre. Encore et toujours cette vieille méfiance.

— Vous n'avez rien manifesté, en écoutant Adriana raconter comment cette voiture a délibérément foncé sur les gamins. Rien, aucune émotion.

— Tout comme vous, Peeters. Si je m'étais écoutée, je me serais mise à hurler. Mais ça n'aurait pas été très professionnel.

C'était juste, Peeters fut obligé d'en convenir.

— Bon, désolé, Baxter, on est un peu tous à cran. Mais aujourd'hui, on a bien avancé. Marc Froissard, la victime de ces molosses, et Léo Peroni ont un lien évident avec le manoir à l'époque des soirées du juge Daval et ils auraient été les témoins d'un homicide. Ça date en effet, mais ils ont très bien pu n'avoir été identifiés et retrouvés que récemment par le ou les auteurs de ce crime particulièrement atroce. Parce que si la voiture a vraiment reculé sur le corps après avoir délibérément foncé sur les enfants, il s'agit bien d'un crime. Meurtre et tentative de meurtre.

— Le ou les occupants de la voiture étaient peut-être sous substances…

— Ce qui ne va pas arranger leur cas.

— Encore faut-il les retrouver.

Peeters, qui, comme souvent, admirait sa Saab garée un peu plus loin, une antiquité des années soixante-dix, posa le regard sur Hanah.

— J'ai bon espoir pour ça, oui, très bon espoir, Baxter.

Petite visite

Deux jours plus tard, alors que Rinchard, sorti du coma, était transféré à l'hôpital de Bruxelles, Peeters recevait le mandat de perquisition à la fourrière. À 6 heures tapantes, il faisait irruption avec une dizaine d'hommes.

— Retournez-moi tout ça, je veux qu'on retrouve ces chiens !

Peeters fut obligé de crier pour couvrir les aboiements forcenés des bêtes.

— Qu'est-ce que vous foutez, bordel ! hurla Delestre, en caleçon, les cheveux en bataille et le visage encore bouffi d'alcool et de sommeil, sortant de son logement de fonction, une sorte de mobile home à l'écart de la partie administrative et des boxes.

— Une petite visite, mon ami, et si vous coopérez, tout se passera bien.

— Au nom de quoi, cette « petite visite » ?

— Vous devez connaître Ange Defer ?

— Vaguement, ouais.

— Vous êtes vaguement sorti avec elle, aussi.

— C'est interdit ?

— Dieu merci, non ! s'esclaffa Peeters. En revanche, ce qui est interdit, c'est le crime.

— Quoi ?

— Vous avez sans doute entendu parler de la mort d'un homme, attaqué par une meute de molosses en forêt de Soignes. Il se trouve que c'étaient les chiens d'Ange Defer, mais il y a un hic. Ne pouvant plus les garder en raison de leur agressivité qui représentait un danger pour elle, elle a fait appel à vous. Et d'après elle, vous les aviez récupérés avant l'attaque. Plusieurs éléments nous mènent à la piste criminelle. À savoir que les chiens auraient été délibérément lâchés sur la victime. Or, toujours d'après votre ex-petite amie, vous organisez des combats de chiens, mais pas seulement. Elle a évoqué une sorte de traque mortelle, dans laquelle le gibier serait… humain.

— La salope ! C'est elle qui m'a demandé de lui trouver des clebs ! Elle était dans les combats de chiens, mais là, c'était autre chose… Un truc chelou. En fait, ce qu'elle m'accuse d'avoir fait, c'est elle qui l'a fait ! C'est pour ça qu'elle insistait pour avoir Arkan aussi.

— Pourquoi ? Arkan était dressé au gibier humain ?

— Ça va pas ! Ok, c'était un de mes meilleurs chiens, il faisait des combats et il gagnait à tous les coups. Mais elle vous a raconté des crasses ! La salope !

— Nous allons vérifier votre registre, puisque vous n'avez pas encore envoyé la page en question au commandant Abel.

— Pas eu le temps… Allez-y, vous gênez pas, c'est sûr que vous allez trouver votre bonheur ! Sauf que c'est elle qui m'a demandé de bidouiller les dates d'entrée des chiens à la fourrière ! Putain, je comprends mieux maintenant… Ça faisait partie de son plan, de tout me foutre sur le dos !

— Que faisiez-vous cette nuit-là ?

— J'étais devant ma télé, je décompressais.

— Et évidemment, personne qui puisse confirmer votre alibi.

— Mon chien.

— Ce n'est pas un chihuaha, j'imagine.

— Rocco est un staffy.

— Et il vous sert aussi dans vos combats de chiens ?

— Pas Rocco, non.

Aussitôt qu'il eut prononcé ces mots, Delestre se mordit la langue. Quel con ! Trop bu, hier soir… et pas de la verveine.

— Pour un aveu, c'est un aveu. Allez, mettez-lui les pinces, les gars. Il est 6 h 32, nous sommes le jeudi 24 juin et, à partir de cette heure, vous êtes placé en garde à vue, Antony Delestre.

— Me touchez pas, connards !

— N'aggravez pas votre cas, Delestre ! lui cria Peeters tandis que l'homme défonçait le nez d'un des flics qui s'apprêtait à lui mettre les bracelets.

Plié en deux et pissant le sang, le policier se tenait le nez et grimaçait de douleur. Un de ses collègues se jeta sur le directeur de la fourrière et lui fit une clef en lui tordant le bras dans le dos. Cette fois ce fut au tour de Delestre de grimacer à coups de jurons et de postillons.

— On a trouvé les registres ! haleta un grand roux costaud.

— Embarquez-les.

En un rien de temps, l'équipe de la PJ avait transformé la fourrière en véritable ruche. Une ruche active et bourdonnante. Dans le bureau d'Antony, les papiers, sortis des tiroirs, volaient, tandis que chaque recoin était retourné.

— Embarquez aussi ordinateurs, clefs USB, tous les appareils électroniques.

Les boxes occupés par des chiens condamnés à être piqués étaient dans un état indescriptible de saleté. Les chiens marchaient dans leur pisse et leurs déjections, ça sentait les égouts dans chaque cage où les rats venaient se nourrir des restes qu'on balançait aux chiens, dont on voyait les côtes s'aligner comme les touches d'ivoire d'un piano. Un policier prenait des photos de chaque box et des chiens avec consternation. Il y en avait de différentes races, mais les types molossoïdes revenaient le plus souvent. Rotweillers, staffs, staffies, pit-bulls et même un cane corso maigre à faire peur. Sa peau d'un gris ardoise flottant sur les os ressemblait à un manteau trop grand pour lui.

Peeters, qui l'avait remarqué, s'approcha de la cage où le chien se tenait debout, immobile, la tête basse, chancelant à chaque pas. C'était comme s'il savait qu'en se couchant ce serait fini pour lui, qu'il ne se relèverait plus. Peeters avait toujours voulu un chien, un compagnon, qu'il emmènerait partout. Mais un chien de cette taille… ce ne serait pas raisonnable.

— Je t'aurais bien pris avec moi, mon vieux, mais si Gertrud me voit rentrer avec un machin pareil, elle nous enverra tous les deux à la soupe populaire.

Était-ce la voix de Peeters, son intonation chaude et amicale ou bien tout simplement le fait que quelqu'un s'intéressât à lui, le cane corso, puisant dans ses toutes dernières forces, se traîna vers le commissaire. Ému de voir les efforts que déployait cette pauvre bête pour venir jusqu'au grillage, répondre à l'attention qu'un humain lui portait, Peeters eut les larmes aux yeux.

— Oh, et puis merde ! Ouvrez-moi cette cage ! dit-il au dénommé Dragos qui regardait, dépité, les policiers s'agiter.

— Impossible, celui-là, il est trop agressif, il doit être piqué demain.

Peeters sentit ses oreilles chauffer.

— Ouvrez, je vous dis. À moins que vous ne préfériez rejoindre votre directeur dans le fourgon ?

Crachant de côté avec un regard provocateur, le Macédonien, crâne rasé et cou tatoué, s'exécuta à contrecœur. La cage ouverte, le chien « agressif » poussa un gémissement avant de s'affaisser, épuisé. Il était couvert de cicatrices et de plaies provoquées par des crocs, dont certaines encore assez fraîches.

— Salopards ! s'écria Peeters. Vous le réserviez pour les combats ! Un cane corso !

— J'en sais rien, moi. C'est pas mes oignons.

— Ah ouais ? Tu ne travailles pas ici, peut-être ?

— Si, je travaille ici, mais ce qui se passe à côté, j'en sais rien.

— Alors comment tu sais que ça se passe « à côté » ? Et les chiens que vous lâchez sur des humains, ça te dit quelque chose ? Ça se passe aussi « à côté » et c'est pas tes oignons ?

— Je vois pas de quoi vous parlez.

— Très bien, alors tu verras peut-être mieux en cellule. Embarquez-moi celui-là aussi. Espèce d'ordures…

Il s'agenouilla près du chien dont les flancs se soulevaient rapidement. Trop.

— Ah non, tu ne vas pas flancher maintenant, mon vieux, lui souffla Peeters en le caressant.

Il enleva sa veste et couvrit le cane corso avant d'aller lui chercher à boire. Le chien souleva la tête pour laper quelques gorgées, puis lécha la main de Peeters. Le pacte était scellé. Paco vivrait. Et ils feraient une belle paire d'amis.

— C'est bien, mon vieux, on va te sortir de là. Et d'abord, direction le vétérinaire.

— Chef, venez voir… c'est au sous-sol et c'est pas beau, cria un policier, essoufflé, depuis le haut d'un escalier.

Dans un sous-sol insalubre se succédaient d'autres boxes, plus étroits et dans un état bien pire que ceux de l'extérieur. De véritables molosses y étaient enfermés. Contrairement aux chiens étiques de la partie visible de la fourrière, ceux-ci étaient nourris à leur faim et présentaient une musculature d'athlètes. Des athlètes élevés à la viande crue, aux abats et au sang frais. Des athlètes conditionnés au combat. Comme Arkan. Et ils vivaient la plupart du temps dans une semi-obscurité, qui ne faisait que les rendre encore plus agressifs. Une odeur putride flottait dans l'air confiné et le sol des cages était tapissé d'une pellicule poisseuse et brunâtre que, sans oser se le dire, les policiers identifièrent à ses relents : du sang.

Au bout d'un couloir obscur au carrelage collant, l'espace s'ouvrait sur une fosse circulaire dont la dalle était elle aussi maculée. Le théâtre des combats à mort.

— Les malades…, dit Peeters entre ses dents.

Il pensa à Paco qui avait échappé à ça, sans doute pour son caractère facile. Tous ces chiens, irrécupérables, trop agressifs pour être recueillis par une famille aimante, allaient devoir être piqués. Quant aux autres, ceux du haut, il y avait peut-être une chance de les sauver.

Peeters et ses hommes remontèrent en silence. En l'absence de réseau au sous-sol, le commissaire avait manqué un appel d'Abel qui avait laissé un message vocal notifié comme urgent.

Tandis qu'il l'écoutait, son visage se refermait. La demande de perquisition du manoir avait été rejetée par le procureur.

Disparu

Cette fin de journée était plutôt tendue dans les locaux de la rue Royale. Chastel n'était pas rentré de sa planque aux abords du manoir. En général, il revenait en fin d'après-midi, relayé la nuit par deux collègues. Très affecté par ce qui était arrivé à Rinchard, toujours en soins intensifs à Bruxelles, il avait insisté pour enchaîner les planques au manoir ces derniers jours. Ça l'aidait à surmonter le choc.

Après un détour chez un ami vétérinaire pour lui montrer Paco, qui, selon le diagnostic, reprendrait vite du poil de la bête avec une alimentation saine et du repos, Peeters avait retrouvé Abel dans son bureau, avec Hanah. Les deux femmes sortaient d'une explication en un premier temps véhémente autour de la visite de Baxter à Ange Defer, qui s'était terminée plutôt dans le calme. Tandis qu'Hanah lui parlait, Abel l'avait enregistrée sur le dictaphone de son portable. Elle l'enverrait à un ami ingénieur du son avec la bande sonore de la vidéo de l'horreur pour qu'il compare les empreintes vocales.

Le binôme Claire Foy et Franck Andrieu était en route pour planquer, même si Chastel n'était pas revenu. Ils n'avaient pas le choix. Les consignes étaient de surveiller Ange Defer nuit et jour.

— J'espère qu'il n'a pas eu d'accident, dit Abel.

— J'appelle tout de suite les collègues de la route, répliqua Peeters en prenant le combiné.

Il posa quelques questions à l'autre bout du fil, avant de se tourner vers les deux femmes.

— Rien à signaler, ni sur le trajet ni autour du manoir. Et pas de Chastel parmi les blessés ou les décès récents, soupira-t-il en raccrochant. J'aurais presque préféré qu'un accrochage l'ait retardé. Parce que là, ça devient inquiétant.

— S'il est crevé, il est peut-être rentré directement chez lui, suggéra Hanah.

— Non, Chastel repasse toujours ici après la planque.

— Bon, alors, il ne reste plus qu'à aller rendre visite à Ange Defer, dit Abel. Elle n'est peut-être pas étrangère à la disparition de Chastel.

— Certainement pas, Abel ! On va se pointer chez elle en lui disant qu'un de nos gars de l'équipe chargée de la surveiller est porté disparu ? Vous voyez un peu le tableau ?

Abel hocha la tête sans répondre.

— En revanche, si Chastel a disparu dans les environs du manoir, ça pourra nous servir d'argument à avancer au proc pour le faire changer d'avis sur le mandat de perquise. On va peut-être retrouver sa voiture dans les parages.

— Si Ange Defer est mêlée à sa disparition, elle a dû faire disparaître sa voiture, dit Hanah.

— Malheureusement, c'est possible. Et c'est bien ce qui m'inquiète, grogna Peeters.

— Le gars attaqué par des chiens ayant appartenu à cette femme et maintenant Chastel qui se trouvait dans les parages du manoir et qui a disparu, ça fait beaucoup, gronda Abel. Si avec ça on n'obtient pas le mandat…

— C'est qu'Ange Defer bénéficie d'une protection en haut lieu, lâcha Baxter.

Deux paires d'yeux la mitraillèrent.

— Vous pensez à son frère ?

— Oui. Même s'il dit ne pas vouloir la couvrir dans le cas où elle serait impliquée dans l'attaque des chiens, elle reste sa sœur. Je sais que je n'aurais pas dû aller seule au manoir, mais vu les circonstances et l'urgence, je propose d'y retourner.

— Ben voyons ! s'écria Abel.

— Non, vous n'irez pas, intervint plus calmement Peeters. Déjà parce que vous êtes sous protection à cause d'Ernest Gare, ensuite parce que vous n'êtes pas flic !

Hanah esquissa un geste d'impatience qu'elle retint, le transformant en une sorte de jeu de doigts dans les cheveux.

— C'est bien pour ça que je vous propose d'y aller. Je ne suis pas flic et je crois avoir réussi à gagner la confiance d'Ange Defer. Je peux y retourner sous un autre prétexte. Et seule, ce serait plus crédible.

Le front en accordéon creusant des stries déjà assez profondes, Peeters tourna la tête vers Abel, cherchant une réponse au fond de ses yeux. Ou quelque chose qui l'aiderait à prendre la bonne décision.

— Abel ? Qu'en pensez-vous ? se décida-t-il.

— Baxter a raison.

Dans le doute de sa culpabilité, la commandante

avait désormais du mal à prononcer le prénom d'Hanah.

— Moins nous attirerons l'attention, mieux ce sera. Nous irons donc à deux voitures et je laisserai la mienne hors de vue du manoir. Nous serons reliées par micro et, au moindre problème, j'interviendrai.

— Bonne initiative, approuva Peeters. Faisons comme ça. Mais pas question d'y aller de nuit, vous vous y rendrez demain à la première heure. Et Baxter, il faudra que vous inventiez un prétexte qui tienne la route.

— Ça ne sera pas le premier.

— Je dois filer, lâcha Abel, satisfaite. À demain, Baxter. On se retrouve ici à 8 heures et on se suit.

La commandante avait omis de préciser qu'elle avait rendez-vous sur Parafil.com avec le mystérieux chatteur. Et qu'il avait quelque chose d'important à lui révéler.

Mais alors qu'elle montait dans sa voiture, un appel de Peeters s'afficha sur son portable.

— Abel, je viens de recevoir le mandat de perquisition du domicile d'Ange Defer ! Le proc a considéré qu'avec la disparition de Chastel, on avait assez d'éléments. J'ai prévenu Baxter qui est encore avec moi. Demain, elle n'ira pas seule au manoir.

Abel

De retour chez elle, un deux pièces qui appartenait à un ami et dans lequel elle logeait en attendant d'avoir le temps de chercher un appartement, Abel but presque un litre d'eau, alluma la télévision sur une série et prit dans un de ses sacs de voyage une petite boîte sur laquelle était écrit Globus en lettres bleues. Elle se mit torse nu et sortit de la boîte un stimulateur électrique, des câbles et des électrodes qu'elle se colla dans le dos et sur les pectoraux. Depuis qu'elle était arrivée, elle n'avait même plus le temps de s'entretenir. Elle avait hâte de trouver un logement pour installer ses appareils et sa cage de musculation, entreposés dans un box en attendant.

Elle voulait se vider la tête avant son rencard sur le dark. Elle régla les impulsions au maximum. La première la fit gémir en grimaçant. Elle accueillit les suivantes avec moins de tension et en enchaîna ainsi presque une centaine avant de pouvoir souffler, la peau ruisselante. Elle passa ensuite sous la douche, y resta un long moment, se caressa l'entrejambe jusqu'à l'orgasme, pratique solitaire qu'elle avait adoptée depuis un moment par la force des choses et d'un célibat voulu, et se sécha avant d'enfiler un jogging.

Elle était enfin prête pour son rendez-vous virtuel et à peu près à l'heure. Même toute la documentation qu'elle avait ingurgitée à ce sujet ne parvenait pas à la faire entrer dans la peau de ce personnage qu'elle avait improvisé et qu'elle devait continuer à tenir. Rien n'y faisait. Si, à force de les côtoyer, elle réussissait à donner une explication à certains crimes, elle ne pouvait comprendre par quel mécanisme psychique le cerveau humain arrivait à ces perversions.

La seule perspective d'en savoir davantage par l'un de leurs adeptes pratiquants la tétanisait. Pour ça, elle ne serait jamais prête.

Elle s'installa à la table du salon et alluma son ordinateur. « Vifkin » était déjà sur la discussion.

— Mon petit cadeau t'a plu ? commença-t-il.

— Tu y es allé fort, j'ai vraiment kiffé, répondit-elle tout en se demandant comment elle pouvait écrire ça, même pour jouer un rôle.

— Génial. Qu'est-ce qui t'a le plus fait bander ?

Abel était sur ses gardes. C'était peut-être une manière de la tester et d'éprouver ses limites. Montrer trop d'enthousiasme pour le pire moment de la vidéo alors qu'elle était nouvelle paraîtrait suspect mais rester trop sur la réserve risquerait de lui attirer aussi des soupçons. La commandante décida donc de faire dans la demi-mesure, si tant est qu'il y en eût une.

— Au moment du choc, quand le gamin a disparu sous la voiture.

Les doigts d'Abel tremblaient à chaque lettre tapée sur le clavier.

— Tiens, c'est drôle, ça confirme ce que j'ai déjà pu observer chez les néos.

— C'est-à-dire ?

— Comme si tu n'osais pas encore te lâcher, mais le kiff est quand même bien là.

— Évidemment, sinon on ne serait pas en train de se parler.

— Tu en veux d'autres ?

— D'autres quoi ?

— D'autres petites vidéos dans ce genre…

Abel essuya sur son jogging ses mains qui commençaient à devenir moites. Si ce taré lui envoyait d'autres images, elle serait obligée de les regarder. Mais peut-être découvrirait-elle ainsi l'identité de cette femme dans la voiture ?

— T'es toujours là ?

— Oui.

— Alors, c'est OK ?

— Ok.

— Quel enthousiasme !

Elle crut presque entendre un rire sarcastique de l'autre côté.

— Tu ne vois pas ma tête. J'ai peut-être un grand sourire !

— Tu chattes avec d'autres ou bien seulement avec moi ?

La question tomba, imprévisible, sur les épaules d'Abel. Merde… Elle ne savait pas trop quoi répondre, or il fallait qu'elle le fasse vite. La moindre hésitation semblerait suspecte.

— J'ai eu deux ou trois contacts, mais c'est avec toi que ça passe le mieux. Quand tout, ou presque, est nouveau, tu tâtonnes un peu, au départ.

— C'est plutôt flatteur pour moi.

Il lui avait dit en lui donnant rendez-vous qu'il avait quelque chose à lui révéler. Abel se demandait quand il allait le faire et s'il n'avait pas oublié. Peut-être voulait-il ménager son effet. Elle repensa à l'aval du procureur pour la perquisition du manoir. Étrange coup de théâtre.

— T'es là ? Je te sens ailleurs, ce soir. Tu fais autre chose en même temps ?

Abel en avait conscience, elle était trop préoccupée, elle avait du mal à se concentrer. Elle ferait sans doute mieux de se retirer en attendant une prochaine occasion, pensa-t-elle. Mais elle craignait de manquer la grande révélation qu'il avait à lui faire.

— Non. Je suis bien là. Juste une journée crevante.

— Je te demanderais bien quel boulot tu fais, mais les règles sont les règles.

— Le tien m'intrigue aussi. Mais je ne pense pas que nous venons sur ce site et sur ce chat pour parler de nos jobs.

— Ha, ha ! Tu as tout à fait raison.

Abel n'y tint plus.

— En revanche, tu avais quelque chose à me dire, je crois.

— C'est vrai, mais je n'ai pas précisé quand je le ferai.

— C'est bon, tu me fais marcher. Un genre de baptême ou de bizutage.

— Ha ! Ha ! Ha ! Susceptible, je vois.

— On va dire que je ne veux pas perdre mon temps.

— Tu as l'impression de l'avoir perdu, avec ce que je t'ai déjà envoyé ?

— Non. Et j'aimerais que ça continue.

— Bonne réponse. Alors pour continuer en beauté, je t'envoie cette vidéo que tu regarderas à tête reposée. Enfin… si on peut employer ce terme.

Abel se sentit envahie d'une angoisse diffuse. Était-il possible d'y prendre goût ? Ces perversions extrêmes étaient-elles des maladies contagieuses ? Cela n'avait pas été le cas pour la première vidéo, la flic ayant repris le dessus, interpellée par la scène, jusqu'à l'apparition de Vifkin à la fin. Mais si, à la prochaine vidéo, elle se prenait au jeu, à attendre une suite ? Si ces images se mettaient à flatter une curiosité macabre ? Une part de voyeurisme enfouie en chacun…

— Je la regarderai. Si elle est aussi convaincante que la première, je prendrai mon pied.

— Tu commences vraiment à me plaire. Il n'y a pas beaucoup d'hybristos ici. Vifkin était un modèle. Ça fait du bien de se sentir compris et de partager les mêmes choses. Voilà. Régale-toi.

Le lien ne tarda pas à apparaître.

— Bonne séance vidéo !

— Attends. Tu avais quelque chose à me dire.

Mais son interlocuteur s'était déjà déconnecté.

Abel téléchargea la deuxième vidéo et l'ouvrit. Les premières images se succédèrent et avec elles ce qu'Abel n'aurait jamais pu imaginer. Elle aurait voulu crier, vomir, hurler et, surtout, trouver cette ordure. À l'écran, en gros plan, la tête de Chastel, décapité.

Dans les flammes de l'enfer

« Ils vont venir demain matin à la première heure. Ils ont déjà retourné la fourrière et mis ton Tony derrière les barreaux. Je ne sais pas dans quelle mesure tu es impliquée dans le carnage de Soignes, mais tu restes ma sœur. » Tel avait été le message que Lucien Defer avait envoyé sur le portable d'Ange dans la journée.

Elle ne l'avait lu qu'à son retour, entre chien et loup. Prise d'un accès de fureur, elle avait aussitôt rappelé son frère.

— Espèce de traître ! Tu m'avais promis que le mandat serait refusé !

— Il l'a été en premier lieu. Mais un nouvel élément a bousculé les choses.

— Quoi ?

— Une disparition suspecte près du manoir.

— Qu'est-ce que tu racontes ?

— Ils te surveillent, Ange. Chacun de tes mouvements, le moindre de tes pas sont scrutés. Jour et nuit. Et un des flics a disparu hier.

— Merde.

— Comme tu dis. Tu y es pour quelque chose ?

— Je t'emmerde.

— Si tu réponds ça à Peeters demain, tu es mal barrée.

— Peeters ?

— Le commissaire divisionnaire qui mènera la perquise. Je répète ma question, Ange. Tu y es pour quelque chose ?

— Je n'ai pas à te répondre. Tu n'es pas flic.

— Non, en effet, mais je suis juste le substitut du proc.

— Et un enculé.

— Arrête ça. Je veux t'aider.

— Tes promesses, tu peux te les foutre au…

— Ange ! Ils trouveront. Alors laisse-moi t'aider. Tu sais ce qui est arrivé à ce flic ?

— Non, je ne sais pas. Je ne savais même pas qu'il était en planque !

— Tu vas chasser souvent. Tu aurais pu tomber sur la voiture banalisée. Ou sur lui. La nuit, ils sont deux.

— Si c'est en plus une caisse banalisée, pas de risque, alors.

— Bien. Tu n'as donc rien à te reprocher. La perquisition ne sera qu'une formalité.

— Non, un viol.

— Désolé, Ange.

— Va te faire foutre.

Et elle avait coupé. Ils allaient venir. Ils découvriraient ce qui se cachait dans la terre, près du potager. Huit cadavres de chiens, et un homme dévoré par l'un de ces chiens. Le rapprochement avec le carnage de la forêt de Soignes serait vite établi et elle finirait ses jours en prison. Qui s'occuperait de sa mère et de son jeune frère ? Certainement pas ce connard, avec ses grands airs. Juste parce qu'il avait fait des études…

Le visage d'Ange s'était refermé davantage, une expression de dureté avait effacé toute trace d'humanité. Quelqu'un qui l'aurait surprise à cet instant aurait fait demi-tour aussitôt.

Ange était allée chasser cet après-midi-là, sur ses gardes, mais confiante malgré tout. Elle avait tout mis sur le dos de cet enfoiré d'Antony et avait cru que sa version serait retenue par les enquêteurs. Elle avait cru aussi que Lucien la couvrirait. Mais, là encore, il l'avait manipulée. Ce n'était pas la première fois, en revanche, ce serait la dernière.

Elle avait rapporté un sanglier et une perdrix. Elle s'était sentie si bien, seule au milieu de ces arbres immenses et solides. Aux dernières nouvelles, ils communiquaient entre eux. Les arbres se parlaient, s'avertissaient d'une menace et se protégeaient même les uns les autres. Elle n'en était pas vraiment étonnée. Depuis toute petite, elle leur parlait aussi et ils l'écoutaient. Elle continuait aujourd'hui. Ils étaient bien les seuls à la réconforter. Elle connaissait chacun de ceux qui se trouvaient sur la zone de chasse et leur avait donné un nom. Elle s'arrêtait régulièrement pour leur chuchoter des mots qu'eux seuls pouvaient comprendre. Un vieil arbre l'avait depuis toujours particulièrement attirée, avec son air un peu penché, ses racines noueuses qui partaient de la base du tronc comme de gros serpents et s'enfonçaient dans le sol, et sa couronne de feuilles aussi dense qu'une chevelure de hippie.

— Alors, le Sage, qu'est-ce que tu racontes, aujourd'hui ?

Le Sage. C'était le nom qu'elle lui avait donné. Lorsque le Sage parlait, c'était toujours pour une bonne raison. Le reste du temps il écoutait, dans sa barbe de mousse et de lichen. Elle trouvait auprès de lui les forces qui lui manquaient parfois. Il était paternel et bienveillant. Elle lui confiait ces choses qui l'habitaient depuis ce jour. Une colère et une rage permanentes contre le monde. Elle lui préférait assurément la compagnie des arbres, surtout du Sage, et leurs murmures inaudibles par d'autres qu'elle. Ce n'était pas le vent dans le feuillage, ni les bruissements des branches, c'était autre chose. Un langage qui leur était particulier et auquel Ange s'était initiée à force de les observer et de les côtoyer. Lorsque le drame avait touché sa famille, elle s'était rapprochée d'eux. Était allée les voir chaque jour. Jusqu'à ce que leur père décidât de déménager dans le béton de la ville, loin de tout ce qui pouvait lui rappeler l'accident. Ce départ avait été un arrachement à ce qu'Ange aimait le plus. À une famille qu'elle s'était faite et à laquelle elle avait le fort sentiment d'appartenir.

Elle était revenue des années plus tard et était retournée les voir. Ses arbres. Le Sage était toujours là, tandis que d'autres avaient succombé, soit à la maladie, soit à la tronçonneuse. Elle ne supportait pas l'idée que ces êtres majestueux et dignes puissent être décapités et tomber sous les coups de hache ou de machines, que des milliers, des millions de leurs congénères, partout à travers le monde, soient sacrifiés à la cupidité et au profit. Y penser ou apprendre le nombre de ces meurtres la blessait jusque dans sa chair. Entendre la cognée ou la tronçonneuse électrique résonner lui faisait mal. Chaque coup sur un arbre lui était un coup dans le ventre.

Sans savoir encore ce que son crétin de frère venait

de lui apprendre, Ange était allée voir le Sage après une chasse solitaire, les morceaux du sanglier qu'elle avait dépecé enveloppés dans des torchons et du papier journal et empilés dans un sac à dos. La perdrix était accrochée par les pattes à sa ceinture. La cartouchière autour de la taille, le fusil sur l'épaule, le visage cuivré et luisant, le regard farouche, elle avait tout l'air d'une combattante de ces guérillas sauvages au cœur des forêts d'Amérique latine ou dans les montagnes afghanes.

De façon inexpliquée, au moment de repartir, la main posée sur le tronc rugueux comme sur le torse d'un vieillard, elle avait eu le sentiment qu'elle voyait le Sage pour la dernière fois et l'avait quitté des larmes dans la voix. Elle savait que ce jour arriverait, mais pensait avoir encore quelque sursis. Elle s'y était préparée chaque instant, depuis des années, et maintenant que c'était là, elle aurait voulu repousser l'échéance. Elle s'était faite à cette existence et à son sacerdoce. Se savoir indispensable à deux êtres la rassurait et donnait un sens à ce qui n'en avait plus.

Et voilà que tout se précipitait. S'était-elle prise à son propre piège? À celui qu'elle avait tendu à ces deux hommes qui ne reverraient plus le jour? Elle n'avait vécu que pour ça. Les voir trembler à leur tour. Rire de leur terreur, comme ils avaient ri de la sienne. Mais elle savait qu'après eux, elle serait arrivée au bout du chemin. Et qu'elle aurait aussi entre ses mains ce pouvoir-là, de vie ou de mort sur les deux êtres qui lui restaient. Qu'était leur existence? L'une végétative, la seconde dans les ténèbres de la folie. Le moment était venu. La nouvelle de la perquisition l'avait précipité.

À l'aide d'une clef qu'elle portait à son cou, Ange ouvrit le cadenas qui fermait une petite armoire dans laquelle étaient accrochées d'autres clefs, correspondant à des pièces du manoir. Après une courte hésitation, elle en prit une dont la patine lui donnait un aspect anthracite. Elle traversa le corps principal, s'engouffra dans un long couloir au bout duquel descendait un escalier de pierre en colimaçon. Plus on s'enfonçait en sous-sol plus les marches étaient rongées et plus l'air sentait le rance et l'humidité. Arrivée en bas, elle s'arrêta devant une lourde porte en bois fermée ornée de rivets rouillés sur laquelle était cloué un panneau portant une ancienne inscription en lettres grossières : « Si tu entres tu n'es pas sûr de ressortir ».

Ange introduisit la grande clef dans la serrure et la tourna deux fois dans le sens horaire. Elle entra, alluma et referma derrière elle.

La cave. Le destin avait frappé ici et l'histoire s'achèverait dans ce même endroit sinistre. Mais avant, Ange avait certaines choses à mettre en ordre. Elle s'installa à ce qu'elle appelait son bureau secret et commença.

Elle en ressortit environ deux heures plus tard, le visage tiré, avec le sentiment du travail accompli. Elle n'avait pas encore apporté leur dîner à sa mère et à Jérémy. Elle allait leur préparer quelques morceaux de sanglier dans une sauce au vin. Elle aurait donné le reste aux chiens, s'ils avaient été là. Quant à la perdrix, lorsqu'elle l'avait chassée, elle ne pouvait pas savoir que personne ne la mangerait.

Il était presque minuit lorsque Ange eut fini de faire ce qu'elle avait à faire. Elle était ressortie de la chambre après un dernier baiser à Jérémy et une dernière étreinte à sa mère hébétée. Savait-elle ? Avait-elle pressenti ce qui allait se passer ? C'est ce qu'avait semblé lui dire son regard lorsque Ange avait franchi la porte, emportant les assiettes et les verres.

— Fais-moi confiance, maman, tout ira bien, avait-elle dit.

Elle avait fermé la porte de la chambre à clef comme elle le faisait chaque soir.

Ensuite elle était allée au garage récupérer trois bidons d'essence dont elle avait arrosé toutes les pièces, les tissus, les boiseries, les meubles comme les chaises, les fauteuils, les canapés et les rideaux. Pendant que sa mère mangeait, après avoir donné la becquée à Jérémy, Ange avait pris soin de répandre de l'eau-de-vie partout dans la pièce.

Elle avait fait un véritable chemin de combustible à travers le manoir. Tel avait été le choix d'Ange. Brûler en enfer plutôt que croupir derrière les barreaux.

Pourtant, ce ne fut pas de sa main que, à environ 2 heures du matin, les premières flammes s'élevèrent à l'intérieur pour gagner rapidement du terrain. À peine un quart d'heure plus tard, l'ensemble s'embrasa dans des craquements et des explosions de feu d'artifice. Pour la deuxième fois de son histoire, le manoir brûlait, silhouette noire et incandescente dans un gigantesque brasier.

Le bâtiment désagrégé se consuma le reste de la nuit et, malgré l'intervention des pompiers, au petit jour, il n'était plus qu'un amas de ruines et de pierres fumantes.

Fascination

Au cours de cette même soirée durant laquelle Ange Defer s'apprêtait à écrire la fin de son histoire, Abel vomissait de la bile dans la cuvette des W.-C. après avoir découvert la seconde vidéo envoyée par son mystérieux correspondant. Les images, cette fois très nettes et de plus haute définition que celles de la précédente, montraient, dans une horreur sans nom, l'exécution de Chastel après une série de tortures. Même déformé par la douleur, Abel avait tout de suite reconnu le visage rond et poupin du policier, fidèle assistant de Rinchard.

Parmi les tortures infligées à son corps, lacérations, coupures à l'arme blanche, brûlures au chalumeau, mutilations des doigts et des orteils, il y avait eu électrocution à l'aide de deux fils aux extrémités dénudées. Une décharge trop brève pour le tuer mais de quoi griller quelques neurones. Chaque fois que le courant traversait son corps, le visage de Chastel se tordait et ses veines se dilataient comme si elles étaient sur le point d'éclater.

Mais Abel ne s'attendait pas au grand final. À cet instant où la tête de Chastel, tranchée d'un coup de lame effilée de katana, allait se détacher du tronc dans un filet écarlate avant de retomber dans un bruit mat tandis que le reste du corps était traversé de derniers soubresauts. C'était à ce moment-là qu'Abel avait tout juste eu le temps de se précipiter dans les toilettes pour y vider le contenu de son estomac.

Les images avaient été d'une réalité morbide, insoutenable. Même pour un flic au cœur bien accroché. Abel avait pu détecter sans trop de mal que la vidéo avait été prise à la GoPro, sans doute fixée sur le front du meurtrier.

Suite à ça, Abel n'avait pas réussi à dormir. Aussi, l'appel de Peeters, prévenu par Claire Foy que le manoir brûlait, ne l'avait-il pas tirée du lit, mais juste d'un état d'hébétude et de prostration dans lequel elle se trouvait depuis qu'elle s'était vidée. Ce métier était-il fait pour elle ? Telle avait été la première question qu'elle s'était posée. Tout en détenant la réponse, au fond. Oui, il était fait pour elle, ou, plutôt, elle était faite pour lui.

Durant des années de repli sur elle-même, seule dans l'obscurité de sa chambre devant ses ordinateurs, là où le monde ne pouvait pas l'atteindre, elle avait longtemps erré à la recherche d'un boulot à sa mesure. Quelque chose qui, en plus de lui permettre de payer son loyer et sa nourriture, lui procurât autant de montées d'adrénaline que les jeux vidéo qu'elle affectionnait. Elle avait toujours su qu'il lui faudrait arrêter un jour cette drogue, qu'il en allait de sa santé mentale. Elle en était arrivée à dix heures d'écrans au quotidien. Et puis, un jour, son meilleur ami, geek et hacker comme elle, avec lequel ils s'étaient amusés à entrer dans le système informatique de banques suisses et de la police judiciaire française, lui avait soufflé une bonne façon de passer à autre chose. Un créneau dans lequel ses connaissances en informatique lui serviraient tout en se rendant utile. La police, justement.

Au départ, Abel avait cru qu'il se moquait d'elle. Et puis, en prenant le temps d'y réfléchir, elle s'était dit que l'idée n'était pas si folle. Arnaud la connaissait peut-être plus qu'elle ne se connaissait elle-même. Parce qu'il n'avait pas été paralysé par cette peur de ce qu'il pouvait découvrir. Abel avait toujours évité de sonder ses profondeurs, de crainte d'y trouver ce qu'elle aurait voulu fuir. Et voilà qu'elle y était. À cause de deux vidéos. Plus que l'horreur en images et la découverte de l'identité de la victime qu'elle connaissait, ce qui l'avait fait vomir avait été une forme de curiosité malsaine éprouvée à les regarder.

Et il y avait eu l'appel de Peeters, lui disant de rappliquer au plus vite à la PJ pour qu'ils se rendent ensemble au manoir des Defer. Ce qu'il en restait, après l'incendie. Abel avait cru qu'elle s'était finalement assoupie et qu'elle naviguait en plein cauchemar. Pourtant non, la voix de son supérieur était bien réelle et bien tendue. Elle avait troqué son jogging contre ses vêtements de travail et était arrivée rue Royale dix minutes plus tard.

Le manoir avait flambé comme s'il avait été en carton. Les premières conclusions des pompiers face à la caméra de l'équipe de télévision, sans doute avertie par l'un d'eux malgré les consignes, avaient privilégié la piste volontaire ou criminelle, au vu de la prise rapide du feu.

Pour le moment, ils n'avaient encore retrouvé aucune victime. Il était pourtant impossible que les corps eussent été complètement réduits en cendres, à moins d'avoir été arrosés d'essence. L'équipe scientifique avait attendu que le feu soit complètement éteint pour intervenir.

La perquisition aurait dû avoir lieu à 6 heures, il était déjà deux heures de plus et elle n'aurait jamais lieu. En tout cas pas sous la forme prévue. Le ratissage des agents de la PTS avait commencé sur les zones sécurisées autour des décombres. Pour l'intérieur et les parties encore debout, il faudrait attendre.

Épuisés par des heures de surveillance, les deux policiers, Frank Andrieu et Claire Foy, un jeune gars volontaire et sa collègue, une petite rousse tachetée de son à la peau laiteuse, avaient fini par s'endormir sur leur siège de voiture dans le silence de la forêt à proximité du manoir. Lorsque les flammes avaient commencé à s'échapper par les fenêtres dont les vitres avaient explosé sous la chaleur, ils dormaient encore. Réveillés un peu plus tard par les craquements et la forte clarté de l'incendie en pleine nuit, après quelques secondes de stupeur, le temps de réaliser ce qui était en train de se produire sous leurs yeux, Foy et Andrieu avaient appelé les pompiers. Ceux-ci avaient mis un certain temps à arriver jusqu'au manoir par la petite route avec leurs camions trop larges. Il n'y avait plus grand-chose à sauver.

Après avoir entendu le rapport des deux flics, Peeters, les mains dans les poches de son blouson, et Abel, côte à côte, observaient l'étendue du désastre.

— C'est bizarre, le manoir qui brûle la veille de la perquise, vous ne trouvez pas ? demanda-t-il à Abel.

— C'est exactement ce que j'étais en train de me dire. Quelqu'un a peut-être prévenu Ange Defer, et elle aura préféré provoquer un incendie…

— Ou alors, quelqu'un a voulu qu'elle se taise.

— Ou nous empêcher de trouver quelque chose.

— Quelque chose qu'elle aurait caché ici ?

— Pourquoi pas ?

— Et vous croyez qu'elle aurait sacrifié son frère et sa mère, dont elle s'est occupée toutes ces années ?

— Possible. Elle était peut-être justement arrivée à ses limites.

— Nous aurons sans doute une partie de la réponse lorsqu'on retrouvera les corps, soupira Peeters.

— Et Baxter ?

— Je lui ai laissé un message. Contrairement à nous, elle coupe son portable la nuit.

— Elle a bien raison, dit Abel.

— Essayez, tiens, et vous entendrez parler du pays !

— C'est bien pour ça que je ne m'y risquerai pas…

— Tout ce que j'espère, c'est que Chastel est vivant quelque part. Qu'il a pris une bonne cuite et qu'il est en train de cuver.

Abel serra les dents sans pouvoir répondre. Elle n'avait pas encore le courage de lui parler.

— Qui aurait pu prévenir Ange Defer ? demanda-t-elle péniblement à Peeters.

— Son frère, au hasard. Vous avez une autre idée ?

— Baxter aussi était au courant.

— Baxter est peut-être impliquée dans le crime de la vidéo, mais la vidéo n'a pas de rapport avec la perquisition, ni avec cet incendie.

— Je suis d'accord, acquiesça Abel. Mais n'oublions pas que Marc Froissard et son ami disparu assuraient la sécurité des soirées où Baxter est allée avec Vifkin.

— Oui, une seule fois.

— C'est ce qu'elle dit.

— Nous verrons. Pour le moment, il s'agit de retrouver les corps. Et ça ne m'étonnerait pas qu'il en manque un. Celui d'Ange Defer.

Cicatrisation

Calendula et aloe vera étaient les meilleurs remèdes naturels contre les brûlures et, tous les jours, Ernest Gare s'en servait sur ses plaies, dont le processus de cicatrisation avait commencé. Entre cataplasmes externes et potions d'aloe vera qu'il ingérait, les progrès étaient visibles et, peu à peu, la peau se régénérait. En revanche, aucun de ces remèdes ne lui rendrait son visage d'avant. Malgré son nez presque intact et ses yeux saufs, Ernest Gare était désormais méconnaissable. L'acide avait attaqué les chairs jusqu'au crâne, où quelques plaques de brûlures fripaient la peau, lui donnant un aspect de crème brûlée.

Tous les jours, il allait se poster devant la glace et observait ce masque à vif pour mieux se l'approprier et intégrer son caractère définitif.

Berlioz, d'une présence indéfectible, lui tenait compagnie, juché la plupart du temps sur son épaule et reniflant l'odeur des plaies. Il ne s'attaquerait pas à son maître tant que celui-ci ne montrerait pas de signes de faiblesse physique. Mais si, un jour, il avait un malaise ou s'il perdait beaucoup de sang, Berlioz céderait à son instinct de carnivore. Ses dents pointues creuseraient la chair jusqu'à l'os. Et ses viscères constitueraient aussi un bon festin.

Pourtant, Berlioz semblait voué à son maître, sans guetter particulièrement une quelconque occasion.

Cette convalescence permettait à Ernest Gare de replonger dans ses souvenirs. Ceux qu'il avait pris soin d'écarter, parce qu'ils risquaient de le dévorer. Cha. Elle s'était glissée, l'autre nuit, dans un de ses rêves. Elle aimait ça, le surprendre de temps en temps sans qu'il s'y attende. Elle était descendue du terril, son tombeau, où elle avait trouvé refuge pour l'éternité, pour voir son grand frère et lui dire qu'il n'y était pour rien. Que la terre l'avait avalée parce qu'elle avait faim. Parfois, la terre était si affamée qu'il lui arrivait d'engloutir des humains et des animaux.

— Qu'est-ce qui t'est arrivé, Rnest ? demanda-t-elle de sa petite voix fluette.

— Rien.

— Mais si, je vois bien. Ton visage, il est plus pareil. Il est tout pelé…

— J'ai voulu me punir, peut-être.

— C'est pas de ta faute, Rnest.

— Si, Cha. Je t'ai lâché la main. Je t'ai abandonnée pour aller voir plus haut.

— Mais on sera bientôt de nouveau ensemble, hein ?

— Promis, Cha. Mais avant j'ai quelque chose à finir.

— Quoi ?

— Je ne peux pas t'expliquer, tu es encore trop petite.

— Je peux comprendre beaucoup de choses, tu sais.

— Ce n'est pas la question. Tu ne sais pas qui je suis devenu.

— Quelqu'un de bien, Rnest, j'en suis sûre. Quelqu'un de très bien.

— Tout dépend de ce qu'on appelle quelqu'un de bien.

Ils avaient parlé ainsi un bon moment, puis Cha s'était dissipée dans le vent du terril, aussi légère que la poussière grise qui y tourbillonnait. Ernest Gare s'était réveillé, un goût de houille dans la bouche.

Cha revenait souvent, depuis qu'il s'était brûlé à l'acide. Elle lui manquait. Il avait envie de sortir, de grimper en haut du terril où il l'avait perdue pour toujours. Mais ces plaies au visage, dont certaines étaient encore à vif par endroits, l'en empêchaient. Le vent du terril charriait des particules qui pouvaient infecter les brûlures, même à travers la gaze des compresses. Et il risquait de se faire remarquer, le visage recouvert d'un masque de pansements.

Il avait décidé de rester chez lui, au risque que la police débarque à tout moment. Mais pour l'instant, personne n'était venu le chercher. À croire qu'ils manquaient de moyens ou qu'ils étaient occupés à autre chose. Et il n'avait plus reçu non plus d'autre appel anonyme.

Encore quelques jours et Ernest Gare se rendrait à Bruxelles. Encore quelques jours et il irait traquer sa cible pour en finir avec toutes ces années de sursis qu'il lui avait données.

De son côté, Peeters n'avait pas oublié Ernest Gare. Il avait mis une équipe dessus, en collaboration avec la PJ française qui enquêtait sur l'homme du terril. Les informations étaient passées. Ernest Gare, un tueur à gages, était recherché pour le meurtre d'Anton Vifkin, la tentative de meurtre sur la personne d'Hanah Baxter, ancienne associée de la victime, et pour la séquestration d'un représentant de l'ordre, lui-même, le commissaire divisionnaire Johann Peeters.

Mais Baxter étant sous protection policière, il y avait plus urgent. Surtout avec l'incendie du manoir. Après avoir eu la confirmation de la présence des trois corps, chiffre correspondant au nombre d'occupants du manoir, Abel et lui étaient revenus rue Royale aux alentours de midi. Baxter les y attendait.

— Merci d'être venue nous rejoindre au manoir, gronda Peeters dès qu'il l'aperçut.

— J'ai avancé sur d'autres choses hier soir tard, et ce matin j'ai dormi.

— Et vous coupez votre portable, la nuit ?

— Toujours. D'ailleurs, ce que je fais la nuit ne regarde que moi.

— Et sur quoi avez-vous avancé ?

— Vifkin. Et Ange Defer.

— Ça tombe bien. On a bien retrouvé trois corps dans les décombres de l'incendie. Mais dans un tel état qu'il va falloir un peu de temps pour l'identification. Le manoir avait été aspergé d'essence. Soit par Ange Defer, et dans ce cas c'est une sorte de suicide face à la menace de la perquisition, soit par un ennemi d'Ange Defer. L'hypothèse d'un règlement de comptes par un proche d'Antony Delestre n'est pas à écarter. Nous en saurons plus avec le rapport du légiste.

— Je ne serais pas étonnée qu'Ange Defer ait mis le feu, affirma Hanah. La radicalité du geste correspond à sa personnalité.

Elle était encore sur les genoux de sa nuit passée sur son portable, à faire ses recherches. Juste avant de rentrer chez Vifkin, la veille, elle avait croisé Lucien Defer, en compagnie d'une femme à l'allure encore fraîche, bien qu'à l'évidence plus âgée que lui, les cheveux auburn et raides, des yeux d'un jaune-vert félin affichant une expression carnassière qui rendait sa beauté froide assez troublante.

Un seul coup d'œil suffisait pour deviner un lien charnel ou amoureux entre Lucien Defer et cette femme, bien qu'ils fussent discrets. Mais, dans l'air, tout autour d'eux, flottait un parfum de phéromones ainsi qu'une évidente connivence. Ce qui n'avait pas non plus échappé à la fine observatrice qu'était Baxter avait été la gêne visible de Defer, de tomber presque nez à nez avec elle en sortant de l'ascenseur accompagné. À tel point qu'il lui avait à peine adressé un mot, lui, si volubile lorsqu'il était passé la voir.

Était-il au courant de l'incendie du manoir et de la possible mort de sa sœur, se demandait Hanah tandis que Peeters parlait. Il s'apprêtait apparemment à passer la soirée avec cette femme, ce qui pouvait lui fournir un bon alibi. Mais, d'après le rapport de Foy et Andrieu, l'incendie avait dû se déclarer en pleine nuit, peut-être vers 1 heure. Ce qui avait tout à fait pu lui laisser le temps de se rendre au manoir et d'y mettre le feu. Seulement quel motif l'aurait poussé à tuer sa sœur, son jeune frère et sa mère ? Baxter n'avait pas de réponse à cela. Mais Lucien Defer l'intriguait. Tout comme son lien à Ange.

Hanah était rentrée, s'était servi une bière et avait prévu de se coucher tôt avec un livre. Ce qu'elle n'avait pas eu l'occasion ni le temps de faire depuis longtemps. Mais en mangeant son steak végé du bout des dents, elle avait entrepris de fureter dans les placards de son ancien associé sans vraiment savoir ce qu'elle cherchait, ni si elle cherchait quelque chose. C'est justement cet état d'esprit qui conduit aux découvertes les plus surprenantes.

Lors des deux perquisitions menées au domicile d'Anton Vifkin, la plupart des armoires, bureau et tiroirs avaient été vidés. Si Vifkin avait gardé des éléments de sa vie secrète, ce n'était sans doute pas chez lui. Pourtant, Baxter avait fait une découverte qui pourrait s'avérer utile pour l'enquête sur le meurtre de son associé. Dans les papiers ramassés et entassés pêle-mêle par la femme de ménage après la dernière perquisition, Hanah était tombée sur un acte de propriété de l'appartement à l'adresse de celui où elle logeait, qui désignait non pas Vifkin mais une femme. Une certaine Hannah Reeth, dont Baxter n'avait jamais entendu le nom mentionné de la bouche de Vifkin.

— Voici l'acte notarié, dit-elle en tendant à Abel et Peeters le document.

Les deux flics se regardèrent avec la même pensée : Hannah Reeth. Cette fois, écrits à l'appui, l'orthographe en était bien *Hannah*. Une autre Hannah entrait donc dans la danse. Un élément qui pourrait disculper Baxter à son insu. Il s'agissait peut-être de la fameuse Hannah dont Vifkin avait prononcé le nom dans la voiture au cours de la vidéo. Ce serait alors elle qui aurait filmé leur crime.

— C'est peut-être elle dont le nom est gravé sur

l'anneau de Vifkin ? avança Abel, espérant que Baxter soit disculpée.

— Ça collerait, en tout cas, approuva Peeters. Baxter, saviez-vous que Vifkin n'était pas propriétaire ?

— Non. Mais ça ne m'étonne pas vraiment. Il jouait beaucoup. Casino, poker. Il était souvent très endetté, je ne vois pas comment il aurait pu avoir un appartement.

— Il n'y a plus qu'à lancer les recherches sur cette Hannah Reeth. Vous vous y collez, Abel ? Je veux faire un saut à l'hôpital voir ce pauvre Rinchard. Depuis qu'il est sorti du coma, il doit s'emmerder ferme.

Abel sentit ses intestins se tordre. Elle serra entre ses doigts la petite clef USB dans la poche de son jean. Le moment était venu de dévoiler l'horreur à Peeters. Elle le retarda de quelques secondes en lui parlant d'abord de ce qu'elle avait appris de son mystérieux correspondant.

— Avant que vous ne partiez, j'ai quelque chose à vous montrer, dit-elle. Je sais que j'aurais déjà dû le faire. Mais…

— Arrêtez avec vos mystères, Abel ! De quoi s'agit-il ? s'agaça Peeters.

— Regardez.

Elle glissa la clef USB dans la prise de l'ordinateur du commissaire et cliqua sur le fichier.

Peu à peu, le visage de Peeters se décomposait. Baxter elle-même était devenue livide.

— Chastel… C'est pas vrai… C'est pas possible…, souffla le commissaire, la tête entre les mains, essayant de réprimer un sanglot.

Un étrange silence s'abattit sur eux : il était impossible de mentionner la première vidéo devant Hanah.

— Il va falloir que j'annonce ça à Rinchard, mais comment…, murmura Peeters.

Abel posa la main sur celle du commandant. Un geste qu'elle n'aurait jamais pu faire avant.

— Courage, Peeters.

— Décortiquez-moi cette abomination, Abel. Passez tout au scanner. Le moindre détail peut nous mettre sur une piste. Reconnectez-vous avec votre chatteur. Il faut l'identifier avant qu'il n'y ait d'autres vidéos. Ce sont des malades et vous êtes aux premières loges. Je file, à plus tard.

Au moment où il passait la porte, le téléphone de Peeters sonna sur son bureau.

— Décrochez, Abel, et dites que je serai là après 16 heures.

Mais devant l'expression de la commandante, Peeters attendit la fin de la conversation.

— Alors ?

— C'était la PTS, répondit Abel, blême. Dans les fosses derrière le manoir, ils ont découvert huit cadavres de chiens, et un homme. Probablement Léo Peroni, d'après les vêtements. Et puis il y a autre chose.

— Quoi, bon sang ? s'impatienta Peeters, défait.

— Les trois corps : il y en a un qui n'a pas de tête.

D'homme à homme

Peeters ne savait pas comment le lui dire et, pourtant, il fallait bien que Rinchard l'apprenne. Déjà, la disparition de son adjoint Chastel et ensuite… ce qu'ils venaient de découvrir et qui ne demandait que confirmation. Le corps calciné et décapité dans les décombres du manoir appartenait presque à 95 % à Chastel. La tête n'avait pas été retrouvée. Sans doute le meurtrier l'avait-il gardée comme trophée. Mais quel était ce ou ces malades ?

— Comment tu te sens, mon vieux ? demanda Peeters au miraculé en l'enlaçant dans un geste affectueux.

— Comme un mec qui a bien failli ne plus revoir la lumière du jour.

Rinchard, hérissé de cathéters, recevant encore de l'oxygène par le nez, était calé sur deux oreillers. Il semblait à Peeters que son inspecteur avait fondu en quelques jours.

— Inès est venue te voir, mais tu étais encore…

— Je sais… Je l'entendais, je sentais ses mains qui caressaient les miennes mais… je ne pouvais pas communiquer. J'étais enfermé dans mon corps.

Une sensation vraiment bizarre. Encore plus bizarre quand…

Rinchard s'interrompit, essayant de lutter contre l'émotion.

— Prends ton temps…

— Elle est partie, chef…

— Elle n'est pas partie, Rinchard. Elle s'est juste protégée. Et elle t'a protégé aussi : elle m'a envoyé un message de l'aéroport pour me demander de prendre soin de toi. Je crois qu'elle n'a pas supporté d'apprendre que tu ne… pourras plus te servir de tes jambes.

Nouveau tremblement du menton.

— Elle devrait être contente, ma carrière de flic s'arrête là.

— Dis pas ça, Rinchard… Dis pas ça.

— Elle a beaucoup souffert de mon boulot. Elle avait l'impression qu'on lui volait son père.

— Tu sais…

Peeters hésita quelques secondes.

— Un jour, en rentrant à la maison, j'ai retrouvé mon gamin pendu, lâcha-t-il. Il s'était suicidé sans laisser de lettre. Rien, aucune explication. Alors tu imagines bien tout ce qui m'est passé par la tête. Gertrud s'est noyée dans l'alcool et notre couple a sombré. Et moi, je me suis jeté dans le boulot. Dans ce putain de boulot qui m'avait peut-être pris mon fils ! Pourtant, j'ai refusé cette explication. C'était trop facile. Les gosses, on les a voulus, d'accord, mais on a aussi un métier qu'on a choisi par passion et on n'a pas à culpabiliser de l'exercer avec cette même passion. Et ça nécessite en effet une présence plus importante sur le terrain qu'à la maison. Si on n'est pas prêt à jouer le jeu, on change de boulot et on ne fait pas sa vie avec un flic. Tu as fait au mieux, toi aussi. Après, ce n'est sans doute pas parfait, ni ce que ta fille attendait de toi, c'est comme ça et on ne refera pas l'histoire. Au début, je m'en suis voulu, mais j'en ai aussi voulu à Simon et à Gertrud et au monde entier. Parce que je me voilais la face. Parce que c'était dur d'accepter qu'on est faillible et qu'on ne peut pas forcément tout concilier. Les êtres qu'on aime par-dessus tout et un métier pour lequel on risquerait sa vie.

Rinchard parut secoué. Il devint encore plus blanc qu'il n'était. Il savait que le commissaire avait perdu son fils unique, mais ignorait dans quelles circonstances, Peeters n'en ayant parlé à personne. Il se sentit tout à coup un peu honteux de se lamenter sur son sort. Après tout, il n'avait perdu que ses jambes. Et encore, le professeur lui avait dit, sans rien lui promettre, qu'avec des années de rééducation, il pourrait espérer retrouver un peu de mobilité.

— Vous avez retrouvé ce fumier ? demanda Rinchard, qui ne pouvait oublier le visage d'Ernest Gare.

— Pour l'instant, pas de nouvelles. La police française interroge, ratisse. Au No, personne ne sait où il est. Il n'y a aucun abonnement de téléphone à son nom, ni fixe, ni mobile.

— L'homme invisible…

— Un tueur à gages. C'est comme une anguille.

— Et le reste ?

Peeters s'arrêta de respirer quelques instants. Le moment qu'il redoutait le plus était venu…

Il raconta d'une traite la visite de Baxter au manoir, l'infiltration d'Abel dans les abysses virtuels du dark web, le mystérieux contact « Vifkin », la première vidéo, l'aveu d'Ange Defer accablant le directeur de la fourrière Antony Delestre, Léo Peroni et Marc Froissard, la perquisition à la fourrière, la disparition de Chastel, l'incendie du manoir à la veille d'une perquisition enfin obtenue... Et la deuxième vidéo, filmée à la GoPro. Chastel torturé avant d'être décapité. Les premières conclusions de la PTS après la découverte de trois corps calcinés dans le manoir, dont un sans tête. Et la découverte du titre de propriété de l'appartement de Vifkin, au nom d'une Hannah Reeth.

Rinchard regardait Peeters d'un air désemparé et abattu. Après tout ça, cette horreur survenue à Chastel, qu'allait-il se plaindre de son sort ?

— Chastel..., répétait-il la lèvre inférieure molle, comme ivre. C'est pas vrai... pas Chastel !

— Désolé. Désolé, mon vieux. Mais on va retrouver cette ordure.

— Il n'y a qu'un seul élément positif : cette Hannah Reeth, qui pourrait disculper notre Hanah Baxter.

— Je le souhaite autant que toi, Rinchard. Mais rien n'est encore prouvé. On doit retrouver la trace d'Hannah Reeth et comprendre quel était son lien avec Vifkin. Un prénom gravé à l'intérieur d'un anneau, ça ne suffit pas. Vifkin n'était pas marié. D'ailleurs, je n'ai pas de nouvelles de mon copain joaillier. Il a dû oublier de me rappeler. J'espère qu'il a quand même eu le temps d'expertiser l'anneau.

— Putain... Chastel... Je peux pas y croire... Il y a seulement quelques jours on buvait une bière ensemble.

— Il enchaînait les planques, il disait que ça l'aidait

à mettre à distance ce qui t'était arrivé. Mais la dernière, il l'a faite seul, sans rien dire à personne.

D'un geste mal assuré, Rinchard se comprima les paupières entre le pouce et l'index. Chastel décapité. Quelle mort atroce… Cela lui semblait tellement irréel.

— Commissaire… Chastel aura les honneurs, n'est-ce pas ?

— Bien sûr. Après l'autopsie et toutes les analyses. Je te promets qu'il les aura. Comme chaque policier mort dans l'exercice de ses fonctions. Avec la médaille en plus. Et toi aussi.

Rinchard écarquilla les yeux. À cet instant il affichait une mine de bouledogue éberlué.

— Moi ? Je n'ai rien fait d'héroïque ! Et j'ai même loupé ma mort !

— Arrête, Rinchard… Ce que tu as fait sur le terril, peu de gars l'auraient fait, crois-moi.

— Tu parles… Je l'ai raté, ce salopard.

— Tu ne pouvais pas savoir qu'il portait un gilet pare-balles. Personne ne pouvait le savoir. Pas même Baxter, qui était en face de lui, ajouta Peeters d'un air sombre. Sans cette putain de protection, il serait rue Montserrat, à l'heure actuelle. Et toi avec nous, rue Royale. D'ailleurs, je vais y retourner et te laisser te reposer.

Après une solide poignée de main, Peeters se leva.

— Chef…

— Oui, Rinchard ?

— Merci.

— Merci à toi. Et tu sais… tout est aux normes pour les fauteuils roulants, à la PJ.

Peeters sortit en lui adressant un clin d'œil. Une fois dehors, il appela son copain joaillier.

— Allô, vieux, c'est Johann Peeters. Tu as pu me faire l'expertise que je t'ai demandée sur l'anneau ?

— Tu tombes bien, j'allais t'appeler dans la journée, plutôt après le grand rush. Oui, c'est fait.

— Alors ?

— Le prénom gravé à l'intérieur c'est Hannah, avec deux *n*.

Le cœur de Peeters fit un bond.

— Tu es sûr, Jack ? C'est important.

— Formel. Le deuxième *n* a été effacé. Et ce n'est pas par abrasion naturelle, mais délibérément.

Hannah

Lorsque Peeters fut de retour à la PJ, Abel avait de son côté obtenu les informations qu'elle attendait au sujet des empreintes vocales.

— Non, aucune correspondance, je suis formel, lui avait dit à peu près, dans une sorte de symétrie troublante, sa connaissance ingénieur du son.

Nouvel élément en faveur de l'innocence d'Hanah Baxter qui avait prétexté une migraine pour rentrer à l'appartement. En réalité, elle n'avait pas encore eu le temps d'éplucher tous les papiers qu'elle avait retrouvés chez Vifkin et elle sentait que d'autres indices pouvaient s'y cacher.

Le départ de la profileuse permit à Abel et Peeters d'échanger plus librement sur leurs investigations respectives.

— Au moins, nous avons identifié cette *Hannah* gravée sur l'anneau, soupira Peeters en crachant un nuage de vapeur vanillée.

— Je suis presque toujours d'accord avec vous, Peeters, acquiesça Abel, mais pas quand vous fumez cette saloperie, sauf votre respect.

— Justement, je ne fume pas, je vape. Désolé que

vous n'aimiez pas la vanille ! Ça ne vous empêchera pas de m'accompagner rue Montserrat, j'espère. J'ai une ou deux questions à poser à Irénée.

— Je sens que vous avez une idée derrière la tête.

— Vous n'êtes pas flic pour rien, vous !

Quelques instants plus tard, la vieille Saab marron glacé démarrait sur les chapeaux de roues en direction de l'IML. Pendant le trajet, Peeters avait sorti son idée de derrière la tête pour en faire part à Abel.

— Pourquoi l'anneau n'a-t-il pas été trouvé, lors de la première autopsie ? demanda-t-il.

— La balle dorée non plus. Négligence ?

— Deux négligences, ça fait beaucoup. Et puis cette lettre effacée sur l'anneau… Quelqu'un a volontairement voulu effacer la lettre *n* du prénom Hannah sur l'anneau. Or, Baxter est catégorique, lorsqu'elle a vu Vifkin pour la dernière fois, il ne portait pas d'anneau.

— Peut-être qu'il n'avait pas encore rencontré cette femme ?

— C'est vrai, mais cette bague, ça ne correspond pas au portrait que Baxter fait de Vifkin : un type qui ne montre pas ses sentiments, surtout amoureux.

— Où voulez-vous en venir ?

— Quelqu'un a pu glisser l'anneau à la morgue.

— Mais seuls le légiste et ses assistants avaient accès au cadavre de Vifkin.

— C'est ce que nous allons vérifier.

Arrivés à l'IML, ils demandèrent à parler à Irénée, qui s'était occupé de Vifkin. Le légiste, qui terminait une autopsie, les reçut une trentaine de minutes plus tard, bouillants d'impatience.

Lorsque Peeters eut terminé son exposé par la

question brûlante, Irénée fronça un sourcil en se passant la main sur l'arrière du crâne, l'air embarrassé.

— Ah ouais, ouais, ouais… Attendez… Jo, mon assistante, m'a justement raconté un truc bizarre. Juste après l'exhumation du patient, une femme s'est présentée à la morgue en mon absence et a demandé à voir la dépouille de Vifkin. Comme elle était en larmes et qu'elle insistait de façon légèrement hystérique, Jo a fini par céder. La femme a dit vouloir se recueillir quelques instants seule devant l'homme de sa vie. Jo, elle n'en était plus à ça près… C'était OK pour elle. Mais, je crois qu'il y a une belle boulette, là.

— Un peu, oui, gronda Peeters. Comme moi, vous connaissez la procédure. On ne laisse personne d'autre que les policiers chargés d'assister à l'autopsie approcher du corps ou des restes d'une victime de meurtre. Pourquoi ne pas me l'avoir dit plus tôt ?

— Je ne voulais pas que Jo ait des ennuis. Et puis, d'après elle, cette femme était tellement malheureuse…

— Vous pourriez la décrire ?

Le légiste ouvrit les paumes dans un geste d'excuse.

— Désolé, elle ne m'a pas dit de quoi elle avait l'air.

— Vous n'avez rien ? Pas même son nom ? Votre assistante ne lui a pas demandé une pièce d'identité ?

Irénée secoua la tête. Puis il s'arrêta soudain.

— La connaissant, elle a dû noter son nom quelque part. Elle note tout. Même l'heure à laquelle elle va pisser. Je vais regarder sur l'ordi.

Le légiste entra dans une petite pièce juste assez grande pour contenir un bureau, une chaise et un meuble classeur, et prit quelques minutes pour consulter le tableau Excel des entrées et sorties, y compris celles du personnel.

— Cette fois elle n'a rien noté, comme par hasard, annonça-t-il en revenant.

— On peut la voir, votre Jo ?

— Pas aujourd'hui, elle est en congé.

— Alors appelez-la. C'est urgent, ajouta Peeters devant l'hésitation du légiste. C'est dans le cadre d'une enquête pour homicide, alors congés ou pas…

— OK, OK, commissaire.

Le légiste chercha son portable, puis s'exécuta en soupirant.

— Jo ? Désolé de te déranger, mais c'est important. Je te passe le commissaire Peeters.

Irénée tendit l'appareil à Peeters. Celui-ci lui fit le résumé de ce qui amenait sa question, sans omettre de lui faire au passage une leçon sur la procédure qu'elle semblait ignorer ou avoir oublié.

— Cette femme sans identité, de quoi avait-elle l'air ? Plutôt jeune ? Âgée ?

— Taille moyenne, les cheveux mi-longs, foncés, raides, plutôt très mince. Sans âge.

— Le type de réponse que j'aime, grinça Peeters. Rien d'autre ? Même pas un petit signe distinctif ?

— Elle pleurait. Mais elle portait des lunettes de soleil qu'elle n'a pas quittées et qui lui bouffaient la moitié du visage. Je ne saurais même pas dire de quelle couleur étaient ses yeux.

— Avec ça, on ira loin. Et vous l'avez laissée seule avec la dépouille de la victime ?

— Oui. Je reconnais que j'ai déconné.

— Jo, ce n'est plus déconner, là, c'est une faute professionnelle.

— Je vais être virée, c'est ça ?

Une pointe d'angoisse faisait vibrer la voix de l'assistante.

— Votre supérieur devra en référer, c'est certain. Après, avec un peu de chance, vous aurez un blâme ou une mise à pied.

— Je comprends. Désolée. Si je peux vous aider…

— Dès qu'on aura un portrait-robot ou même des photos de cette femme… bordel !

Le visage de Peeters s'illumina. Le mobile collé à l'oreille, il se tourna vers Irénée, visiblement très ennuyé pour son assistante.

— La vidéosurveillance ! Il y a bien une caméra dans la salle, non ?

— J'imagine.

— Vous travaillez ici tous les jours et vous « imaginez » ? On peut voir les enregistrements ? Jo ? demanda Peeters en reprenant son téléphone. C'était quel jour ?

— Il y a plus d'une semaine. Un lundi, je crois. Ça devait être le 14, répondit la femme à l'autre bout du fil.

Peeters raccrocha et rangea son portable.

— Alors, ils sont où, les moniteurs ?

— Ben… chez vous.

Peeters ouvrit des yeux de hibou. Ce qui, avec la vapeur qui s'échappait de sa bouche arrondie de surprise, donnait à la scène un haut potentiel comique.

— Chez nous ?

— Oui, la police, quoi. Les caméras de l'institut sont directement reliées à un poste de police.

— Savez-vous lequel ?

— Le gardien doit le savoir.

La geek qu'était Abel croyait rêver. Peeters lui

semblait venu tout droit d'une époque préhistorique. Mais le légiste, quoique plus jeune, n'était pas meilleur.

Ils filèrent chez le gardien, qui leur donna l'adresse du poste, à deux pas de la rue Montserrat.

Grâce au policier chargé de la surveillance, ils purent retrouver la séquence vidéo : Jo et l'inconnue qui parlaient, puis l'inconnue seule devant une table, face à la housse zippée. Malgré la lumière artificielle, elle n'avait pas quitté ses verres fumés et se couvrait le nez et la bouche avec un mouchoir.

Tournant brièvement le dos à la caméra, elle ouvrait la fermeture de la housse, enfonçait sa main libre dans sa poche et, d'un geste rapide, posait quelque chose dans la carcasse de Vifkin.

— Merde ! L'anneau ! s'exclama Peeters. C'est l'anneau qu'elle a glissé à l'intérieur !

— Elle sait exactement où sont placées les caméras, observa Abel. Quand elle était en face, elle tenait le mouchoir plaqué sur son visage, en plus des lunettes de soleil. Impossible de la voir entièrement. Et quand elle est arrivée avec l'assistante, elle a tourné le dos à la caméra qui les filmait.

— Elle avait déjà repéré les lieux. Elle est peut-être de la maison…

Abel le toisa d'un air sceptique.

— Vous voulez dire qu'elle serait flic ?

— Ou ancienne employée de l'IML… d'où le laxisme de Jo… C'est ça ! Elle la connaît ! s'exclama Peeters.

Peeters prit son mobile d'un geste nerveux et rappela l'assistante.

— Jo, nous venons de voir les vidéosurveillances.

Votre inconnue semble parfaitement à l'aise, et en terrain connu. Vous ne m'avez pas tout dit. Elle a travaillé à l'institut ?

Il y eut quelques instants de silence à l'autre bout de la ligne.

— C'est ce qu'elle m'a dit, en effet.

— D'où cette entorse à la procédure. Vous connaissez au moins son prénom ?

— Je ne le lui ai pas demandé.

— De mieux en mieux. Je veux la liste des anciens employés. Et des nouveaux aussi, tiens. Avec leurs photos d'identité. Vous m'envoyez ça sur le mail que je vais vous transmettre. Tant pis pour votre congé. Peut-être la reconnaîtrez-vous à partir des fichiers.

— Je vous remercie, commissaire.

— Vous me remerciez ?

— Vous venez de me donner une chance de ne pas être virée pour faute, là, non ?

— Ah, les jeunes d'aujourd'hui…, souffla Peeters en remettant son portable dans sa poche intérieure.

— On a tous été un « jeune d'aujourd'hui » pour quelqu'un, sourit Abel. Vous aussi.

— Sans doute, sauf que je n'ai pas l'impression d'avoir été aussi désinvolte.

— Vous l'avez forcément été, selon les critères de l'époque à laquelle vous étiez jeune.

— OK, Abel, OK ! Leçon de morale bien reçue ! Allez, on rentre au poulailler.

Ils étaient à peine arrivés rue Royale qu'un mail parvenait sur le portable de Peeters.

— Déjà ? s'écria-t-il. Elle n'a pas chômé !

— Ce sont les jeunes d'aujourd'hui. Tellement désinvoltes ! dit Abel en lançant un clin d'œil à Peeters.

— C’est malin !

Le commissaire fit rapidement défiler la liste des noms demandés dans le corps du mail, mais s’arrêta brusquement sur l’unique pièce jointe accompagnée d’un message signé Joséphine. Il s’agissait d’une photo d’identité d’une femme ressemblant étrangement, malgré ses cheveux courts, à celle qui apparaissait sur les vidéos.

Peeters énonça à voix haute le message, son expression changeant au fil des mots.

— Voici la femme qui est venue se recueillir sur la dépouille d’Anton Vifkin. Elle est plus jeune sur la photo d’identité, mais c’est bien elle, à 99 %.

Quand Peeters lut le nom, sa voix s’altéra.

— Les prénom et nom qui figurent sur le document sont Sarah Reeth.

De découverte en découverte

En même temps que Peeters et Abel découvraient l'identité de la mystérieuse inconnue de la morgue, Hanah Baxter, plongée dans le reste des papiers de son ancien associé, n'était pas encore au bout de ses surprises. Elle trouva une pile de lettres manuscrites jaunies, aux relents de parfum de femme, signées « HR » ou « H ». Hannah Reeth, murmura-t-elle. Elles étaient datées des années 1990 à 1993. Les cent premières étaient enflammées, écrites à peu d'intervalle, puis on suivait une nette progression vers un déchaînement de colère, même émaillées d'insultes, et les dernières reflétaient un ton beaucoup plus froid et distant. On était passé de « ta H » à un « Hannah Reeth » cinglant.

Baxter n'avait aucun mal à déchiffrer l'écriture aux lettres élégantes et charnues. Pourtant, un graphologue y aurait décelé quelque chose de surfait et d'artificiel. La lecture des lettres donna à Hanah des informations d'ordre intime sur l'amour secret de Vifkin. Car il s'agissait bien de cela, le profileur n'en ayant jamais parlé à son associée et amie. Elle apprit qu'en réalité Hannah Reeth était mariée à un certain Edmond Reeth.

— Eh bien, mon salaud ! Une femme mariée… tu t'emmerdais pas ! souffla Hanah.

Mais pour avoir bien connu le personnage, elle savait qu'il « s'emmerdait » rarement, dans la vie. Anton Vifkin prenait ce qu'il y avait à prendre sans scrupule et le savourait de la même façon. Il avait une prédisposition pour la grande vie et une fascination pour les grosses fortunes. Hanah aurait parié que les Reeth en faisaient partie.

Alors que Baxter en était à l'une des dernières lettres, où le ton changeait clairement, une phrase lui fit l'effet d'une bombe : « Tu ne reverras jamais Sarah, elle ne veut plus entendre parler de toi. » Et, un peu plus loin : « Va baiser ta petite pute de Kardec et lâche-nous. Tu n'auras pas notre fric, si c'est ce que tu espères ».

Malgré elle, Hanah sentit ses paupières la picoter sous le sel des larmes qu'elle retenait difficilement. Elle avait travaillé avec un inconnu, un étranger. Pire… Elle lui avait donné sa confiance en s'associant avec lui.

Laissant la lettre en plan sur la table, elle se leva, alla prendre une bière au frigo, une Asahi, sa favorite, l'ouvrit et retourna s'asseoir après un passage devant la fenêtre par laquelle elle regarda la rue en buvant une première gorgée. Les trottoirs étaient presque déserts sous le soleil de juin dont les rais poussiéreux se frayaient un chemin à travers la crasse de la vitre qui n'avait pas dû être lavée depuis des lustres. La présence d'une voiture avec deux types à son bord rappela à Hanah la protection rapprochée dont elle faisait l'objet.

— Qui es-tu, Hannah Reeth ? Et Sarah ? murmura-t-elle. Pourquoi ne voulait-elle plus entendre parler de toi, Anton ? Y a-t-il un lien avec les soirées au manoir ? Les ai-je aperçues toutes les deux là-bas sans savoir ce qu'il y avait entre vous ?

Toute sa vie et sa carrière, Hanah avait été la proie constante de questions auxquelles elle avait dû apporter une réponse. Seule ou en équipe. Mais bien seule lorsqu'elles avaient découlé des événements de sa propre vie. À commencer par la question la plus terrible : pourquoi son père avait-il tué sa mère ? Et même si elle avait fini par découvrir la vérité, celle-ci ne lui suffisait pas. Elle chercherait encore jusqu'à la fin de ses jours des explications à cette vérité.

Une demi-heure plus tard, elle posa la dernière lettre sur la pile. Vifkin avait-il répondu à toutes ces insultes et à ces menaces ? Hannah Reeth, et peut-être Sarah, était-elle liée d'une façon ou d'une autre à l'assassinat commandité d'Anton ? Elle-même était visiblement la cible du même tueur à gages, ce qui, après avoir lu ces mots d'une extrême virulence à son propos, la faisait pencher pour cette hypothèse.

Elle fouilla encore dans les boîtes à chaussures dans lesquelles se trouvaient des papiers et des factures, puis, alors qu'elle s'apprêtait à les ranger dans l'un des placards muraux, son regard s'arrêta sur une des étagères hautes où elle aperçut, dans la pénombre, au fond, ce qui ressemblait à une boîte à cigares. Ne pouvant l'attraper sans l'aide d'un marchepied, elle prit une chaise, grimpa dessus et tira la boîte à elle.

Lorsqu'elle l'ouvrit sans peine, ce qui aurait été

une aubaine pour Peeters fut pour elle une vraie déception. La boîte à cigares n'avait pas été recyclée et l'intérieur était tapissé de longs havanes trop secs pour être fumés. Mais Hanah, pour qui la passion de Vifkin pour les cigares n'était pas un secret, ne se contenta pas des apparences. Retirant les havanes un à un jusqu'au dernier, elle tomba enfin sur la véritable raison de la présence de cigares intacts dans une boîte soigneusement dissimulée à la vue d'éventuels visiteurs : des CD étiquetés, chacun rangé dans une pochette plastique. Sur les étiquettes étaient inscrits juste des chiffres au feutre vert. De 1 à 5. Hanah se rappela, parmi les détails pratiques qu'elle avait notés en entrant dans l'appartement, la présence d'un lecteur sous le téléviseur. C'étaient apparemment des CD-rom gravés. Musique ou films. Peut-être du porno, dit Baxter.

Elle les prit tous les cinq et, une autre bouteille d'Asahi à la main, gagna le petit salon dans lequel se trouvaient les appareils, alluma la télévision et le lecteur, y glissa le premier disque et attendit. Lorsque des images apparurent, elle s'installa dans un des fauteuils club et commença à regarder. Vite, ses poils se hérissèrent devant ce qui allait se révéler être aux limites du supportable pour un esprit sain. Des scènes de flagellation jusqu'au sang jaillissant des coupures, des crucifixions à l'aide de vrais clous plantés dans les paumes et les pieds, des gens qui buvaient dans des pots de chambre après que d'autres y aient uriné et déféqué ou encore vomi, qui se versaient du sang sur la tête et le visage en riant d'un air possédé, des mutilations, des coups de marteau sur les phalanges dont les craquements s'entendaient distinctement dans un silence soudain. Tout ça dans une nette progression vers le pire du pire. Un CD entier était même consacré au *body suspending*, une sorte de pratique méditative extrême ou une performance, parfois devant un public, qui consistait en la suspension du corps à l'aide de crochets métalliques plantés dans la peau, des fils tendus et reliés à une plaque en acier tenant le tout. Mais ici, les blessures infligées et les chutes étaient telles qu'il s'agissait plutôt d'une jouissance morbide pour ceux qui y assistaient, les crochets déchirant la peau de part en part, l'équilibre entre l'emplacement, le nombre de crochets et le poids du suspendu n'étant pas respecté. Et quelques cobayes y passaient contre leur gré en hurlant. Tout était filmé avec un évident voyeurisme sadique.

Au fil des images, une chose s'imposait de plus en plus à l'esprit affûté de la profileuse : ces scènes atroces avaient été filmées dans cet endroit où Vifkin n'avait jamais voulu l'entraîner, la cave du manoir.

Les piles de la télécommande étant mortes, Hanah dut se déplacer pour mettre sur pause et changer de CD. Elle visionna ainsi des extraits jusqu'au cinquième, dont l'étiquette portait l'inscription « Enfants » au crayon à papier, qui se terminait sur une scène d'une atrocité particulière. Sans le savoir, Hanah avait devant les yeux la copie conforme de la vidéo qu'Abel avait reçue du chatteur, dans laquelle Vifkin prononçait clairement le prénom Ana.

À la vue du visage de son ex-associé en gros plan, sur lequel se terminait la vidéo, recroquevillée sur elle-même, Hanah porta la main à la bouche et se la mordit presque au sang. Dans de tels moments, elle aurait eu besoin d'entendre la voix douce et chaude de Karen. Mais à cause du décalage horaire et de la façon dont elles s'étaient quittées, elle s'abstint de l'appeler. Tu vas faire face toute seule, cette fois, ma vieille, cracha-t-elle en se reprenant. Elle éjecta le disque, le fourra dans son sac et partit en courant vers la station de bus pour se rendre rue Royale, où elle retrouva Peeters et Abel en pleine discussion.

À la fin du rapport de Baxter sur ses découvertes toutes fraîches, Peeters et Abel gardèrent le silence quelques instants. Un silence abattu et coupable.

— Nous connaissions déjà cette vidéo, Baxter, c'est la première qu'a reçue Abel de son chatteur, avant celle de l'exécution de Chastel, avoua enfin Peeters, le regard fuyant, aspirant fébrilement la vapeur de sa cigarette électronique. Nous avions décidé de ne pas vous en parler tant que nous n'avions pas la preuve que vous n'étiez pas impliquée.

— Je vois… une vidéo dans laquelle Vifkin prononce le prénom d'une Ana. Qui peut être aussi bien Anna, que Hannah et en effet, Hanah, répondit Baxter. Donc je vous comprends, Peeters et vous aussi, Abel. Ce qui me chiffonne quand même est que vous ayez pu douter et penser un seul instant que j'aie été capable d'une telle… je n'ai pas de mots. Abomination.

— Vous ne pensiez pas non plus Vifkin capable de ça, n'est-ce pas ?

Hanah regarda Abel, qui venait de parler. Et de marquer un point.

— Non. C'est vrai. Tout comme j'ignorais qu'il eût une maîtresse toutes ces années, ou plutôt qu'il fût l'amant d'une femme mariée.

— Nous avons maintenant des éléments sur lesquels

nous appuyer. Nous savons que le *n* de l'anneau a été effacé volontairement, et qu'il a été introduit sur le cadavre de Vifkin par une dénommée Sarah Reeth, ancienne employée de l'institut médico-légal qu'Hannah Reeth mentionne dans ses lettres à Vifkin.

Les indices se resserraient autour d'Hannah et Sarah Reeth.

— Dans ce cas, allons plus loin, intervint Hanah. Sarah a peut-être cherché à me désigner comme coupable, après avoir glissé cette pièce à conviction à la morgue. Et c'est peut-être elle aussi qui a envoyé cette lettre anonyme.

— Selon vous, le corbeau, c'est Sarah Reeth ? demanda Peeters.

— Ce n'est qu'une hypothèse. Soyons prudents. Il est également possible qu'Hannah Reeth ait commandité un double meurtre, Vifkin par amour, moi par jalousie, en imaginant la mécanique qui m'accuserait au cas où on découvre que Vifkin avait été éliminé par un tueur à gages.

— Vous pensez qu'Hannah Reeth aurait fait tout ça simplement par jalousie ?

— La jalousie n'est pas un sentiment si simple, Peeters, répliqua Baxter. Elle a de nombreuses facettes, c'est une émotion complexe, qui peut mener à des actes extrêmes. Il y a des cas de jalousie pathologiques. N'oubliez pas que dans une des lettres je suis « la petite pute » qu'il baise. C'est peut-être parce qu'elle a su que nous avions couché ensemble que Sarah ne voulait plus entendre parler de Vikfin.

— En tout cas, sur le terril, c'est Baxter qu'Ernest Gare voulait, intervint Abel. Ce qui confirmerait la thèse d'un double meurtre commandité en effet par jalousie.

— Ou autre chose.

Abel et Peeters dévisagèrent Baxter, attendant la suite avec curiosité.

— Imaginons que ce ne soit pas du tout Hannah Reeth qui ait planifié ce double meurtre. Elle a filmé cette vidéo des enfants. Trois ont échappé au choc de justesse. On peut imaginer qu'ils ont vu la suite, de là où ils ont dû se cacher : le plus petit d'entre eux, écrasé sous leurs yeux. S'ils sont vivants, quel genre d'adultes sont-ils devenus, avec cette histoire ?

— Nous le saurons bientôt, dit Abel. Les résultats de l'identification ne devraient pas tarder.

— Le mobile serait cette fois la vengeance, lâcha Peeters. Une vengeance collective, avec un plan bien pensé... peut-être même par les adultes que sont devenus ces gosses. Mais dans ce cas, pourquoi étiez-vous la cible, Baxter, si vous n'étiez pas cette « Ana » qui filmait dans la voiture avec Vifkin ?

— Parce que ma culpabilité disculpait Hannah Reeth. Nos prénoms sont si proches, c'était facile. En effaçant un *n* sur l'anneau, Sarah Reeth a voulu fabriquer la pièce à conviction prouvant mon lien avec Vifkin.

— Je crains de ne pas vous suivre sur l'hypothèse de la vengeance, Baxter, fit Abel. Vifkin a été tué par Ernest Gare bien après cette vidéo. Les gamins étaient trop jeunes à l'époque pour pouvoir engager un tueur à gages. Et encore leur fallait-il en connaître un.

— Bien entendu...

— D'ailleurs, d'après ce qu'il m'a dit, enchérit

Peeters, Ernest Gare vous avait dans sa ligne de mire depuis longtemps. C'est un contrat qui date.

— On est d'accord, Peeters. Mais le contrat a peut-être été passé par un proche de ce gosse. Et si on regarde la vidéo avec attention, on voit qu'un des enfants est nettement plus grand que les autres. Il a peut-être quinze, seize ans. Quatre ans plus tard, il aurait presque vingt ans. À cet âge, on peut tout à fait planifier un double meurtre et trouver quelqu'un pour l'exécuter. J'ai déjà vu des choses bien plus improbables dans ma carrière. Reste le problème de l'argent : ce genre de contrat n'est pas dans les moyens d'un type de vingt ans. Sauf s'il a hérité d'une grosse fortune. Ou si quelqu'un l'a aidé.

— Mais comment ce gamin aurait-il pu remonter jusqu'à Vifkin ? Et jusqu'à vous, Baxter ? Surtout si vous n'étiez pas impliquée !

— Je ne sais pas, Peeters…

— On va donc creuser ces deux pistes, jalousie, vengeance, et toutes leurs ramifications, soupira le commissaire. Retrouver la trace d'Hannah Reeth, morte ou vivante. Ce qui ne devrait pas être trop difficile, vu que nous avons un visuel de cette Sarah dont elle parle dans ses lettres. Et qui travaillait à l'IML. La voici.

Peeters afficha sur l'écran de son PC la photo d'identité envoyée par Jo avec la liste des employés de l'institut.

Une onde glacée parcourut Hanah de la tête aux pieds. Malgré la coupe très courte sur la photo et un air plus jeune, Baxter la reconnut formellement. C'était sans l'ombre d'un doute la femme qu'elle avait croisée avec Lucien Defer dans le hall de l'immeuble rue aux Laines, devant l'ascenseur.

En suspension

Hanah ne rentra pas seule rue aux Laines en cette fin d'après-midi. En apprenant que la femme qu'elle avait croisée en compagnie de Lucien Defer et celle de la photo n'étaient qu'une seule et même personne, Sarah Reeth, Peeters avait organisé une descente chez Defer. Mais personne ne répondit quand les flics sonnèrent à la porte.

— On va pas s'emmerder à attendre un mandat de perquisition cette fois, on entre !

— Merde, Peeters… non ! lâcha Abel. S'il arrive ? On sera bons pour aller régler la circulation. C'est le substitut du procureur !

— Ah, Abel, toujours bonne élève… vous me cassez les… hein ! On y va, c'est tout.

— Abel a raison, Peeters, intervint Hanah. C'est une infraction grave…

— La voilà, la solidarité féminine ! Je me disais bien ! Faites le guet si vous voulez, mais avec mes gars, on y va ! Enfoncez-moi cette porte !

— Il y a un autre moyen, patron…, souffla un des trois policiers qui accompagnaient Abel et Peeters.

D'un geste assuré, il sortit une carte de crédit de sa

poche et la fit glisser de haut en bas, entre le chambranle et la serrure de la porte. Un déclic leur indiqua qu'ils pouvaient entrer. Tous firent quelques pas à l'intérieur sauf Abel, par principe, et Baxter, pour lui tenir compagnie en même temps qu'elles surveillaient les communs et l'ascenseur.

Presque aussitôt, l'un des flics revint en courant, la main devant la bouche.

— Qu'est-ce qui vous arrive, Heen ? demanda Abel.

Le policier parvint à peine à désigner l'appartement en respirant profondément.

— Désolé, haleta-t-il, mais c'est pas beau à voir !

Tendues, les deux femmes se précipitèrent en direction du remue-ménage, guidées par la voix de Peeters.

— On ne touche à rien, répétait-il, hagard, les cheveux plaqués par la sueur qui coulait sur son front.

Hanah et Abel suivirent son regard et se figèrent. Là, suspendu à un énorme lustre en cristal par des fils blancs fixés à des crochets enfoncés dans la peau du dos, juste au niveau des épaules, et ressortant de l'autre côté, le corps à demi dénudé de Lucien Defer se balançait doucement. S'il n'avait eu ce plus gros crochet planté dans la bouche d'où s'écoulait un filet écarlate encore frais et la tête basculée en arrière, on aurait cru à une forme étrange et originale de méditation.

— Non…, s'exclama Hanah.

— Il est mort depuis peu, lâcha Peeters, qui avait sorti une paire de gants en latex.

— Du *suspending*…, souffla Baxter.

— Du quoi ?

— Une pratique qui figure dans les vidéos de Vifkin que vous n'avez pas encore regardées.

— Vous êtes sûre?

— À cent pour cent. Sauf que le vrai *suspending body* n'est pas censé tuer ceux qui le pratiquent.

— C'est quoi encore, ce truc de « susbody » ? grogna Peeters.

— *Suspending body*. Corps suspendu, ou suspension corporelle. J'ai lu des articles dessus quand une de mes amies galeristes a exposé des photos de performeurs à New York. C'est une pratique inspirée du rite initiatique d'une tribu amérindienne, les Mandans. Une fois ce rituel de passage accompli, le jeune devient un O-Kee-Pa, autrement dit un guerrier.

— Des sauvages, oui…

— Pas du tout, Peeters. Une culture différente de la nôtre, tout simplement. Dont quelques allumés, artistes ou autres, se sont inspirés. Mais ça ne s'improvise pas. Les crochets sont fixés dans l'épiderme avec des piercings, et tout est calculé en fonction du poids pour que la peau ne se déchire pas. À la première suspension, qui tire la peau comme un élastique, la douleur est si vive que le corps sécrète aussitôt des endorphines. Elles jouent un rôle euphorisant. Le suspendu est plongé naturellement dans une sorte de transe. On affirme que cette pratique permet un niveau de méditation très élevé.

— Ah, il est élevé, celui de Defer, tiens ! Pour moi, il n'y a que des malades pour se trouer la peau comme ça et se suspendre ! Du grand n'importe quoi, on aura tout vu.

— Dans le *suspending*, poursuivit Hanah, il existe différentes postures, comme dans le yoga. Je vous épargne les détails techniques, mais il y a notamment la posture des « genoux », celle du « coma », celle du

« suicide » et celle de la « crucifixion », les deux dernières étant semblables à peu de chose près. Ici, à part le crochet dans la bouche, on dirait bien la posture du « suicide », à la verticale, comme un pendu.

— Sauf qu'il ne s'est pas suicidé et l'autopsie nous le confirmera, répondit Peeters, qui venait de recevoir un coup au cœur avec le mot « pendu ».

Dès qu'il avait vu le corps de Lucien Defer tournant légèrement sur lui-même, suspendu au lustre, la langue sortie de la bouche, il n'avait pas pu s'empêcher de faire le rapprochement avec son fils, qu'il avait retrouvé dans une posture similaire. Sauf que Simon s'était pendu lui-même, avec une corde.

Abel ne disait rien, mais ne pouvait détacher les yeux des pans de cette peau laiteuse, tirée par les crochets. Elle en éprouvait une certaine honte, mais elle trouvait ça presque beau. Le dispositif donnait à Lucien Defer des airs de pantin grandeur nature endormi.

Dans l'heure qui suivit, le corps du substitut fut décroché et transporté rue Montserrat pour être autopsié, tandis que la perquisition improvisée prenait cette fois un caractère officiel. Mais Peeters savait qu'il devrait s'expliquer en haut lieu sur le fait qu'ils aient découvert le corps de Lucien Defer alors qu'ils n'avaient rien à faire chez lui en son absence, personne n'étant venu leur ouvrir.

L'équipe de la PTS avait débarqué elle aussi sans tarder et investissait les lieux de combinaisons blanches et bleues, d'un outillage adapté, pinces, ciseaux, pulvérisateurs, flacons stériles, bocaux en verre et mallettes de prélèvements.

Peeters espérait qu'ils trouveraient des traces de la

présence de Sarah Reeth, peut-être de l'ADN dans les draps, sur un verre dans lequel elle aurait bu, des cheveux sur une brosse ou un peigne, tout, pourvu qu'ils lui appartiennent.

L'ordinateur de Lucien Defer, deux smartphones, un disque dur externe, trois clefs USB et des appareils photo furent embarqués.

— Regardez ce que j'ai trouvé, fit l'un des policiers, les mains dans des gants bleus.

Il brandissait des crochets métalliques identiques à ceux qui transperçaient la peau de Lucien Defer.

— On dirait qu'il pratiquait le *suspending*…, remarqua Hanah. Et pourtant, vu les marques de strangulation, ça ne ressemble pas à un suicide. Est-ce qu'il savait que le manoir avait brûlé ?

— Peut-être. Pas par nous, en tout cas, répondit Peeters. Je voulais attendre que les corps aient été identifiés. C'était sa famille, après tout.

— Regardez ce que je viens de trouver, lança un des hommes qui sortait de la chambre.

Tous les regards convergèrent vers la lame à nu, souillée de mouchetures brunâtres.

— Nom de Dieu ! tonna Peeters.

Un katana. Comme l'arme qui avait tranché la tête de Chastel.

— Defer… Pas lui ! Le substitut du proc, un salopard d'assassin !

— Il est plus prudent d'attendre les résultats des analyses, tempéra Abel.

— Il y a quand même de très fortes probabilités pour que ce kanata…

— Katana…

— Katana, kanata, le résultat est le même !

Soigneusement protégé dans une housse, le sabre fut emporté par la PTS avec les autres pièces à conviction.

Baxter, Abel et Peeters revinrent ensemble rue Royale. Installé sur le canapé défoncé, Paco, qui attendait sagement son nouveau maître, remua la queue et grogna de joie. Peeters reportait indéfiniment le moment des présentations à Gertrud : son bureau était devenu la chambre du cane corso, qui lui montrait une reconnaissance infinie.

Sur le panneau mural étaient punaisées les photos d'Anton Vifkin (mort confirmée), de la balle qui l'avait tué, de l'anneau gravé, d'Ernest Gare, d'Ange Defer (disparue lors de l'incendie), d'Antony Delestre (gardé à vue), de Marc Froissard (mort confirmée) et Léo Peroni (disparu, analyses en cours du corps de la neuvième fosse sur le terrain du manoir), des huit chiens découverts au fond des autres fosses et exhumés, et les captures d'écran les plus exploitables des quatre enfants de la vidéo. Peeters ajouta les clichés de Sarah Reeth et de Lucien Defer (mort confirmée), puis, d'un geste lent, celle de Chastel (mort confirmée). Il n'y avait encore aucune image au nom d'Hannah Reeth.

Tous trois, leur tasse à la main, restèrent quelques instants devant le tableau à regarder les photos dans la chronologie des événements et durent se rendre à l'évidence. Tout convergeait, d'une façon ou d'une autre, vers le manoir.

Le portable de Peeters sonna dans ce silence.

— Le légiste…, dit-il en prenant l'appel sur haut-parleur. Oui, Irénée ?

— Jo vous a fait parvenir les informations que vous lui aviez demandées, commissaire ?

— Elle a été plus rapide que son ombre.

— On peut donc dire… qu'on n'en parle plus, n'est-ce pas ?

— Moi, oui, mais vous, non. Mais je n'ai pas à savoir ce que vous direz ou non à votre hiérarchie…

— Merci, commissaire. D'autre part, vous allez recevoir le rapport d'autopsie du corps enterré derrière le manoir et les résultats ADN, mais je peux déjà vous en dire quelques mots.

— Faites.

— Il a été tué de la même façon que Marc Froissard. Par morsures, dont deux létales à la gorge, qui lui ont broyé la trachée et arraché les carotides. Le même type de chien, de catégorie 1 ou 2, sauf qu'il n'y en avait qu'un seul. Et, contrairement à son collègue, il n'a pas eu à courir pour échapper à ce fauve. Il était chaussé de rangers, donc ses plantes de pieds n'ont pas souffert des mêmes blessures que l'autre victime. Il a dû être séquestré et a subi l'assaut mortel dans un endroit confiné dans l'enceinte du manoir, d'où l'enfouissement du corps à proximité du bâtiment et des dépendances.

— Une deuxième victime d'attaque de chien… Eh bien, on a de quoi cuisiner Delestre, et il a intérêt à se mettre à table, maintenant !

— Je vous envoie le rapport et les photos des morsures, assez visibles depuis le nettoyage du corps malgré le processus de décomposition. Il a été tué assez récemment.

— Avant Froissard ?

— Peu de temps avant. Entre un et deux jours.

— Delestre prétend avoir récupéré les chiens chez Ange Defer environ une semaine avant l'attaque dans la forêt. Mais on a retrouvé les huit molosses enterrés sur la propriété des Defer. Abel, vous vous sentez de faire cracher la vérité à ce type ?

— Avec plaisir, sourit la commandante.

Au même moment, on frappa trois coups à la porte. Foy apparut, un colis sous le bras.

— Un peu tôt, pour les cadeaux de Noël ! claironna Peeters en caressant Paco, qui en bavait de contentement.

— C'est arrivé à l'accueil en fin de matinée, pas d'expéditeur, annonça Foy. Je l'ai passé au détecteur, le déminage ne me paraissait pas adapté.

— Si c'était une bombe, elle aurait donc déjà explosé, Foy. Hum… à mon nom ? C'est lourd, j'ose espérer que c'est du bon vin, au moins. On va voir ça.

Peeters prit des ciseaux et enfonça la pointe dans l'adhésif noir du colis. Il fut le premier à en voir le contenu. Et le premier à se décomposer, saisi d'un violent tremblement.

— Peeters ? s'écria Abel.

Mais le commissaire, incapable de prononcer un mot, chancelant, fut obligé de s'asseoir. Claire Foy se pencha alors sur le carton en étouffant un cri. Enfin, Baxter et Abel s'approchèrent.

Dans un sac en plastique transparent, la tête de Chastel, les yeux grands ouverts, semblait leur demander ce qu'il foutait là.

Aveux

Le visage fermé à double tour, Abel s'installa en face de Delestre, une chemise posée devant elle. Elle leur donna quelques instants d'observation et d'évaluation mutuelle avant de commencer.

Renversé contre le dossier de sa chaise, le nouveau directeur de la fourrière tapotait nerveusement le bord de la table.

— Arrêtez ça, Delestre, c'est mauvais pour la concentration, l'avertit Abel d'une voix neutre.

Les tapotements continuèrent avant de s'arrêter progressivement.

— Bien. Nous allons pouvoir commencer. Outre l'état lamentable dans lequel vous et vos employés avez maintenu la fourrière, d'après des témoignages, vous organisiez des combats de chiens et des chasses à l'homme avec ces mêmes molosses. C'est vrai ?

— J'ai rien à vous dire. J'attends mon avocat.

— Dans ce cas, je parlerai pour deux. Ça risque d'être moins agréable pour vous. Je pourrais aussi déduire que votre silence à ce sujet est un aveu. Tenez, regardez, si ça peut vous aider.

Tout en l'avertissant, Abel étalait sous les yeux de

Delestre, comme un jeu de cartes, les photos des restes des deux victimes, Marc Froissard et Léo Peroni. Il y jeta un œil rapide et contraint. Les tapotements recommencèrent, fébriles.

— C'est quoi ?

— Là, c'est ce qui reste du pauvre gars, Marc Froissard, attaqué par vos chiens la nuit de vendredi à samedi. Marié, père de famille. Et là, Léo Peroni, son collègue et ami, enterré chez Ange Defer. Ça vous dit quelque chose, non ?

— Cette folle, oui. Les deux autres, non. C'est pour ça qu'elle m'a chargé, elle a voulu me coller ses saloperies sur le dos !

— Les chasses à l'homme, c'est bien vous qui les organisiez ?

— Je dois vous le dire en quelle langue ?

— La vôtre, ça suffira. Mais ce serait mieux si elle se déliait. Parce que, avec la disparition d'Ange Defer, vous êtes mal barré.

Delestre leva sur Abel des yeux incrédules.

— Sa disparition ? Vous me racontez quoi, là ?

— Ah, vous n'êtes pas au courant, c'est vrai… Le manoir a cette fois complètement brûlé, avec ses occupants, dont Ange Defer.

Ils n'en avaient pas encore eu confirmation, mais Abel préférait faire comme si. Elle se disait que ça le libérerait peut-être. À sa grande surprise, il éclata de rire.

— Ça m'étonnerait pas qu'elle y ait foutu le feu, comme la première fois ! ricana-t-il.

— La première fois ?

— Vous devez le savoir, le manoir a déjà brûlé, c'est comme ça que l'ancien propriétaire est mort.

— Et vous êtes en train de me dire qu'Ange Defer est responsable de cet incendie, Delestre ?

Antony hocha la tête d'un air effronté. Il adorait l'idée de river son clou à un flic.

— Attendez, je reviens.

Abel se leva et jeta un œil entendu au surveillant avant de sortir. De l'autre côté de la porte, elle prit son portable et appela Peeters, qui assistait à l'autopsie de la tête de Chastel à l'IML.

— Delestre vient de me dire qu'Ange Defer est l'auteure du premier incendie du manoir, dans lequel est mort le juge Daval.

— C'est peut-être pour ça que son frère a pu l'acheter pour une bouchée de pain. On ne saura jamais s'il était juste au courant ou s'il y a participé. Delestre a l'air de savoir pas mal de choses, ne le lâchez pas, Abel.

— Je n'en ai pas l'intention.

Prenant une inspiration, Abel poussa la porte de la salle d'interrogatoire. Cette fois, elle vint se poster derrière Delestre, que cette nouveauté visiblement déstabilisa.

— Depuis combien de temps connaissez-vous Ange ?

— Un bail. Mais tout dépend de ce que vous voulez dire par « connaître ». J'aurais jamais imaginé que cette garce aurait été capable de me tirer dans le dos.

— Quel a été votre lien ?

Delestre tourna la tête, cherchant le regard d'Abel.

— On n'est pas mariés ! Qu'est-ce que ça peut foutre ? Vous êtes psy ?

— Parfois, je me demande s'il y a une si grande

différence entre psy et flic, avec tous les cas qu'on voit passer ici…

— Des cas, y en a partout, même chez les flics. À commencer par eux.

Abel se demanda furtivement si Delestre n'avait pas en partie raison.

— Nous ne sommes pas ici pour en débattre. Je cherche à remonter dans le temps, dans la vie d'Ange Defer, et à comprendre pourquoi elle a pu s'en prendre de cette façon à deux hommes qui ont travaillé à la sécurité du manoir.

Il sembla à Abel qu'à cet instant Delestre s'était arrêté de respirer. De dos, il était comme figé. Elle repassa devant lui et vint se rasseoir, les yeux plongés dans ceux du prévenu.

— Vous étiez au courant, c'est ça…

Les maxillaires roulaient sous la peau du visage de Delestre.

— Non, c'est pas ça.

— Alors, c'est quoi, Delestre ?

— C'est son père qui les connaissait, je crois.

— Le père d'Ange Defer ?

— Ouais.

— Et vous, son père, vous le connaissiez ?

— Non…

— Vous hésitez, on dirait.

— Non, j'hésite pas, faites chier ! Je me rappelle plus, c'est tout.

— Vous ne vous rappelez plus si vous le connaissiez ?

— J'ai dû le voir une fois.

— Et que faisait-il… je veux dire… son métier ?

— Jardinier. Mais pas que.

— C'est-à-dire ?
— J'en sais rien.
— Vous n'avez pas l'air de ne rien savoir. Vous feriez mieux de parler, Delestre, au lieu de vous enfoncer.
— Alors j'arrête de parler et de m'enfoncer.
— Très bien. Ramenez-le dans sa cellule, dit brusquement Abel en s'adressant au surveillant.

Derrière le miroir sans tain, Hanah sourit. Abel ne s'en sortait pas mal du tout, en technique d'interrogatoire. Surtout avec un type comme Antony Delestre dont elle avait pu déjà dresser un début de profil. Dans les grandes lignes, celui d'Ange Defer en homme. Solitaire, rebelle à toute forme d'institution, renfermé, sombre et secret. Et étant à classer dans les HP – hauts potentiels. Ange et lui se ressemblaient trop pour pouvoir être ensemble. Pourtant, ils étaient liés, c'était certain. Un lien qu'Abel ne cernait pas encore.

— Foy, vous êtes déjà sur quelque chose, là ? demanda Abel de retour dans son bureau.

La jeune femme ne s'était pas encore remise du choc causé par le contenu du colis, mais elle ne demandait qu'à oublier. Et pour ça, le boulot était ce qu'il y avait de mieux.

— Pas dans l'immédiat…
— Très bien, alors trouvez-moi tout ce que vous pourrez sur Ange Defer, quitte à voir son arbre généalogique, surtout sur son père et sa mère.
— C'est parti !

Heureusement, il y a des jeunes qui ne demandent qu'à bosser ! se dit Abel qui se remémorait les paroles de Peeters sur la désinvolture des « jeunes d'aujourd'hui ».

Pendant que la PJ bourdonnait comme une ruche, quelque part, en forêt de Soignes, un arbre tombait dans une douleur muette sous les coups furieux d'une hache. Et cet arbre avait un nom. Le Sage.

La vérité jusqu'au bout

— C'est bien une lame de katana qui a tranché la tête de Chastel, conclut Irénée sous son masque. Mais il était déjà dans un sale état, vu les brûlures aux tempes. On lui a envoyé des décharges électriques non létales. Ça a dû le secouer quand même.

— Je sais, répondit Peeters, l'air grave. On a reçu une vidéo qui montre à peu près tout ce qu'il a subi. Les ordures!

— Envoyez la tête à la PTS. À mon avis, ils peuvent tout à fait voir si elle matche avec le reste ou pas.

— Bonne idée. Vous vous en chargez, Irénée? Je sens que je vais avoir besoin d'un peu d'air, là… Je sais bien que nos métiers respectifs, surtout le vôtre, nous conduisent à fréquenter les macchabées, mais ces derniers temps, c'est un festival.

Laissant Irénée avec ce qu'il restait de Chastel, Peeters sortit de l'institut et inspira une grande goulée d'air. Même pollué, il l'aida à se reprendre et à mieux respirer. Ça ne devrait pas exister, songea-t-il. L'espèce humaine ne devrait pas exister. Rien que pour ça. Pourtant, c'était cette même complexité et ces contrastes, tout en ombres et lumières, qui en faisaient la richesse.

Il eut soudain envie de sentir sous ses doigts le poil chaud et soyeux de son nouveau compagnon, d'éprouver la pureté de ce lien qui unit l'homme à l'animal, dénué de coups bas et de mauvaises intentions. Au-dessus de lui, le ciel de Bruxelles, sa ville, la ville où il était né et qu'il aimait tant. Malgré des hauts et des très bas, il ne l'avait jamais quittée. Comme Gertrud. Il avait suivi son évolution, avait avancé avec elle, fier de son rayonnement et de son rôle dans l'Europe, mais amèrement conscient de sa fragilité identitaire. Il savait que, tôt ou tard, les lézardes culturelles et linguistiques qui traversaient le pays provoqueraient un séisme majeur. Mais il ignorait quand cela surviendrait.

Lorsqu'il arriva rue Royale, chargé de ses pensées allant essentiellement de Chastel à Rinchard, Foy sortait du bureau d'Abel, satisfaite du travail accompli et des nouvelles cartes qu'ils pourraient ajouter au jeu de patience.

Abel relata en quelques mots l'interrogatoire de Delestre et termina sur le résultat des recherches que Claire Foy venait de lui remettre.

— Le père d'Ange et de Lucien Defer était donc jardinier, mais jardinier au manoir. Il y a travaillé une dizaine d'années puis il a été embauché à la Ville en tant que paysagiste, où il ne sera resté que quatre ans avant de succomber à un cancer. À la mort de leur père, Ange, encore très jeune, s'est occupée de leur mère et du petit frère, Jérémy, comme vous le savez.

— Jardinier au manoir pendant une dizaine

d'années…, répéta pensivement Peeters. Décidément, oui, tous les chemins mènent au manoir.

— Oui, Baxter a raison : c'est la clef.

— Elle n'est pas avec vous, d'ailleurs ?

— Elle a assisté à l'interrogatoire derrière la glace pour travailler sur le profil de Delestre, et puis elle a dit qu'elle rentrait se poser un peu avec tout ça.

— Et sa protection ? Toujours en place ?

— En principe, oui. Si vous n'avez pas donné de contrordre.

— Bon sang…

— Qu'est-ce qu'il y a, Peeters ?

— Le légiste va envoyer la tête de Chastel à la PTS pour vérifier si elle peut correspondre au corps décapité retrouvé dans les décombres de l'incendie. Si c'est bien Chastel et comme seuls trois corps ont été retrouvés pour le moment, si le chiffre ne change pas, ça veut dire que les deux autres sont forcément ceux de la mère et du jeune frère d'Ange… Vous voyez ce que je veux dire, Abel ?

— Que ce qu'avance Delestre n'est pas délirant. Prévenue de la perquisition par Lucien, Ange a très bien pu allumer le feu après avoir tué Chastel qu'elle a surpris dans les parages, se débarrassant du corps de cette façon et, par la même occasion, mettant fin à un calvaire de quinze ans, au service d'une mère folle et d'un frère handicapé avant de se faire la malle.

— Et la vidéo mettant en scène Chastel ? Si c'est Ange qui l'a tué, ça veut dire que le chatteur, c'est elle ?

— D'après Delestre, c'est elle qui organisait des chasses à l'homme avec ses chiens. C'est de cette façon qu'elle a sans doute tué Marc Froissard et Léo Peroni. Elle a un goût évident pour le morbide et le meurtre.

— Qu'est-ce qu'elle leur voulait, bon sang ?

— Personne ne pouvait approcher du manoir. Vous voyez bien avec Chastel, Peeters. Et nous, la première fois, avec Rinchard… Il a fallu la désarmer. Baxter pourra nous le confirmer, mais il est probable qu'Ange Defer souffre de troubles paranoïaques qui lui font appréhender une réalité distordue.

— Ce serait elle qui aurait tué Lucien, alors… Avec une autre mise en scène… Ce n'est plus de la paranoïa, là, c'est plus grave ! Du nouveau sur Sarah Reeth ? reprit l'inspecteur après un silence. Si elle était bien avec Lucien Defer hier soir, elle est peut-être en danger elle aussi. Tant que les corps du manoir ne sont pas identifiés, il faut considérer qu'Ange est en fuite. Je lance un avis de recherche.

Le mobile de Peeters sonna, affichant le nom du chef de la Scientifique.

— C'est Suarez. On est tombé sur une partie intacte du manoir, en sous-sol. Ce qui ressemblerait à une cave voûtée, recouverte par un plancher qui a résisté au feu.

Peeters sentit son pouls s'accélérer.

— Pour l'instant, les pompiers déblaient, reprit Suarez. Ils y vont prudemment et sécurisent mètre par mètre, pour ne pas risquer un effondrement quand l'équipe descendra faire les investigations.

— Vous me tenez au courant, Suarez. Surtout si vous retrouvez un quatrième corps. Je suis joignable nuit et jour.

— Comme d'habitude.

Peeters put entendre son interlocuteur sourire avant de raccrocher. L'instant suivant, c'était Foy qui passait sa bouille ronde tachetée à l'intérieur du bureau.

— Je vous dérange deux minutes… L'informaticien est en train d'analyser l'ordinateur de Lucien Defer, ses clefs USB et le disque dur externe. Il a trouvé des trucs qui pourraient vous intéresser.

— On arrive !

L'espace informatique n'était éclairé que par les écrans des ordinateurs, alignés comme des tanks. Ici, c'était le royaume de Ronan. Une mise en garde était affichée à la porte : « Ne frappez à cette porte qu'avec une bonne raison ».

Le personnage n'avait rien à voir avec les jeunes surdoués boutonneux aux cheveux longs et gras des séries policières. Ronan était un monolithe de soixante-sept ans au look de hipster, tempes rasées, barbe blanche taillée au carré, chemise à carreaux, avant-bras et cou tatoués *old school*, reportant chaque année la décision de prendre sa retraite. Sa passion, le décryptage informatique et le décodage. Et, accessoirement, traquer les hackers sur la toile. Abel se tenait donc le plus loin possible de lui.

Peeters s'installa à côté du hipster et Abel se contenta de rester debout. Il n'y avait qu'une chaise pour les invités, dans l'antre de Ronan.

— Foy nous dit que tu as trouvé des trucs intéressants, dit Peeters.

— En fait, un seul.

La déception pouvait se lire dans les yeux du commissaire. Mais il n'était pas question d'énerver Ronan avec un « C'est tout ? ».

— Fais voir.

— Ce n'est pas vraiment visible. Enfin… pas aussi visible qu'une photo. Mais votre Lucien Defer, c'était un grand malade.

Abel et Peeters échangèrent un regard furtif.

— J'ai découvert des tas de vidéos dégueulasses sur son PC, dans des fichiers cachés. Il y avait pas mal de *suspending* et autres conneries. Et une particulièrement abominable, celle-ci…

En deux clics, la vidéo s'ouvrit sur les images du 4 × 4 et de la mystérieuse complice de Vifkin.

— On l'a déjà vue, Ronan, merci.

— Mais ce que vous n'avez sans doute pas vu, c'est ça…

Sur l'écran apparut aussitôt une connexion avec mot de passe et pseudo. Un pseudo qu'Abel connaissait bien : Vifkin.

— Ça, c'était pour se connecter sur une saloperie de site de pervers, Parafil. Je peux remonter tous ses chats.

— Voilà, Abel, nous avons enfin l'identité de votre correspondant, lança Peeters.

Ronan fixa le commandant par-dessus ses lunettes d'un air ahuri.

— Non, le commandant Abel n'est pas une grande malade, Ronan. Elle était juste infiltrée. Et sous ce pseudo, Lucien Defer lui a envoyé deux vidéos, dont celle que vous venez d'ouvrir.

— Lucien Defer. Le substitut du procureur ! Incroyable…, répétait Abel entre ses dents. Il mentait peut-être, mais ce qu'il m'a écrit dans ces échanges, c'est qu'il a pris ce pseudo parce que Vifkin l'avait initié à certaines perversions, dont l'hybristophilie.

La fascination pour les crimes et les actes les plus barbares…

— Traquer des hommes avec des chiens, trancher une tête au sabre japonais, brûler vifs les habitants d'un manoir, souffla Peeters. Peut-être étaient-ils complices, lui et sa sœur.

— Ou bien il était seul. Et il aurait incendié le manoir par plaisir. Ou avec Sarah Reeth, qui sait ? suggéra Abel, réfléchissant à voix haute.

— Initié par Vifkin, une pointure du profilage ! reprit Peeters. Si cette femme avec lui dans la voiture est Hannah Reeth, ce n'est pas pour rien que Lucien Defer fréquentait Sarah. Elle aussi donne peut-être dans ce type de perversion. Il faut voir toutes ces vidéos, on trouvera sans doute d'autres éléments.

— En tout cas, on dirait que celui ou celle qui l'a tué avait découvert ses hobbies et qu'ils ne lui plaisaient pas, dit Abel.

— Peut-être un règlement de comptes entre pervers. Bon, rien d'autre, Ronan ?

— Ben… J'avais fini, alors pour passer le temps, j'ai poussé un peu plus loin en isolant le visage de chacun des gamins de la vidéo. Pas évident, parce que filmés de nuit, dans la lumière des phares, presque tous de profil ou trois quarts, sauf le plus petit… Mais bon, j'ai joué sur les réglages avec un petit logiciel peu connu, qui est une bombe. Et voilà ce que ça donne.

Trois visages apparurent. La fillette et le plus grand affichaient une expression terrifiée. L'autre, du côté gauche, avait les yeux à demi fermés. Une sorte de petit rictus étrange flottait sur ses lèvres. Les visuels étaient bien plus nets que ce qu'Abel avait vu jusqu'alors.

— C'est bien, Ronan, bon j'ai déjà envoyé les photos des gosses à l'identification, mais comme ça tarde, je leur enverrai celles-ci. Ils ont peut-être du mal avec les premières.

— Ça sera pas forcément nécessaire. En tout cas pour deux des gamins. Ces agrandissements n'ont de véritable intérêt qu'avec… ceci. C'était dans un fichier de vieilles photos de famille numérisées. La ressemblance m'a sauté aux yeux. Je les ai téléchargées sur mon PC. Comme ça vous pouvez comparer.

Une des photos s'afficha sur le 24 pouces de Ronan : trois enfants, un garçon qui semblait être l'aîné, la fille, et le plus jeune, qui ne devait pas avoir plus de trois ans. On reconnaissait sans le moindre doute les deux plus grands : ceux de la vidéo, le gamin sur le côté gauche avec son petit sourire narquois, et la fillette.

Les prénoms étaient griffonnés à la main, au-dessus de chacun. Lucien, Ange, Jérémy.

Pas à pas

L'antre de Ronan s'était transformé en tombeau, tant le silence était de plomb devant l'écran sur lequel s'affichait la photo des trois enfants. Le seul à ne pas pouvoir être identifié à partir de la vidéo à cause de sa position de dos était Jérémy. Avec la vieille photo des trois frères et sœur, c'était donc la première fois qu'Abel et Peeters voyaient son visage d'enfant. Une bouille de gamin heureux. Lucien, lui, affichait le même petit sourire narquois que sur la capture agrandie de la vidéo. Quant à Ange, son regard renvoyait déjà quelque chose de dur et sauvage. Ce qui, chez un enfant, a toujours une dimension effrayante.

Ce fut Peeters qui rompit le silence.

— Lucien, Ange et le petit Jérémy. Ça explique pas mal de choses… Déjà le fait que Jérémy ait été dans un état de légume durant toutes ces années. Pourtant, d'après Ange Defer, il serait tombé dans l'escalier à l'âge de deux ans, ce qui lui aurait valu d'être dans cet état. Et si elle a transformé l'époque et les causes de l'accident en une version mensongère, c'était pour de bonnes raisons…

— Si elle avait donné la vraie version lorsqu'elle en

a parlé à Baxter, ça l'aurait désignée comme suspecte dans le meurtre de Vifkin, c'est sans doute à cause de ça, fit remarquer Abel. En attendant, on n'a rien sur le quatrième gamin. Qui paraissait être le plus grand. Presque un ado, fit remarquer Abel.

— On l'aura, l'identification, j'ai bon espoir.

— Je ne me suis pas trop penché sur le quatrième môme, avoua Ronan. Celui qui tenait la main de la gamine… Je peux essayer de la rendre encore plus nette, si vous voulez.

— N'essaye pas, fais-le, grogna Peeters.

À la seconde, le visage isolé apparut de trois quarts sur l'écran du second PC. Ronan travailla l'image un instant et, comme par magie, les traits s'affirmèrent avec une netteté surprenante.

Abel se tendit soudain.

— Vous pourriez le vieillir ?

— De combien ?

— À l'âge adulte, entre trente-cinq et quarante ans ?

— Ça roule…

Si Ronan n'ajouta pas « ma poule », il le pensa si fort qu'Abel et Peeters purent presque l'entendre.

Le visage surgit non seulement avec une vingtaine d'années de plus, mais de face, laissant les deux policiers médusés.

— Eh bien, si je m'attendais à ça…, souffla Peeters.

— C'est bien ce que j'avais pensé en voyant la photo plus nette. Il n'a pas beaucoup changé. Ses yeux, surtout.

— Bravo, Abel ! Antony Delestre. Incroyable !

— Il m'a dit que ça fait « un bail » qu'il connaissait Ange. Ça se confirme…

— Ils vont être verts, au Fichier, quand on leur dira que c'est bon.

— Nous aurons confirmation, au moins.

— Abel, il n'y a pas de doute possible, là. Vous voyez comme moi. De toute façon, ces premiers résultats nous éclairent pas mal et tout s'emboîte peu à peu. Et maintenant, je me dis que Baxter a peut-être raison quand elle parle de vengeance pour le meurtre de Vifkin.

— On l'a déjà dit, Peeters : les gosses étaient trop jeunes à l'époque pour engager un tueur à gages. Et puis comment auraient-ils deviné que le type dans la voiture se nommait Vifkin, qu'il était accompagné d'une femme qui s'appelait Hannah… ?

— Un de leurs proches a pu le faire, d'après des témoignages… Dans la vidéo, leur manège macabre est interrompu par une voiture qui arrivait derrière.

— Sauf que ses occupants n'ont pas pu relever la plaque d'immat, surtout de nuit, ils ont dû tomber sur le corps inerte du gamin au milieu de la route. En tout cas, après Vifkin et ce qui a failli être le meurtre de Baxter, la série continue… Les deux vigiles, il y a aussi Chastel, Sylvie et Jérémy Defer, Lucien Defer… Pour le moment, et à moins qu'on ne retrouve son corps dans le manoir, tout désigne Ange Defer comme l'unique coupable de ces meurtres.

— Mais pourquoi s'en serait-elle prise à Froissard et Peroni ? Pourquoi aurait-elle tué toute sa famille ?

— Ce serait intéressant d'avoir l'avis de Baxter, avec ces nouveaux éléments et…

Peeters fut interrompu par deux coups à la porte qui firent grogner Ronan.

— C'est pour une bonne raison, Ronan ! lança

Claire Foy en entrant. J'ai fait des recherches sur Hannah Reeth. Pas d'avis de décès, pas d'adresse. Mais il y a un cabinet d'avocats Reeth et associés.

— Tiens, tiens…

— Une photo d'identité ?

— J'ai ça…, dit Foy en tendant à Peeters et à Abel l'un des feuillets qu'elle tenait en main. La photocopie du dossier de permis.

Ils écarquillèrent les yeux.

— C'est Sarah Reeth !

— Non, c'est bien Hannah Reeth. Sarah, c'est sa fille, précisa la jeune policière. J'ai son état civil. Sarah, née le 21 juin 1982, fille de Hannah et Edmond Reeth. Mais elles se ressemblent comme deux gouttes d'eau… Et en fouillant un peu, j'ai découvert que Sarah a quitté son poste à l'IML après une mise à pied pour faute grave.

— Bizarre qu'Irénée ne nous ait rien dit, releva Peeters.

— Normal : il a eu une histoire avec Sarah.

Des regards impressionnés se concentrèrent sur Claire Foy.

— D'où tenez-vous ça ? Il vous l'a dit ?

— Ha ! Ha ! Mon petit ami… Il bosse à l'IML.

— Il est légiste ?

— Non, stagiaire. Je lui ai demandé s'il la connaissait. Il les a surpris un jour en train de… de s'envoyer en l'air dans la morgue. Il ne savait plus où se mettre. Il a refermé la porte et est reparti aussitôt.

— Vous savez de quelle « faute grave » il s'agit ?

— Non. Mais je peux creuser…

— Allez-y, Foy, puisque vous êtes lancée. Je

comprends de mieux en mieux l'embarras d'Irénée. Mais quel comédien, quand même !

— Il a dû être stupéfait quand il a compris que c'était Sarah qui était allée voir les restes de Vifkin, dit Abel.

— Sauf que ce n'était pas Sarah, asséna calmement Claire Foy.

— Vous pouvez développer ce que vous avancez avec autant d'assurance ? demanda Peeters.

— Pas de problème, chef. Comparez ces deux photos. Celle extraite de la vidéosurveillance, et la photo agrandie du permis d'Hannah Reeth. Sur les deux, il y a cette petite cicatrice sur le front, à droite. Il est peu probable que la mère et la fille aient la même marque, au même endroit… Ce n'est donc pas Sarah que Jo a laissée entrer. Mais Hannah, qui s'est fait passer pour sa fille.

— D'où les lunettes de soleil et cette comédie des larmes pour se dissimuler la moitié du visage derrière un Kleenex ! confirma Abel.

— Des larmes de crocodile, oui ! gronda Peeters, sa cigarette électronique entre les lèvres. Hannah Reeth est donc vivante, et c'est elle qui a introduit l'anneau, après avoir effacé un *n*. Bon, il faut retrouver la mère et la fille. Merci, Foy et Ronan, merci !

Peeters et Abel regagnèrent chacun leur bureau après s'être réparti les tâches et les recherches. En chemin, le portable du commissaire afficha le numéro de Suarez de la PTS.

— On a trouvé un quatrième cadavre, Peeters. Le corps est intact.

— Homme ou femme ?

— Une femme. Elle porte un treillis et des

chaussures style rangers. Ses mains sentent l'essence à plein tube, comme si elle avait tripatouillé des bidons. Qui ont peut-être servi à mettre le feu…

— Ange Defer…

— Ce n'est pas elle qui a mis le feu, Peeters. Elle, elle s'est contentée d'arroser, et encore, c'est une hypothèse.

— Et pourquoi ne serait-ce pas elle ?

— Elle a été tuée d'une balle de fusil de chasse avant que l'incendie ne démarre.

Sacrifiés

Ange Defer avait échappé aux flammes qu'elle avait choisies, mais pas à la balle qui lui avait perforé le cœur. Une balle venant de son propre fusil de chasse laissé à côté d'elle dans cette partie souterraine qui n'avait pas brûlé dans l'incendie. Ce qui fut autrefois «La cave», deux mots à la réputation douteuse. À croire que le hasard ou le destin avaient décidé que le théâtre de tant de vices devait demeurer intact.

Baxter, Abel, Peeters et Suarez se tenaient immobiles et silencieux autour du corps, dans une sorte de recueillement spontané. De ce qu'ils avaient perçu d'elle, sa dureté, ses ombres, une certaine absence d'empathie pour le monde, Abel et Peeters n'auraient jamais imaginé pareille fin pour elle. Quant à Hanah, elle n'avait pas été très étonnée en apprenant la nouvelle. Ange était porteuse d'une faille familiale et d'un syndrome du sauveur que Baxter avait bien cernés.

Dans le profil d'Ange Defer, Baxter n'avait pas décelé une personnalité foncièrement meurtrière, malgré des pulsions de mort évidentes qu'engendrait une rage qui l'habitait depuis le drame. De ce fait, Ange était fortement suspectée d'avoir provoqué la mort de deux hommes. Une mort sauvage et particulièrement violente. À cet argument, Baxter répondait que, justement, cela collait aux traits particuliers de la personnalité d'Ange Defer. Elle ne les avait pas tués de ses propres mains, mais en lâchant des chiens affamés et assoiffés de sang. D'après Hanah, les chiens seraient le prolongement animal de la jeune femme. D'une certaine façon, c'était une partie d'elle qui s'était ruée sur ces deux hommes pour les prendre à la gorge et les déchiqueter. Les fauves avaient accompli ce qu'elle n'aurait pas pu faire elle-même. Tout comme la personne qui avait engagé un tueur à gages pour éliminer Vifkin et cette Hannah que le profileur connaissait.

Mais il restait à identifier les vraies raisons de cette rage. Et, depuis que les enquêteurs avaient découvert l'identité des quatre enfants de la vidéo, ils se demandaient quel avait été le rôle véritable de Froissard et Peroni durant cette soirée terrifiante, vingt-quatre ans auparavant.

— Les chiens…, commença Hanah. Il est là, le lien entre Ange et les deux vigiles.

— Expliquez-vous, Baxter, dit Peeters agacé d'avoir à deviner les sous-entendus d'Hanah.

— Vous vous rappelez que la fille de Léo Peroni nous a raconté que son père et Froissard avaient surpris des gamins, et qu'ils les avaient coursés avec leurs chiens ? Des molosses, là encore. J'ai vu le chenil, j'ai vu comment les bêtes étaient gardées : Ange Defer n'aimait pas ces chiens. D'ailleurs, Delestre l'a confirmé : elle les entraînait au combat, nous a-t-il dit. Pour elle, c'étaient avant tout des armes. Des armes redoutables, peut-être plus efficaces qu'une balle : Froissard et Peroni n'avaient aucune chance de s'en sortir. L'un pourchassé par une meute en furie, l'autre, enfermé avec Arkan, le plus agressif et le plus puissant… Et ensuite, enterrés presque côte à côte…

Durant cet échange, Suarez et deux agents de la PTS avaient commencé à effectuer les prélèvements sur le corps d'Ange Defer et autour. La cave avait été transformée en bureau personnel, avec un ordinateur, des classeurs où chaque papier était rangé et quantité de photos accrochées au mur. Beaucoup de photos d'arbres, chacun portant un nom imprimé au bas, à droite. Mais aussi des photos d'Ange, posant avec des trophées de chasse, principalement du gros gibier, chevreuils, cerfs, sangliers ou encore un coq de bruyère au plumage flamboyant. Plus discrets, des portraits d'un homme en tenue de jardinier au milieu de rosiers ou devant des parterres de fleurs, les mêmes ombres que dans le regard d'Ange. Probablement son père, André Defer.

Le chef de la PTS se releva et sortit son portable. Une fois la communication terminée, il se tourna vers Peeters.

— On a l'identité des trois personnes retrouvées dans l'incendie, dit-il à Peeters après avoir raccroché. Sylvie et Jérémy Defer et… Chastel. Désolé, commissaire.

Peeters hocha sombrement la tête.

Le visage d'Hanah, les yeux rivés sur le corps d'Ange, se figea soudain.

— Trois des quatre enfants victimes de la folie de Vifkin et de sa complice ont été tués, dit-elle. Quelqu'un est en train de finir le travail, c'est clair.

— Il n'en reste plus qu'un en vie : Antony Delestre, enchaîna Abel.

— Bon sang, Delestre ! Il doit sortir de garde à vue aujourd'hui ! s'écria Peeters en prenant son portable. J'appelle Foy !

Le téléphone sonna un moment.

— Foy ? Il faut faire prolonger la garde à vue de Delestre sous n'importe quel prétexte, vous entendez ?

— Désolée, patron, mais il est sorti vers 16 heures avec son avocate. On n'a pas pu le retenir. Vous savez bien qu'il n'y a pas assez d'éléments contre lui…

Peeters avait déjà raccroché, blême.

— Ça va faire deux heures qu'il est parti avec son avocate…

— Vous avez bien dit « son avocate », Peeters ?

— D'après Foy, c'est une femme, en effet. Pourquoi, Abel ?

— L'avocat commis d'office était un homme.

— Je rappelle Foy pour lui demander. Oui, Foy, c'est encore Peeters. Vous avez dit que Delestre est parti avec une avocate ? Vous l'avez vue ?

— Moi non, mais Andrieu, oui.

— Demandez-lui le nom du cabinet et rappelez-moi.

— Ça tombe bien, il est à côté de moi.

Peeters entendit des voix étouffées échanger avant que Foy ne reprenne le combiné.

— Reeth et associés…, répéta-t-elle d'une voix éteinte.

— Quoi ? Vous avez bien dit Reeth ?

— Oui, patron… C'est la merde, non ?

— C'est le mot, oui ! Il faut filer à la fourrière. Tiens-moi au jus, Suarez. Empreintes, etc., mes gars vont embarquer le matériel !

— Attends, tiens, j'ai retrouvé ça sur elle… on ne

sait jamais, dit Suarez en tendant à Peeters un portefeuille en cuir usé dans un sachet plastique.

Lorsqu'ils arrivèrent à la fourrière, il était 19 heures passées et tout semblait désert. Les chiens avaient été envoyés à la SRPA, la Société royale protectrice des animaux, ce qui contribuait au silence saisissant des lieux. Mais une fois libéré, Antony Delestre n'avait pas d'autre endroit où aller. C'était toute sa vie, ici. Alors que l'état dans lequel les policiers avaient trouvé la fourrière pouvait laisser penser le contraire, Delestre vivait chiens et respirait chiens. Il avait grandi avec eux. S'était fait mordre, parfois sévèrement, comme un membre de la meute. Sauf que le chef, aujourd'hui, c'était lui.

Peeters, Abel et Baxter arrivèrent devant le mobile home qui servait de résidence au directeur de la fourrière.

Sur le trajet depuis le manoir, décidant de la jouer au culot, le commissaire avait appelé le cabinet d'avocats en se faisant passer pour un futur client, demandant à parler à Hannah Reeth. On lui avait répondu qu'elle s'était absentée pour un rendez-vous extérieur.

— Delestre ! cria le commissaire, qui avait sorti son arme et la tenait pointée devant lui, sur la porte du mobile home. Vous êtes là ? Delestre ? C'est Peeters ! Si vous êtes là, montrez-vous ! Vous êtes en danger ! Je ne vous tends pas un piège, Delestre, c'est la vérité ! Il y a des années, deux adultes d'une grande perversité, Vifkin et sa complice, ont voulu la peau de quatre gamins innocents pour leur seul plaisir malade… Trois sur quatre viennent d'être tués : Ange, Lucien et Jérémy, avec leur mère Sylvie, qui vivait au manoir.

Vous êtes le quatrième et le dernier de la liste ! Et vous voulez connaître le nom de la complice de Vifkin ? Hannah Reeth, Antony ! Hannah Reeth, l'avocate avec laquelle vous êtes parti de la rue Royale au terme de votre garde à vue ! Nous sommes ici pour assurer votre protection, Antony ! Alors sortez, maintenant !

— Mais avec plaisir, commissaire ! chantonna une voix de femme, tandis que la porte du mobile home s'ouvrait, laissant apparaître, sous leurs yeux effarés, un flingue pointé sur Peeters, sa petite cicatrice bien visible sur le front, illuminant d'un sourire diabolique un physique bien plus jeune que son âge, Hannah Reeth en personne.

Hannah Reeth

— Lâchez votre arme ! aboya Peeters, les mains serrées sur la sienne.

Abel, paralysée, cherchait en vain à saisir discrètement son Glock.

— Je ne lâcherai rien, commissaire, rien du tout ! ricana l'avocate sans modifier sa position.

— Où est Delestre ?

— J'allais vous le demander ! Nous le cherchons tous les deux, on dirait…

— Posez votre arme ! C'est fini, Reeth !

— Non, ce n'est jamais fini pour Hannah Reeth, jamais ! Comme toi, j'en ai vu dans ma vie, sauf que moi ça me fait jouir ! Quatre, le compte est bon, j'ai fini ce que nous avions commencé sur cette route, avec ce morveux qui a eu le culot de survivre, comme je l'ai appris par son frère, mais j'avoue qu'avoir la peau d'un flic est une cerise sur le gâteau, dit-elle en éclatant d'un rire hystérique.

Peeters dut faire un effort surhumain pour ne pas lui envoyer une balle dans le coffre en guise de réponse.

— Non seulement vous étiez la complice de Vifkin,

mais c'est vous qui avez engagé un tueur à gages pour le supprimer, n'est-ce pas, Reeth ?

— Quel manque d'imagination, commissaire, vous me décevez beaucoup.

— C'est vous qui en manquez, Reeth, la preuve, nous sommes remontés jusqu'à vous. Vous avez déjà tué Ange, Lucien, Jérémy et Sylvie Defer, et maintenant c'est au tour d'Antony, n'est-ce pas ? Sinon, que feriez-vous ici, dans son mobile home ?

Au même moment s'échappa de l'intérieur un gémissement étouffé.

— Antony ! cria Peeters. Vous êtes blessé ? Reeth, je vous conseille de baisser votre arme et de la déposer par terre…

Tandis que Peeters parlait, Hannah Reeth levait lentement l'index sur la détente, mais Baxter, à laquelle le manège n'avait pas échappé, fut plus rapide. Saisissant le Glock d'Abel dans son holster de ceinture, elle le pointa sur l'avocate et lui tira une balle en pleine tête. Au milieu du front, où le projectile mortel était entré, apparut aussitôt une tache d'un rouge clair. Le trou était propre et net. À peine quelques mouchetures sur la porte du mobile home. D'un air incrédule et stupéfait, comme si elle ne comprenait pas encore ce qui lui arrivait, Hannah Reeth tomba à genoux avant de basculer face contre terre.

Peeters regarda avec une sorte d'admiration la profileuse tendre le Glock à Abel.

— Pour un peu, on croirait une tueuse à gages !

— J'aurais préféré ne pas en arriver là, Peeters, répondit Baxter, tendue. Et désolée, Abel, mais je crois qu'il vaut mieux que ce soit moi qui aie tiré. Au moins, vous n'aurez pas à remettre votre arme le temps de l'enquête que vont mener les bœufs-carotte. Je vous la rends, il y a mes empreintes dessus, préservez-les pour l'enquête.

— Ne soyez pas désolée, Hanah, vous nous avez sans doute sauvé la vie, répondit Abel en rangeant son Glock encore chaud qu'elle avait récupéré avec un mouchoir.

— Allons voir à l'intérieur dans quel état se trouve Delestre, dit Peeters qui se dirigea vers la porte ouverte, tandis qu'Abel s'approchait prudemment du corps inerte d'Hannah Reeth pour récupérer le pistolet, un Sig Sauer, et lui prendre le pouls.

— Elle est morte, dit-elle en se relevant.

Dans le mobile home, les gémissements perduraient, en même temps que des bruits de mastication et des grognements devenaient de plus en plus distincts. Peeters sortit son arme en entrant. Abel et Baxter, qui venaient de lui emboîter le pas, le virent lever le bras armé et, avant qu'elles pussent voir ce qu'il visait, la détonation retentit, accompagnée d'un hurlement inhumain qui cessa aussitôt.

— C'est pas vrai…, murmura Abel en découvrant la scène.

Au milieu de ce qui servait de salon et de cadavres de bières, gisait dans une mare écarlate et gluante une espèce de monstre, la gueule sanguinolente. Mais pas seulement de son sang… Antony Delestre était étendu au centre, le ventre béant par lequel s'échappaient ses viscères comme des serpents de leur nid. Il venait de pousser son dernier râle quand Peeters avait descendu le pit-bull en plein festin. Le pire était, cependant, cette caméra numérique fixée sur un pied, qui filmait la scène en mode automatique.

— Saloperie ! hurla Peeters en shootant dedans, à bout de nerfs.

Le pied vacilla et tomba sur le côté avec la caméra.

— Peeters ! Calmez-vous ! s'écria Abel. Dégradation de preuves, vous connaissez ?

— Désolé, Abel. C'était plus fort que moi. Parce que…

— Oui, Peeters, c'est elle. C'est Hannah Reeth qui les a tués. Elle a choisi leur mort soigneusement : Lucien Defer pratiquait le *suspending*, Ange aimait chasser, Delestre a été dévoré par un pit-bull, race qu'il aimait particulièrement. Seule la mort de Chastel fait exception. Hannah Reeth était comme Vifkin, ils partageaient la même perversion. Et elle aussi côtoyait les criminels dans son métier.

— Mais ils ont franchi un pas en devenant eux-mêmes des criminels, enchérit Baxter. C'est bien Hannah Reeth que j'ai croisée l'autre soir avec Lucien Defer, quelques heures avant sa mort.

— Reste à retrouver sa fille, Sarah. Elle pourra peut-être nous en dire plus sur sa mère. Et voir aussi quelle faute si grave a provoqué son licenciement de l'IML. Et pour ça, rendre une petite visite à ce cher Irénée qui fait volontiers de la rétention d'informations.

— Je crois que Foy et Andrieu s'en chargent.

— J'appelle Suarez et vous, Abel, l'IML en un premier temps, pour embarquer le corps, et on file d'ici. On ne sait jamais, la folie, ça peut être contagieux.

Le retour se fit environ deux heures plus tard dans le silence et les ruminations de chacun sur l'issue tragique de cette affaire avec, pour Peeters, un fort sentiment d'échec. Les victimes étaient toutes tombées presque sous ses yeux, en tout cas à sa barbe, et il détestait cette sensation d'impuissance, alors qu'il avait choisi ce métier par goût pour l'élucidation mais avant tout pour protéger la population de ce type de criminels.

Trop nerveux pour conduire, il avait confié le volant de sa Saab à Abel, et revoyait les quatre enfants sur cette petite route de nuit, leurs visages effrayés leur donnant l'air d'animaux pris au piège. Des enfants qui s'étaient construits comme ils avaient pu après le drame et que, des années plus tard, la mort avait fini par rattraper. Hannah Reeth, une femme perverse et meurtrière, n'avait vécu que pour ça. Finir son œuvre et en faire un film.

Il était tard, lorsqu'ils arrivèrent rue Royale, d'où Abel et Baxter repartiraient, en même temps, chacune chez soi. Peeters, lui, passerait une nuit de plus sur son canapé défoncé, Paco à ses pieds. Le chien lui fit la fête doucement, presque avec tendresse, comme s'il devinait le poids que portait son nouveau maître. Le contact avec l'animal, sa joie pure, sans arrière-pensée, touchèrent Peeters à tel point que des larmes roulèrent sur ses joues, se mêlant au pelage gris du cane corso. Ce soir-là il pleurait ce foutu monde, il pleurait son fils, son couple qui n'existait plus ou sous une forme qu'il ne reconnaissait pas, il pleurait Chastel, les jambes de Rinchard, condamné à passer le reste de sa vie dans un fauteuil roulant.

Pendant ce temps, Abel et Baxter descendaient ensemble dans le hall vitré.

— Le moment est peut-être mal choisi pour te

proposer un resto…, dit le commandant alors qu'elles allaient se séparer.

— Le moment n'est jamais mal choisi pour un resto. Cela dit, tout dépend lequel, sourit Baxter.

— Celui qui te plaira.

— Et pourquoi cette faveur ?

— J'ai quelque chose à me faire pardonner.

— Ah ? fit Hanah innocemment.

— Je sais, tu vas me répondre que c'est facile de dire ça maintenant que l'enquête a presque abouti. J'avoue, j'ai pensé que tu étais peut-être impliquée. Et je t'en ai voulu d'être allée au manoir sans en parler à personne. Je me suis sentie trahie.

— Je comprends, et nous en avons déjà parlé. Mais justement, ce serait plutôt à moi de me faire pardonner.

— Eh bien, on est deux, alors, sourit Abel. Tu m'offriras l'apéro. On prend ma voiture !

Après qu'Hanah eut choisi le restaurant, une cave à vins plus exactement, les deux femmes partirent en voiture en bavardant et riant comme deux vieilles copines. Ce qu'elles étaient en quelque sorte, certaines choses vécues si intensément en si peu de temps ayant le pouvoir de rapprocher les êtres plus rapidement que dans des circonstances plus normales.

La voiture d'Abel démarra sous les yeux curieux et vicelards d'un SDF allongé sur un bout de matelas posé contre le store d'un magasin de l'autre côté de la rue, qui finissait sa cinquième canette de bière belge.

De son côté, Peeters goûtait la solitude avec Paco, sa grosse tête posée sur la cuisse du commissaire. Celui-ci avait retrouvé dans la poche de son cuir le portefeuille d'Ange que lui avait donné Suarez. Peeters enfila des gants en latex et sortit l'objet du sachet.

— Voyons voir ce que tu nous racontes sur feu ta propriétaire..., dit-il. Feu étant le mot approprié, ajouta-t-il, les épaules secouées d'un rire silencieux.

Il ouvrit le portefeuille aux bords bien râpés et s'aperçut très vite que ce n'était pas celui d'Ange Defer, mais celui de son père, André, dont les papiers personnels et administratifs, comme un permis de conduire, une carte d'identité, ainsi que les photos d'une femme au regard perdu et d'un jeune homme endormi ou comateux branché sous oxygène, garnissaient les compartiments. Poursuivant son inspection, il s'arrêta brusquement sur une photo imprimée, sur laquelle il reconnut Vifkin, avec vingt ans de moins. Il la retourna et vit un numéro de fixe griffonné au crayon mine.

— Nom de Dieu..., souffla-t-il.

Après une brève hésitation, Peeters prit son portable, changea son numéro en numéro caché et appela.

Au bout d'une dizaine de sonneries, le message d'accueil se mit en route. Peeters reconnut la voix avec certitude. Durant ses heures d'enfermement, il avait eu tout le temps de la mémoriser lorsqu'il l'entendait, lente et caverneuse, cette voix qui le faisait frémir encore maintenant... la voix glaçante d'Ernest Gare.

Deux roues

La soirée avait été une vraie respiration et un îlot de quiétude dans toute cette noirceur. Hanah et Abel s'étaient trouvé des traits de personnalité communs ainsi que des hobbies qu'elles partageaient, tels que la musculation, la méditation, le piano, l'Afrique et les bons vins. D'un accord tacite, elles avaient évité de parler de l'enquête en cours. Ce moment privilégié s'était terminé sur une note légère après qu'Abel avait eu un petit coup de cœur pour un client seul au bar, qui semblait être un habitué.

— Tu devrais revenir, mais non accompagnée, lui avait suggéré Hanah en sortant de la cave à vins.

Puis elles s'étaient quittées en riant et en se souhaitant des rêves de beaux mecs seuls au bar pour Abel et de belles nanas moins seules en boîte à New York pour Hanah. Abel avait tenu à déposer Baxter devant chez Vifkin, où la profileuse aperçut la voiture blanche banalisée avec les deux flics à l'intérieur, chargés de sa protection. Alors que, dans les premiers temps, elle trouvait ce flicage insupportable et oppressant, elle n'avait pu réprimer un sentiment de compassion et leur avait fait un petit geste amical au passage.

Une fois dans l'ascenseur, elle avait été prise d'un vertige au souvenir du corps de Defer, suspendu par la peau au plafonnier, dans ce même immeuble, dans un appartement situé deux étages en dessous. Il était tombé dans le piège que lui avait tendu la tarentule Hannah Reeth. Elle avait retrouvé la trace des enfants Defer et d'Antony Delestre.

Hanah avait coupé son portable, était restée un moment sous la douche presque brûlante à ressentir chaque molécule d'eau sur sa peau, était sortie de ce hammam improvisé au bout d'une demi-heure et s'était jetée sur le lit avec un bonheur quelque peu altéré. Elle aussi était menacée, elle en avait conscience malgré sa rébellion contre une protection qu'elle trouvait pesante.

Hanah avait fini par s'endormir dans le silence d'un lieu qu'elle avait hâte de quitter, en même temps qu'il la retenait. Le même paradoxe que celui des sentiments contraires qu'elle avait éprouvés pour Vifkin. Mais se savoir en réalité dans un appartement appartenant à sa complice meurtrière lui répugnait.

Le lendemain matin, Abel, arrivée rue Royale peu avant 8 heures, surprit Peeters assis devant son PC, des poches sous les yeux, les cheveux en pagaille, une tasse de café noir à la main. Paco remua mollement la queue depuis le canapé où il finissait sa nuit.

— Vous êtes tombé du lit, Peeters ?

Allusion discrète d'Abel dont l'odorat développé avait perçu tout de suite en entrant une odeur de fauve tout juste réveillé.

— Impossible de vous joindre, hier soir, Abel !

Toute à sa dégustation de vins avec Hanah, Abel avait manqué les appels de Peeters et n'avait écouté ses messages qu'à 1 heure du matin, une fois chez elle. Elle avait informé Hanah par SMS de la découverte du commissaire, en lui disant qu'ils avaient tous les trois rendez-vous au bureau à la première heure.

— Désolée, Peeters, couper un peu, ça fait du bien parfois.

— Si vous croyez que j'ai eu le loisir de couper, moi, avec la voix d'Ernest Gare dans l'oreille !

— J'imagine le choc que ça a dû vous faire.

— Mais on a enfin quelque chose qui peut nous mettre sur ses traces. Ronan va tenter de le localiser en rappelant. Je finis mon café et je file tirer les vers du nez d'Irénée au sujet de Sarah Reeth. Vous, Abel, vous supervisez l'équipe de Foy dans les recherches sur Ernest Gare. Je vous confie mister Paco, la morgue n'est pas un endroit pour un chien.

Peeters avala d'un trait le reste de robusta tiède sans sucre et partit. Mais grande fut sa surprise lorsque, en arrivant à l'accueil dans le grand hall vitré, il aperçut Rinchard, la tête sous un bandage blanc, aux prises avec son fauteuil roulant coincé dans la porte automatique.

— Merde ! C'est pas aux normes pour les flics paraplégiques, ici ! gueulait-il, tandis que la jeune agente en uniforme du standard se précipitait à son secours.

— Rinchard ? C'est toi qui n'es pas fait pour être dans un fauteuil roulant ! lança Peeters arrivé à sa hauteur et donnant un coup de main à la policière. Qu'est-ce que tu fiches ici, bon sang ? Tu n'es pas censé reposer ta grande carcasse dans ta chambre ? Ils t'ont laissé sortir ou bien tu leur as faussé compagnie ?

— Grâce à ma force de persuasion, ils se sont résignés…, grogna l'inspecteur soulagé de sentir les roues de son fauteuil libéré tourner de nouveau sous ses doigts.

— Pourquoi je n'arrive pas à te croire ?

— Parce que vous ne croyez personne sans avoir des preuves en béton, chef !

— On te manquait tant que ça ?

— Pouvez pas imaginer… Mon cerveau ayant repris du service, à défaut de mes cannes, je me suis dit qu'il pourrait plus servir ici que dans une chambre d'hôpital.

— Je t'aurais bien proposé un café dans mon bureau, mais il faut vraiment que je file si je veux capter le légiste avant sa première autopsie du jour. Celle d'Antony Delestre, après celle d'Ange et Lucien Defer…

— Vous rigolez, chef ? On dirait que j'ai manqué deux, trois trucs !

— Abel se fera un plaisir de te mettre au jus. En attendant, sers-toi, il y a un reste de café dans la cafetière, dans mon bureau. Ah oui, et tu verras Paco, il est impressionnant, mais pas méchant. Je suis sûr que vous allez bien vous entendre.

Sans laisser le temps à Rinchard de répondre, Peeters passa la porte de verre et marcha d'un pas rapide vers sa Saab, vieille compagne fidèle qui l'attendait sur le parking.

— Sacré Rinchard, sourit-il avec une pointe de tendresse, les yeux dans le rétroviseur.

Oui, il aimait ce métier pour les rencontres avec des hommes pareils. Des hommes qui forçaient son admiration par leur bravoure et leur dévouement, voire leur dévotion à leur job. Rinchard l'avait prouvé à ses dépens. Il l'aurait, sa médaille, il l'aurait et pas posthume !

Peeters avait raison de vouloir se dépêcher pour attraper Irénée avant qu'il soit plongé jusqu'aux poignets dans les entrailles de Delestre. Lorsqu'il le demanda à l'accueil, le légiste s'apprêtait à enfiler son masque.

— Je dois le voir, tout de suite, c'est urgent ! dit Peeters en brandissant sa carte sous le nez de la nouvelle standardiste.

Devinant l'importance de la visite en personne du commissaire divisionnaire mais pas son objet, Irénée, engoncé dans sa combinaison en vue de l'autopsie, le reçut dans son minuscule bureau.

— C'est Delestre qui me vaut votre venue ? demanda-t-il, une légère inquiétude dans la voix.

— Delestre, on en parlera plus tard. Il y a plus urgent, Irénée. Sarah Reeth. Elle a été virée pour faute grave. Quelle faute ?

Peeters semblait sûr de s'adresser à la bonne personne et, jouer à faire semblant, assurait le légiste d'un échec. Il opta pour la transparence.

— Je vous assure que je ne sais pas. Mais je vais me renseigner. Il y a un problème avec elle ?

— Peut-être. En tout cas, avec vous, oui.

— Avec moi ?

— Vous, parce que vous vous êtes bien gardé de nous parler de votre relation avec elle. Combien de temps a-t-elle duré ?

— Je vois, siffla Irénée entre ses dents, visiblement embarrassé. Qui vous a mis au courant ?

— C'est moi qui pose les questions, aujourd'hui, docteur.

— Il s'agit de ma vie privée. Je ne suis pas obligé de vous répondre.

— Sa mère, Hannah Reeth, vous la connaissiez ?

— Sarah n'arrêtait pas d'en parler, lâcha le légiste après un silence. Elle semblait sous emprise. C'est pour ça que notre histoire n'a pas duré.

— C'est-à-dire ?

— Sarah lui racontait tout de sa vie, intime comme professionnelle, d'ailleurs. L'autre lui a répondu qu'elle ne voulait pas qu'elle fréquente un nègre. C'était ses termes. Qu'elle valait mieux que ça.

— C'est Sarah qui vous l'a rapporté ?

— Oui. Ça a été dur. On s'est disputés, parce que je refusais de comprendre leur lien. Comment une fille pouvait-elle céder à tous les caprices de sa mère… Et on s'est quittés.

— Vous aviez eu des relations sexuelles ici même, selon un témoignage.

— Ah, ça doit être le stagiaire, ça… Un jour, il a ouvert la porte de la salle d'autopsie et il nous a vus. Mais c'était lui le plus gêné ! Nous, on a éclaté de rire. Les autopsies étaient terminées, bien sûr, et tout le matériel rangé. On va dire que nous faisions des heures sup…

— Il me faut le contact de Sarah. Je dois lui annoncer la mort de sa mère. Et elle est peut-être en danger.

Peeters y allait au bluff, mais il n'était pas loin de la vérité : sur le plan psychologique, elle était certainement en danger, avait-il ajouté pour lui-même.

Irénée lui dicta de mémoire un numéro de portable.

— Si elle n'a pas changé, depuis son licenciement.

Je ne l'ai pas rappelée. Je ne suis pas du genre harceleur. Sa mère est morte ? Qu'est-ce qui lui est arrivé ?

— Vous n'avez pas son adresse ? interrompit Peeters.

— Non, je ne suis jamais allé chez elle.

— Merci et… attention à vos fréquentations, quand même. Tenez-moi au courant pour Delestre. J'attends aussi les rapports des autopsies d'Ange et Lucien Defer.

Une fois dehors, Peeters sortit son mobile et composa le numéro que lui avait donné Irénée. Une voix vacillante le cueillit.

— Bonjour, Sarah Reeth ?

— Elle-même.

— Ici le commissaire divisionnaire Peeters. Il faut que je vous voie. C'est au sujet de votre mère, Hannah Reeth.

— J'attendais votre appel. Je savais que ce jour arriverait. Elle est morte, au moins ?

Pris de court, Peeters hésita avant de répondre. Par principe et respect pour les proches de victimes, il n'avait jamais annoncé la mort de celles-ci au téléphone. Ce jour-là, il allait faire une exception.

— Oui. Désolé.

— Ne le soyez pas, vous ne pouviez pas me faire plus plaisir.

Vingt-quatre

Autant Peeters avait eu la sensation de ramer jusqu'à ce jour et que l'enquête piétinait sur de nombreux points, autant il était presque déstabilisé par l'enchaînement rapide des événements depuis son passage à l'IML.

Étrangement, Sarah Reeth avait accepté très facilement, peut-être trop, la proposition de Peeters de passer la voir. Muni de l'adresse, le commissaire ne mit pas loin d'une trentaine de minutes à y parvenir à cause d'une circulation dense qui le fit pester contre la voiture en ville. Alors que, bien sûr, il était lui-même le premier à l'utiliser.

C'était une imposante demeure familiale d'un quartier cossu de Bruxelles, le square du Bois, longeant le bois de la Cambre, connu également sous l'appellation de « clos des milliardaires ».

— Ben dis donc, on se refuse rien chez les Reeth…, marmonna-t-il en coupant le moteur, les yeux rivés à la façade modern style en pierre claire derrière une grille verte. Y a pas à dire… il y a nous et eux, une poignée de privilégiés dans le monde…

Il tira quelques bouffées sur sa vape et sonna. Il y eut un léger déclic et la caméra se mit en route.

— Je vous ouvre, commissaire, fit la voix brouillée et lointaine de Sarah Reeth.

Peeters pénétra dans l'enceinte et se dirigea vers la porte en bois laqué en haut d'un perron un peu pompeux où l'attendait la jeune femme. Levant le regard sur la porte entrouverte, il la vit et faillit en lâcher sa vape.

Sarah Reeth était la copie conforme de sa mère, même forme découpée de visage, même coupe et couleur de cheveux, de magnifiques yeux sombres que des lunettes de myope réduisaient à la taille de billes, une bouche qui aurait demandé à s'épanouir comme le reste, d'une beauté contrainte, à l'image de ces bonsaïs que l'on empêche de grandir. Ses gestes et son sourire demeuraient coincés dans une réserve qui n'était pas innée. Peeters eut du mal à imaginer Sarah Reeth coupable de faute professionnelle grave. Et il l'imaginait encore moins s'envoyer en l'air avec le légiste dans la salle d'autopsie. Mais il était bien placé pour savoir que les apparences étaient trompeuses.

La jeune femme esquissa un sourire.

— Bonjour, commissaire Peeters. Entrez. Oh, ne retirez pas vos chaussures, ce n'est pas la peine…

À voir le parquet lui renvoyer son reflet aussi lisse que dans un miroir, le premier réflexe de Peeters avait été de se déchausser. Il remit donc son mocassin droit et suivit Sarah au salon tout en se demandant comment elle pouvait vivre et respirer dans un endroit qui ressemblait au Louvre.

— Installez-vous, je vous prie. Vous prendrez un café ? Thé ? Alcool ? Gin, whisky, rhum ?

— Non merci, pas d'alcool, mais un café, si vous m'accompagnez.

— Pour moi ce sera un thé.

Un instant, Peeters pensa que Sarah Reeth allait appeler une employée de maison préparer tout ça, mais elle traversa les pièces jusqu'à la cuisine après s'être excusée, pour préparer elle-même les breuvages.

Cinq minutes après, elle était de retour avec un plateau qu'elle posa sur la table basse, devant Peeters.

— Je vous en prie.

— Merci.

Une vie extrêmement codée, observa-t-il. Aucune place pour l'improvisation ou la fantaisie. Normal qu'elle soit allée les chercher ailleurs.

— Racontez-moi un peu votre mère. Les rapports que vous entreteniez… et d'abord, toutes mes condoléances.

— Merci, commissaire, mais c'est inutile. Ma mère était quelqu'un de complexe et d'impétueux. Mais aussi d'un amour-propre et d'un orgueil débordants. Elle voulait tout posséder, surtout les êtres. J'ai compris beaucoup de choses quand… une relation qui m'apportait du bonheur a cessé à cause d'elle.

— Avec le légiste, Irénée ?

Sarah le regarda d'un air à la fois surpris et coupable.

— Il m'en a parlé ce matin, dit-il.

— Il n'a pas accepté que…

La jeune femme se mordit la lèvre.

— Que je cède à ma mère, qui était contre cette relation.

— Et pourquoi lui avez-vous cédé ?

Elle secoua la tête.

— Je n'en sais rien. Je cédais sur tout, tout le temps. Je n'ai même pas eu l'impression de lui céder encore… c'était naturel. Et puis, il y a eu cette prise de conscience.

— Vos rapports avec votre mère se sont dégradés ?

— Sensiblement. Je ne la reconnaissais plus. Elle m'insultait, partait en claquant la porte, revenait. Elle m'a même giflée, une fois. La situation s'est un peu calmée quand je lui ai annoncé que j'avais rencontré le substitut du procureur.

— Lucien Defer ?

— C'est ça.

Peeters plongea le nez dans sa tasse.

— Savez-vous qu'il est mort ?

Elle se raidit instantanément. Ses doigts se crispèrent si fort sur la tasse que Peeters crut que celle-ci allait se briser.

— Non… nous… il avait pris un peu ses distances. Mort de quoi ? Un accident ?

Ses yeux, qui avaient appris malgré elle à retenir et à maîtriser tant d'émotions restaient secs, mais le choc transpirait dans chacune de ses expressions.

— Non, Sarah. C'est votre mère qui l'aurait tué. Comme les autres.

— Les autres ?

— Je crois que vous allez devoir m'écouter.

Sans transition, Peeters raconta à Sarah Reeth l'histoire depuis le début, c'est-à-dire la lettre du corbeau. À l'issue de son récit, il demanda un verre d'eau. Sarah s'éclipsa à nouveau dans la cuisine et revint avec deux verres. Puis elle alla prendre une bouteille de whisky et s'en versa une grande rasade.

Peeters comprit aussitôt. Sarah Reeth était

alcoolique. Il n'en reconnaissait que trop les stigmates encore invisibles. Ce qui ressemblait à du contrôle était en réalité une dissimulation parfaitement rodée. Jusqu'à ce qu'un choc émotionnel vînt faire tomber le garde-fou. Il sut aussi qu'une fois un deuxième verre avalé, Sarah se livrerait sans filtre.

Mais avant cela, Peeters sortit son smartphone, cliqua sur une application d'images vidéo et, après avoir trouvé ce qu'il cherchait, tourna l'écran vers Sarah, sous les yeux de laquelle se déroula le film qui montrait le 4 × 4 de Vifkin poursuivre les quatre enfants puis heurter le petit Jérémy Defer avec la voix off de la complice.

— C'est la voix de votre mère ? demanda Peeters une fois que la vidéo se fut figée sur la dernière image montrant le visage de Vifkin en gros plan.

Sarah serra les mâchoires.

— Oui… sa voix hystérique et folle… elle est un peu étouffée, mais c'est bien la sienne. Son timbre, reconnaissable entre mille.

Après son interrogatoire informel chez Sarah Reeth, Peeters eut besoin de marcher un peu pour prendre l'air.

En plus de lui avoir livré son soulagement d'être enfin libérée des griffes d'Hannah, Sarah avait donné à Peeters l'adresse de celle-ci. Hannah avait beau être propriétaire de l'appartement où avait vécu Anton Vifkin, elle ne voulait pas entendre parler d'y habiter. Elle avait donc loué un vaste appartement dans le même quartier résidentiel, à trois pâtés de maisons de la demeure familiale. Peeters s'y rendit à pied et s'arrêta quelques minutes devant l'immeuble avant de se décider. Sans mandat, il ne pouvait rien faire, mais Sarah lui avait remis le double des clefs. Il monta finalement au troisième étage où se trouvait l'appartement et entra, muni de gants.

L'atmosphère glaçante ainsi que le dépouillement total d'objets qui donnaient vie à un lieu le frappèrent aussitôt. Aucune âme – vide et immobilité, c'était tout. Comme si personne n'y avait jamais habité.

Il éprouva une forte envie de ressortir tout de suite, mais poursuivit son exploration en dépit de son malaise grandissant. Alors qu'il s'apprêtait à rebrousser chemin, son œil de flic rodé aux perquisitions fut attiré par une différence de teinte du papier mural, au fond de l'appartement. Une sorte de rectangle vertical plus sombre et humide. Il y avait une porte, derrière, recouverte par la tapisserie. Peeters la poussa sans qu'elle bougeât d'un poil. Si une porte ne se pousse pas, c'est qu'elle est coulissante, se dit-il en essayant de la faire glisser. Ce qui enclencha le mécanisme d'ouverture sur un endroit sombre et obscur. Une odeur putride de charogne le saisit à la gorge.

Ne trouvant pas d'interrupteur, Peeters sortit sa petite lampe torche de poche pour éclairer ses pas. Plus il avançait dans un couloir étroit, plus les relents devenaient insupportables, l'obligeant à mettre la main devant son nez et sa bouche. Plus il avançait dans le noir, plus une angoisse diffuse le prenait à la poitrine. Il avait peur de ce qu'il allait trouver. Une peur basée sur l'expérience et la connaissance de ces effluves caractéristiques. D'une main presque tremblante, il éclaira la pièce qui s'ouvrait devant lui. Et avec elle, l'horreur.

Tout se mit à tourner autour de lui, les murs

attaqués de moisissure, le plancher poisseux et vermoulu et, avec eux, les cadavres, dont la plupart à l'état de squelettes aux cheveux filasse, qui le cernaient.

Peeters dut s'appuyer contre l'un des murs au-dessus des squelettes pour ne pas tomber. Partout, la mort l'accompagnait. Quand elle ne le suivait pas, elle le précédait. Parfois, ça lui donnait envie de tout plaquer et d'ouvrir une paillote dans les îles. Ici, elle avait les orbites vides et un rictus qui ressemblait à un sourire figé.

Ces squelettes, très nombreux, étaient tout petits, de la taille d'un jeune enfant. Leur âge serait à confirmer par le légiste. Ce qui serait le plus facile. Seul l'un d'entre eux était encore pris dans le processus de décomposition, suintant et recouvert d'une masse blanchâtre grouillante qui donnait cette impression terrible que le cadavre bougeait.

Au centre de la pièce trônait une caméra numérique sur un pied reliée à un moniteur encore branché.

— Elle filmait ces malheureux…, dit Peeters à voix haute.

S'il avait cédé aux aspects geek de la cigarette électronique, il ne s'y entendait pas vraiment en technologie et ne parvint pas à voir les images vidéo sur le moniteur. Pour les regarder, il se résigna à attendre l'arrivée d'Abel et de la PTS, qu'il avait contactés.

Bientôt, les équipes furent sur place et des projecteurs éclairèrent la scène, qui en devint presque aussi irréelle qu'un décor de film d'horreur.

— Ce sont bien des gosses, désolé, commissaire, souffla Irénée, que Peeters avait appelé en catastrophe, avant de contacter Suarez pour qu'il envoie une équipe au plus vite. Des gosses de cinq ans.

Le légiste était venu avec son nouvel assistant, un gars à l'apparence d'un roc, qui était ressorti vomir tout ce qu'il avait dans l'estomac.

— Tous ?

— Tous. Vingt-quatre. De sexe masculin.

— Vingt-quatre gamins… ils figurent forcément dans le fichier des disparitions non élucidées d'enfants. Dire qu'il va falloir annoncer ça aux parents…

— Ça va être compliqué…

— Pourquoi ?

Irénée tendit le doigt vers des lambeaux de tissu qui recouvraient partiellement les ossements.

— Ces gamins sont des réfugiés. Roms, Afghans, Syriens. Reconnaissables à leurs vêtements. Sur certains morceaux de tissu, il y a le logo d'une association pour les enfants réfugiés orphelins. Il est à moitié passé, mais je peux l'identifier, ayant déjà eu à faire l'autopsie d'un des membres adultes de l'association. Ils portaient tous des tee-shirts ou des sweats sur lesquels était imprimé ce logo. Une sorte d'arche de Noé. D'où son nom… Les gamins en portaient aussi.

— Mais pourquoi des enfants réfugiés, bon sang ? Pourquoi ?

— Parce que ce genre d'association, qui existe depuis sept ans, est un véritable réservoir à humains et que ces enfants n'ont pas de proches sur place, leurs parents étant morts durant leur migration. Mais est-ce vraiment une femme, à l'origine de tout ça ?

— On va le savoir tout de suite, dit Peeters en voyant arriver Abel. Voilà notre geek de service.

— Que se passe-t-il, Peeters ? On est où, là ?

— Je vous dirai tout, Abel, promis… Mais d'abord, si vous pouviez nous aider à visionner ce que cette caméra a dans le ventre, ce serait formidable.

Abel s'approcha des deux appareils et les mit en route. Peeters et le légiste se délitaient au fil des images.

— Excusez-moi, mais je peux plus, là, souffla Irénée en se dirigeant vers la porte, moi, je travaille sur les morts, pas sur des vivants en train d'agoniser.

Sur chaque rush qui succédait au précédent, on voyait, dans des endroits déserts, de nuit, le capot d'un 4 × 4 foncer sur un gamin terrorisé, entravé aux chevilles par une corde. Puis c'était le choc, et la tête de l'enfant disparaissait sous le capot avec le reste du corps, happé sous le véhicule. L'angle de la vidéo rappelait de façon sordide le petit film qu'avait tourné Hannah Reeth dans la voiture de Vifkin. Au total, vingt-quatre scènes identiques.

— C'est bien elle… c'est bien Hannah Reeth qui a commis ces atrocités, pour son propre plaisir, dit Peeters d'un air de dégoût.

— Vous en doutiez encore ?

— Vingt-quatre enfants, vous vous rendez compte ? Elle a reproduit son crime manqué autrefois avec vingt-quatre orphelins de cinq ans. Des petits Syriens, entre autres.

— Qui vous l'a dit ?

Peeters rapporta à Abel ce que lui avait dit le légiste.

— Mon Dieu ! s'écria-t-elle. Elle s'est servie comme dans un vivier ! Ou bien quelqu'un de l'association lui a facilité la tâche…

— C'est ce qu'on va chercher, Abel. On trouve l'adresse et on y va.

Laissant les équipes faire leur travail, pendant qu'une perquisition menée par un inspecteur de la PJ était en cours au cabinet d'avocats Reeth et associés, Peeters et Abel filaient au siège de l'association.

Il se trouvait au fond d'une cour, dans un petit immeuble vétuste auquel on accédait en traversant un premier bâtiment qui donnait sur la rue. Il y avait un seul interphone pour tous les logements et bureaux. Personne ne se manifesta lorsque Peeters sonna, mais, une dame qui rentrait chez elle les laissa passer sans broncher en voyant la carte de police d'Abel.

Au fond de la cour, une porte était décorée du même logo violet que sur les tee-shirts des enfants, représentant une arche sur la mer entourée d'une main à la peau mate.

— L'Arche de Noël…, lut Peeters en frappant. Ils auraient pu trouver mieux…

Comme personne n'ouvrait alors qu'ils entendaient du bruit à l'intérieur, Peeters baissa la poignée, mais la porte était verrouillée. Il frappa de nouveau, un peu plus fort cette fois, jusqu'à ce que quelqu'un vienne enfin leur ouvrir. C'était un trentenaire, genre petit nerveux qui aboya aussitôt avec un fort accent de banlieue.

— Qu'est-ce que vous voulez? dit-il en passant la tête par l'entrebâillement.

— Avec ça, ce sera plus clair? fit Peeters, la carte de police ouverte sous le nez du gars.

Mais celui-ci referma brusquement la porte dans un bruit de verrou à la barbe des deux flics qui entendirent courir à l'intérieur.

— Il a fermé à clef, l'enfoiré! cria Peeters. Il doit y avoir une autre sortie!

— Restez ici, j'y vais ! lança Abel en dégainant son arme.

— Soyez prudente, Abel !

Abel était déjà ressortie de la cour par le premier immeuble et faisait le tour. Lorsqu'elle parvint à l'arrière de l'immeuble de la petite cour, elle vit le gars de l'Arche, casque de moto à la main qui, comme ils l'avaient deviné, s'était échappé par une porte de service et enfourchait une moto grosse cylindrée garée devant.

L'esprit et le sang de la commandante ne firent qu'un tour. Si elle n'agissait pas, le type leur glisserait entre les doigts. Et il y avait peut-être une grosse affaire là-dessous, pour provoquer une telle fuite. Elle leva son arme à deux mains, visa, respira profondément et tira deux coups répétés. Les pneus de l'engin explosèrent et la moto, déséquilibrée, se coucha, coinçant la jambe droite du gars.

Restant à distance et bien qu'il ne puisse pas faire grand-chose pour s'extraire de cette masse de mécanique qui le bloquait, Abel tenait le type en joue pendant qu'elle appelait Peeters.

— Police ! Personne ne s'approche de l'individu à terre ! Il est potentiellement dangereux ! criait-elle en brandissant sa carte à ceux qui, ayant vu le gars tomber à moto, s'étaient précipités à son secours. Vous entendez ? Je répète, personne ne s'approche de l'homme à terre !

Peeters fut là en quelques instants et menotta le gars avant de le libérer du poids de l'engin, aidé d'Abel, à laquelle ses séances de musculation servirent. Malgré sa jambe meurtrie et ses poignets entravés, l'homme eut assez de force pour leur échapper une fois debout et se mettre à courir. Mais, rattrapé par Abel qui bondit sur lui par-derrière et le plaqua au sol, il n'alla pas bien loin. Il fit une ultime tentative de se dégager de l'étreinte en lui balançant violemment les pieds dans les abdominaux, qu'elle avait, malheureusement pour lui, en béton. La riposte de la jeune femme se résuma à un coup de crosse sous le menton qui envoya l'adversaire une nouvelle fois au tapis, tandis que Peeters arrivait à la rescousse.

Cette fois ils parvinrent à l'immobiliser sans qu'il opposât de résistance.

— Je veux mon avocat ! glapissait-il. Je veux mon avocat !

— Dis plutôt ton avocate, espèce de salopard ! Hannah Reeth, ça te dit quelque chose ? siffla Peeters entre ses dents serrées en l'empoignant par le col.

— Peeters, doucement, lui glissa Abel à l'oreille. Je vais m'en occuper.

— Je vous laisse cette ordure avec plaisir ! dit Peeters en le repoussant.

Voyant le gars chanceler et sur le point de tomber, Abel le retint.

— On va se calmer et tout ira bien. On voulait juste vous poser quelques questions, mais vous nous obligez à vous les poser au poste. Donc à partir de maintenant, 10 h 14, vous êtes placé en garde à vue.

De retour rue Royale avec le fourgon venu chercher le gars, Peeters et Abel montèrent souffler un peu en salle de réunion et boire un café. Ils trouvèrent Rinchard au distributeur de boissons, l'air maussade. Entendant Peeters l'appeler, il pivota sur ses roues et les vit arriver tendus comme des cordes de guitare.

— On dirait que vous revenez de l'abattoir, leur lança-t-il.

— C'est à peu près ça. Mais on a ramené le porc ici. Abel, j'ai commencé avec Sarah Reeth, je vais continuer avec lui. Je vais lui faire cracher tripes et boyaux.

— Allez-y doucement quand même, lança la commandante à Peeters, qui s'éloignait déjà avec son café.

— Même pas une minute pour souffler, soupira Rinchard. Au moins, ça, ça n'a pas changé…

— Qu'est-ce qu'il y a, Marko ? On dirait que vous n'êtes pas dans votre assiette.

— Ah, enfin ! C'est la première fois depuis que je suis revenu que j'entends quelqu'un s'adresser à moi sans que ça respire la pitié. Même quelque chose d'aussi simple, on n'aurait pas osé me le dire. Je ne vois qu'une chose dans les regards, la compassion ! Ça dégouline…

— Tout le monde a été très choqué, Rinchard, vous devez vous en douter. Et là, ça fait un sacré changement…

— Ça leur passera, j'espère, parce que, franchement, il y a pire. C'est ce que je me suis dit devant ce SDF en arrivant ce matin. Il est tout seul sur un bout de carton qui lui sert de plumard et de table, avec un rat blanc, la gueule brûlée au troisième degré. Ça, c'est pas une vie !

La dernière balle

Pendant que Rinchard et Abel discutaient, Peeters avait gagné la salle d'interrogatoire et fait venir le type de l'Arche, dont il était le fondateur et directeur.

— Les gamins m'appellent « Papa Tom », avait-il dit à Peeters au moment des présentations.

Ensuite, le ton avait changé. Papa Tom allait finalement passer aux aveux après avoir compris tout ce que Peeters savait sur les vingt-quatre gosses retrouvés morts chez Hannah Reeth, dans une pièce secrète.

— Elle est venue me voir en disant qu'elle voulait adopter un orphelin, mais que c'était très long, trop pour elle. Qu'elle avait beaucoup d'amour à lui donner et que sa situation financière lui permettait de lui procurer tout le confort, la scolarité, le cadre de vie, etc. On a discuté longtemps et je me suis dit qu'après tout, ce serait pour le bien de ce gosse. Elle voulait un garçon de cinq ans environ.

— Alors, pour aller plus vite, vous avez fait faire de faux papiers d'adoption.

Papa Tom baissa la tête.

— Ouais… J'ai fait ça. Au début par humanité et après, pour le fric. Elle me filait de sacrées sommes !

De toute ma vie je n'avais jamais eu autant de fric dans les mains. Mais je vous jure, s'écria-t-il en relevant la tête, je vous jure, la vie de ma mère, que je ne savais pas ce qu'elle avait dans la tête…

Peeters se retenait à grand-peine de lui flanquer sa main dans la figure.

— Vingt-quatre, espèce de salopard, vingt-quatre gamins de cinq ans, et ça t'a pas mis la puce à l'oreille ? Hein ?

— Hé, attendez ! Avec moi, elle a passé un deal pour cinq gosses. Je l'ai vue pour la première fois il y a cinq ans. Un par an, elle voulait !

Un par an… Sans répondre, Peeters prit le téléphone fixe et composa un numéro interne.

— Andrieu ? Ça avance, les recherches sur les disparitions des garçons de cinq ans ? Il faut remonter sur vingt-quatre ans.

— Pas vraiment, on nage un peu. On n'a trouvé que deux disparitions de garçons de cinq ans sur une dizaine d'années.

— Continuez et laissez la liste dans mon bureau quand vous aurez terminé, même si elle n'est pas exhaustive, merci.

Peeters laissa passer un silence après avoir raccroché.

— Revenons à nos moutons, Papa Tom. Cinq, c'est déjà cinq de trop. Combien par gamin ?

Papa Tom fit la moue sans répondre.

— Ho ! Combien ?

— Vingt mille.

Peeters crut halluciner devant le montant de la somme. Et en même temps, pour une vie humaine, il était dérisoire.

— Tu me donnes envie de gerber.

— Je savais pas… je pouvais pas savoir ce qu'il arriverait à… à mes gamins…

Le directeur de l'Arche enfouit la tête entre ses bras et Peeters vit ses épaules se secouer sous les sanglots.

— Mais où trouvait-elle les enfants, avant l'Arche ?

— Il y a d'autres filons, renifla Papa Tom. Des enfants roms, c'est facile.

— Pourtant, chez les Roms, les enfants sont rois, objecta Peeters.

— Quand vous vivez dans la misère avec une dizaine de mioches à nourrir et qu'on vous propose vingt mille euros, ça change la donne. Moi-même, je les ai acceptés, et je ne suis pas à la rue.

— Pourquoi, alors ?

— Pour ma fille… Elle est atteinte d'une maladie orpheline rare. Ma femme travaille, mais nos revenus ne sont pas suffisants pour payer le traitement.

Peeters se troubla.

— Alors c'était ça, le vrai deal. La vie de cinq réfugiés orphelins pour sauver votre fille.

— Oui, c'était ça.

— J'espère que les jurés comprendront. Mais, à mon avis, vous êtes bon pour dix ans de réclusion.

Nouveaux sanglots.

— Ma fille… Comment ma femme va pouvoir s'en sortir avec elle ?

— Elles auront des aides. Le nécessaire sera fait auprès d'assistantes sociales. Nous nous arrêtons là pour le moment. Et vous, vous allez être écroué.

Peeters se leva et laissa derrière lui une partie de ce qui existait de la détresse humaine, la confiant au policier en charge du bon déroulement de l'interrogatoire.

En proie à une soudaine lassitude, vidé, le commissaire regagna son bureau et y retrouva Paco, qui lui fit la fête. Après quelques papouilles sur la grosse tête chaude qui lui caressèrent aussi le cœur, Peeters rappela Andrieu.

— Il faudrait explorer la piste des enfants roms disparus. Même âge, même sexe.

— Alors ça, ça ne va pas être facile!

— Mon petit Andrieu, rien n'est «facile», comme vous dites, dans notre métier. Alors, si vous butez à la première difficulté, pensez à vous reconvertir.

Peeters raccrocha, regrettant aussitôt d'avoir été aussi abrupt. Au même instant, Abel passait la tête dans le bureau.

— Un café, Peeters?

— Venez plutôt vous asseoir, Abel. Tiens, on n'a pas encore vu Baxter, aujourd'hui... Vous l'avez contactée pour la tenir au jus?

— Je viens de l'avoir, elle arrive. Mais en métro : je l'ai déposée directement rue aux Laines, hier soir.

— En métro? Et les gars chargés de sa protection, alors?

— Je ne peux pas vous dire.

— J'aime pas ça.

— Vous pensez qu'il y a vraiment des risques?

— Ernest Gare court encore. Et Baxter reste sa cible. D'ailleurs, il faut que je demande à Ronan s'il a pu localiser le domicile à partir de son numéro de fixe. Vous venez avec moi?

Un étage plus bas, ils étaient dans l'antre du hipster qui les accueillit d'un «Que la force soit avec vous».

— Alors, tu as quelque chose sur Ernest Gare, Ronan?

— Mieux que ça… Tenez.

Le geek de la PJ tendit à Peeters un papier avec une adresse imprimée.

— Avec les compliments d'Ernest Gare, l'homme de la plaine du Nord, chantonna Ronan sur l'air de la chanson célèbre.

— Ah, c'est dans les Hauts-de-France, grogna le commissaire, une légère déception dans la voix. Eh bien, bravo et merci, je transmets à nos collègues français, qui vont se faire un plaisir de lui rendre visite. Et ensuite, demande d'extradition… C'est Rinchard qui va être content ! Et Baxter, soulagée…

— À propos de Rinchard, ça ne va pas fort, souffla Abel une fois dans le couloir.

— Le contraire m'aurait étonné…

— Ce n'est pas ce que vous pensez. Je veux dire, ce n'est pas une question médicale. C'est plutôt par rapport au regard des collègues sur lui. Et il est persuadé qu'il va être mis au placard.

— Entre nous, je le comprends… Parce qu'un flic à roulettes sur le terrain, ce n'est pas évident. On n'est pas dans une série télé, ici.

— Il a pourtant vraiment envie de continuer. Et puis, il relativise ; il m'a dit qu'il y avait pire. Chastel, évidemment. Ou même ce SDF de l'autre côté de la rue, au visage brûlé au troisième degré, avec son rat blanc… Peeters ? Ça va ?

Abel voyait le visage de Peeters se déliter en l'écoutant.

— Le visage brûlé ? Et un rat blanc, vous dites ?

— C'est ce que m'a dit Rinchard… Peeters ! Vous courez où ?

— Suivez-moi ! Et ramenez du renfort ! C'est lui, il

est là ! cria le commissaire par-dessus son épaule en filant au pas de course, son pistolet à la main.

— Qui ça ?

— Ernest Gare !

Entre-temps, comme elle l'avait annoncé à Abel, Hanah s'enfonçait sous terre, pour attraper une rame de métro. Elle riait intérieurement d'avoir réussi à semer sa protection rapprochée. Ça faisait du bien de pouvoir respirer un peu. De ne plus être observée, ses moindres faits et gestes scrutés. Elle retrouvait presque certains aspects de sa vie new-yorkaise et en conçut une soudaine nostalgie. Elle pensait souvent à Karen et à Bis, se demandait ce qu'ils faisaient, l'un et l'autre, des activités d'humain et celles d'un chat, mais n'avait pas eu le temps de s'y attarder. Elle éprouva le besoin de retrouver son cocon de Brooklyn, au quarante-douzième étage, comme elle aimait à dire, loin du bas et plus près du sommet… Ses habitudes de célibataire, adoucies par quelques moments avec Karen. Et puis, ses nouveaux projets. Celui d'avoir un enfant se faisait de plus en plus présent. Et ici l'enquête touchait à sa fin… Elle allait bientôt rentrer. Cette perspective lui réjouissait l'âme.

Le trajet en métro dura à peine vingt minutes au total avec un changement. Au moment où elle gravissait les marches de l'escalier menant à la surface, Abel et Peeters quittaient l'antre de Ronan. Lorsque Baxter atteignit la dernière marche, Peeters venait de comprendre ce qui allait se passer. Ce SDF tombé du ciel, qu'il n'avait encore jamais vu dans les parages, le visage brûlé, avec son rat blanc…

Au moment où Hanah, arrivée en haut de l'escalier,

fit un pas, son regard remonta le long des deux jambes qui lui barraient le passage.

À cette seconde, tout alla très vite. Trop, pour qu'Hanah pût réagir, bien qu'elle captât ce qui était en train de se passer. Un homme au visage couvert de brûlures à peine cicatrisées, un rat blanc sur l'épaule, immobile devant elle, un objet métallique et sombre à la main, pointé sur elle. Le cerveau d'Hanah identifia comme en rêve un PPK. Polizei Pistole Kriminal. Du 9 mm. Prolongé par un silencieux. Identique à celui qui était braqué sur elle en haut du terril 7…

Elle ne l'avait pas reconnu de prime abord, mais l'homme la fixait de ce regard qu'elle n'avait pas oublié. Ce même regard qui l'avait fait frémir de la tête aux pieds lorsqu'elle l'avait croisé dans les couloirs de la PJ et, quelques jours plus tard, sur le terril, là où Rinchard avait perdu l'usage de ses jambes après lui avoir sauvé la vie. Mais cette fois, il n'y avait personne en planque pour la protéger, cette fois il n'y avait qu'elle et l'homme, avec son arme. Et dans cette arme, la balle qui lui était destinée depuis vingt et un ans. Une balle dorée.

À partir de cet instant, Baxter ne reçut la réalité que par petits éclats de verre, dont un se logea dans sa poitrine, en même temps qu'elle était traversée d'une douleur fulgurante.

Fuite et fin

Il l'a eue. Il l'a enfin eue. En pleine poitrine. Sans un bruit, rien. Seul ce son creux et sec du silencieux qui lui procure la sensation d'une mission achevée. Elle est tombée devant lui. Sa cible. La dernière. Presque au même moment, son ouïe a perçu les voix qui criaient un nom. Hanah Baxter. Ils ne l'auront pas, lui. Pas question qu'il finisse derrière des barreaux. Il a d'autres projets.

Les uniformes, précédés de la femme et du commissaire qu'il a gardé enfermé chez lui dans la cage aux rats, n'ont pas le temps de traverser la rue où filent les voitures que la bouche de métro l'a déjà avalé. Il a tout prévu. Balançant dans les poubelles qui se succèdent son déguisement de SDF tout en marchant, il enfile à la hâte un sweat épais à capuche qu'il vient de sortir de son sac et visse une casquette sur son crâne nu. Le sac sur l'épaule, les mains dans les poches et le visage dissimulé sous la casquette et la capuche pardessus, il longe les murs carrelés du métro en évitant les caméras de vidéosurveillance.

Prévoyant que le métro n'allait pas tarder à être envahi de policiers à la recherche d'un homme au visage brûlé, il accélère en direction d'une correspondance. Dans le sac, Berlioz se laisse bercer par le rythme rapide des pas de son maître en rongeant un os de poulet.

Ernest Gare sait qu'il ne retournera plus chez lui. Il a d'ailleurs emporté tout ce qu'il lui fallait. Il va rejoindre Cha sur le terril, loin du monde et de la foule, bientôt il sera avec elle, ensemble et seuls à jamais.

Quoi de mieux qu'un casque de moto pour dissimuler un visage ravagé… Sept stations plus loin, Ernest Gare ressort à l'air libre, et retrouve la moto garée dans une petite rue. Le casque attend dans l'une des deux caisses à l'arrière.

Il y aura des barrages sur les routes et des contrôles douaniers, mais le temps que tout se mette en place, il sera déjà loin.

Il a quitté la ville maintenant et la route se déroule sous ses roues. Il va entrer sur le territoire français. Des policiers à moto sont arrêtés sur le côté et scrutent attentivement l'intérieur des voitures qui passent. Ernest Gare ralentit et leur fait un signe de tête auquel ils répondent. Les codes et la solidarité entre motards dépassent les corporatismes.

Ernest Gare s'éloigne et accélère vers ce qui n'est plus vraiment une frontière. La France se rapproche à chaque kilomètre. Il est toujours libre et personne sur ses traces.

Elle est tombée. Il la revoit le regarder et comprendre au moment où la balle sortait. Il n'a même pas cherché à viser la tête, comme il l'a toujours fait. Au lieu de s'en vouloir, il s'amuse de ce choix d'amateur. Une balle dans la tête ne lui aurait laissé aucune chance. Il se dit qu'il est juste temps qu'il arrête ce métier définitivement s'il ne le fait plus avec conviction.

Il a roulé encore une cinquantaine de kilomètres avant d'apercevoir au loin les cônes sombres des premiers terrils de la région minière. Sa région. Son cœur bat plus vite, plus fort. Les pyramides de houille l'appellent. Sa place est là-haut. Cha est encore venue lui rendre visite cette nuit. Elle l'attend.

Libre, pour la première fois de sa vie, il ressent cette liberté intensément, jusque dans ses veines. D'autant plus libre qu'il vient de commettre un crime aux yeux de la loi et qu'ils ne l'ont pas rattrapé. Personne ne privera Ernest Gare de sa liberté et de ses terrils. Personne. Délivré de sa dette envers lui-même, qui virait à l'obsession, le privant de sa propre vie.

Il roule encore jusqu'à une bifurcation où il prend sur sa gauche, une petite route sinueuse. Encore quelques viretons, et il stoppera sa moto au pied du grand dinosaure, comme l'appelait Cha. Leur terril. Celui qui lui a volé à jamais sa raison d'exister. Pourtant il l'aime, cet amas de particules anthracite et de végétation sauvage. Et il va le lui prouver.

Il a le sourire, Ernest Gare, en grimpant. La moto, il l'a laissée, à peine dissimulée aux regards indiscrets. Il a tout le temps, maintenant. L'éternité. Il sent son arme dans sa poche, le PPK. Il sent aussi le vent chaud du terril sur son visage de grand brûlé. Une caresse piquante. La peau qui se reforme sous les boursouflures le tiraille. Il n'attendra pas la mue complète. Trop long. Et il a mieux à faire.

Sous ses semelles crantées, ça bouge. Les flancs du dinosaure se dilatent au rythme de sa respiration. Il l'a avalée, autrefois, la petite Cha, dans sa gueule de monstre. Mais Ernest Gare est rassuré. Là où elle est, elle ne semble pas malheureuse.

Encore quelques foulées et il parvient au sommet. Au sommet du monde. L'endroit où le frère et la sœur s'asseyaient, l'un contre l'autre, pour contempler l'horizon dans la platitude de la terre minière. Une terre de tant d'histoires et de combats. Le principal étant vivre ou survivre. Mais alors, les deux enfants n'avaient pas conscience de ce passé qu'ils foulaient. Ils étaient eux, ils étaient l'instant. Ils étaient la vie.

Aujourd'hui, il est heureux, Ernest Gare, au comble du bonheur. Un bonheur vrai, comme il n'en a pas connu depuis ces moments avec Cha.

Il s'assied sur la pierre plate, toujours là, leur pierre grise que le soleil chauffait pour qu'ils puissent s'asseoir, du moins c'était ce qu'ils se plaisaient à imaginer, parce que la puissance d'imagination et de suggestion d'un enfant est sans limites, et, de sa poche, il sort le PPK et une balle dorée. Il en reste une. La dernière de sa collection. Celle qui devait être pour sa cible. Il sourit de toutes les dents qu'il lui reste. Ils ne vont pas en revenir, quand ils découvriront que la balle qu'elle a prise en pleine poitrine est à blanc.

C'était ça, c'était son acquittement, sa façon de se payer sa dette envers lui-même. Tout était prévu, pourtant. Il s'est rendu méconnaissable au prix d'une douleur atroce pour pouvoir l'approcher. A préparé minutieusement son coup pendant que les plaies se refermaient, que la peau travaillait à son renouvellement. Déguisé en SDF, il s'est installé de l'autre côté de la rue trois jours avant, afin d'observer les allées et venues de sa cible. D'une simplicité déconcertante. Il a repéré la protection policière. La voiture banalisée qui arrivait juste derrière, à chaque fois. Ce n'était jamais le moment. Et puis, l'avant-dernier soir, il les a vues toutes les deux, sa cible et la femme flic, le commandant Abel, discuter sur le parking. Ernest Gare n'avait jamais regardé vivre ses cibles. Il s'en gardait bien, pour éviter toute projection trop personnelle. Alors, ça devait arriver. Au bout d'un sursis d'un peu plus de vingt ans. Il s'est dit que ce n'était pas un hasard s'il avait été empêché de le faire à l'époque. Que le destin, si tel est son nom, est plus intelligent que les humains et qu'il a ses raisons de provoquer ou non les événements. De les orienter de telle ou telle façon. Et à nous d'en comprendre les signes. Et dans ce cas, ça voulait certainement dire qu'elle devait vivre. Mais lui, il avait dû aller jusqu'au bout de son geste. Faire jaillir cette balle de son logement. Sauf que, le destin laissant à chacun son libre arbitre, Ernest Gare a décidé que ce qui atteindrait sa cible serait bien une balle, mais une balle non létale. Une balle qui lui couperait la respiration quelques secondes, certes, et qui l'enverrait au sol d'où elle se relèverait au prix d'une bonne frayeur et d'une ou deux côtes cassées. En revanche, la balle dorée mortelle, la dernière de sa fabrication, serait pour lui. Parce que c'était ça, son ultime contrat. Un contrat avec et sur lui-même. Il n'avait attendu que ce moment. Et, pour l'homme de la plaine du Nord, il était enfin arrivé.

Alors, pendant qu'une équipe de la police française défonçait la porte de sa maison-container à coups de bélier en l'absence de réponse aux sommations, Ernest Gare souriait en enfonçant la balle dans le chargeur. Il n'avait qu'une hâte, désormais. Que lui et Cha soient de nouveau réunis.

Son corps serait retrouvé quelques jours plus tard par des randonneurs, surpris de voir un cadavre sourire, un rat albinos blotti contre lui.

Goodbye, Hanah !

« Bonne route, Hanah, ce fut un réel plaisir de te connaître et de travailler avec toi » avaient été les derniers mots d'Abel, qui s'étaient perdus dans sa gorge, tandis que leurs mains s'étaient empoignées pour un adieu et leurs regards attachés dans une émotion sincère.

Peeters avait tenté de cacher la sienne derrière quelques banalités comme : « Vous reviendrez bien nous voir tellement nous allons vous manquer, et les bières belges surtout ! » En fait, tous les mots qu'il aurait pu lâcher auraient été bien plats au regard du mélange d'affect et de distance raisonnable qui l'avait étreint à cet instant.

Il s'en était passé, des choses, depuis l'arrivée de la profileuse dans cet aéroport. Les cadavres s'étaient alignés à la morgue. Elle-même avait vu la mort en face à deux reprises…

Elle s'était d'abord crue morte, renversée près des marches de l'escalier. Mais à cette douleur persistante dans les côtes, et surtout à sa respiration, elle avait compris qu'elle vivrait. Peu à peu, aidée d'Abel et de Peeters, elle s'était relevée et avait constaté avec stupeur qu'il n'y avait pas de sang et que, en réalité, la balle tirée était une balle à blanc. Découverte pour le moins déroutante, qui avait suscité des rafales de questions sans réponse à la PJ de Bruxelles où toute l'équipe était en émoi, en même temps qu'heureuse de retrouver Hanah bien vivante.

Voilà ce que leur avait laissé Ernest Gare, comme un camouflet. Et aucun enquêteur n'aime rester sur une question sans réponse. Mais Hanah avait son idée et interprétation, bien qu'elle n'ait pas eu le temps d'approfondir sa connaissance de la personnalité du tueur à gages. Pour elle, il y avait une cohérence entre le goût d'Ernest Gare pour le spectacle, d'après ce que lui avait confié autour d'une dernière bière Peeters de ses escapades au No et ce choix d'une balle à blanc. Car l'hypothèse d'une erreur de munitions avait été rapidement écartée, ne correspondant pas au professionnalisme ni à l'expérience de l'homme.

Finalement, toute sa vie, Ernest Gare avait joué des rôles sans doublure, celui d'Ernest le jour et celui de Frida, la nuit. La vie d'Ernest Gare avait été un film et, dans les films, les balles tirées sont à blanc.

Si cette question d'avoir épargné volontairement la vie de Baxter devait rester à jamais en suspens, en revanche, comme si elle avait su que la cave, devenue son bureau secret, allait être épargnée par les flammes, Ange Defer avait laissé bien en vue un journal intime. Depuis plus de vingt ans, elle le remplissait presque chaque jour de sa rage et de ce qu'elle ressentait depuis que sa vie avait été fauchée sur cette route en pleine nuit. Elle y confessait la découverte qu'elle avait faite dans le portefeuille de son père de la photo d'un homme, Anton Vifkin, le même que, terrés sur le bas-côté de cette petite route où gisait leur jeune frère Jérémy, ils avaient vu sortir de la voiture qui leur avait foncé dessus. Avec la photo, il y avait un numéro de téléphone sans aucune précision, qu'elle avait appelé en demeurant dans l'anonymat. Une voix d'homme s'était manifestée, mais elle n'avait pas cherché à en apprendre davantage. Tout simplement parce que, au fond d'elle, elle savait. Bien que le numéro soit associé à la photo de Vifkin, cette voix masculine au téléphone ne pouvait être la sienne puisqu'il était mort depuis longtemps.

Dans son journal, Ange se rappelait que son père avait écouté attentivement, avec une douleur visible, son témoignage d'enfant sur ce qui était arrivé à leur jeune frère. Elle lui avait dit avoir distinctement entendu une voix d'homme prononcer, assez fort pour qu'elle ait pu l'entendre de sa cachette le long de la petite route, un prénom : « Ana. »

À partir de son récit, il avait réuni des indices et des preuves, sans même porter plainte, parce que les clients du manoir bénéficiaient d'une protection en haut lieu. Lui n'était que jardinier, mais il avait juré de retrouver les deux auteurs de cet acte monstrueux, dût-il y passer le reste de sa vie. Il avait découvert que c'était la voiture d'Anton Vifkin, dont il avait remonté la piste pour apprendre que l'homme possédait une agence de profilage et qu'il avait une associée, Hanah Kardec. Ces informations dissipèrent ses dernières incertitudes. La femme qui était avec lui dans la voiture et répondait au nom d'« Ana » ne pouvait être que cette associée. Dans son aveuglement et sa soif de régler leur compte à ces deux monstres, le père d'Ange n'avait pas cherché à savoir s'il pouvait y avoir une autre Hanah. Anton Vifkin et Hanah Kardec étaient les deux noms qu'il avait communiqués à Ernest Gare, accompagnés de leur photo.

En regardant celle de Vifkin, Ange Defer avait aussitôt compris et fait le rapprochement avec l'affaire du meurtre non élucidé du profileur belge, client assidu du manoir du juge Daval. Quelques pages plus loin, elle avait écrit qu'un jour Lucien s'était présenté chez elle avec une femme du nom d'Hannah Reeth, particulièrement arrogante et hautaine, de laquelle émanait une froideur effrayante qui lui avait aussitôt déplu. Une avocate de ses connaissances, lui avait-il dit. Le prénom avait fait frémir Ange et marqué sa mémoire au fer rouge, Hannah ayant été prononcé cette nuit-là par l'homme qui conduisait la voiture. Elle avait essayé de prévenir son frère en lui disant qu'elle ne sentait pas du tout cette femme, mais, depuis, il avait cessé de venir au manoir.

Ange avait également confié à son journal, ou bien à ceux qui le retrouveraient s'il échappait aux flammes, l'histoire de Marc Froissard et Léo Peroni. Les deux agents qui assuraient la sécurité et la surveillance aux soirées spéciales du juge Daval avaient surpris les quatre enfants, les trois Defer et Antony Delestre, traînant près des escaliers menant à la cave, un appareil photo entre les mains de Lucien. Les consignes aux deux surveillants étaient implacables et, s'ils ne les respectaient pas, ils perdaient leur job si bien payé. Pris en flagrant délit d'espionnage, les quatre gamins avaient détalé, ralentis malgré tout par les petites jambes du plus jeune frère Defer, tandis que Froissard et Peroni les coursaient avec leurs molosses, deux staffs à la mâchoire redoutable.

La peur face au réel danger d'être rattrapés par les bêtes et peut-être attaqués avait décuplé les forces des enfants, qui s'étaient mis à courir comme s'ils avaient des démons à leurs trousses et, avec une petite longueur d'avance, après être sortis par la grille ouverte aux voitures, ils avaient échoué sur la route, pour ne pas risquer de glisser sur l'herbe qui tapissait les bas-côtés ou trébucher sur une racine.

Alors que les chiens allaient les rattraper, menés par Froissard et Peroni, une grosse voiture venant du manoir avait dépassé en trombe les deux vigiles et leurs chiens pour ralentir à peine puis accélérer brusquement en direction des quatre enfants qui couraient toujours sur la route. Dans le récit d'Ange Defer, si les enfants n'avaient pas été rattrapés par les chiens, c'était parce que la présence de cette voiture leur avait coupé l'herbe sous le pied. Les deux agents de sécurité, témoins de cette valse macabre, n'étaient même pas venus au secours des gosses.

D'une écriture tremblante, la jeune femme révélait sur les pages suivantes une chose terrible. Alors qu'elle, Lucien et Antony se terraient à proximité de la scène, Vifkin et sa complice, dérangés par une voiture qui arrivait derrière, avaient pris la fuite. Parvenu à hauteur du petit corps inerte de Jérémy, le second véhicule avait ralenti avant de s'arrêter. Deux types en étaient sortis et, tandis qu'ils se penchaient sur l'enfant, Froissard et Peroni avaient surgi, tenant leurs chiens en laisse. Ange n'avait pu saisir que quelques bribes de la conversation, à l'issue de laquelle les deux hommes étaient remontés dans leur voiture, qui s'était éloignée lentement, comme indécise, laissant les deux vigiles seuls avec Jérémy. Mais, au lieu d'appeler les secours comme ils l'avaient laissé entendre aux deux hommes, ils avaient ramassé le corps et l'avaient dissimulé sous des branchages, dans le fossé qui bordait la route et où les trois enfants cachés retenaient leur souffle. Une fois Froissard et Peroni repartis, Ange, suivie de Lucien et Antony, s'était précipitée vers l'endroit où Jérémy gisait, recouvert de branches, pour le dégager. Constatant qu'il respirait encore, Ange avait aussitôt voulu courir chercher son père, mais Lucien l'en avait empêchée. Leur père, qui ignorait leurs petites escapades près de la cave, ne devait surtout rien savoir. Une violente dispute s'en était suivie entre Ange et Lucien, jusqu'à ce qu'Antony intervienne pour défendre son amie et retenir le frère aîné pendant qu'Ange courait chercher leur père. Jérémy avait été emmené à l'hôpital la même nuit dans la voiture d'André Defer, qui n'en avait parlé à sa femme que le lendemain.

Pour Ange, dont les mots écrits charriaient une haine brute et intacte, outre leur geste innommable, Froissard et Peroni étaient à l'origine du drame. S'ils n'avaient pas poursuivi les enfants avec leurs molosses, rien ne se serait passé comme ça et le pire n'aurait sans doute pas eu lieu. La rage d'Ange Defer s'était concentrée tout entière sur les deux hommes et sur leur appât du gain qui avait motivé leur acte, puis leur silence.

Ange Defer avait ruminé son plan durant des années. Par le biais d'Antony avec lequel elle avait gardé contact, le drame ayant scellé un lien fort entre les deux adolescents, elle avait commencé à s'intéresser aux combats de pit-bulls et avait poussé les limites du jeu jusqu'à la chasse à l'homme. Mais celle-ci s'était toujours terminée par des morsures qui n'étaient pas mortelles, jusqu'à ce jour où les chiens lui avaient servi d'arme fatale contre Froissard et Peroni. Elle avait extorqué leurs noms sous la torture au vieux juge Daval avant de le brûler vif dans une aile de son manoir. Elle avait voulu que ceux qui avaient provoqué ce drame familial, ceux dont elle avait entendu les rires derrière eux, alors qu'elle et ses deux frères avec Antony étaient poursuivis par des fauves enragés, connussent le même sort. Une fois sa vengeance accomplie, elle avait pu envisager, l'esprit apaisé, de mettre fin à des années de servitude choisie. Mais cette fin lui avait été ravie par le monstre qui leur avait pris Jérémy. Hannah Reeth. D'une balle en plein cœur avec son propre fusil. Ainsi avait été bouclée l'histoire des quatre enfants de la route du manoir. Jérémy, Ange, Lucien et Antony, que la mort avait fini par rattraper des années plus tard sur le chemin de leur existence.

Alors qu'Hanah volait vers sa nouvelle vie, Peeters prenait son courage à deux mains pour retourner chez lui avec Paco qu'il avait décidé de présenter à Gertrud, Abel, après le travail, une douche et un brin de maquillage faisant ressortir ses yeux d'eau, sur les conseils de Baxter, se préparait à entrer dans la cave à vin où elle retrouverait au bar le client solitaire qui l'avait troublée et qui l'inviterait à boire un verre, et Rinchard, les larmes aux yeux, à qui allait être remise la Légion d'honneur en même temps qu'à Chastel à titre posthume, apprenait par Skype de la bouche de sa Luciole qu'elle allait bientôt lui donner une petite-fille.

Et, pendant que tout ce monde retournait à ses occupations et à ses priorités, les restes d'Anton Vifkin furent remis dans la tombe d'où ils avaient été exhumés.

Quant à notre profileuse, elle s'était posée en douceur dans sa chère ville de New York, et jetée dans les bras tendus de Karen, venue l'attendre à l'aéroport pour l'inviter à déjeuner. Cette fois, pas de poisson-globe, mais une pizza géante dans la meilleure pizzeria de Brooklyn, juste après le pont, où elle devait lui annoncer quelque chose d'important.

— Ma décision est prise, ma chérie. Et elle est non négociable, lui dit K, les yeux dans les yeux. Ce ne sera ni une Ukrainienne ni une Lithuanienne, ta mère porteuse, mais une Américaine. Et ce sera moi. Chut, ne dis rien, ma belle. Tu ne crois pas qu'il est temps de regarder les choses en face ? Pour deux ex, nous nous voyons presque chaque jour, nous n'arrivons pas à avoir d'autres relations durables et en l'absence de l'une, l'autre dépérit comme du poisson qui sèche au soleil. Alors, ça ne te met pas la puce à l'oreille ? À moi, oui. C'est pourquoi, Hanah Baxter, je vous demande aujourd'hui, 27 juin 2017, à 13 h 13, si vous voulez être ma femme.

Un écrin ouvert jaillissant dans sa paume, où brillait une bague sertie d'un solitaire, Karen se leva de sa chaise pour venir s'agenouiller aux pieds de Baxter, qui sentait bien qu'elle n'allait pas pouvoir retenir ses larmes plus longtemps ni le oui qui lui brûlait la langue depuis qu'elle avait rencontré la femme qu'elle aimerait toujours.

— J'accepte ta main à une condition, mon amour, murmura K en lui glissant la bague à l'annulaire.

— Condition remplie. Pour moi, le profilage, c'est fini.

Jamais Hanah n'aurait imaginé que ces mots passeraient la frontière de ses lèvres un jour. Des mots sans retour, parce que quand Hanah Baxter s'engageait, elle s'engageait à fond. Comme elle s'apprêtait à le faire dans ce qui serait sans doute l'autre plus belle aventure de sa vie.

Enfin, de l'autre côté de l'Atlantique, quelque part dans une petite ville des Hauts-de-France, un rat albinos jouissait lui aussi d'une nouvelle existence. Une gendarme de la brigade contactée par les randonneurs ayant découvert le corps sans vie d'un homme sur le terril avait pris en pitié la petite bête blottie contre celui qui semblait avoir été son maître, et l'avait sauvé du laboratoire où Berlioz aurait assurément échoué sans sa proposition de le prendre chez elle.

Berlioz a aujourd'hui deux ans de plus, ce qui lui en fait bientôt sept, est choyé par le fils de la gendarme, Ernest, quinze ans, qui partage sa chambre avec lui. Berlioz ne quitte jamais son jeune maître, qui l'a rebaptisé Hector, et, lorsque la copine d'Ernest vient le voir, il la fixe avidement de ses petits yeux froids et méchants.

REMERCIEMENTS

Une fois n'est pas coutume, outre toute ma gratitude à mon éditrice Caroline Lépée pour son excellent travail éditorial, à Dorothée Cuneo à la direction de la maison Denoël pour son enthousiasme à la lecture de ce roman et sa confiance, ainsi qu'à Cécile Gateff, toujours aux petits soins, je voudrais ici dire un grand merci à Hanah Baxter, personnage né de mon imaginaire et qui, pourtant, a su avoir sa vie propre et conquérir nombre de lecteurs fidèles au rendez-vous.

Merci, Hanah, de m'avoir accompagnée – à moins que ce ne soit l'inverse – ces années durant, de m'avoir fait frémir, douter, aimer, pleurer et rire avec toi. Merci à toi d'avoir porté ce rôle d'héroïne avec brio malgré les tempêtes et les incertitudes.

Je te souhaite une belle retraite bien méritée, et c'est avec grande émotion que je referme cette dernière page de tes aventures.

Et enfin, MERCI à vous tous de continuer à faire vivre ces aventures.

DE LA MÊME AUTRICE

Aux Éditions Gallimard

LE HAMEAU DES PURS, 2019, Folio Policier n° 897.

Aux Éditions Denoël

LE DERNIER CHANT, 2021.
L'HOMME DE LA PLAINE DU NORD, 2020, Folio Policier n° 929.
CATARACTES, 2019, Folio Policier n° 909.
BORÉAL, 2018, Folio Policier n° 881.
RÉCIDIVE, 2017, Folio Policier n° 853.
QUAND LA NEIGE DANSE, 2016, Folio Policier n° 828.
DUST, 2015, Folio Policier n° 796.

Composition APS-ie
Impression Maury imprimeur
à Malesherbes, le 9 février 2021
Dépôt légal : février 2021
Numéro d'imprimeur : 252040

ISBN 978-2-07-292238-1./Imprimé en France.

373567